Was gestern sicher schien, hat plötzlich alle Gültigkeit verloren. Die Vergangenheit ist weggebrochen, die Zukunft ein schwarzes Loch. Ungewissheit, Angst und wirtschaftliche Not bestimmen das Leben: Wie überall in Deutschland geht es auch bei der Altenaer Familie Wolf im Winter 1946 karg zu. Zum Abendessen gibt es Brot mit Margarine und Rübenkraut, und im Esszimmer der Fabrikantenvilla ist es so kalt, dass alle in Wollsachen und Schal am Tisch sitzen. Wenigstens brennt eine Kerze auf dem Adventskranz und verbreitet ihren anheimelnden Schein. Während sich Eduard Wolf um den Betrieb in seiner Drahtfabrik sorgt, machen sich die Töchter Ulla und Gundel jeden Tag bei der Flüchtlingshilfe nützlich. Aber nun freuen sie sich auf das »Tanzvergnügen«, das auf Plakaten im Ort angekündigt ist – Eintritt für Damen frei, Herren werden um Sachspenden gebeten. Die Idee stammt von Tommy Weidner. Er, der Außenseiter, der in einem ausrangierten Eisenbahnwaggon haust, will sich nicht unterkriegen lassen und hofft auf viel Andrang im – ungeheizten – Ballsaal am Lennestein. Als er dort Ulla begegnet, ist er hingerissen von ihr. Auch Ulla fühlt sich zu ihm hingezogen, obwohl sie wie alle Tommys Spitznamen kennt – »Prince Charming«.
»Winter der Hoffnung« ist ein Buch von Liebe und Aufbruch in dunkler Zeit. Ein Zeugnis der Kraft, die Menschen angesichts von Leid und Entbehrung aus der Lust am Leben selbst schöpfen können. Und aus der Zuversicht, auch kleine Chancen zu nutzen, um ein bisschen Glück zu erleben. Und so den Weg in die Zukunft zu wagen.

Weitere Titel von Peter Prange:
»Der Traumpalast. Im Bann der Bilder«, »Unsere wunderbaren Jahre«, »Eine Familie in Deutschland. Zeit zu hoffen, Zeit zu leben«, »Eine Familie in Deutschland. Am Ende die Hoffnung«, »Das Bernstein-Amulett«, »Himmelsdiebe«, »Die Rose der Welt«, »Ich, Maximilian, Kaiser der Welt«, »Die Philosophin«, »Die Principessa«, »Die Gärten der Frauen«, »Werte: Von Plato bis Pop – alles, was uns verbindet«
Die Website des Autors: *www.peterprange.de*

Bestsellerautor *Peter Prange* ist der große Erzähler der deutschen Geschichte. Als Autor aus Leidenschaft gelingt es ihm, die eigene Begeisterung für seine Themen auf Leser und Zuhörer zu übertragen. Seine Bücher sind Bestseller, die Gesamtauflage seiner Werke beträgt weit über drei Millionen. »Das Bernstein-Amulett« wurde erfolgreich verfilmt, der TV-Mehrteiler zu »Unsere wunderbaren Jahre« begeisterte ein Millionenpublikum. Der Autor lebt mit seiner Frau in Tübingen.

PETER PRANGE

Winter der Hoffnung

Roman

FISCHER Taschenbuch

Aus Verantwortung für die Umwelt hat sich der S. Fischer Verlag zu einer nachhaltigen Buchproduktion verpflichtet. Der bewusste Umgang mit unseren Ressourcen, der Schutz unseres Klimas und der Natur gehören zu unseren obersten Unternehmenszielen.

Gemeinsam mit unseren Partnern und Lieferanten setzen wir uns für eine klimaneutrale Buchproduktion ein, die den Erwerb von Klimazertifikaten zur Kompensation des CO_2-Ausstoßes einschließt.

Weitere Informationen finden Sie unter: www.klimaneutralerverlag.de

FSC www.fsc.org
MIX
Papier aus verantwortungsvollen Quellen
FSC® C083411

Erschienen bei FISCHER Taschenbuch
Frankfurt am Main, Dezember 2021

Satz: Dörlemann Satz, Lemförde
Druck und Bindung: CPI books GmbH, Leck
Printed in Germany
ISBN 978-3-596-70072-1

Für meinen fetten Fetter

Otto Prange,

der genauso bekloppt ist wie ich,
nur völlig anders –
stellvertretend für die
ganze Bagage.

Sowie für

Dr. Andreas Hollstein,

der in einundzwanzig Amtsjahren als Bürgermeister
für Altena buchstäblich alles getan hat,
was man nur tun konnte –
stellvertretend für die
andere Bagage.

Und, last, not least, für meine Lektorin

Dr. Cordelia Borchardt,

ohne die, und das ist keine Phrase,
es dieses Buch nicht geben würde.

»Wo kommen wir her? Wohin gehen wir? Was erwarten wir? Was erwartet uns?«

ERNST BLOCH, DAS PRINZIP HOFFNUNG,
BD. 1., VORWORT

VORBEMERKUNG

Die nachfolgende Geschichte ist, obwohl in der Heimatstadt des Autors angesiedelt, frei erfunden. Rückschlüsse auf noch lebende oder bereits verstorbene Personen sollen in keiner Weise nahegelegt oder ermöglicht werden. Die Handlungsstränge der Geschichte sind ebenso wie die Lebenswege der Protagonisten Erfindungen des Autors. Dies gilt insbesondere für die Verstrickungen einiger Handlungsträger in der Nazizeit und die Schilderung ihrer Privatsphäre. Alle intimen Szenen sowie die Dialoge und die Darstellung der Gefühlswelt des gesamten Romanpersonals sind reine Fiktion.

TEIL EINS

Nacht

1.–2. Advent

»Die Erde aber war wüst und leer, und Finsternis lag über der Tiefe.«

ERSTES BUCH MOSES, KAPITEL 1, VERS 2

1

In lautloser Finsternis lag Altena da, erstarrt in klirrender Kälte. Wie stets in der heiligen Zeit waren die Einkaufsstraßen der kleinen, irgendwo zwischen Sauerland und Ruhrgebiet gelegenen Stadt mit Tannengrün geschmückt, doch anders als sonst erstrahlten sie in diesem Advent des Jahres 1946 nicht in vorweihnachtlichem Lichterglanz. Für die Illumination fehlte der Strom, und viele Girlanden waren bereits geplündert – zu groß war die Versuchung, die wertvollen Zweige zu stehlen. Obwohl der Krieg schon anderthalb Jahre vorbei war, bestimmte er mehr denn je das Leben der Menschen, mehr denn je mangelte es ihnen an allem, was sie zum Leben brauchten: Nahrung, Kleidung und eine warme Wohnung. Umso sehnlicher wünschten sie nun das bevorstehende Christfest herbei, und sobald sich gnädiges Dunkel über die Schrecken der Vergangenheit und die Angst vor einer allzu ungewissen Zukunft senkten, drängten sie sich in den Gotteshäusern der Stadt, in der evangelischen Lutherkirche ebenso wie in der katholischen Pfarrkirche St. Matthäus oder den Tempeln der Calvinisten und freikirchlichen Gemeinden, um ihre Herzen und Seelen im Warten auf die Ankunft des Herrn zu wärmen, auch wenn ihre Körper in den ungeheizten Gotteshäusern kaum weniger froren als in ihren kalten Wohnungen oder auf der Straße.

Thomas Weidner aber, von jedermann Tommy genannt, hatte

Besseres zu tun, als in einer Kirche zu beten. Mit einem leeren Sack über der Schulter huschte er über das von Eis und Schnee bedeckte Bahnhofsgelände und lauschte in der Dunkelheit auf die Ankunft der »Schnurre«, der altersschwachen Kleinbahn, die, aus Lüdenscheid kommend, ihr Nahen für gewöhnlich mit einem Bimmeln ankündigte, um einmal am Tag Kohlen und Koks nach Altena zu bringen, zur Versorgung der frierenden Bevölkerung sowie der zahlreichen kleinen und großen Fabriken, die entlang der Lenne und ihrer zwei Nebenflüsse Rahmede und Nette vor allem Draht und sonstiges Metall-Halbzeug produzierten, soweit nach dem verlorenen Krieg dafür noch Nachfrage bestand. Denn Tommy brauchte dringend Brennstoff – in dem ausrangierten, auf einem toten Gleis abgestellten Eisenbahnwaggon, der ihm seit seiner Entlassung aus der britischen Gefangenschaft als Behausung diente, erwartete er an diesem Abend Damenbesuch.

Ungeduldig blickte er auf seine Pilotenuhr, die er für eine Stange Zigaretten erworben hatte. Die phosphorisierenden Zeiger standen auf zehn nach sieben. Wo zum Teufel blieb der Zug? Oder war das wieder einer der Tage, an dem die Schnurre gar nicht kam, weil es keine Kohlen gab? Auf der Stelle tretend, blies er sich in die Hände. Trotz Mütze und Schal fror er in seinem abgetragenen Wehrmachtsmantel wie ein Schneider. Kein Wunder, noch nie war es Anfang Dezember in Altena so kalt gewesen wie in diesem Jahr. Auf der Lenne trieben bereits Eisschollen, und die jahrhundertealte Burg, das Wahrzeichen der Stadt, das sich auf dem Schlossberg über dem Fluss im Mondschein erhob, wurde von den gewaltigen Schneemassen schier erdrückt.

Da – endlich näherte sich aus der Ferne ein Licht, ein lauter werdendes Schnaufen und Stampfen, und weiße Rauchwolken stoben in die Luft. Im selben Moment lösten sich überall zwischen den Gleisen geduckte Schatten aus der Dunkelheit, Kohlendiebe wie Tommy. Doch ihre Hoffnung währte nicht lange. Nein, das war nicht die Schnurre aus Lüdenscheid, das war nur ein gewöhnlicher Personenzug. Mit kreischenden Bremsen kam er auf Gleis zwei zu stehen.

Kaum eine Handvoll Menschen verließ die Waggons und verschwand in der Unterführung, die die Gleise mit dem Bahnhofsgebäude verband. Ein Fahrgast jedoch blieb im Schein der einsamen Funzel zurück, die den Bahnsteig so spärlich erhellte, dass sie die Dunkelheit noch zu vermehren schien. Allein und verloren stand er da und blickte sich um, als müsse er sich erst orientieren, bevor er seinen Weg fortsetzte: ein Mann, der aussah wie der Tod selbst. Wahrscheinlich ein Kriegsheimkehrer, der Kleidung nach aus Russland – er trug eine von diesen wattierten Jacken, die viel besser wärmten als jeder Wehrmachtsmantel und deshalb auf dem Schwarzmarkt ein Vermögen kosteten, und dazu eine Mütze aus Fell.

Aber was bei allen Heiligen war mit dem rechten Arm des Kerls los? Der war ja völlig außer Rand und Band …

Tommy trat näher, um besser zu sehen. Doch er hatte noch keine zwei Schritt getan, da ertönte plötzlich ein scharfer, gellender Pfiff, und schwankende Laternen näherten sich.

Verflucht – Bahnpolizei!

2

Obwohl das Hausmädchen Betty bereits zweimal zum Abendessen gerufen hatte, ging Ulla noch rasch zur Tür, um nach der Post zu schauen. Als sie die Treppe heruntergekommen war, hatte sie gehört, wie Briefträger Lass die Abendpost eingeworfen hatte. Zwei Briefe lagen im Kasten. Einer war an ihren Vater adressiert, »Eduard Wolf – Fabrikant«, und mit dem Stempel der Kommandantur versehen. Der zweite trug ihren Namen in der Anschrift. Doch als sie das Kuvert umdrehte, stand auf der Rückseite kein Absender.

Nanu? Was hatte das denn zu bedeuten? Etwa ein heimlicher Verehrer?

»Wo bleibst du denn, Ulla?«, mahnte Betty, die gerade den Tee aus der Küche ins Esszimmer brachte. »Dein Vater hat schon das Gebet gesprochen.«

Als Ulla ihr folgte, saßen die anderen bereits vollständig versammelt am Tisch: am Kopf- und Fußende die Eltern Eduard und Christel Wolf – er, Anfang sechzig, mit bereits schlohweißem Haupt, sie, Mitte fünfzig, mit grau melierten Locken; links zwischen ihnen die jüngere Schwester Gundel, die ihr glattes braunes Haar zu Affenschaukeln aufgebunden hatte; und dieser gegenüber die ältere Ruth, die einzige Wolf-Tochter, die von der Mutter die dunklen Locken geerbt hatte und gerade ihrem Sohn Winfried, einem dreijährigen Jungen mit pechschwarzem, wie mit einem Lineal gescheiteltem Haar, ein Lätzchen umband.

»Da bist du ja endlich.«

Mit vorwurfsvoller Miene strich der Vater über sein sorgfältig gestutztes Menjou-Bärtchen und setzte zu einem Tadel an. Doch bevor er dazu kam, reichte sie ihm den Brief.

»Post für dich, Papa. Von der Kommandantur.«

»Das ist kein Grund, zu spät am Tisch zu erscheinen«, sagte er und öffnete den Umschlag. »Na, dann wollen wir mal sehen.«

Während Ulla an Gundels Seite ihren Platz einnahm, ließ sie den zweiten Brief im Ärmel ihres Pullovers verschwinden. Im Haus war es so kalt, dass man sogar beim Essen warme Wollsachen und Schals tragen musste. Das hätte die Mutter früher niemals erlaubt, man war schließlich nicht bei den Hottentotten, und inmitten der auf Hochglanz polierten Mahagonimöbel mit der schweren Anrichte und dem von Kristall nur so funkelnden Vitrinenschrank nahm sich der Anblick der vermummten Eltern und Geschwister so grotesk aus, dass Ulla laut hätte lachen müssen, wäre das Angebot auf dem Tisch nicht so deprimierend gewesen. Fröstelnd ließ sie den Blick über das Bild des Jammers gleiten. Statt Butter, Wurst und Käse gab es als Brotbelag auch an diesem Abend nur Margarine und Rübenkraut und dazu diesen wässrigen Hagebuttentee, den sie in normalen Zeiten nicht angerührt hätte. Aber was war in diesen Zeiten noch normal? Als wäre man bei armen Leuten, durfte auf Anweisung des Vaters in der Villa Wolf höchstens sechs Stunden am Tag geheizt werden, und eingekauft wurde nach Maßgabe der zugeteilten Lebensmittelmarken in den dafür vorgesehenen, regulären Ladengeschäften – aus Solidarität mit den vielen Menschen, die nicht genügend Geld besaßen, um sich mit ausreichend Brennstoff und besseren Lebensmitteln auf dem Schwarzmarkt zu versorgen. »Gemeinwohl vor Eigennutz!«, so lautete das unerschütterliche Prinzip. Ulla fand solche Prinzipienreiterei albern. Der Vater war immer noch ein wohlhabender Mann – was hatten die Armen davon, wenn die Familie Wolf darbte und fror wie sie? Doch immerhin gab es auf dem Tisch einen Adventskranz, auf dem sogar die erste Kerze brannte, um ihren anheimelnden Schein zu verbreiten. Darauf hatte die Mutter bestanden.

»Um Gottes willen!«, sagte plötzlich der Vater. Bleich vor Entsetzten, starrte er auf den Brief in seiner Hand. »Die Engländer wollen unsere Maschinen demontieren!« Wie stets, wenn er erregt war, fuhr seine Hand zu der Stelle am Hals, wo seine

Fliege saß. Doch der Binder war hinter dem dicken Schal versteckt, so dass die Geste ins Leere ging.

Die Mutter rückte mit der Hand an ihrer Frisur. »Und was bedeutet das?«

»Fragst du das im Ernst, meine Liebe?« Der Vater ließ den Brief sinken. »Ohne Maschinen können wir nicht produzieren. Wovon sollen wir dann leben? Wir und all unsere braven Arbeiter mit ihren Familien?«

Die Mutter nahm einen Schluck von ihrem Hagebuttentee. »Jetzt male mal nicht gleich den Teufel an die Wand. Das wird nur wieder eine von diesen Maßnahmen sein.«

»Was für Maßnahmen?«, fragte Gundel mit ihren unschuldigen braunen Rehaugen.

»Um uns für das zu bestrafen, was wir angerichtet haben«, antwortete Ulla.

»Fängst du schon wieder an?« Die Stimme des Vaters bebte vor unterdrückter Erregung. »Ich habe mir nicht das Geringste vorzuwerfen. Also verbitte ich mir jegliche Andeutungen dieser Art, oder ich sehe mich gezwungen …«

»Ganz unrecht hat Ulla nicht«, unterbrach ihn die Mutter. »Immerhin haben wir diese Schreihälse gewähren lassen.«

»Aber darum kann man uns doch nicht unserer Existenzgrundlage berauben! Die Firma ist unser Leben. Das war so, das ist so, und das wird …«

»… immer so bleiben«, ergänzte seine Frau und bedachte ihn mit einem Lächeln, das Aufmunterung und Mahnung zugleich war. »Dafür sorgt schon mein Ficus. Solange der wächst und gedeiht, kann uns nichts und niemand etwas anhaben.«

Der Vater schüttelte unwillig den Kopf. »Bei aller Liebe, Christel, dein Gummibaum interessiert die Engländer nicht die Bohne!«

So ungewohnt heftig er gesprochen hatte – die Mutter ließ sich nicht beirren. »Schau nur, wie schön die Kerze brennt.« Mit dem Kinn deutete sie auf den Adventskranz. »Also tu mir die Liebe und gib die Hoffnung nicht auf. Die Menschen werden sich schon wieder vertragen, sie müssen sich doch vertragen, anders geht es ja gar nicht …«

Ulla hörte nur noch mit halbem Ohr zu. Ihr Brief war ein Stück weit aus dem Ärmel ihres Pullovers gerutscht und schaute unter dem Bündchen hervor. Eilig schob sie ihn wieder zurück, bevor jemand ihn sah.

»Warum gehen wir nicht endlich in den Salon, um zu musizieren?«, fragte Gundel, die keinen Streit länger als eine Minute ertragen konnte. »Heute ist doch Freitag!«

»Du hast recht«, sagte der Vater. »Musik ist Labsal für die Seele und reinigt die Gedanken.«

Er war schon im Begriff, die Tafel aufzuheben, um in den Salon hinüberzuwechseln, wo wie jeden Freitagabend die Instrumente für die Hausmusik bereitlagen, da klingelte es an der Haustür.

Verwundert schaute man sich an. Wer mochte das sein?

Im selben Moment kam Betty mit einem Mann herein, bei dessen Anblick Ulla zusammenzuckte. Ein Gesicht wie ein Totenkopf, darin zwei pechschwarze Augen, die aus tiefen Höhlen wie zwei Eierkohlen zu glühen schienen. Den anderen am Tisch erging es offenbar ähnlich. Alle starrten den Mann an wie ein Gespenst.

Während der kleine Winfried vor lauter Angst auf seinem Stuhl in sich zusammenschrumpfte, ließ Ruth plötzlich ihr Besteck fallen.

»Fritz – bist du das?«

Wortlos nickte der Fremde.

Ruth sprang von ihrem Platz auf, und während sie Anstalten machte, ihn zu umarmen, holten die Eltern tief Luft. Ulla wusste, warum, und konnte es ihnen nicht verdenken.

»Sieh nur, Winnie«, sagte Gundel. »Das ist dein Papa.«

Während Ruth den unheimlichen Ankömmling tatsächlich umarmte, hatte der kleine Winfried nur Augen für die rechte Hand des Mannes, der sein Vater sein sollte. Diese steckte in einem zerschlissenen Fäustling und bewegte sich auf dem Rücken seiner Mutter so rasend schnell hin und her, als wäre ein Dämon in sie gefahren.

3

Zurück in seinem Eisenbahnwaggon zog Tommy das Kabel, mit dem er die Oberleitung der Bahn angezapft hatte, durch die eigens zu diesem Zweck in die Wand eingelassene Klappe und verband das Ende mit dem Hauptverteiler, der alle elektrischen Geräte in seinem Zuhause mit Strom versorgte. Dann knipste er das Licht an und stellte das Radio ein.

Aus dem Lautsprecher ertönte die Stimme von Hans Albers.

Wir ziehen auf endlosen Straßen
Durch Tage und Nächte dahin,
Von Gott und den Menschen verlassen,
Ganz ohne Ziel und Sinn …

Tommy wusste, in einer halben Stunde würde Barbara da sein – und nichts war vorbereitet. Aber hieß sie wirklich Barbara? Oder nicht vielleicht Bärbel? Ach nein, Bärbel war vor ein paar Wochen gewesen … Doch ganz gleich, wie sie hieß, bei der Kälte würde sie kaum Lust verspüren, sich auszuziehen – am

Fenster blühten die Eisblumen, dass es eine Pracht war. Er verfluchte seine eigene Nachlässigkeit, er hätte zur Sicherheit ein bisschen Holz organisieren sollen, statt sich auf die Kohlen aus Lüdenscheid zu verlassen.

Wir wandern auf endlosen Wegen,
Getrieben, verfolgt vom Geschick,
Einer trostlosen Zukunft entgegen.
Wann finden wir wieder zurück? …

Er ging in das angrenzende Waggonabteil, wo die Waren lagerten, mit denen er auf dem Schwarzmarkt handelte. In den Regalen stapelten sich Hemden und Pullover, Herrenanzüge und Brautkleider, Wintermäntel und Sommerjacken, gefütterte Lederfliegerhauben und Pelzkragen und dazu paarweise alle möglichen Schuhe, für Damen, Herren und Kinder, aber auch Musikinstrumente und Nähmaschinen, Volksempfänger und Weckuhren, Ofenrohre und Radiatoren. Suchend schaute er sich um. War etwas Brennbares dabei? In Frage kamen nur die Bücher, die er in der hintersten Ecke gehortet hatte, von »Mein Kampf« hatte er gleich ein paar Dutzend Exemplare, außerdem »Das Kapital« von Karl Marx in vier Bänden, die er buchstäblich für einen Apfel und ein Ei eingetauscht hatte in der Hoffnung auf den Bildungshunger der Altenaer beziehungsweise ihre Lust auf politische Veränderung. Diese Spekulation hatte sich jedoch als Irrtum erwiesen. Kein einziger Kunde hatte sich für den Schmöker interessiert.

Er nahm einen Stoß Bücher, trug sie in sein Wohn- und Schlafabteil und stopfte sie in den Ofen, die vier Bände von Marx' »Kapital« zusammen mit einem Stapel »Mein Kampf«.

Nur ein Dach überm Kopf und das tägliche Brot
Und Arbeit für unsere Hände,
Dann kämpfen wir gern gegen Unglück und Not
Und zwingen das Schicksal zur Wende …

Auf seinem Universaltisch, der ihm sowohl als Büro- wie auch als Küchen-, Wohnzimmer- und Esstisch diente, lag ein dickes Bündel Geld – ein paar tausend Reichsmark in alten Scheinen. Er griff eine Handvoll und steckte sie mit einem Streichholz an, die Scheine waren ja praktisch nichts mehr wert, taugten aber immerhin als Fidibus, um die Bücher im Ofen anzuzünden.

Als das Feuer zu prasseln begann, trat er ans Fenster und wischte mit dem Mantelärmel auf der zugefrorenen Scheibe ein Guckloch frei, um nach seinem Besuch Ausschau zu halten. Doch in der Dunkelheit sah er nur ein paar letzte Kohlediebe, die, nachdem die Bahnpolizei sich verzogen hatte, aus ihren Verstecken zurückgekehrt waren und immer noch auf die Schnurre aus Lüdenscheid warteten.

Die Welt soll wieder schön
In Freiheit und Frieden ersteh'n.
Wir lassen die Hoffnung nicht sinken
Wir glauben trotz Tränen und Leid,
Dass bessere Tage uns winken
In einer neuen Zeit …

Während Hans Albers mit dem letzten Rest von Hoffnung, der nicht in den Trümmern des großdeutschen Reichs untergegangen war, sein Lied zu Ende sang, traf Tommy die letzten Vorbereitungen für seinen Besuch. Und genau im richtigen Moment – als er gerade die Flasche Rotwein entkorkte, die er, eingewickelt in ein Lammfell, damit sie in der Kälte nicht platzte, für diesen Abend reserviert hatte – klopfte es an der Fensterscheibe seines Waggons.

4

Die unverhoffte Rückkehr von Ruths Mann – Fritz Nippert mit Namen – aus russischer Kriegsgefangenschaft hatte die Ordnung in der Villa Wolf so sehr durcheinandergebracht, dass an diesem Freitagabend die Hausmusik, sonst ein unverrückbarer Fixpunkt im Wochenkalender der Familie, entfiel. Ruth war zusammen mit Fritz und dem gemeinsamen Sohn in ihrem Zimmer verschwunden, und als die Mutter nur wenig später mit einem unterdrückten Gähnen ihre Müdigkeit angedeutet hatte, war dies für alle das Signal gewesen, sich zur Nacht zurückziehen zu dürfen. Von der Erlaubnis hatte jeder nur zu gern Gebrauch gemacht. Ruths Ehe mit Fritz Nippert war ein Thema, das man nach Möglichkeit umging.

Auf dem Weg in ihr Zimmer versuchte Ulla, sich in ihre Schwester hineinzuversetzen. Wie musste das für Ruth wohl sein, ihren Mann in diesem fürchterlichen Zustand wiederzusehen? So plötzlich wie ein Gespenst war er aufgetaucht, buchstäblich aus dem Nichts, nachdem sie gerade erst der Aufforderung der Stadtverwaltung an alle Angehörigen der noch in Kriegsgefangenschaft befindlichen Männer gefolgt war, deren Anschrift mitzuteilen, damit sie zu Weihnachten einen Gruß aus der Heimat bekamen …

Doch dieser Gedanke beschäftigte Ulla nur eine Minute. Kaum hatte sie die Tür ihres Zimmers hinter sich geschlossen, zog sie den Brief aus dem Ärmel ihres Pullovers hervor und riss mit dem Daumennagel das Kuvert auf, um ihn zu lesen.

Sehr geehrtes Fräulein Wolf,
wie Sie vielleicht der örtlichen Presse entnommen haben, findet am kommenden Sonntag, dem zweiten Advent, in der Aula des Jungengymnasiums ein Arienabend statt. Zum Vortrag kommt Schuberts Winterreise, dargeboten von Roderich Schmitz, lyrischer Tenor des Wuppertaler Stadttheaters, am Klavier begleitet von Hugo Gillesen, Co-Repetitor desselben Hauses. Es ist mir gelungen, zwei der überaus begehrten Karten für dieses herausragende Kulturereignis in unserer Stadt zu erwerben, und es würde mich über alle Maßen freuen, wenn Sie mir die Ehre Ihrer Begleitung an diesem besonderen Abend erweisen würden.
Hochachtungsvoll!
Ihr sehr ergebener Jürgen Rühling,
stud. rer. pharm.

Ulla wusste nicht, ob sie lachen oder sich ärgern sollte. Was bildete der Kerl sich ein? Jürgen Rühling war der Sohn von Dr. Rühling, dem Inhaber der Alten Apotheke, ein aufgeblasener Lackaffe, der ihr seit einiger Zeit den Hof machte, leider zur Freude der Eltern, er galt als gute Partie, an dem sie selbst jedoch nicht das geringste Interesse hatte.

Stud. rer. pharm. …

Kopfschüttelnd überflog sie ein zweites Mal die Zeilen. »Der Stil ist der Mensch« – von wem stammte der Spruch noch mal? Ulla hatte es vergessen. Auf jeden Fall traf er hier hundertprozentig zu. Jürgen Rühlings Ausdrucksweise war genauso albern wie er selbst.

Sie wollte den Brief schon beiseitelegen, da entdeckte sie am unteren Rand noch eine klein gedruckte Abkürzung: *U. A.w.g.* Wieder so eine Affigkeit: *Um Antwort wird gebeten …* Konnte man das nicht auch etwas weniger überkandidelt sagen?

»Na, deine Antwort sollst du kriegen!«

Sie zerknüllte den Brief und warf ihn in den Papierkorb. Sie nahm bereits den Schal ab, um sich für die Nacht auszuziehen, doch plötzlich zögerte sie. Und was, wenn jemand Jürgen Rühlings Einladung im Papierkorb fand? Dann würden die Eltern vielleicht noch auf dumme Gedanken kommen … Also holte sie den Brief noch einmal aus dem Papierkorb hervor und zerriss ihn in so kleine Stücke, dass niemand ihn je wieder zusammenfügen konnte.

Sicher war sicher!

5

Mit vereinten Kräften war es Adolf Hitler und Karl Marx gelungen, den Eisenbahnwaggon einigermaßen ausreichend für eine Liebesnacht zu heizen. Während »Mein Kampf« und »Das Kapital« in den Flammen untergegangen waren, waren die Eisblumen an den Fenstern nach und nach abgetaut, so dass Tommy jetzt, obwohl splitternackt, kaum noch fror, als er sich aus dem Bett beugte, um in seiner am Boden liegenden Hose nach Zigaretten und Streichhölzern zu tasten.

»Johnny Player?«, fragte Barbara, eine üppige Blondine Anfang dreißig, die ebenso nackt wie er neben ihm im Bett lag, sichtlich beeindruckt. »Woher hast du die denn?«

Betont gleichgültig zuckte er die Achseln. »Beziehungen …«

»Zu den Tommys?«

»Was meinst du wohl, woher ich meinen Spitznamen habe?« Er klopfte eine Zigarette aus der Packung und ließ sie von seinem Handrücken direkt zwischen die Lippen springen, indem er sich mit der Rechten auf den linken Unterarm schlug.

Das oftmals erprobte kleine Kunststück verfehlte auch diesmal nicht seine Wirkung. Voller Bewunderung schaute Barbara ihn an.

»Dein anderer Name gefällt mir übrigens noch besser«, sagte sie.

»Du meinst – Thomas?«

»Nein, Prince Charming.«

»Wer nennt mich denn so?«, fragte Tommy mit gespielter Ahnungslosigkeit.

»Tu nicht so scheinheilig«, erwiderte sie. »Ganz Altena – zumindest die weibliche Hälfte. Und ich gebe zu«, fuhr sie mit einem Lächeln fort, »ich war neugierig, ob du den Namen verdienst.«

Tommy blies den Rauch seiner Zigarette aus. »Und – zu welchem Ergebnis bist du gekommen?«

Sie fuhr mit der Hand unter die Bettdecke und strich mit den Fingerspitzen an seinem Körper entlang, erst über die Brust, dann über den Bauch, immer weiter in Richtung Süden –, bis sie schließlich an der Stelle landete, wo er es am allerliebsten hatte.

»Mein Kompliment. Du hast deinem Namen alle Ehre gemacht.«

Sich wohlig rekelnd genoss er ihre Worte, und noch mehr die neuerliche Berührung, und er wünschte sich nichts sehnlicher, als dass sie noch ein bisschen weitermachte. Aber als er ihr aufmunternd zunickte, sah er ihren Blick.

Im selben Moment verging ihm jegliche Lust. Er kannte diesen Blick. Immer wenn Frauen ihn »danach« so anschauten, kam eine Frage, die er fürchtete wie der Teufel das Weihwasser.

Barbara schien seine Gedanken zu erraten. »Keine Angst«, lachte sie. »Ich suche nichts Festes.«

Verwundert richtete er sich auf den Ellbogen auf. »Ach so?«

»Ja, du hast richtig gehört, mein Schatz.« Sie zog ihre Hand unter der Bettdecke fort und küsste ihn auf die Nasenspitze. »Ich bin nämlich verheiratet.«

»Verstehe. Dein Mann ist in Gefangenschaft.«

Ihre Miene wurde wieder ernst. »Ja«, sagte sie. »In Frankreich. Und im Gegensatz zu dir liebe ich ihn und kann es kaum noch erwarten, dass er endlich zurückkommt und ich ihn wieder in meine Arme schließen darf.«

Ihre Antwort verwirrte ihn noch mehr. »Aber … aber warum bist du dann hier?«

Sie nahm ihm seine Zigarette ab und steckte sie sich zwischen die Lippen, um selbst einen tiefen Zug zu nehmen.

»Ich wollte nur ein bisschen Vergnügen, genauso wie du. Um nicht immer traurig sein zu müssen. Und in Altena gibt's ja nichts, um sich zu amüsieren, nur Arienabende.«

Während sie den Rauch in kleinen, blauen Ringen ausstieß, wusste Tommy nicht, ob er erleichtert oder beleidigt sein sollte. Doch er war noch zu keinem Schluss gekommen, da warf sie die Zigarettenkippe in die leere Weinflasche, in der sie mit einem leisen Zischen verglühte, und nackt, wie sie war, stand sie auf.

»Hast du was zu schreiben?«

»Ja, auf dem Tisch. Warum?«

Sie nahm einen Zettel und kritzelte darauf ein paar Zeilen.

»Meine Adresse. Für den Fall, dass du mal traurig bist.«

Sie klemmte den Zettel an den Spiegel neben der Waggontür, dann drehte sie sich zum Radio herum und schaltete den Apparat ein. Offenbar hatte sie einen amerikanischen oder englischen Soldatensender erwischt, denn als die Röhre des Volksempfängers aufglühte, kündigte ein Sprecher Frankie Carle und sein Orchester an.

Rumors are flying
That you've got me sighing
That I'm in a crazy kind of a daze
A lazy sort of a haze
When I go walking
I hear people talking
They say our affair is not just a passing phase …

Leise summte Barbara die Melodie mit und wiegte sich im Rhythmus des Slowfox. Tommy wusste nicht, ob sie den englischen Text überhaupt verstand, doch falls ja, hoffte er nur, dass sie dabei tatsächlich an ihren Mann und nicht an ihn dachte.

»Wie gern würde ich mal nach solcher Musik tanzen«, sagte sie. »Aber dafür müsste man schon nach Lüdenscheid oder Hagen fahren. Und wer kann sich das leisten?«

Ihr harmloser Wunsch rührte Tommy so sehr, dass er aus dem Bett sprang, um sie mit einer Verbeugung aufzufordern.

»Darf ich bitten?«

Barbara musterte ihn einmal von oben bis unten und lachte.

»Du willst *so* mit mir tanzen? Nackt?«

»Warum nicht? Du wolltest dich doch amüsieren! Und was die in Hagen oder Lüdenscheid können, können wir in Altena schon lange.« Ohne auf ihre Erlaubnis zu warten, nahm er ihre Hand und umfasste mit der Rechten ihre Taille. »Ich glaube, du hast mich gerade auf eine fabelhafte Idee gebracht.«

6

Als Christel mit ihren zwei Wärmflaschen das Bad verließ, hörte sie aus Ruths Zimmer Stimmen. Unwillkürlich blieb sie stehen. Doch die Versuchung, an der Tür zu lauschen, dauerte nur einen Moment. Nein, so etwas gehörte sich nicht! Also löschte sie das Licht im Treppenhaus und ging ins Schlafzimmer.

Eduard lag schon im Bett, begraben unter einem Berg von Decken und Kissen und Plumeaus, aus dem gerade noch sein Gesicht hervorlugte. Da die Kälte in dem ungeheizten Raum ihm oft solche Kopfschmerzen bereitete, dass sie ihn den ganzen nächsten Tag über plagten, hatte er sich angewöhnt, zur Nacht eine Schlafmütze zu tragen.

»Ich kann nur hoffen, dass die Engländer nicht wirklich ernst machen«, sagte er.

»Du meinst – mit der Demontage?«

Er nickte. »Ulla hat gerade eine so großartige Idee, was wir mit den Wehrmachtshelmen machen könnten, die wir noch auf Lager haben. Nudelsiebe!«, antwortete er, bevor Christel danach fragte. »Wir brauchen nur ein paar Löcher in die Helme zu stanzen, und schon sind sie fertig! Das zeigt, wie praktisch das Mädchen denkt! Ich habe ja schon immer gesagt, Ulla gehört in die Firma und nicht an die Universität. Hoffentlich können wir ihr die Flausen nur austreiben!«

Christel schaute ihn kopfschüttelnd an. »Haben wir nicht gerade andere Sorgen?«

Unwillig erwiderte er ihren Blick. »Andere Sorgen als die Firma?«

Sie streifte ihre Pantoffeln ab und legte sich zu ihm ins Bett. Wie jeden Abend, wenn sie das tat, lüftete er die Zudecke für sie, und wie jeden Abend reichte sie ihm seine Wärmflasche.

»Du weißt genau, was ich meine.«

Statt einer Antwort stöhnte er nur einmal leise auf. Dann knipste er das Nachttischlämpchen aus, und während nur noch der durchs Fenster fallende Mondschein das Zimmer erleuchtete, hörte sie eine lange Weile nichts als seinen schweren, gequälten Atem.

»Es sind die Falschen, die überlebt haben«, sagte er irgendwann in die Stille hinein.

Christel musste schlucken. Aus einer gerahmten, mit Trauerflor versehenen Fotografie an der Wand blickte ihr Sohn auf sie herab: Richard, die Offiziersmütze schräg auf dem Kopf, im Gesicht sein übermütiges Was-kostet-die-Welt-Lächeln. Das Bild zeigte ihn in seiner Panzergrenadieruniform und war am Tag seiner Beförderung zum Leutnant aufgenommen worden. Er hatte unter Feldmarschall Rommel in Afrika gekämpft und war in der Schlacht um El Alamein gefallen, im Juli 1942 – »gestorben für Führer, Volk und Vaterland«, wie es in der Todesnachricht geheißen hatte. Als das Schreiben eingetroffen war, hatte Eduard tagelang kein Wort gesprochen. Richard war die Zukunft der Firma gewesen, er hatte ihm mehr bedeutet als sein eigenes Leben.

Im Flur wurden Schritte laut, dann ein unterdrücktes Husten, und wenig später rauschte im Bad die Toilettenspülung.

»Stattdessen haben wir jetzt einen Nazi unter unserem Dach«, sagte Eduard.

Christel suchte unter der Bettdecke seine Hand, doch ohne sie zu finden. »Hauptsache, Winfried hat einen Vater. Und Ruth einen Mann.«

»Ich habe immer gesagt, dieser Mensch kommt mir nicht ins Haus. Niemals! Das wäre Verrat an allem, was mir heilig ist. Und was ich immer versucht habe hochzuhalten, auch damals, als es einen den Kopf kosten konnte.«

Endlich fand Christel seine Hand und drückte sie. »Denk an Weihnachten, mein Lieber. Immerhin sitzen wir als Familie wieder vollständig unterm Baum.« Erneut spürte sie den Blick ihres Sohnes auf sich, und während ihr die Tränen kamen, fügte sie hinzu: »Soweit es eben geht.«

7

Mit großen, angsterfüllten Augen starrte der kleine Winfried seinen Vater an. »Was will der Mann, Mama? Sag ihm, er soll wieder gehen.«

Obwohl Ruth genauso verstört war wie er, versuchte sie, sich nichts anmerken zu lassen. »Aber das ist doch der Vati«, sagte sie und streichelte ihm über den Kopf.

»Ich will aber keinen Vati!«

»Was redest du denn da, mein kleiner Liebling? Wir haben doch jeden Abend gebetet, dass der liebe Gott auf den Vati aufpassen und ihn zu uns schicken soll. Und jetzt hat der liebe Gott unsere Gebete erhört, und der Vati ist endlich da.«

»Aber ich will nicht, dass er da ist!«

Ruth wusste nicht, was sie tun sollte. Fritz hatte versucht, Winfried auf den Arm zu nehmen. Doch der war vor lauter Angst vor ihm davongelaufen und hatte sich hinter seinem Bettchen versteckt, und sie hatte es nur mit Mühe geschafft, ihn dort wieder hervorzuholen.

Fritz lachte bitter auf. »Jetzt wäre es dir wohl lieber, ich wäre nicht wieder aufgetaucht. Stimmt's?«

»Um Gottes willen – wie kannst du nur so etwas sagen? Ich … wir … ich liebe dich doch!«

Ruth ließ Winfried los, um ihren Mann zu umarmen. Aber Fritz schaute sie so abweisend an, dass sie die Arme wieder sinken ließ.

»Lass das Theater«, sagte er. »Ich weiß, wie ich aussehe. Sogar in Sibirien gab's Spiegel.«

Sie schaffte es kaum, seinen Blick zu erwidern. Mein Gott, wie hatten sie ihn nur zugerichtet … Es war keine vier Jahre her, dass sie sich in Fritz verliebt hatte, Hals über Kopf, irgendwo im belgischen Niemandsland, wohin sie von zu Hause durchgebrannt war, um als Krankenschwester deutsche Frontsoldaten zu pflegen. Er hatte sie mit seinem Motorrad aufgegabelt, als ihr Zug auf freiem Feld angehalten hatte und sie nicht wusste, wie sie zu ihrem Lazarett gelangen sollte. Fritz Nippert war der Mann gewesen, von dem sie immer geträumt hatte: kühn, willensstark, verwegen. Schon in der ersten Nacht war sie zu seiner Frau geworden, und als sie schwanger geworden war, hatte sie keine Sekunde gezögert, ihn zu heiraten. Nie zuvor und niemals später war sie in ihrem Leben so glücklich gewesen wie in dem Augenblick, als sie ihm in einer kleinen, schmucklosen Dorfkirche ihr Jawort gegeben hatte, zwei Tage bevor er an die Ostfront versetzt worden war.

Doch jetzt?

Jetzt war Fritz ein Spottbild seiner selbst, ein bis auf die Knochen abgemagertes Menschenwrack, ein Greis von kaum dreißig Jahren, mit einem Totenschädel zwischen den Schultern, wo früher einmal sein Kopf mit dem so hübschen Gesicht gewesen war, und einer sich rastlos hin und her bewegenden Schüttelhand, die keine Sekunde Ruhe gab. Sein einst kräftiges, schwarzes Haar, das sie so sehr geliebt hatte, war vollkommen ausgefallen, und seine Glatze mit Pusteln übersät.

Plötzlich musste sie an das Entsetzen ihrer Eltern denken, als sie mit einem Kind im Bauch, doch ohne Mann nach Altena zurückgekommen war. »Ein Rottenführer aus der Uckermark?«, hatte der Vater gefragt. »Wie konntest du uns das nur antun!«

Der kleine Winfried zupfte an ihrem Ärmel. »Bitte, Mama! Mach, dass der Mann weggeht!«

Fritz tat einen Schritt auf ihn zu und ging in die Hocke. »Hast du nicht gehört, was die Mutti gesagt hat?«, fragte er leise. »Ich bin dein Vati!«

Mit schräg geneigtem Kopf streckte er die Hand nach seinem Sohn aus. Ruth sah, wie für einen Moment etwas Weiches, Sanftes, Zärtliches in seinen Augen aufschimmerte. Doch wieder wich Winfried vor ihm zurück, und weinend versteckte er sich hinter Ruths Rock

Fritz' Miene verhärtete sich. Abrupt wandte er sich ab und trat ans Fenster, um in die Nacht hinauszuschauen.

»Du darfst ihm nicht böse sein«, sagte Ruth, während Winfried mit seinen beiden kleinen Händchen ihre Rechte so fest umklammerte, als wolle er sie nie wieder loslassen. »Er ist doch noch ein Kind.«

Eine lange Weile stand Fritz mit dem Rücken zu ihr da, ohne eine Antwort zu geben.

»Ja, das ist er«, sagte er schließlich mit einem Räuspern und nickte. »Ein Kind. Ein Kind dieser Familie.«

Er hatte die Worte in einem so feindseligen Ton gesagt, dass Ruth fröstelte.

»Was … was willst du damit sagen?«

»Ist das so schwer zu erraten?« Mit einem Ruck fuhr er zu ihr herum, und seine schwarzen Augen funkelten böse. »Wie ein Ungeheuer haben sie mich angestarrt, deine feinen Eltern und Schwestern, als stünde der Leibhaftige vor ihnen. Dabei ist es noch nicht lange her, da … da haben solche Leute vor uns gezittert und gekuscht – in die Hosen haben sie sich geschissen, die Herrschaften, wenn jemand wie ich sie nur scharf angeschaut hat. Aber jetzt … jetzt verachten sie mich und uns alle und bilden sich ein, sie könnten auf unsereins herabschauen und auf uns spucken, obwohl wir es doch waren, die ihnen den Arsch gerettet haben, wir ganz allein, weil wir als Einzige den Mut hatten, den Mut und die fanatische Entschlossenheit …«

In unterdrückter, kaum noch beherrschbarer Wut schleuderte er die Worte aus sich heraus: all die Verletzungen und Enttäuschungen und Demütigungen, die er im Krieg und in dem sibirischen Bergwerk, wo er so lange gefangen gehalten worden war, erfahren hatte. Doch so plötzlich und unvermittelt, wie es aus ihm hervorgebrochen war, verstummte er.

»Ich hab Angst, Mutti!«, wimmerte Winfried.

»Pssst«, machte Ruth. Sie bückte sich und nahm ihn auf den Arm. »Ist ja schon gut, mein Liebling. Ist ja schon gut, ist ja schon gut …«

Ein ums andere Mal wiederholte sie die Worte. Dabei strich sie ihm über den Kopf, über den Nacken, über den Rücken, küsste seine vor Aufregung glühende Stirn und schmiegte ihre Wange an seine, die nass war von Tränen. Doch Winfried ließ sich nicht beruhigen, sein ganzer kleiner Körper zitterte, als bestünde er nur noch aus Angst – Angst vor diesem fremden, unheimlichen Mann, für dessen Rückkehr er gestern Abend noch zum lieben Gott gebetet hatte.

Fritz machte den Mund auf, wie um etwas zu sagen. Doch kein Laut drang über seine Lippen, die so dünn und schmal waren wie zwei Striche. Nur ein Rucken seines Adamsapfels, dann ein letzter böser Blick, und er kehrte ihnen wieder den Rücken zu, um weiter durch das Fenster in die dunkle Nacht hinauszuschauen.

8

Es war Montag, die neue Woche begann, und auf dem Adventskranz, der wie jeden Morgen auf dem Esstisch stand, brannte seit einem Tag die zweite Kerze. Während Ulla und Gundel hungrig ihr Frühstück verzehrten und auch Christel zwei Marmeladenbrote aß, war Eduard so nervös, dass er, obwohl ihm der Magen nicht weniger knurrte, keinen Bissen herunterbekam, weshalb ihm sogar der Muckefuck aufstieß, den es anstelle von Bohnenkaffee gab, weil heute ja nur ein gewöhnlicher Wochentag war.

»Wo sind eigentlich Ruth und ihr Mann?«, fragte Christel. »Liegen die etwa noch in den Federn?«

»Nein«, sagte Betty. »Die haben schon vor einer Stunde gefrühstückt, zusammen mit Winfried.«

Christel schüttelte den Kopf. »Das ist keine Art. Ich fürchte, ich muss mit Ruth mal ein ernstes Wort sprechen.«

Im Gegensatz zu seiner Frau war Eduard heilfroh, dass die beiden nicht am Tisch saßen, so blieb ihm der Anblick seines Schwiegersohns erspart. Während des Wochenendes war man sich, so gut es ging, aus dem Weg gegangen. Zum Glück war die Villa groß genug, auch hatte der Kerl keinerlei Neigung gezeigt, zusammen mit den übrigen Familienmitgliedern den Gottesdienst zu besuchen, wie es sich für gesittete Menschen gehörte. Während der Mahlzeiten hatte man sich angeschwiegen, und die Stunden dazwischen hatte Fritz Nippert auf Ruths Zimmer verbracht, ohne dass jemand danach fragte, was er dort eigentlich trieb. Eduard wusste, das war auf Dauer kein Zustand, es bedurfte einer schnellstmöglichen Entscheidung, wie man die vermaledeite Situation handhaben sollte. Aber nicht an diesem Montagmorgen. Denn da ging es um die Existenz der Firma.

Ulla trank den letzten Schluck aus ihrer Tasse und stand auf.

»Komm, Gundel, wir müssen los!«

»Wo wollt ihr denn hin?«, fragte Christel, die ebenfalls ihr Frühstück inzwischen beendet hatte.

»Zur Flüchtlingshilfe. Gemeinwohl vor Eigennutz.«

»Sehr lobenswert, doch eins nach dem anderen.« Die Mutter setzte ihre Brille auf und holte die Lebensmittelkarten aus der Tischschublade. »Erst müsst ihr beim Einkaufen helfen.«

»Seit wann kann Betty das nicht mehr allein? Dafür braucht sie doch nicht uns!«

»Und ob sie euch dafür braucht! Ich habe gestern mit Frau Pastor Michel gesprochen. Wisst ihr, wie die das macht? Jeden Morgen, bevor die Geschäfte öffnen, schickt sie alle ihre fünf Kinder los, damit in jedem Laden ein Michelkind immer ganz vorn in der Schlange steht. So halten wir das ab jetzt auch. Betty kann ja nur in einem Laden auf einmal sein, wenn's losgeht, und bei den anderen guckt sie dann in die Röhre, weil schon alles aus ist.« Mit einer Schere schnitt sie die Marken von der Karte. »Nein, keine Widerworte!«, entschied sie, als Ulla etwas einwenden wollte. »Du gehst zu Metzger Schmale, Gundel zu Bäcker Hohage und Betty zu Milch Hottmann.«

Widerwillig nahmen die Mädchen die Brot-, Fleisch- und Buttermarken. Während die Mutter Gundel noch einschärfte, sich ja kein Sägemehlbrot andrehen zu lassen, wie es Frau Dr. Göcke neulich passiert sei, erhob sich Eduard vom Tisch.

»Ich mache mich dann auch mal langsam auf den Weg.«

Christel blickte ihn verwundert an. »Glaubst du, Herr Böcker ist schon im Rathaus?«

»Nein. Ich will ihn lieber zu Hause aufsuchen. Die Sache erfordert Diskretion.«

Christel schüttelte den Kopf. »Ich kann nicht verstehen, wie die Briten diesen Mann zum Bürgermeister machen konnten.«

»Aber das waren doch gar nicht die Briten, meine Liebe. Das waren noch die Amerikaner.«

»Von mir aus auch der Kaiser von China. Man hat den Bock zum Gärtner gemacht.«

»Allerdings«, pflichtete Ulla ihr bei. »Dass Walter Böcker Dreck am Stecken hat, weiß doch die ganze Stadt. Warum darf der eigentlich seine Maschinen behalten?«

Eduard hob die Arme. »Vor Gericht und auf hoher See sind wir allein in Gottes Hand.«

9

Normalerweise schlief Tommy morgens so lange, bis entweder die Bettgenossin, die mit ihm die Nacht verbracht hatte, ein Sonnenstrahl oder aber einfach nur die Lust auf den neuen Tag ihn weckte. Doch an diesem Morgen hatte er sich den Wecker gestellt. Major Jones, der britische Stadtkommandant, liebte nicht nur die deutsche Sprache, sondern auch deutsche Bräuche, und Pünktlichkeit gehörte bekanntlich dazu. Also war es besser, ihn nicht zu enttäuschen. Vor allem, wenn man etwas von ihm wollte.

Die Amerikaner, die im April 45 Altena eingenommen hatten, hatten das Amtsgericht in der Gerichtsstraße für ihre Kommandantur requiriert, doch die Engländer, die im Juni desselben Jahres auf die Amerikaner gefolgt waren, hatten mehr Geschmack bewiesen und ihre Militärdienststelle in die Burg Holtzbrinck verlegt, eine elegante Stadtburg aus dem 17. Jahrhundert am Ufer der Lenne, zu Füßen der eigentlichen, bereits im Mittelalter erbauten »Burg Altena«, die sich auf dem Schlossberg erhob.

Hier hatte sich Tommy um Punkt acht Uhr an diesem Montagmorgen eingefunden. Das Anliegen, das ihn zu dieser unchristlichen Zeit aus den Federn getrieben hatte, befand sich in seiner Aktentasche, in Gestalt eines Stapels frisch gedruckter Plakate, die er in ganz Altena anschlagen wollte und wofür er die Genehmigung der Besatzer brauchte.

»Prince Charming!« Major Jones, ein waschechter Brite unbestimmten Alters mit schütterem, rötlich blondem Haar, strahlte in seiner frisch gebügelten Uniform übers ganze Gesicht, als Tommy im Gefolge eines Sergeants sein Büro betrat. »What is it you Germans say? Pünktlich wie die Maurerleute!« Zur Begrüßung nahm er die Pfeife, die auch zu dieser frühen Stunde schon zwischen seinen Lippen klemmte, aus dem Mund. »Just five minutes, please.«

Damit wandte er sich wieder dem jungen Lieutenant zu, der ihm gerade rapportierte. Tommy sprach inzwischen genug Englisch, um das meiste zu verstehen. Die Rede war von einer Liste Altenaer Fabriken, die für die Demontage in Frage kamen. Gerade ging es um die Firma Wolf, die den Worten des Lieutenants zufolge offenbar von besonderem Interesse für die Briten war, wohl wegen eines Patents auf rostfreien Stacheldraht.

An seiner Pfeife saugend, hörte Major Jones aufmerksam zu. Dann fragte er den Lieutenant, wer die Liste erstellt habe.

Als Tommy die Antwort hörte, pfiff er leise durch die Zähne.

Was für ein Arschloch …

In der Hoffnung, mehr darüber zu erfahren, wie Altenas Fabrikanten versuchten, sich gegenseitig das Wasser abzugraben, spitzte er die Ohren. Doch leider beendete der Lieutenant bereits seinen Rapport und salutierte.

Als er den Raum verließ, drehte Major Jones sich zu Tommy herum und deutete mit seiner Pfeife auf einen Stuhl.

»Please have a seat, my friend. Was kann ich für Sie tun?«

10

Das Privathaus von Bürgermeister Böcker befand sich in der Freiheit, in unmittelbarer Nachbarschaft zu Betten-Prange und Lotti Mürmanns Kolonialwarenladen, eine in dieser kleinbürgerlichen Umgebung sich seltsam fremd ausnehmende herrschaftliche Villa, zu der, da am Hang in einem parkähnlichen, jetzt aber von Eis und Schnee bedeckten Garten gelegen, eine schier unendliche Abfolge von Treppen hinaufführte, so dass Eduard, als er den obersten Absatz erreichte, für einen Moment innehalten musste, um wieder zu Atem zu kommen. Die eiskalte Luft drang mit solcher Schärfe in seine Lungen, dass es schmerzte. Er rückte sich die Ohrenwärmer zurecht, dann ging er die letzten Meter des mit Viehsalz und Kies gestreuten Wegs zum Eingang des Hauses.

Er hatte diesen gerade erreicht, da öffnete sich von innen die Tür, und ein Mann kam ihm entgegen, den er nie und nimmer an diesem Ort erwartet hätte: sein Schwiegersohn Fritz Nippert.

»Was haben *Sie* denn hier zu suchen?«

Der andere schien ebenso überrascht wie er. Feindselig blickte er ihn aus seinen dunklen Augenhöhlen an, und statt Antwort zu geben, zog er sich nur mit seiner Schüttelhand die Russenmütze in die Stirn und ging grußlos an ihm vorbei.

Irritiert schaute Eduard ihm nach, bis er die Treppen hinuntergegangen war und die Freiheitstraße erreichte, dann wandte er sich zum Eingang und betätigte die Klingel.

Die Haushälterin ließ ihn ein, Fräulein Steuernagel, eine stadtbekannte Juffer mit Klumpfuß und Buckel, die Walter Böcker, um Gerüchten entgegenzuwirken, in Ablösung eines bildhübschen Dienstmädchens eingestellt hatte, nachdem seine Frau sich von ihm hatte scheiden lassen. Jetzt nahm sie Eduard Mantel, Ohrenwärmer und Schal ab und führte ihn ins Jagdzimmer, eine dunkle, muffige Höhle voller ausgestopfter Wildtiere und Geweihe, in dem es nach abgestandenem Zigarrenrauch, Alkohol sowie den Ausdünstungen von nassem Fell roch.

Der Hausherr war gerade damit beschäftigt, etwas an einer Wand aufzuhängen. Eduard konnte nicht erkennen, was es war – wahrscheinlich eine weitere Jagdtrophäe. Böcker stand mit dem Rücken zum Raum, so dass sein massiger Körper den Blick verstellte.

»Herr Wolf ist da und möchte Sie sprechen«, sagte Fräulein Steuernagel und humpelte davon.

Der Angesprochene ließ sich durch die Ankündigung von seiner Tätigkeit nicht ablenken. Eduard trat näher, um zu schauen, was es so Wichtiges gab, um dieses ungehörige Verhalten zu entschuldigen. Als er es sah, traute er seinen Augen nicht. Die Trophäe, die Walter Böcker gerade anbrachte, war weder ein Geweih noch ein ausgestopftes Tier, sondern ein Bilderrahmen, und darin prangte, ausgestellt auf den Namen des Hausherrn, ein »Persilschein«, die Unbedenklichkeitserklärung, mit dem die Militärregierung Walter Böcker nach Abschluss des Spruchkammerverfahrens von jeder Verwicklung in Naziverbrechen freisprach und ihm eine makellose politische Vergangenheit attestierte.

Endlich drehte Böcker sich um. Als er Eduards Verblüffung sah, feixte er vor Vergnügen, und sein blaurotes, pockennarbiges Bulldoggengesicht wurde noch eine Spur dunkler.

»Na, da staunen Sie – was?«, lachte er mit seinem dröhnenden Bass.

»In der Tat … Immerhin, wie soll ich sagen … ich meine, in der Stadt geht das Gerücht, man hätte Sie nach Nürnberg geladen.«

»Ach was, olle Kamellen! Nur eine kleine Spritztour ins

schöne Frankenland, bei freier Kost und Logis! Professor Schmitt hat mich nach einer Woche da wieder rausgehauen, Sie wissen schon, der berühmte Rechtsverdreher aus Plettenberg. Das Schlitzohr hatte selbst ein Verfahren am Hals, war ja früher in Berlin eine Riesennummer, als Görings juristischer Berater, und kennt sich bestens aus. Jetzt ist es amtlich, ich bin ein lupenreiner Demokrat, und wenn Sie mich fragen – schon immer gewesen!« Wieder lachte er sein dröhnendes Lachen. »Doch was verschafft mir die Ehre Ihres Besuchs? Wenn Sie schon vor dem Aufstehen hier aufkreuzen, hat das ja wohl seinen Grund.«

»Allerdings«, bestätigte Eduard, der nicht wusste, wie er es am elegantesten anfangen könnte. Aber es fiel ihm nichts ein. Also gab er sich einen Ruck und erklärte rundheraus: »Die Firma Wolf hat es erwischt.«

Böckers Miene wurde schlagartig ernst.

»Demontage?«

Eduard nickte.

»Scheiße im Kanonenrohr! Damit ist nicht zu spaßen.«

»Deshalb bin ich hier, Herr Böcker. Weil, ich dachte, Sie, als Bürgermeister …«

»Nichts täte ich lieber, als Ihnen zu helfen, hochgeschätzter Kollege«, fiel der andere ihm ins Wort. »Doch ich bedauere zutiefst, ich bin die falsche Adresse. Ich habe mein Amt mit Wirkung des heutigen Tags niedergelegt.«

»Wie bitte?« Eduard war verwirrt. »Soll das heißen, Sie sind nicht mehr Bürgermeister?«

»Ganz richtig, eine Gewissensentscheidung. Die Firma Böcker & Söhne hat ein Gebot bei der Ausschreibung zum Wiederaufbau der drei Lennebrücken eingereicht, Stahlgitter sind ja unser Geschäft. Und bei einem Auftrag dieser Größenordnung darf natürlich nicht der Verdacht aufkommen, dass ich als Bürgermeister und Inhaber von Böcker & Söhne in Personalunion womöglich bevorzugt behandelt werde.«

Eduard biss sich auf die Lippe. Die Firma Wolf hatte sich gleichfalls um den Auftrag beworben.

»Sie wissen ja«, fuhr Böcker fort. »Dienst ist Dienst, und Schnaps ist Schnaps. Und im Zweifelsfall geht die Firma natürlich vor. Da kann unsereins nicht aus seiner Haut!«

»Natürlich, gewiss …« Eduard hatte Mühe, die Sprache wiederzufinden. »Gibt es … gibt es schon einen Nachfolger?«

»Im Amt des Bürgermeisters? Aber selbstverständlich – Arno Vielhaber.«

»Von Mode Vielhaber, ehemals Rosen?«

»Richtig«, bestätigte Böcker. »Ein sehr tüchtiger Mann. Ich bin sicher, er wird alles tun, um Ihnen aus der Patsche zu helfen.« Er machte eine kurze Pause, dann fuhr er fort: »Doch wenn ich Ihnen einen Rat unter uns Pfarrerstöchtern geben darf – das ›ehemals Rosen‹ würde ich vielleicht unter den Tisch fallen lassen. Man muss ja niemanden unnötig vor den Kopf stoßen.«

11

Ulla war die Letzte, die nach dem Einkaufen am »Holländer« eintraf, dem Kino in der Nette, das aus Gründen, die kein Mensch mehr wusste, mitten auf der Straße stand, so dass der Verkehr sich in beiden Richtungen um das Gebäude herumschlängeln musste. Gundel und Betty warteten schon auf sie. Obwohl sie sich eine halbe Stunde vor Ladenöffnung auf den Weg gemacht hatten, um sowohl bei Bäcker Hohage als auch bei Metzger Schmale und Milch Hottmann möglichst weit vorn in der Schlange zu stehen, war inzwischen der halbe Vormittag herum. Andere hatten sich noch früher angestellt als sie.

Betty stampfte mit den Füßen auf der Stelle und schlug mit den Armen, um sich aufzuwärmen. »Wenn das mit der Kälte so weitergeht, sind wir bis Weihnachten alle erfroren.«

»Oder verhungert«, sagte Ulla.

»Hast du bei Schmale nichts mehr bekommen?«

»Nur einen Zipfel Leberwurst. Aber kein Fleisch. Dafür eine Handvoll Datteln. Angeblich sollen die so nahrhaft sein wie ein ganzes Kotelett.«

»Wer's glaubt, wird selig. Von dem Zeug bekomme ich nur Durchfall.«

»Ja, wenn du Wasser dazu trinkst.«

»Ich hab zwei Kilo Brot ergattert!«, sagte Gundel stolz.

»Aus echtem Mehl?«

»Natürlich – was glaubst du denn!«

»Und du, Betty?«

»Fehlanzeige!« Das Dienstmädchen hob den Deckel von ihrer leeren Kanne. »Dabei gab es sogar Milch.«

»Und warum hast du dann keine?«

Betty schaute sich um, als hätte sie Angst, dass man sie hören könnte. Dann sagte sie mit gesenkter Stimme: »Jemand hat mir geflüstert, die Engländer hätten die Milch vergiftet. Aus Rache an den Deutschen.«

»Was für ein Unsinn!«, sagte Ulla.

»Gar kein Unsinn! Das wäre nicht das erste Mal, dass so was passiert.«

»Und wer war das, der dir das geflüstert hat. Jemand vor oder hinter dir in der Schlange?«

»Hinter mir«, antwortete Betty. »Warum? Das spielt doch keine Rolle.«

Die beiden Schwestern schauten sich an und prusteten wie auf Kommando los.

»Ich weiß gar nicht, was es da zu lachen gibt«, sagte Betty beleidigt. Doch dann fasste sie sich an den Kopf und musste selber lachen. »O Gott, wie konnte ich nur so blöd sein? Verratet mich ja nicht bei eurer Mutter!«

»Keine Sorge«, sagte Ulla. »Wir halten dicht.« Sie nahm das Brot ihrer Schwester, tat es in ihren Einkaufsbeutel mit der Leberwurst und den Datteln und drückte alles Betty in die Hand. »Nimmst du die Sachen mit nach Hause? Dann können wir gleich weiter zur Flüchtlingshilfe. – Los, Gundel, wo bleibst du?«

Doch ihre Schwester hörte nicht. Zwischen zwei meterhohen Schneehaufen stand sie vor dem Kinoeingang und schaute wie verzückt auf ein Plakat, das dort angeschlagen war.

TANZVERGNÜGEN IM LENNESTEIN

Ab sofort jeden Donnerstag, Beginn 19 Uhr
Damen freier Eintritt / Herren werden
um Sachspenden gebeten
Auch Tanzunkundige willkommen / Anleitung
durch erfahrene Lehrkraft inklusive

»Da will ich hin«, sagte sie.

»Ich nicht«, erwiderte Ulla. »Am Ende taucht da noch Jürgen Rühling auf.«

»Und wenn ich dich darum bitte?«

»Kommt nicht in Frage. Der Blödmann scheint zu allem entschlossen. Habe ich dir erzählt, dass er mir inzwischen sogar schon Briefchen schreibt?«

Gundel schaute sie mit ihren Rehaugen an. »Bitte, Schwesterherz – sei kein Spielverderber! Das macht sicher Riesenspaß!«

Verwundert erwiderte Ulla ihren Blick. »So unternehmungslustig kenne ich dich ja gar.« Plötzlich stutzte sie. »Aber was sehe ich denn da? Du wirst ja ganz rot!«

»Werde ich gar nicht!«

»Und ob! Na, jetzt geht mir ein Licht auf – Benno Krasemann, stimmt's?«

Gundel wurde noch röter. »Bitte, Ulla. Du *musst* mitkommen. Allein lassen mich Mama und Papa doch nicht …«

12 TANZVERGNÜGEN IM LENNESTEIN

Tommy hatte lange überlegt, mit welchem Reklamespruch er für seine Veranstaltung werben sollte. Ursprünglich hatte er einen Tanz*kurs* ankündigen wollen, aber damit hätte er sich ja ausschließlich an Tanzunkundige gewandt. Bei Tanz*vergnügen* hingegen durfte er mit weitaus größerem Zulauf rechnen – ein bisschen tanzen konnte ja praktisch jeder, und den paar Leuten, die wirklich noch nie das Tanzbein geschwungen hatten, bot er Anleitung an, damit sie sich gleichfalls angesprochen fühlten.

Obwohl er in den letzten Nächten mehr Kohlen geklaut hatte als sonst in einem ganzen Monat, um den Lennestein damit zu heizen, bibberte er vor Kälte, als er nun in der Eingangshalle auf Kundschaft wartete. Der stuckverzierte Saalbau unweit der Steinernen Brücke, in dem zu Friedenszeiten die großen Bälle der Altenaer Bürgerschaft stattgefunden hatten, bevor er während des Kriegs in ein Lazarett umfunktioniert worden war, war mit seinen dicken Mauern selbst im Sommer eine kalte Pracht, doch in diesem ungewohnt strengen Winter hatte er sich in ein wahres Gefrierhaus verwandelt.

Zum Glück musste Tommy nicht lange warten. Barbara war

unter den Ersten, die in die Eingangshalle strömten. Das wurde allerdings auch Zeit, sie hatte ihm ihre Hilfe angeboten, und die konnte er dringend brauchen.

»Endlich mal was los in Altena!«, sagte sie. »Was für eine wunderbare Idee!«

»Kein Wunder«, erwiderte Tommy mit einem Augenzwinkern, »du hast mich ja darauf gebracht.«

Barbara legte den Zeigefinger an die Lippen: »Pssst!«

Tommy verstand: Sie war eine verheiratete Frau, und Altena war klein …

»Dann mache ich mich mal an die Arbeit!«, sagte sie. »Die Ersten legen schon ihre Mäntel ab.«

Während sie in Richtung Garderobe verschwand, kamen Benno Krasemann und Bernd Wilke die Treppe herunter, die von der Halle in den Saal führte.

»Alles startklar! Der Ofen bullert!«

»Und das Grammophon ist angeschlossen!«

»Und funktioniert sogar.«

»Zumindest, wenn es Strom gibt. Sonst muss Bernd mit seiner Mundharmonika ran!«

»Um Himmels willen – nur das nicht!«

Benno, seines Zeichens kaufmännischer Lehrling der Firma Wolf, ein junger, gutaussendender Mann von siebzehn Jahren, den dank seiner offenen und stets freundlichen Art jedermann mochte, und Bernd, ein breitschultriger Maurergeselle Mitte zwanzig mit wuchtigem Schädel und kurzer Stoppelhaarfrisur, eine Seele von Mensch, doch manchmal etwas schwer von Kapee, waren Tommys beste Freunde. Er hatte die beiden als Eintänzer engagiert – bei dem Frauenüberschuss, der seit dem Krieg auch in Altena herrschte, war damit zu rechnen, dass es den tanzwilligen Damen an der nötigen Zahl Herren fehlte.

Inzwischen herrschte so reger Zustrom, dass Tommy das Herz im Leibe lachte. Selbst Kriegsversehrte schleppten sich herbei, auf Krücken und mit Augenklappen und Armbinden.

»Das letzte Aufgebot«, raunte Benno.

»Was vom Volkssturm übrig blieb«, ergänzte Bernd.

Tommy grinste. »Hauptsache, der Paarungswille ist ungebrochen.«

»Wie hast du den Engländern eigentlich die Genehmigung abgeschwatzt?«, wollte Benno wissen.

Tommy zuckte die Schultern. »Ich habe Commander Jones Tanzkurse für seine Offiziere versprochen – im Rittersaal der Burg und mit den hübschesten ›Frolleins‹ der Stadt! Er war ganz aus dem Häuschen!«

Benno pfiff anerkennend durch die Zähne. »Dann drücke ich dir nur die Daumen, dass die Frolleins auch dürfen. Ich kann mir vorstellen, dass manche Mütter um die Tugend ihrer Töchter fürchten und sie zu Hause einsperren.«

»Keine Sorge. Wenn die Töchter Zigaretten und Schokolade mit nach Hause bringen, werden die moralischen Bedenken der Mütter sich in Luft auflösen.«

Wieder ging die Tür auf, und weitere Vergnügungssüchtige drängten in die Eingangshalle.

Tommy rieb sich die Hände. »Ihr werdet sehen, das wird ein glänzendes Geschäft.«

»Kassierst du eigentlich vorher oder nachher?«, fragte Bernd.

»Weder noch. Als Veranstalter bin ich ja sozusagen der Gastgeber – selbst zu kassieren wäre also wenig elegant.«

»Und wer kassiert dann?«

»Meine Garderobiere.« Mit dem Kinn deutete Tommy zu Barbara hinüber, die gerade die Mäntel zweier Damen entgegennahm. »Bleibt ihr bitte kurz hier und macht das Empfangskomitee? Ich will nur mal nachsehen, was sie schon eingenommen hat.«

In freudiger Erwartung eilte er zur Garderobe, doch als Barbara ihm den Schuhkarton mit den freiwilligen Sachspenden der Herren zeigte, war die Enttäuschung groß. In dem Karton befand sich lauter Klimbim: Krawattennadeln und Manschettenknöpfe, Rückenkratzer und Porzellanfiguren, Briefbeschwerer und Buchstützen – alles Dinge, von denen die Regale in seinem Eisenbahnwaggon ohnehin überquollen.

Jürgen Rühling, der Sohn des Apothekers, der eine Klasse über ihm das Jungengymnasium besucht hatte, trat auf ihn zu.

»Bist du hier der Impressario?«, fragte er in dem herablassenden Ton, den Tommy schon immer an ihm gehasst hatte.

»Wenn du damit denjenigen meinst, dem du den Eintritt schuldest, bist du bei mir richtig.«

Jürgen drückte ihm eine Tüte Brustbonbons in die Hand. »Bitte sehr, mein Obolus. Die Spezialität meines alten Herrn. Besonders wertvoll in der kalten Jahreszeit.«

Während Tommy nichts anderes übrig blieb, als sich mit einem säuerlichen Lächeln zu bedanken, sah er, wie in Jürgens Gesicht die Sonne aufging. Als er sich umdrehte, begriff er, warum. Der Grund war Ulla Wolf, die gerade mit ihrer jüngeren Schwester in die Halle kam. Tommy rieb sich die Augen. Er hatte Ulla seit der Schulzeit nicht mehr gesehen. Damals war sie noch ein richtiger Backfisch gewesen, schlaksig und unproportioniert, doch jetzt war sie eine zu voller Schönheit erblühte Frau mit dunkelblondem Haar und türkisgrünen Augen und, was Tommy besonders gefiel, dem ganzen Gesicht voller Sommersprossen, obwohl es doch mitten im Winter war.

Er warf die Tüte Brustbonbons in den Schuhkarton und wollte sie begrüßen, doch Jürgen Rühling war schon bei ihr.

»Dein neuer Schwarm?«, fragte Barbara, die ihn beobachtet hatte.

Statt einer Antwort griff Tommy in seine Jackentasche und fischte eine Johnny Player aus der Packung. So lässig wie möglich schlug er sich mit der Rechten auf den linken Unterarm, und mit einem Salto landete die Fluppe zwischen seinen Lippen.

Doch außer Barbara achtete kein Mensch auf ihn und sein kleines Kunststück.

13

»Hab ich es dir nicht gesagt?«, zischte Ulla leise und deutete mit verdrehten Augen über die Schulter auf Jürgen Rühling, der ihr gerade aus dem Mantel half.

Doch Gundel antwortete nicht. Sie hatte nur Augen für Benno, der zusammen mit Bernd Wilke, dem schüchternen Maurergesellen, der, wie Ulla behauptete, früher mal Ruth den Hof gemacht hatte, am Eingang stand, um die Ankömmlinge zu begrüßen. Benno hatte auch sie begrüßt, doch nicht so, wie sie es sich erhofft hatte. Steif wie ein Zinnsoldat hatte er ihre Hand geschüttelt und sich vor ihr verbeugt, und vor lauter Aufregung hatte sie die Begrüßung genauso steif und förmlich erwidert, ohne dass ihr auch nur ein freundliches Wort über die Lippen gekommen war. Sie hatte sich benommen wie eine dumme Gans – ohrfeigen könnte sie sich!

Ob sich der Fehler wohl wiedergutmachen ließ?

Sie gab der Garderobiere ihren Mantel, um einen neuen Anlauf zu nehmen. Aber kaum eilte sie in Bennos Richtung, nahm der regelrecht Reißaus. Zwei Stufen auf einmal nehmend, lief er die Treppe zum Saal hinauf, als müsse er vor ihr fliehen.

Sie wollte ihm folgen, doch da trat Bernd Wilke ihr in den Weg.

»Kommt Ihre Schwester auch?«, fragte er.

»Ulla?«, fragte sie zurück. »Ja, sie ist schon da.«

Bernd Wilke schüttete den Kopf. »Ich meinte Ihre andere Schwester – Ruth.«

Gundel begriff. »Nein, tut mir leid, Ruth wird wohl nicht kommen, weil …« Sie zögerte kurz, bevor sie weitersprach. »Ihr Mann ist aus Russland zurück.«

»Ach so.«

Sie sah die Enttäuschung in seinem Gesicht, und für einen Moment bereute sie ihre Worte. Offenbar hatte Ulla recht, und er hegte immer noch Gefühle für Ruth.

Sein großer Adamsapfel ruckte. »Was für eine gute Nachricht«, sagte er mit rauer Stimme. »Ich … ich freue mich – ich meine, für Ihre Schwester.«

Tapfer schluckte er seine Gefühle runter. Gundel war so gerührt, dass sie ihn gern getröstet hätte. Aber dafür war keine Zeit.

Also ließ sie ihn stehen und lief die Treppe hinauf. Höchste Eisenbahn, dass sie in den Saal kam! Bevor Benno Krasemann sich vielleicht ein anderes Mädchen anlachte …

14

Im Saal des Lennesteins summte es wie in einem Bienenhaus. Männlein und Weiblein warteten voller Anspannung darauf, dass es endlich losging. Tommy sah es mit Vergnügen: Ja, der Paarungswille war nach wie vor ungebrochen.

Laut klatschte er in die Hände. »Wenn Sie bitte Aufstellung nehmen wollen, meine Herrschaften? Die Damen zu meiner Rechten, die Herren zu meiner Linken.«

Während man der Aufforderung folgte, eilte Tommy zu dem Grammophon, das er zusammen mit einem halben Dutzend Schellackplatten extra angeschafft hatte. Statt sich mit überflüssigen Vorreden aufzuhalten, wollte er so schnell wie möglich für Bewegung sorgen, damit die Stimmung nicht kippte. Obwohl der Ofen bullernd sein Bestes gab, war es immer noch so kalt im Saal, dass man ohne Mantel und Schal fast erfror.

Die Schallplatte, die er zum Auftakt ausgesucht hatte, lag schon auf dem Teller. Er war von Pontius zu Pilatus gelaufen, um sie zu besorgen, auf dem Schwarzmarkt in Altena hatte es keine amerikanischen Jazzplatten gegeben. Sämtliche einschlägige Adressen hatte er abgeklappert, in Lüdenscheid und Hagen und Iserlohn, ja, er war sogar nach Dortmund gefahren, bis er endlich die Platte mit dem Song gefunden hatte, die er unbedingt für den ersten Abend haben wollte: »Rumors are flying«, von Frankie Carle und seinem Orchester. Bei diesem Song war ihm die Idee für seine Tanzveranstaltungen gekommen, und obwohl er eigentlich nicht abergläubisch war, glaubte er fest daran, dass die Nummer ihm Glück bringen würde. Zusammen mit dem Grammophon hatten die Platten ihn ein Vermögen gekostet: anderthalb Stangen Johnny Player, eine Flasche irischen Whisky und dazu ein Dutzend feinster Damen-Seidenstrümpfe. Jetzt konnte er nur hoffen, dass sich die Investition nicht als ähnlicher Reinfall erwies wie die vier Bände von Marx' »Kapital«, die er zu Barbaras Ehren in seinem Waggon verfeuert hatte. Wenn er an den wertlosen Klimbim dachte, den er bisher eingenommen hatte, wurde ihm ganz flau im Magen.

Nachdem er sich mit einem Blick überzeugt hatte, dass die Tänzerinnen und Tänzer bereit waren, schaltete er das Grammophon ein. Der Teller kam nach einer Schrecksekunde auf Touren, und als der Tonarm herabsank und die Nadel die Rille fand, ertönte aus dem Lautsprecher ein Knistern, als würde ein Lagerfeuer brennen.

Gott sei Dank, der Apparat funktionierte! Bernd konnte seine Mundharmonika stecken lassen.

»Die Herren dürfen die Damen jetzt auffordern!«

Er hatte noch nicht ausgesprochen, da stürzten die Männer kreuz und quer durch den Saal auf die Reihe der wartenden Frauen zu, als habe er zum Sturmangriff geblasen. Jeder hatte sich seine Angebetete schon vorher ausgeguckt und wollte der Erste sein. Einander rücksichtslos aus dem Weg stoßend, hasteten sie auf die Objekte ihrer Begierde zu, und genau in dem Moment, in dem ein Beinamputierter, der sich ein Wettrennen mit Benno Krasemann lieferte, über seine eigene Krücke stolperte, um bäuchlings zu Füßen von Gundula Wolf zu landen, setzte Frankie Carle mit seinem Orchester ein.

15

Rumors are flying
That you've got me sighing
That I'm in a crazy kind of a daze
A lazy sort of a haze …

Benno hatte seinen ganzen Mut zusammengenommen, um Gundel Wolf aufzufordern, doch er hatte gegen diesen Einbeinigen den Kürzeren gezogen. Der Kerl hatte sich ihr buchstäblich zu Füßen geworfen.

Jetzt tanzte Benno mit Monika Mitschke, einer hübschen Rothaarigen, die bei Mode Vielhaber als Verkäuferin arbeitete. Sie hatte direkt neben Gundel Wolf gestanden und geglaubt, sein Ehrgeiz hätte ihr gegolten, und als Gundel seinem amputierten Rivalen aufgeholfen hatte, hatte sie ihm mit einem so entzückten Lächeln den Arm gereicht, dass es mehr als unhöflich gewesen wäre, sie einfach stehen zu lassen.

Zum Glück hatte er noch ein paar Stunden in der Tanzschule Meister absolviert, bevor er zur Wehrmacht eingezogen worden war, so dass er die Grundschritte der wichtigsten Standardtänze beherrschte. Während er mit Monika über das Parkett glitt, schmachtete sie ihn mit ihren himmelblauen Augen fortwährend an. Benno war sicher, die meisten anderen Männer im Saal hätten liebend gern mit ihm getauscht. Doch ihn ließen Monikas Blicke kalt, immer wieder, wie unter einem Zwang, schaute er zu Gundel hinüber, deren Tänzer mit seiner Krücke so staksig tanzte wie ein Pirat –, über dem rechten Auge trug er sogar eine schwarze Klappe, ihm fehlte nur noch der Dreispitz auf dem Kopf! Manchmal blickte auch Gundel zu ihm herüber, doch sobald sie das tat, schaute er wieder weg. Gundel war die Tochter seines Chefs und er ein Lehrling im ersten Jahr – ein »Stift«, das kleinste Rädchen im Betrieb.

Also zwang er sich, nicht mehr nach ihr zu schauen. Mindestens zehn Sekunden lang hielt er es durch, doch dann hatte er plötzlich das Gefühl, als würde ihn ein warmer Sonnenstrahl im Nacken berühren.

Unwillkürlich drehte er sich um.

Tatsächlich, sie schaute ihm direkt in die Augen.

Ohne zu wissen, was er tat, riskierte er ein Lächeln.

Hätte er das nur nicht getan! Das Blut schoss ihr ins Gesicht, sie warf den Kopf in den Nacken und tanzte mit ihrem einbeinigen Tänzer in einem Tempo davon, wie Benno es dem Piraten nie zugetraut hatte. Und obwohl er mehrmals verstohlen nach ihr schaute, erwiderte sie kein einziges Mal mehr seinen Blick.

Keine Frage, sie wollte nichts von ihm wissen!

16

Jürgen Rühling war ein glänzender Tänzer, das musste Ulla ihm lassen. Er führte mit solcher Leichtigkeit und Präzision, als hätte er sein Leben lang nichts anderes getan. Aber vor allem war er ein glänzender Schwätzer. Anstatt es bei dem zu belassen, was er konnte, Tanzen, trieb er in einem fort mit ihr »Konversation«, wie er sein geschwollenes Gerede vermutlich genannt hätte. Ulla war sicher, das hatte er sich von seinem Vater abgeschaut. Der alte Apotheker galt in Altena als »Mann von Welt«, und sein Sohn eiferte ihm darin auf geradezu groteske Weise nach.

»Der Arienabend war übrigens ein musikalischer Hochgenuss.«

»Welcher Arienabend?«, erwiderte Ulla, obwohl sie natürlich wusste, wovon Jürgen Rühling sprach.

»Letzten Sonntag – die Veranstaltung in der Aula des Jungengymnasiums, zu der ich Sie eingeladen habe.«

»Tut mir leid, ich kann mich an keine Einladung erinnern.«

»Aber ich habe sie Ihnen doch postalisch zukommen lassen.«

Unschuldig ließ sie die Wimpern klimpern. »Kann es vielleicht sein, dass Sie den Absender vergessen haben?«

»Ich habe ihn absichtlich weggelassen«, erwiderte er. »Ich wollte ja nicht Gefahr laufen, Sie womöglich zu kompromittieren.«

»Ach so? Nun, dann haben wir ja die Erklärung. Anonyme Briefe landen bei mir im Papierkorb.«

Das saß! Jürgen war so durcheinander, dass er für ein paar Schritte sogar aus dem Takt kam.

»Das ist Foxtrott, Herr Rühling!«, rief Tommy Weidner prompt. »Also lang, lang, kurz-kurz, lang.«

Während Jürgen die Zurechtweisung mit verkniffener Miene

quittierte, warf Ulla einen Blick über die Schulter. Sie kannte Tommy Weidner – natürlich, wer kannte ihn nicht? Als sie noch zum Lyzeum gegangen war, war er ihr jeden Morgen auf dem Schulweg begegnet, bis er wie sein ganzer Jahrgang zur Wehrmacht eingezogen und aus Altena verschwunden war. Damals war sie ein kleines bisschen verliebt in ihn gewesen, auch wenn sie ihm das natürlich in keinster Weise gezeigt hatte. Wenn sie ehrlich war, hatte er sich in der Zwischenzeit nicht zu seinem Nachteil verändert … Im Gegensatz zu Jürgen Rühling war Tommy Weidner alles andere als ein Schönling – dafür war seine Nase ein bisschen zu groß und sein Mund ein bisschen zu breit. Doch mit seinen braunen Locken und den spöttischen Augen, aus denen seine hellwache Intelligenz nur so hervorsprühte, strahlte er etwas Verwegenes aus. Das alles gefiel ihr sehr. Doch wie sie wusste, war sie damit nicht allein. Tommy Weidner galt nicht nur als der größte Schieber der Stadt, sondern auch als der größte Schürzenjäger. Allein der Name: Prince Charming … Angeblich verliebte er sich dreimal am Tag, doch ohne je ein Mädchen zu lieben.

»Lang, lang, kurz-kurz, lang.«

Plötzlich traf sie sein Blick – wie ein Blitz fuhr er in sie hinein. Doch im selben Moment sah sie, wie eine üppige Blondine an ihm vorübertanzte und ihm dabei in einer Weise zulächelte, die nur eine Deutung erlaubte.

Der eine Augenblick reichte, um sie zur Vernunft zu bringen. Nein, sie hatte nicht die Absicht, Teil einer Trophäensammlung zu werden.

»Was haben Sie gerade gesagt, Herr Rühling?«, wandte sie sich wieder ihrem Tänzer zu.

»Ich? Pardon – ich fürchte, ich habe gerade gar nichts gesagt.«

»Aber wie kann das sein? Ein so eloquenter Mann wie Sie?«

Geschmeichelt erwiderte er ihren Blick. »Nehmen Sie es als Kompliment, Fräulein Wolf. Ich bin so perplex ob Ihrer Schönheit und Ihres Charmes, dass selbst mir manchmal die Worte fehlen.« Und während er sie so perfekt in eine Drehung führte, dass es geradezu weibisch war, fügte er, ganz Mann von Welt, hinzu: »Ungelogen – Sie sind die weitaus attraktivste Dame im Saal. Ich bin sicher, die anderen Herren beneiden mich.«

17

Tommy spürte, wie sein Herz plötzlich raste. Was für ein Blick! Und es gab keinen Zweifel, dass er ihm gegolten hatte.

When I go walking
I hear people talking
They say our affair is not just a passing phase …

Hatte der Song ihm tatsächlich Glück gebracht? Für einen Moment stellte er sich vor, Ulla Wolf würde ihn in seinem Eisenbahnwaggon besuchen. Bei dem Gedanken raste sein Herz noch schneller. Für eine solche Frau würde er sein ganzes Warenlager verheizen …

»Lang, lang, kurz-kurz, lang.«

In der Hoffnung auf einen weiteren Blick drehte er sich nach ihr um. Mist, Jürgen Rühling war schon wieder im Takt – und wie! Er führte Ulla Wolf so elegant, wie man es in keiner Tanzschule der Welt lernen konnte, und während die beiden nur so über das Parkett schwebten, hing sie ihm mit ihren grünen Augen an den Lippen. Obwohl sie die kompliziertesten Schrittfolgen machten, plauderten sie beim Tanzen, als bewegten sich ihre

Beine ganz von allein. Jetzt lachte Ulla auch noch! Offenbar war Jürgen Rühling gerade ein Scherz gelungen.

Was für ein perfektes Paar …

Während die zwei direkt vor seiner Nase vorübertanzten, brannte die Eifersucht in ihm wie Säure. Egal, wie viele Frauen er schon herumbekommen hatte – hier stand er auf verlorenem Posten. Ulla Wolf stammte aus einer der angesehensten Familien der Stadt, und er war der Sohn einer Putzfrau, aufgewachsen ohne Vater, dessen Namen er nicht mal kannte.

Tatsächlich würdigte sie ihn keines weiteren Blickes. Plötzlich verwandelte sich Tommys Eifersucht in Wut! Dann eben nicht – sollte sie ihm doch gestohlen bleiben, die eingebildete Pute! Er brauchte nur mit den Fingern zu schnippen, und die hübschesten Mädchen der Stadt standen vor seinem Waggon Schlange. Außerdem würde er sich sowieso mit keiner der Wolf-Schwestern einlassen, schon aus Prinzip nicht! Seine Mutter hatte vor dem Krieg die Büroräume der Firma Wolf geputzt, doch dann hatte man sie Knall auf Fall vor die Tür gesetzt, nur weil sie irgendwelche Essensreste, die von einer Betriebsfeier übrig geblieben waren, mit nach Hause genommen hatte, damit sie was für ihn zu essen hatte.

»Lang, lang, kurz-kurz, lang.«

Plötzlich zuckte Tommy zusammen. Was zum Teufel war denn das gewesen? Hatte sie ihm gerade zugelächelt? Jetzt lächelte sie schon wieder in seine Richtung. Dabei trat sie ihrem Tänzer sogar auf den Fuß, so dass der ein zweites Mal aus dem Takt geriet.

Jürgen Rühling verzog schmerzhaft das Gesicht. »Ein bisschen mehr Konzentration, Fräulein Wolf, wenn ich bitten darf.«

Tommy verließ seinen Posten und klatschte ihn ab. »Darf ich kurz zeigen, wie's geht?«

Während Jürgen Rühling widerwillig das Feld räumte, lächelte Ulla Wolf ihn zum dritten Mal an.

»Aber gern, Herr Weidner! Das wäre ein Segen!«

18

Was für ein Unterschied! Ulla hatte immer gedacht, Tanzen wäre gleich Tanzen. Doch zwei Takte mit Prince Charming genügten, um sie eines Besseren zu belehren. Im Gegensatz zu Jürgen Rühling, der die Schritte geradezu perfekt beherrschte, konnte Tommy Weidner gar nicht richtig tanzen, er improvisierte eigentlich nur, so dass es fast eine Unverschämtheit war, sich hier als Lehrer aufzuspielen. Doch dafür tanzte er mit unglaublich viel Gefühl und noch mehr Leidenschaft. Es war ein Unterschied wie zwischen Wein und Champagner. Und kein einziges Mal hatte er sich nach dieser hübschen Blondine umgedreht, obwohl die ihm jedes Mal schöne Augen machte, wenn sie in Sichtweite kam.

»Haben Sie schon mal daran gedacht, sich als Hochstapler zu betätigen, Herr Weidner? Ich bin sicher, Sie hätten eine glänzende Zukunft.«

»Ich weiß leider nicht, worauf Sie anspielen, Fräulein Wolf.«

»Auf Ihre Art zu tanzen. Sie verstehen es wirklich ganz fabelhaft, so zu tun, als wären Sie in dieser Kunst bewandert. Dabei bin ich mir nicht mal sicher, ob Sie zwischen einem Foxtrott und einem Slowfox unterscheiden können. Dies gerade ist nämlich ein Slowfox.«

Sie hatte erwartet, dass er sich ärgern würde. Doch das tat er offenbar nicht im Geringsten. Stattdessen grinste er sie nur so unverschämt an, dass sich auf seinen Wangen zwei entsetzlich sympathische Grübchen bildeten.

»Ich bin gern bereit, Ihr Kompliment anzunehmen«, sagte er, und bevor sie sich's versah, drehte er sie einmal im Kreis. »Zumal es ja von durchaus berufener Seite kommt.«

»Ich glaube, jetzt bin ich es, die auf der Leitung steht«, erwiderte sie.

»Dann will ich Ihnen gern auf die Sprünge helfen, Sie Tiefstaplerin. Als ich Sie das letzte Mal sah, vor dem Krieg, waren Sie noch ein hässliches Entlein. Doch jetzt stelle ich zu meiner ebenso großen Überraschung wie Freude fest, dass aus dem hässlichen Entlein inzwischen ein wunder …«

Mitten im Satz verstummte er, und statt weiterzutanzen, trat er im Wiegeschritt von einem Bein auf das andere. Der Grund dafür war ein verspäteter Ankömmling: Rudi Eick, der Jungbauer vom Bergfeld. Mit einem Korb in der Hand kam er in den Saal.

Tommy Weidner blickte ihn an, als wäre er der Erlöser. »Wenn Sie mich bitte kurz entschuldigen, Fräulein Wolf?«

Ohne ihre Erlaubnis abzuwarten, ließ er sie stehen, um Rudi Eick zu begrüßen. Als dieser ihm seinen Korb in die Hand drückte, begriff sie.

»Na, warte!«, raunte sie. »Das sollst du mir büßen!« Und während Tommy Weidner mit sichtlicher Freude den Inhalt des Korbs inspizierte, klatschte sie in die Hände und rief laut in den Saal: »Damenwahl!«

Der Ruf verfehlte nicht seine Wirkung. Sowohl Tommy Weidner als auch Jürgen Rühling blickten sie erwartungsvoll an. Doch sie ignorierte beide, und zwischen ihnen hindurch, als stünden die zwei für sie Spalier, marschierte sie schnurstracks auf Rudi Eick zu.

19

Während die Paare sich aufs Neue sortierten, stellte Benno sich auf die Zehenspitzen, um nach Gundel Wolf Ausschau zu halten. Doch er konnte sie nirgendwo entdecken.

Wen forderte sie wohl auf? Etwa den einbeinigen Piraten?

Plötzlich hörte er eine Stimme in seinem Rücken.

»Darf ich bitten?«

Als er sich umdrehte, traute er seinen Augen nicht. Vor ihm stand die Frau, nach der er sich gerade den Hals verrenkt hatte.

»Meinen … meinen Sie etwa mich?«

Während sie seinen Blick erwiderte, lief sie wieder rot an, und er fürchtete schon das Schlimmste. Dann aber nickte sie.

»Ja, natürlich meine ich Sie, Herr Krasemann. Wen denn sonst?« Sie zögerte einen Moment und wurde noch röter. »Oder … oder sind Sie etwa schon vergeben?«

»Ich? Vergeben?« Seine Stimme schnappte fast über. »Um Gottes willen – nein! Natürlich nicht! Wie kommen Sie darauf?«

Ein Lächeln zupfte an ihren Lippen, und während sie ihre braunen Augen zu ihm aufschlug, flüsterte sie so leise, dass er sie kaum verstand: »Nun, worauf warten Sie dann?«

Benno konnte sein Glück kaum fassen. »Also, wenn ich wirklich darf …«

Er hob seine Linke, um in Tanzstellung zu gehen. Und während sie seine Hand ergriff, rieselte ihm ein wunderbarer Schauer den Nacken hinunter. So behutsam, dass er sie kaum berührte, umfasste er mit der Rechten ihre Schulter.

»Es … es ist mir eine Freude. Ich meine Ehre, beziehungsweise Vergnügen …«

Zum Glück setzte die Musik ein. Ein langsamer Dreivierteltakt.

»Mögen Sie Walzer, Herr Krasemann?«

»Und ob! Walzer ist mein Lieblingstanz!«

Gundel Wolf strahlte. »Wie schön! Meiner nämlich auch!«

20

Tommy wusste, die meisten Tänzer liebten Walzer, vor allem die Tänzer*innen*. Deshalb hatte er bei seiner Einkaufstour darauf geachtet, dass außer den Swing-Titeln auch ein paar Nummern im Dreivierteltakt dabei waren.

Bei Perry Como war er fündig geworden.

Alone from night to night you'll find me
Too weak to break the chains that bind me
I need no shackles to remind me
I'm just a prisoner of love

Doch Rudy Eick hatte offenbar noch nichts vom Dreivierteltakt gehört. Er schien der einzige Mensch im ganzen Saal zu sein, der noch nie in seinem Leben getanzt hatte, und er konnte von Glück sagen, wenn er sich keinen Knoten in die Beine tanzte. Arme Ulla Wolf! Immer wieder stieß Rudi mit ihr zusammen oder trat ihr mit seinen Stiefeln auf die Füße.

»Das haben Sie verdient, Sie Schuftin!«, raunte Tommy ihr zu.

»Sind Sie so enttäuscht, dass ich Sie nicht aufgefordert habe?«, fragte sie mit gespieltem Mitleid. »Sie Ärmster!«

Und schon stolperte sie mit ihrem Tänzer weiter.

For one command I stand and wait now
From one who's master of my fate now
I can't escape for it's too late now
I'm just a prisoner of love

Tommy wollte einschreiten, Gründe dafür gab es mehr als genug! Doch dann besann er sich. Viel wirkungsvoller würde es sein, stattdessen Monika Mitschkes Partner abzuklatschen. Das Fräulein Wolf sollte ruhig sehen, dass es noch andere hübsche Mädchen gab, mit denen man hervorragend tanzen konnte. Die Strategie hatte noch nie geschadet.

Er machte sich schon auf den Weg, als Rudi Eick ein paar Meter vor ihm eine Drehung riskierte. Dabei wirbelte er Ulla Wolf so heftig herum, dass ihr etwas aus dem Ärmel rutschte und wie in Zeitlupe zu Boden schwebte.

Ungläubig starrte Tommy das Etwas an. Ein Taschentuch …

Konnte das Zufall sein?

In der Hoffnung auf einen Hinweis, versuchte er, ihren Blick zu fangen. Doch mit einer Miene so undurchdringlich wie die einer Sphinx schaute sie an ihm vorbei.

Plötzlich sah er, wie Jürgen Rühling seine Partnerin stehen ließ und sich in Richtung Taschentuch bewegte. Im selben Moment erwachte er aus seiner Erstarrung. Im Laufschritt eilte er über die Tanzfläche und schnappte sich das Corpus delicti, direkt vor Jürgen Rühlings Nase.

21

Altenas neuer Bürgermeister Arno Vielhaber, der knapp vierzig Jahre alte Inhaber von Mode Vielhaber, ehemals Rosen, war der Herrenausstatter in Person: hübsches kleines Gesicht, pomadisiertes Haar, maßgeschneiderter Nadelstreifenanzug mit weißem, perfekt gefaltetem Einstecktuch – so saß er hinter seinem Schreibtisch, als Eduard sein Büro im Rathaus betrat, das allerdings ganz und gar nichts von der Eleganz seines neuen Besitzers hatte. Die abgenutzten Möbel der Amtsstube stammten noch aus Kaiser Wilhelms Zeiten, die Tapeten waren vergilbt, und an der Stelle, wo früher das Hitler-Bild gehangen hatte, hing jetzt ein völlig verunglücktes Aquarell von Burg Altena, das vermutlich Fräulein Lützkendorf verbrochen hatte, die Turnlehrerin des Lyzeums, die sich in ihrer Freizeit als Hobbymalerin betätigte und mit ihren Werken in allen Fluren und Gängen des Rathauses vertreten war.

»Wenn ich geahnt hätte, welche Berge von Arbeit hier auf mich warten«, seufzte Arno Vielhaber und wies mit seiner manikürten Hand auf einen Aktenstapel, »ich weiß nicht, ob ich das Amt auf mich genommen hätte. Gerade habe ich einen Weihnachtsgruß für unsere Mitbürger in Kriegsgefangenschaft aufgesetzt. Wollen Sie vielleicht hören?«

Ohne Eduards Antwort abzuwarten, nahm er ein handbeschriebenes Blatt Papier vom Schreibtisch und las vor.

Am Ende jeden Jahres begehen wir die Tage, in denen jede Familie mehr als zu anderen Zeiten einander gedenkt und beschenkt. Ganz besonders verweilen dann die Gedanken bei denen, die von uns fern sind, und über Raum und Zeit verbindet ein unsichtbares Band alle Herzen.
Wenn es auch nicht möglich ist, Sie durch eine Gabe zu erfreuen, so sollen Sie doch wissen, dass Ihre Heimatstadt Ihrer gedenkt und Ihnen einen herzlichen Weihnachtsgruß entbietet.
Gleichzeitig verbinden wir damit unsere besten Wünsche zum Jahreswechsel, in der Hoffnung, dass es Ihnen vergönnt sein möge, sobald wie möglich gesund und wohlbehalten heimzukehren.

Sichtlich gerührt von seinen eigenen Worten, blickte Arno Vielhaber von dem Entwurf auf. »Was meinen Sie, Herr Wolf, habe ich den richtigen Ton getroffen? Sie sind ja ein Mann von Kultur.«

»Perfekt«, erwiderte Eduard, »besser kann man es nicht formulieren.«

Der Bürgermeister nickte. »War ein gutes Stück Arbeit, hat mich über zwei Stunden gekostet. Aber«, fügte er mit einem weiteren Seufzer hinzu, »in diesen schweren Zeiten darf sich ja niemand verweigern. Gemeinwohl vor Eigennutz! So haben wir das schließlich gelernt, nicht wahr?«

Nur mit Mühe gelang es Eduard, seine Empörung zu verbergen. Gemeinwohl vor Eigennutz? Arno Vielhaber war ein kleiner Verkäufer bei Mode Rosen gewesen, Altenas größtem und angesehenstem Bekleidungsgeschäft vor dem Krieg, das er und sein Vater sich 1938 für einen Spottpreis unter den Nagel gerissen hatten, als der damalige Inhaber Julius Rosen Hals über Kopf Deutschland hatte verlassen müssen. Eduard verachtete den neuen Bürgermeister darum zutiefst, und es war ihm eine innere Qual, sich ausgerechnet an diesen verabscheuungswürdigen Mann wenden zu müssen. Aber es half ja alles nichts, Arno Vielhaber war der einzige Mensch in der Stadt, der ihm jetzt helfen konnte.

»Wenn ich vielleicht auf mein Anliegen zu sprechen kommen darf …«, setzte er mit einem Räuspern an.

»Die geplante Demontage der Firma Wolf, nicht wahr?« Der Bürgermeister nickte ihm mit einem wissenden Lächeln zu. »Mein Amtsvorgänger hat mich bereits instruiert.«

»Oh! Davon hat Herr Böcker mir ja gar nichts gesagt.«

»Vermutlich, weil es sich um eine Selbstverständlichkeit handelt. Bei der Amtsübergabe haben wir alle wichtigen Vorgänge besprochen, und dieser Anschlag auf eine der ältesten Firmen der Stadt stand natürlich ganz oben auf der Liste.«

Eduard schöpfte Hoffnung. »Dann darf ich also auf Ihre Unterstützung hoffen?«

»Aber natürlich«, sagte Arno Vielhaber. »Ich werde mit dem Stadtkommandanten sprechen. Major Jones ist ja zum Glück ein umgänglicher und uns Deutschen ausnehmend gewogener Mann – soviel ich weiß, unterrichtet er im Zivilberuf unsere Sprache und Literatur an einem Gymnasium in Manchester.«

Eduard hörte ein leises Knurren. Erst jetzt sah er den Schäferhund unter dem Schreibtisch. Mit gefletschten Zähnen hob das Tier den Kopf. Eduard rückte mit seinem Stuhl ein Stück zurück. In der Stadt kursierte das Gerücht von einem ganz und gar widerlichen Kunststück, das der Köter angeblich beherrschte.

»Keine Sorge«, lachte Arno Vielhaber. »Mein Rex ist ein ganz Braver. Der tut keiner Fliege was zuleide.«

Unwillkürlich prüfte Eduard den Sitz seines Binders. »Wissen Sie schon, wann Sie den Stadtkommandanten aufsuchen werden? Ich würde Sie natürlich gern begleiten.«

Doch davon wollte sein Gegenüber nichts wissen. »Nein, nein, das mache ich lieber allein. So etwas erfordert Diplomatie. Wenn wir Major Jones zu zweit auf die Bude rücken, fühlt er sich womöglich bedrängt. Dann geht der Schuss nach hinten los.«

22

Tommy löschte das Licht im Saal. Nur eine Lampe ließ er brennen, damit Bernd das Grammophon abbauen konnte.

»Kommst du allein zurecht?«

»Alles klar. Geh schon mal vor, ich komme gleich nach.«

Jetzt verlor sich der Saal wieder in seiner kalten, abweisenden Pracht. Tommy ließ die Tür für Bernd offen stehen, dann wandte er sich zu der Treppe, die in die Eingangshalle führte.

Beim Hinuntergehen schnupperte er an dem Taschentuch, das Ulla Wolf hatte fallenlassen.

Es duftete ganz zart nach Lavendel. Und ein ganz kleines bisschen nach ihr …

Ob sie wohl in der Halle auf ihn wartete?

Plötzlich hatte er das Gefühl, beobachtet zu werden. Eilig ließ er das Tuch in seiner Jacke verschwinden. Doch als er die Halle betrat, war sie schon fort.

War es also doch nur ein Zufall gewesen?

Während Benno sich am Ausgang von Gundel Wolf verabschiedete, nahm Tommy Mantel, Mütze und Schal vom Haken, um sich gegen die Kälte draußen zu wappnen.

»Tut mir leid für dich«, sagte Bernd, als er mit dem Grammophon und den Schallplatten nachkam. »War wohl doch keine so tolle Idee?«

»Was war keine so tolle Idee?«, fragte Tommy.

Bernd deutete mit den Augen auf den Schuhkarton. »Sieht ja nicht gerade üppig aus.«

»Von wegen!« Tommy griff hinter den Tresen, wo Barbara den Korb mit den Fressalien für ihn aufbewahrt hatte, und präsentierte seine Schätze: »Sechs Eier, ein Dutzend Zwiebeln, ein Laib Brot – und eine Speckschwarte.«

»Meine Fresse!« Bernd war sichtlich beeindruckt. »Den Seinen gibt's der Herr im Schlaf.«

Tommy nickte. »Jetzt weiß ich, was ich tun muss, um den Laden ans Laufen zu bringen. Ich werde sämtliche Dörfer in der Umgebung abklappern, von Dahle bis Wiblingwerde, und alle unverheirateten Bauern einladen. Wenn nur ein halbes Dutzend kommt, bin ich ein gemachter Mann.«

Doch Bernd hörte nicht mehr zu. Er hatte das Grammophon abgestellt und schaute zur Tür, wo Benno sich gerade von Gundel Wolf verabschiedete. Dabei zog er ein Gesicht, als würde er gleich in Tränen ausbrechen.

Tommy brauchte einen Moment, bis er begriff. »Du hast gehofft, dass Ruths Mann nicht mehr zurückkommt, stimmt's?«

Bernd zögerte. »So würde ich das nicht ausdrücken, aber …« Statt den Satz zu Ende zu sprechen, setzte er sich seine Mütze auf. »Ich geh dann jetzt mal.«

Während er Richtung Ausgang verschwand, kehrte Benno in die Halle zurück, strahlend wie ein Honigkuchenpferd.

Tommy wusste, dafür konnte es nur einen Grund geben. »Lass mich raten«, sagte er. »Ihr habt euch verabredet, stimmt's?«

»Ja.« Benno nickte, mit einem Grinsen im Gesicht, das von einem Ohr bis zum anderen reichte. »Ich hole sie morgen von der Flüchtlingshilfe ab. Sie tut da als Freiwillige Dienst, zusammen mit ihrer Schwester.«

Tommy horchte auf. »Mit Ulla oder mit Ruth?«

»Mit Ulla«, erwiderte Benno. »Wieso?«

»Wie schön!« Schlagartig schoss Tommys Puls in die Höhe. »Ich … ich meine für dich.« Um sich seine Freude nicht anmerken zu lassen, wechselte er das Thema. »Aber sag mal, wenn Gundel Wolf und du, also, wenn das was mit euch wird –, was ist dann eigentlich mit Düsseldorf?«

23

In Altena waren etwa zweitausend Flüchtlinge gemeldet sowie über dreihundert evakuierte Personen, die durch den Krieg ihr Obdach verloren hatten. Um sie mit dem Lebensnotwendigsten zu versorgen, hatte die Stadtverwaltung im »Stapel«, dem ehemaligen Stadtspeicher am Bungern-Marktplatz, eine Flüchtlingshilfe eingerichtet. Diese wurde geleitet vom Vorsitzenden des Flüchtlingsausschusses, einem Vertriebenen aus Breslau mit dem unaussprechlichen Namen Kraftczyk, und diente in diesem bitterkalten Winter zugleich als öffentliche Wärmestube, in der sich unter der Aufsicht des »langen Trippe«, wie der Schutzmann der Freiheit von jedermann genannt wurde, während der Öffnungszeiten alle möglichen frierenden Menschen um einen Ofen drängten. Hier taten Ulla und Gundel Wolf fünfmal in der Woche Dienst.

Es war kurz vor Feierabend, als ein hohlwangiger Mann Ende dreißig mit Schiebermütze zu ihnen an die Theke trat, um für seine Familie um Winterkleider zu bitten. Dabei sprach er in einem merkwürdigen Akzent, der nach einer Mischung aus Sächsisch und Schlesisch klang.

»Wie viele Kinder haben Sie denn?«, fragte Ulla.

»Stücker sechs«, antwortete er. »Vier Jungen und zwei Mädchen. Die Jungen sind elf, neun, acht und fünf. Die Mädchen zwölf und vier.«

»Dann schaue ich mal nach, ob wir was Passendes haben«, sagte Gundel und verschwand im Lager.

»Und wir machen inzwischen mit Ihrer Frau weiter«, schlug Ulla vor. »Welche Kleidergröße hat sie?«

Der Mann zuckte die Schultern. »Keine Ahnung.«

Ulla schüttelte innerlich den Kopf. Es war immer dasselbe mit den Männern. Selbst wenn sie Kinder im Dutzend zeugten, wussten sie nicht die Kleidergröße ihrer Frauen.

»Dann versuchen Sie doch mal, sie zu beschreiben. Ist sie groß oder klein? Dünn oder dick?«

Der Mann schob sich die Mütze in den Nacken und kratzte sich am Kopf. »Eher so mittel, würde ich sagen.«

Als er den Arm hob, um die Größe anzudeuten, kehrte Gundel mit einem Stapel Pullover und Mäntel und Hosen zurück.

Ein Leuchten ging durch sein Gesicht. »Verdorrich noch mal!«, rief er. »Sind die Sachen alle für meine Blagen? Da freuen die sich aber ein Loch in den Bauch, wenn ich damit nach Hause komme.«

Irritiert blickte Ulla ihn an. *Verdorrich noch mal*? *Blagen*? Nein, das war weder Sächsisch noch Schlesisch. Das war reinstes Altenaerisch!

»Darf ich bitte Ihren Berechtigungsschein sehen?«

Das Leuchten im Gesicht des Mannes erlosch. Umständlich zog er sich die Handschuhe aus und begann in seinen Manteltaschen zu suchen.

»Ich glaube, den habe ich gerade nicht dabei«, sagte er nach einer Weile wieder mit seinem komischen Akzent.

»Tut mir leid, aber ohne Schein kann ich Ihnen die Sachen nicht geben.«

»Und wenn er ihn morgen nachreicht?«, fragte Gundel.

Herr Kraftczyk blickte von seinem Schreibtisch auf. »Auf gar keinen Fall! Keine Ausgabe von Kleidern oder sonstigen Sachmitteln ohne Berechtigungsschein!« Mit gerunzelter Stirn musterte er den Mann. »Sagen Sie mal, sind Sie überhaupt ein Flüchtling?«

Der andere wurde sichtlich nervös. »Natürlich bin ich das.« Und mit noch auffälligerem Akzent fügte er hinzu. »Bin ich jebiertich in Gleiwitz. Mit dem Treck bin ich jekommen, übers jroße Haff.«

»Das kann jeder behaupten.« Herr Kraftczyk streckte mit fordernd zuckendem Zeigefinger den Arm nach ihm aus. »Ihren Flüchtlingsschein! Den haben Sie doch sicher dabei. Aber ein bisschen dalli, wenn ich bitten darf!«

Wieder griff der Mann in seine Taschen. Doch bevor er zu suchen anfing, gab er auf. Wie ein Häufchen Elend stand er da, mit hängenden Schultern und in sich zusammengesunken, und schaute den Leiter der Flüchtlingsstelle mit flehenden Augen an.

Herr Kraftczyk nickte mit ernster Miene. »Hab ich's mir doch gedacht.«

»Bitte!«, sagte der Mann. »Ich brauche die Sachen. Ich weiß sonst nicht, wie ich meine Familie durch den Winter bringen soll.«

Herr Kraftczyk zuckte die Schultern. »Und wer sagt mir, dass Sie mit den unrechtmäßig erworbenen Gütern keinen Handel treiben werden? Dann müssten wirklich Notleidende erfrieren, nur damit Sie Ihren Reibach machen. – Nein«, entschied er, um jeden Widerspruch auszuschließen. »Das kann ich nicht verantworten. Sie wären nicht der erste Betrüger, der uns hier unterkommt! Für Nicht-Flüchtlinge sind wir nicht zuständig. Wenden Sie sich ans Rathaus. Dort wird man schon feststellen, ob Sie unterstützungsberechtigt sind oder nicht.«

Er gab dem langen Trippe ein Zeichen. Doch kaum packte der Wachtmeister den Mann am Arm, ging in diesem abermals eine Verwandlung vor.

»Rühren Sie mich nicht an!« Die Augen funkelnd vor Wut, riss er sich von dem Polizisten los und stampfte zur Tür. Dort drehte er sich noch einmal um. »Was ist aus Deutschland nur geworden?«, sagte er mit unverstellter Aussprache. »Für die Scheiß Polacken wird gesorgt, denen wird es vorne und hinten reingeschoben. Aber unsereins kann verrecken!«

Auf dem Absatz machte er kehrt und marschierte hinaus.

Mit lautem Knall fiel die Tür ins Schloss.

Herr Kraftczyk schüttelte den Kopf. »Sie versuchen es immer wieder.« Und während er seinen Blick bedeutungsvoll zwischen Ulla und Gundel hin- und herwandern ließ, fuhr er fort: »Heute

Morgen war jemand da und verlangte einen Wohnberechtigungsschein. Obwohl er der Schwiegersohn eines der reichsten Fabrikanten der Stadt ist. Kann man so etwas fassen?«

Ulla hatte keinen Zweifel, wem die Bemerkung galt.

Was für eine Unverschämtheit!

Sie wollte Herrn Kraftcyk zur Rede stellen, doch der schien ihre Absicht zu erraten. Mit betont amtlicher Miene warf er einen Blick auf seine Armbanduhr.

»Feierabend für heute!«

Darauf schien Gundel nur gewartet zu haben. »Na endlich!« Sie ließ alles liegen und stehen, um sich ihre Sachen anzuziehen.

»So eilig heute?«, fragte Ulla verwundert.

»Benno Krasemann holt mich ab«, erwiderte Gundel. Und so leise, dass niemand sonst es hören konnte, fügte sie hinzu: »Aber nicht Mama und Papa sagen – bitte!«

Und schon war sie zur Tür hinaus.

Während der lange Trippe die Schlange der Antragsteller auflöste, die noch nicht zum Zug gekommen waren, nahm Ulla ihren Mantel. Ohne sich von Herrn Kraftczyk zu verabschieden, verließ sie die Wärmestube.

Als sie ins Freie trat, stutzte sie. Draußen in der Dunkelheit wartete nicht Benno Krasemann, sondern Tommy Weidner. Mit seinem Prince-Charming-Grinsen zückte er ein Taschentuch und trat auf sie zu.

»Ich glaube, das da haben Sie verloren. Oder haben Sie es vielleicht absichtlich fallenlassen?«

Während sie zögernd das Taschentuch nahm, schaute Gundel sie mit großen Augen an. Dann grinste auch sie übers ganze Gesicht.

»Trau schau wem …«

Ulla fühlte sich ertappt. Doch während sie noch überlegte,

was sie zu ihrer Rechtfertigung sagen konnte, kam zum Glück Benno Krasemann angerannt, und Gundel eilte ihm entgegen, ohne weitere blöde Bemerkungen zu machen.

24

Benno wusste nicht, ob er wachte oder träumte. Sollte es wirklich und wahrhaftig möglich sein, dass er, Benno Krasemann, Lehrling im ersten Jahr der Firma Wolf, das kleinste Rädchen im Betrieb, gerade die bildhübsche und bei jedermann beliebte Tochter seines Chefs durch die Dunkelheit nach Hause begleitete? Er hatte das dringende Bedürfnis, sich zu kneifen, doch weil das mit seinen Fäustlingen schlecht möglich war, musste er sich auf seine fünf Sinne verlassen. Und die bestätigten ihm Schritt für Schritt, was er kaum zu glauben wagte.

»Waren Sie eigentlich noch im Krieg?«, fragte Gundel Wolf, deren Atem in so reizenden Wölkchen aus ihrem Mund stob, dass Benno sie am liebsten eingefangen hätte, um sie mit nach Hause zu nehmen.

»Ja«, erwiderte er. »Ganz zum Schluss hat es mich auch noch erwischt, zwei Wochen vor dem Ende.«

»Aber das ist ja fürchterlich!« Aus ihren braunen Augen sprach ehrliches Entsetzen. »Sie waren damals ja noch ein Kind!«

»Ein Kind?« So sehr er sich über ihre Anteilnahme freute, wusste er nicht, wie er das finden sollte. »Immerhin war ich schon sechzehneinhalb.«

»Bitte verzeihen Sie, ich wollte Ihnen nicht zu nahe treten. Ich … ich meinte nur, dass Sie einfach zu jung waren für den Krieg – *viel* zu jung!«

So gleichgültig wie möglich zuckte er die Schultern. »Manche meiner Kameraden waren sogar noch jünger als ich. Aber im Unterschied zu vielen anderen hatte ich Glück, mir ist ja nichts passiert. Im Gegenteil, ich habe an der Front sogar meine zwei besten Freunde kennengelernt, Bernd Wilke und Tommy Weidner.«

»An der Front?« Überrascht blickte Gundel ihn an. »Aber die sind doch auch aus Altena – genauso wie Sie!«

»Ja, ist das nicht lustig? Früher haben die beiden mich hier gar nicht registriert – kein Wunder, sie sind ja auch ein paar Jahre älter als ich. Aber an der Front spielt das Alter keine Rolle. Vor dem Tod sind alle gleich.«

Kaum waren ihm die Worte rausgerutscht, hätte er sich am liebsten die Zunge abgebissen. Was war er nur für ein Idiot, den Spruch seines ehemaligen Kommandeurs nachzuplappern! Jetzt musste Gundel ihn für einen fürchterlichen Wichtigtuer halten.

Vorsichtig schielte er zur Seite. Doch als er ihr Gesicht sah, atmete er auf. Statt sich über ihn lustig zu machen, lächelte sie ihn an. Mit dem bezauberndsten Lächeln der Welt.

»Waren Sie und Ihre Freunde in derselben Einheit?«, wollte sie wissen.

»Ja, und anschließend waren wir zusammen in britischer Gefangenschaft. Aber nur einen Monat. Als die Amerikaner aus Altena abgezogen sind und Altena britische Besatzungszone wurde, haben die Tommies uns laufen lassen.«

»Da kann man mal sehen, wozu manchmal etwas gut ist.«

Gern hätte Benno etwas ebenso Kluges erwidert, doch da ihm nichts einfiel und er sich nicht traute, selber eine Frage zu stellen, liefen sie eine Weile schweigend nebeneinander den nur von wenigen Laternen erhellten Burgweg hinauf. Dabei versuchte er, sich wieder an ihren Atemwölkchen zu erfreuen. Doch das gelang ihm nicht, zu groß war seine Angst, dass Gundel ihn nicht nur für einen Wichtigtuer hielt, sondern jetzt auch noch für einen Dummkopf, der nicht mal imstande war, ein Gespräch in Gang zu halten.

Gott sei Dank wollte sie wieder etwas von ihm wissen.

»Macht Ihnen die Arbeit in der Firma Spaß?«

»Und ob!«, erwiderte er. »Ihr Vater ist der beste Chef, den man sich nur wünschen kann. Ich lerne bei ihm täglich etwas hinzu. Er kann ja auch alles ganz wunderbar erklären und lässt mich schon viele Dinge selbständig erledigen. Und er schickt mich während der Arbeit nie fort, um Bier oder Schnaps oder Zigaretten zu holen, wie andere Chefs das mit ihren Lehrlingen oft machen.«

Gundel schüttelte lachend den Kopf. »Nein, die Gefahr besteht bei meinem Vater nicht, er trinkt ja nur Wein – Bier und Schnaps sind ihm ein Graus. Und Rauchen hält er für ungesund.« Dann wurde sie wieder ernst. »Von Ihnen spricht er übrigens auch nur in den höchsten Tönen. Er habe noch nie einen so tüchtigen Lehrling gehabt wie Sie. Das hat er erst neulich beim Mittagessen gesagt.«

»Wirklich?« Benno freute sich über das unverhoffte Lob so sehr, dass er sich fast verschluckte. »Ich … ich hoffe nur, dass ich in der Firma meine Lehre zu Ende machen kann.«

»Haben Sie daran Zweifel?«, fragte sie irritiert.

»Nein, natürlich nicht, beziehungsweise – was ich sagen will, ist …« Er verstummte. Schon wieder hatte er das Gefühl, sich zu verplappern.

»Ach so«, sagte sie. »Sie meinen – wegen der Demontage?«

Er nickte. »Ihr Vater hat uns allen empfohlen, uns schon mal nach anderen Möglichkeiten umzuschauen – für den Fall, dass die Firma Wolf den Betrieb einstellen muss. Damit wir uns nicht plötzlich ohne Arbeit und Brot auf der Straße wiederfinden. Aber wir hoffen natürlich alle, dass das nie passiert.«

Gundel blieb stehen und schaute ihn an. »Und – haben Sie schon was anderes gefunden?«

Benno zögerte, dann nickte er ein zweites Mal. »Ein Onkel meines Vaters, also ein Großonkel von mir, der besitzt ein Schuhgeschäft in Düsseldorf. Mein Vater hat ihm geschrieben, um sich zu erkundigen, ob ich wohl im Fall der Fälle …«

Gundel zog plötzlich ein so trauriges Gesicht, dass er innehielt.

»Das heißt«, sagte sie leise, »Sie werden Altena womöglich verlassen?«

Benno war so verwirrt, als summte ein Schwarm Bienen durch seinen Kopf. Konnte es sein, dass Gundel Wolf deshalb auf einmal so traurig war? Weil er vielleicht nach Düsseldorf zog?

Obwohl er sich kaum traute, sah er sie an. Doch sie wich seinem Blick aus und schaute auf ihre schneeverklumpten Stiefel.

»Ach, was!«, sagte er, »daran will ich jetzt gar nicht denken!« Und ohne zu wissen, woher er den Mut nahm, fasste er mit seinen Fäustlingen ihre behandschuhte Hand und zog sie weiter. »Warum reden wir eigentlich die ganze Zeit nur von mir? Reden wir lieber von Ihnen, das ist doch viel interessanter! Was sind Ihre Pläne, Fräulein Wolf? Oder wollen Sie bis in alle Ewigkeit in der Flüchtlingshilfe arbeiten?«

25

»Medizin möchten Sie also studieren?«, fragte Tommy.

»Ja«, erwiderte Ulla, als sei dies das Selbstverständlichste der Welt. »Schon als Kind wollte ich Ärztin werden – solange ich zurückdenken kann, war das mein einziger Berufswunsch. Was anderes kam für mich nie in Frage.«

»Respekt vor so viel Charakterfestigkeit. Nur – wollen ist das Eine. Aber werden Sie auch dürfen?«

»Ich habe nicht die Absicht, jemanden um Erlaubnis zu bitten.«

»Und wenn Ihre Eltern es Ihnen verbieten? Vielleicht sind die ja der Meinung, dass Sie nicht auf eine Universität, sondern auf eine Hauswirtschaftsschule gehören. Um ein braves Eheweib zu werden.«

Ulla warf den Kopf in den Nacken. »Ich werde Ärztin, und sonst nichts. Keine zehn Pferde können mich davon abbringen. Und ich bin bereit, alles zu tun, was dafür nötig ist.«

»Alles?«, fragte Tommy. »Wirklich – *alles*?«

»Ja, alles«, wiederholte sie. »Und wenn meine Eltern mich enterben.«

Nur mit Mühe konnte er verbergen, wie beeindruckt er war. Schließlich war ihr Berufswunsch alles andere als selbstverständlich – er kannte keine einzige andere Frau, die Medizin studieren wollte. Und er hatte nicht den geringsten Zweifel, dass Ulla Wolf allen Widrigkeiten ebenso trotzen würde, wie die Sommersprossen auf ihrer Nase dem Winter trotzten.

Plötzlich veränderte sich ihre Miene, Spott blitzte darin auf.

»Nur so aus wissenschaftlichem Interesse, Herr Weidner – haben Sie mir darum vor der Flüchtlingshilfe aufgelauert? Um mich nach meinen beruflichen Plänen zu fragen?«

Tommy schüttelte den Kopf. »Natürlich nicht. Ich wollte vielmehr Ihre Meinung zur Weltpolitik hören. Über die Russen und Amerikaner und so.«

»Na klar, das weiß ja die ganze Stadt, dass Prince Charming sich für nichts so sehr interessiert wie für die große Politik.«

Sie schlug die Augen zu ihm auf und ließ ihre Wimpern klimpern. Im selben Moment war es um seine Konzentration geschehen. Ihre grünen Augen funkelten im Laternenschein wie ein Smaragd.

»Aber«, fuhr sie fort, »vergessen wir über das Große und Ganze nicht die Kleinigkeiten. Zum Beispiel den dreisten Versuch der Franzosen, sich unser schönes Saarland einzuverleiben. Sollten wir da nicht die UNO einschalten?«

Er sah, wie ihre Lippen sich bewegten, hörte die Worte, die sie sagte, doch drang deren Sinn plötzlich nicht mehr in sein Gehirn.

Mein Gott, diese Augen brachten ihn um den Verstand …

»Herr Weidner – hören Sie mir überhaupt zu?«

Tommy zuckte zusammen. Nur unter Aufbietung seiner ganzen Willenskraft gelang es ihm, sich wieder auf das Gespräch zu konzentrieren.

»Aber natürlich«, sagte er. »Ich war nur kurz abgelenkt.«

»Wie reizend! Bin ich so langweilig?«

Wieder ließ sie ihre Wimpern klimpern. Doch diesmal ließ er sich nicht irritieren.

»Wollen Sie wirklich wissen, warum ich Ihnen aufgelauert habe?«, fragte er.

»Auf nichts könnte ich neugieriger sein«, erwiderte sie.

»Ich wollte Ihnen Ihr Taschentuch bringen.«

»Wie originell! Darauf wäre ich im Traum nicht gekommen.« Sie blieb stehen und deutete einen Knicks an. »Dann danke ich für Ihre Mühe. – Obwohl«, fügte sie, schon wieder im Weitergehen, hinzu, »das hätte keine Eile gehabt. Denn ob Sie es glauben oder nicht, ich besitze noch ein paar weitere Exemplare.«

»Taschentücher?«

»Nein, Turnschuhe!«

Tommy musste innerlich grinsen, so sehr amüsierte er sich. Doch das brauchte sie ja nicht zu wissen.

»Mein liebes Fräulein Wolf«, sagte er mit gespielter Strenge. »Ich muss doch um ein wenig mehr Ernsthaftigkeit bitten.«

»Das sagt der Richtige!«

»Allerdings. Ich habe nämlich ein Gutachten zu dem Corpus delicti angefertigt.«

»Reden wir von meinem Taschentuch?«

»Nein, von Ihren Turnschuhen. – Natürlich reden wir von Ihrem Taschentuch. Ich habe mir nämlich erlaubt, seinen Wert zu ermitteln.«

»Tatsächlich?« Sie schüttelte den Kopf. »Um ehrlich zu sein, kann mich auch das nicht wirklich überraschen. Als größter Schieber der Stadt sind Sie ja dazu wie kein zweiter berufen.«

»Danke für die Blumen. Ich fasse Ihre Bemerkung als Kompliment auf.«

»Jeder nach seiner Fasson! Und was ist das Ergebnis Ihrer Expertise, wenn ich fragen darf? Verraten Sie mir das auch? Ich bin gespannt wie ein Flitzebogen.«

»Nun, ich bin sicher, es wird Sie freuen zu hören.« Um seinen Worten zusätzliches Gewicht zu verleihen, räusperte er sich. »Nach eingehender Untersuchung darf ich Ihnen mitteilen, dass Ihr Taschentuch in Paris gefertigt wurde, vermutlich frühes 19. Jahrhundert, aus feinstem Lyoner Batist. So etwas ist heutzutage ein Vermögen wert. Mindestens eine halbe Zwiebel!«

Ulla lachte einmal kurz auf. Doch dann wurde sie wieder ernst. Und mit einem Blick, den er trotz aller Expertise nicht zu deuten wusste, doch der ihre Augen in der Dunkelheit noch stärker leuchten ließ als zuvor, fragte sie:

»Und was war tatsächlich der Grund, Thomas Weidner?«

Als er so unverhofft seinen vollen und richtigen Namen aus ihrem Mund hörte, musste er sich wirklich räuspern. »Sie meinen den Grund, weshalb ich Sie jetzt begleite?«

Statt einer Antwort nickte sie nur. Doch dabei schaute sie ihn so eindringlich an, dass er den Blick in seinen tiefsten Eingeweiden zu spüren glaubte.

»Also gut«, sagte er. »Da Sie es ja unbedingt von mir hören möchten – ganz einfach, Fräulein Wolf, ich wollte Sie kennenlernen.«

26

Benno und Gundel hatten die Burg inzwischen passiert und liefen nun die dunkle Klusenstraße hinunter zur Nette. Der schmale, abschüssige Weg war zwar mit Asche gestreut, doch weil zwischen der Schneedecke überall das blanke Eis hervorschimmerte, hatte Benno allen Grund, weiter Gundels Hand zu halten, während sie sprudelnd wie ein Wasserfall von ihren Plänen erzählte und dabei die Atemwölkchen aus ihrem Mund stoben, dass es nur so eine Freude war.

»Ich liebe Kinder über alles, sie sind doch das Schönste, was es überhaupt im Leben gibt. Und was für drollige Fragen und verrückte Einfälle sie manchmal haben. Ich könnte ihnen von morgens bis abends zuhören. Und wenn so ein Dötzchen einen dann mit großen Augen anschaut und staunt, weil es gerade wieder was entdeckt oder begriffen hat, könnte ich die ganze Welt umarmen. Deshalb möchte ich das Lehrerseminar in Lüdenscheid besuchen. Die Ausbildung dauert nur ein Jahr, dann darf man schon unterrichten.«

Gundel sprach mit solcher Begeisterung, dass diese wie ein warmer Strom auf Benno überströmte. Und mit jedem Wort, das sie sagte, wurde sie noch reizender, als sie ohnehin schon war.

»Aber wenn das Ihr Traum ist«, sagte er, »warum haben Sie dann nicht längst mit der Ausbildung angefangen?«

»Das frage ich mich manchmal auch. Aber mein Vater ist der Meinung, dass in dieser schweren Zeit jeder seinen Beitrag leisten sollte. Sie wissen ja – Gemeinwohl vor Eigennutz! Zumal es unserer Familie so viel besser geht als den meisten anderen.«

»Verstehe«, sagte Benno. »Dann ist das sicher auch der Grund, warum Sie und Ihre Schwester in der Flüchtlingshilfe arbeiten?«

Gundel nickte. »Mein Vater sagt, erst wenn es irgendwann wieder aufwärtsgeht, darf man auch wieder an sich selbst denken. Und ich denke, damit hat er recht, auch wenn das in meinem Fall bedeutet, dass ich mich noch eine Weile gedulden muss, bis ich das Lehrerseminar besuchen kann. Meinen Sie nicht auch?«

Benno wollte ihr beipflichten – er konnte ja gar nicht anders, als ihr beizupflichten, egal, was sie sagte, und er suchte auch schon nach den richtigen Worten –, da geriet er plötzlich auf eine vereiste Stelle und rutschte aus. Strauchelnd griff er in die Luft, doch ohne Halt zu finden, und weil er immer noch ihre Hand hielt, saßen sie beide im nächsten Moment nebeneinander auf dem Hosenboden.

»Na, Sie sind mir ja ein schöner Kavalier«, lachte Gundel.

»Ich kann Ihnen gar nicht sagen, wie peinlich mir das ist.« Während er sich mit der Linken am Straßengeländer hochzog, reichte er ihr seine Rechte. »Darf ich?«

Doch schneller, als er selbst auf die Füße kam, war sie schon wieder aufgestanden. Immer noch lachend blickte sie auf ihn herab.

»Brauchen Sie vielleicht Hilfe, Herr Krasemann?«

Bevor er sich's versah, packte sie seine Hand und zog ihn zu sich in die Höhe.

Für einen Moment standen sie so dicht voreinander, dass ihre Gesichter sich fast berührten. Dabei schaute sie ihm so tief in die

Augen, dass sein Herz zu galoppieren begann. Obwohl er vor Aufregung am ganzen Körper zitterte, erwiderte er ihren Blick.

»Und jetzt?«, fragte er.

»Und jetzt?«, fragte sie zurück.

Ihr warmer Atem streifte seine Wangen. Und immer noch schaute sie ihm ganz unverwandt in die Augen, als könnte es gar nicht anders sein.

Benno hielt es nicht länger aus, er musste sie küssen, sonst würde er vor lauter Gefühlen platzen. Doch genau in dem Moment, als er sich zu ihr beugte, schlug es vom Turm des nahe gelegenen Nettedömchens halb sieben.

Wie aus einem allzu schönen Traum erwacht, ließ er sie los.

»Ich … ich denke, ich sollte mich jetzt verabschieden.«

»Jetzt schon?«, fragte sie. »Warum begleiten Sie mich nicht bis nach Hause?«

Er deutete mit dem Kopf ins Tal, wo ein paar hundert Meter weiter die Umrisse der Fabrik in der Dunkelheit zu erkennen waren.

»Wegen Ihrer Eltern.«

»Ach was!« Wieder nahm sie seine Hand.

Doch er rührte sich nicht vom Fleck. »Nein, Fräulein Wolf. Ich will Sie nicht in Verlegenheit bringen. Schließlich bin ich ein Angestellter der Firma.«

Er streifte seinen Fäustling ab, um ihr die Hand zu geben. Auch sie machte ihre Rechte frei und legte sie in die seine. Mit einem Schauer spürte er, wie es durch ihn hindurchströmte. Ihre Hand fühlte sich so zart und weich an, dass er sie am liebsten nie mehr losgelassen hätte.

»Darf ich Sie morgen wieder abholen?«, fragte er.

»Tut mir leid«, erwiderte sie, »aber das wird leider nicht gehen.«

Er ließ ihre Hand los und trat einen Schritt zurück. »Bitte verzeihen Sie. Ich … ich wollte nicht zudringlich sein.«

Gundel lachte. »Sie missverstehen mich, Herr Krasemann. Morgen ist Samstag, da hat die Flüchtlingshilfe geschlossen. Aber am Montag«, fügte sie mit einem Blick hinzu, der mehr sagte als tausend noch so schöne Worte, »bin ich wieder dort. Und ich würde mich riesig freuen …«

Statt den Satz zu Ende zu sprechen, gab sie ihm einen Kuss – mitten auf den Mund. »Danke für die Begleitung, Benno.«

Ohne seine Reaktion abzuwarten, machte sie kehrt und eilte davon.

Fassungslos vor Glück stand er da und schaute ihr nach. Und als sie sich noch einmal umdrehte, um ihm aus der Dunkelheit ein Lächeln zu senden, wurde ihm trotz der Eiseskälte plötzlich so warm, als würde eine strahlend helle Sommersonne vom Himmel auf ihn herabscheinen.

27

»Sind Sie jetzt schockiert?«, fragte Tommy.

»Weshalb sollte ich das sein?«, fragte Ulla zurück.

»Nun – vielleicht, weil ich so ehrlich bin?«

Sie blieb stehen und schaute ihm in die Augen.

»Sind Sie denn ehrlich, Thomas Weidner?«

Zum zweiten Mal an diesem Abend musste Tommy schlucken. Das war ihm schon lange nicht mehr passiert! Doch er blieb ihr die Antwort nicht schuldig.

»Im Rahmen meiner Möglichkeiten – durchaus.«

Wegen der glatten Straßen waren sie nicht den Weg über den Schlossberg gegangen, sondern an der inzwischen fast vollständig zugefrorenen Lenne entlang durch die Stadt, so dass es vom

Nettedömchen bereits Viertel nach sieben schlug, als sie den Holländer erreichten. Die Villa Wolf war nur noch einen Steinwurf entfernt.

»Und wie großzügig ist dieser Rahmen bemessen?«, wollte sie wissen.

»Das kommt auf die Person an, mit der ich es zu tun habe«, erwiderte er.

Erneut zögerte sie, noch länger als zuvor. »Und wenn *ich* diese Person wäre?«, fragte sie. »Rein theoretisch …«

»Rein theoretisch?«

»Rein theoretisch …«

Obwohl der Kloß in seinem Hals immer größer wurde, hielt er ihrem Blick stand. Was war die ehrliche Antwort auf ihre Frage? Er wusste es nicht, dafür kannte er sich selbst zu gut. Er wusste nur, dass keine andere Frau je zuvor ihn so aus der Fassung gebracht hatte wie sie.

Nein, Ulla Wolf war keine für seinen Eisenbahnwaggon …

Ein verstörender, ganz und gar absurder Gedanke schoss ihm durch den Kopf. Wäre er womöglich bereit, für sie auf seinen Waggon zu verzichten?

»Die Antwort scheint Ihnen ja nicht gerade leichtzufallen«, sagte sie. »Aber keine Antwort ist in diesem Fall wahrscheinlich die ehrlichste Antwort.«

»Nein, nein«, rief er. »Um Gottes willen!« Und nach einer kurzen Pause fügte er hinzu: »Um ganz ehrlich zu sein, wenn *Sie* die betreffende Person wären, Fräulein Wolf, ich meine, rein theoretisch, dann hätte meine Ehrlichkeit vielleicht gar keine Gren …«

Mitten im Satz hielt er inne. Der Grund dafür war eine schwarze Limousine, die gerade mit Schneeketten an den Reifen vorüberrasselte, ein riesiger Mercedes mit Holzvergaser. Beim Anblick des Wagens war Ulla zusammengezuckt.

Tommy wusste, warum. Am Steuer der Limousine saß Walter Böcker, bis vor kurzem noch Bürgermeister von Altena.

»Ist es Ihnen peinlich, mit einem wie mir gesehen zu werden, Fräulein Wolf?«

»Wie kommen Sie denn darauf?«

Energisch schüttelte sie den Kopf. So energisch, dass es nur eine Bestätigung sein konnte.

»Nun, das ist nicht verwunderlich«, sagte Tommy. »Schließlich sind Sie Ursula Wolf, die Tochter von Eduard Wolf, einem der reichsten und angesehensten Männer der Stadt, und ich bin der Sohn einer unverheirateten Putzfrau – ein Bastard, wie man in Ihren Kreisen wohl sagt.«

Damit sie nicht merkte, wie verletzt er war, zog er eine Packung Johnny Player aus der Tasche und klopfte eine Zigarette heraus. Doch bevor er sein Kunststück machen konnte, nahm sie ihm die Zigarette ab.

»Ihre Mätzchen können Sie sich sparen.«

Mit ihren grünen Augen schaute sie ihn an. Dann trat sie plötzlich auf ihn zu und küsste ihn auf die Wange.

»Gute Nacht, Thomas Weidner. Ich habe unseren kleinen Spaziergang sehr genossen.«

Er war so überrascht, dass es ihm für einen Moment die Sprache verschlug. Während er sie ungläubig anstarrte, spürte er nur die Berührung ihrer Lippen auf seiner Wange. Und das war so schön, dass er es kaum aushielt.

»Schlafen Sie gut«, sagte sie mit einer Stimme, die ihn im Herzen berührte. »Vielleicht bis bald?«

Sie wollte sich abwenden, doch da erwachte er aus seiner Erstarrung, und er griff nach ihrem Arm.

»Noch eine Frage, Fräulein Wolf. Nur damit wir quitt sind.«

Sie hob die Brauen. »Nämlich?«

Tommy wusste, seine Frage war eine Unverschämtheit, doch er musste sie stellen.

»Haben Sie Ihr Taschentuch im Lennestein absichtlich fallen lassen? Ja oder nein?«

Etwas blitzte einmal kurz in ihren Augen auf, doch statt ihn in die Schranken zu weisen, spielte um ihre Lippen nur wieder dieses spöttische Lächeln.

»Darauf kann eine Dame unmöglich antworten.«

»Und warum nicht, wenn ich fragen darf?«

»Ganz einfach«, erklärte sie, und ihr Lächeln wurde noch eine Spur spöttischer. »Sagt eine Dame nein, meint sie vielleicht. Sagt sie vielleicht, meint sie ja.«

Tommy wartete, dass sie fortfuhr, doch das tat sie nicht.

»Und wenn sie ja sagt?«, fragte er mit rauer Stimme.

Diesmal zögerte sie mit der Antwort keine Sekunde.

»Dann ist sie keine Dame!«

Lachend warf sie den Kopf in den Nacken, und bevor er sie ein zweites Mal daran hindern konnte, eilte sie davon.

28

Vom Nettedömchen läutete es halb acht. Eine halbe Stunde wartete Gundel nun schon vor der Villa. Und das bei dieser Kälte.

»Na, endlich!«, sagte sie, als sie ihre Schwester in der Dunkelheit kommen sah. »Wo hast du denn so lange gesteckt? Ich bin schon halb erfroren.«

»Selbst schuld«, erwiderte Ulla. »Warum bist du nicht ins Haus gegangen?«

»Weil Mama und Papa dann gefragt hätten, warum ich ohne dich zurückgekommen bin.«

»Hätte dich das etwa in Verlegenheit gebracht?«

In einer plötzlichen Aufwallung nahm Gundel sie in den Arm. »Danke, große Schwester.«

Verwundert schaute Ulla sie an. »Womit habe ich das denn verdient?«

»Damit, dass du mitgekommen bist. Obwohl du doch gar keine Lust hattest.«

»Bist du sehr verliebt?«, fragte Ulla mit einem Lächeln.

Gundel spürte, wie sie über beide Ohren rot wurde. Gott sei Dank, dass man das in der Dunkelheit nicht sehen konnte.

»Und du?«, fragte sie.

Statt zu antworten, kehrte Ulla ihr den Rücken zu, um sich mit übertriebener Geschäftigkeit am Schuhkratzer den Schnee von den Stiefeln zu streifen. Dann zog sie sich die Handschuhe aus, um in ihren Manteltaschen nach dem Schlüssel zu kramen.

Gundel konnte es kaum glauben. Hatte es Ulla auch erwischt? Die große, überlegene Ulla, die sich noch nie in einen Verehrer verliebt hatte, weil ihr keiner gut genug war? Und jetzt ausgerechnet Tommy Weidner?

Endlich hatte sie den Schlüssel gefunden. »Wir müssen uns beeilen«, sagte sie und schloss auf. »Heute ist Hausmusik, und du weiß ja, Papa hasst es, wenn wir nicht pünktlich sind. Wahrscheinlich stimmt er schon seine Geige.«

Gundel musste schmunzeln. »Ja, ja, die Hausmusik …«

Ulla öffnete die Tür. Doch von der Geige des Vaters war nichts zu hören. Dafür drang seine Stimme aus dem Salon, so laut und erregt, wie es ganz und gar nicht seine Art war.

»Es ist nicht zu fassen! Was für eine Ungeheuerlichkeit! Das schlägt dem Fass den Boden aus!«

»Bitte reg dich nicht auf, Eduard«, sagte die Mutter. »Du weißt doch – dein Herz!«

»Zum Kuckuck mit meinem Herzen! Soll ich etwa tatenlos zulassen, wie dieser … wie dieser – *Mensch* …«

»Ja, Mensch!« Das war Ruths Stimme. »Er ist genauso ein Mensch wie wir auch!«

»Natürlich! Sogar ein Übermensch ist er! Auch wenn er nicht so aussieht!«

Die beiden Schwestern schauten sich an. Nanu, was war denn da los?

Während Ulla die Achseln zuckte, trat Gundel an die Tür und blickte durch den Spalt in den Salon.

29

Der Salon, ein dämmriger Raum voller Samt und Plüsch und exotischer Zierpflanzen, war Christels Rückzugsort. Hier verbrachte sie ihre Mußestunden, um ungestört am Radio eine Konzertübertragung zu hören oder sich um das Wohl ihrer Pflanzen zu kümmern, vor allem natürlich ihres geliebten *Ficus elastica* – eines überaus prachtvollen Gummibaums, den sie vor über einem halben Menschenleben zur Konfirmation geschenkt bekommen hatte und der dank ihrer hingebungsvollen Pflege auf seiner schwarz gelackten Konsole inzwischen alles überwuchernd bis hinauf zur Zimmerdecke reichte. In seinem Schatten fanden freitagabends die Hauskonzerte statt, seit die drei Töchter Ruth, Ulla und Gundel groß genug waren, um einen Bogen zu führen und mit dem Vater im Quartett zu spielen.

Doch heute lagen die Instrumente – Eduards und Gundels Violinen, Ruths Bratsche sowie Ullas Cello – unberührt auf den im Halbkreis um Christels Lieblingssessel aufgestellten Stühlen.

Denn es gab Streit in der Villa Wolf, einen so heftigen Streit, wie man es in diesem Haus noch nicht erlebt hatte,

»Jetzt tut mir die Liebe und hört endlich auf!« Obwohl Christels Hand bedenklich zitterte, griff sie zu der Teekanne, die Betty wie vor jedem Hauskonzert auf einem Beistelltisch bereitgestellt hatte, und schenkte sich eine Tasse ein. »Wir sind doch die glücklichsten Menschen der Welt. Wir müssen weder hungern noch frieren. Und vor allem sind wir eine Familie.«

Um ihren Worten Nachdruck zu verleihen, nahm sie ihre Tasse und nippte einen Schluck von ihrem Tee. Obwohl der eigentlich genau die richtige Temperatur hatte, schüttelte sie den Kopf.

»Seht ihr? Jetzt ist er schon ganz kalt.«

Widerwillig stellte sie die Tasse zurück auf den Beistelltisch. Normalerweise reichte der Hinweis aus, um einen Streit in der Villa Wolf zu beenden – jedermann wusste, wie sehr sie es hasste, wenn ihr Tee kalt wurde.

Aber diesmal versagte die Methode.

»Der Leiter der Flüchtlingshilfe hat mich in der Firma angerufen«, rief Eduard. »Unser prächtiger Herr Schwiegersohn hat tatsächlich versucht, sich unberechtigterweise Vorteile auf Kosten anderer zu ergaunern. Wo uns doch jedermann in der Stadt kennt. Wie stehen wir jetzt da?«

Vor lauter Erregung hatte er seinen Sessel verlassen, und während er ziel- und sinnlos den Raum durchmaß, war sein Gesicht so rot angelaufen, dass einem angst und bange werden konnte.

Jetzt blieb er vor seinem Schwiegersohn stehen, der zusammen mit Ruth auf dem Sofa saß, und schaute auf ihn herab wie ein Richter auf einen Angeklagten.

»Haben Sie nichts dazu zu sagen? Los, machen Sie endlich den Mund auf!«

Voller Trotz erwiderte Fritz Nippert seinen Blick.

»Ich habe nur versucht, eine Wohnung für meine Familie zu

besorgen«, sagte er mit bebender Stimme, während sein entsetzlicher Arm sich so rasend schnell hin und her bewegte, dass Christel gar nicht mehr hinsehen mochte. »Hier sind wir ja offenbar nicht erwünscht!«

»Wir?«, wiederholte Eduard mit überschnappender Stimme. »Reden Sie jetzt schon im Pluralis majestatis?«

»Pluralis – was?«, fragte Fritz Nippert irritiert.

Eduard verzog verächtlich das Gesicht. »Ach ja, ich vergaß – Latein wurde an den Schulen, die Sie besucht haben, ja nicht gelehrt. Aber ich kann auch gern Deutsch mit Ihnen reden. Um es ganz deutlich und unmissverständlich zu sagen, mein Herr: Der Einzige, der hier nicht erwünscht ist, sind Sie! Und das aus gutem Grund!«

»Verraten Sie mir dann auch aus welchem?«

»Werden Sie nicht frech, Sie unverschämter Mensch! Sie wissen die Antwort so gut wie ich.«

Fritz Nippert presste seine Lippen zu einem Strich zusammen, so dass die Muskeln auf seinen ausgehöhlten Wangen in scharfen Strängen hervortraten, und während seine Hand raste wie von Sinnen, füllten sich seine Totenkopfaugen mit derselben Verachtung, die Eduard ihm zuvor bekundet hatte.

»Sie haben ja nicht mal den Mut, es mir offen ins Gesicht zu sagen, Sie Feigling.«

Erschrocken blickte Christel zu ihrem Mann. Doch zum Glück war Eduard so in Rage, dass er die Bemerkung gar nicht registriert zu haben schien.

»Und wagen Sie es ja nicht«, fuhr er voller Empörung fort, »im Zusammenhang mit meiner Tochter und meinem Enkelsohn noch einmal von Ihrer *Familie* zu sprechen!«

»Aber er ist doch mein Mann!«, rief Ruth, die bisher stumm und bleich auf dem Sofa gesessen hatte.

»Dein Mann?« Wie von der Tarantel gestochen, fuhr Eduard zu ihr herum. »Der Kerl ist der größte Fehler deines Lebens – dein Verhängnis ist er!«

Jetzt wurde es auch Christel zu viel.

»Bitte, Eduard! Nicht vor dem Kind!«

Sie deutete auf den kleinen Winfried, der sich hinter der Musiktruhe versteckt hatte und mit großen, angsterfüllten Augen, die nicht begriffen, was sie sahen, auf die so laut miteinander streitenden Erwachsenen starrte.

»Ja ja, das Kind!« Schnaubend schüttelte Eduard den Kopf. »Damit glaubt dieser Mensch uns in der Hand zu haben. Aber nein, ich lasse mich nicht erpressen – nicht in meinem Haus!«

30

Ulla hob irritiert die Brauen. Ihr Vater war der kultivierteste Mensch, den sie kannte, ein Schöngeist, der sich am liebsten mit Musik und Philosophie und Literatur beschäftigte und normalerweise seine Stimme höchstens dann erhob, wenn bei einem Hauskonzert jemand aus dem Takt geriet.

Aber ihre Irritation war nichts im Vergleich zu der ihrer Schwester. Als Gundel sich von der Tür wegdrehte, war sie so blass im Gesicht, als wäre alles Blut aus ihren Adern gewichen.

»Mein Gott, so habe ich Papa noch nie erlebt.«

»Ich auch nicht«, erwiderte Ulla. »Aber ich kann ihn verstehen.«

»Dass er so mit Ruths Mann redet?« Gundel schaute sie mit ihren Rehaugen ungläubig an. »Nein, das darf er nicht! Ob er ihn mag oder nicht –, so etwas geht nicht in einer Familie.«

»Ich finde, Papa redet ganz genau richtig mit ihm. Das ist die einzige Sprache, die Männer wie Fritz Nippert verstehen.«

»Aber was hat er denn verbrochen! Er hat doch nur versucht, ein bisschen zu schummeln. Um eine Wohnung zu bekommen. Für seine Frau und seinen Sohn. Das ist doch kein Staatsverbrechen!«

»Meinst du das wirklich im Ernst?« Ulla schüttelte den Kopf. »Mensch, Gundel – um das Schummeln geht es doch gar nicht! Der Kerl ist ein unverbesserlicher Nazi!«

»Woher willst du das wissen?«

»Er war bei der SS!«

»Na und? Da war er nicht der Einzige. In der SS waren Hunderttausende! Und die haben auch nicht alle diese … du weißt schon – diese schrecklichen Dinge …«

Gundels Stimme wurde übertönt von der des Vaters. Der sprach jetzt mit solcher Heftigkeit, dass es auch Ulla unheimlich wurde.

»Ich verfluche den Tag, an dem Sie meine Tochter geschwängert haben!«

Gundel wandte sich wieder zur Tür.

»Das kann ich nicht länger mit anhören!«

Sie hatte die Klinke schon in der Hand. Doch Ulla hielt sie zurück.

»Nein, Gundel! Misch dich nicht ein! Das macht alles nur noch schlimmer!«

31

Jetzt hielt es auch Fritz Nippert nicht länger auf seinem Platz. Mit einer Energie, die angesichts seines Zustands nur verwundern konnte, sprang er in die Höhe und trat auf Eduard zu. Dabei geriet seine rasende Hand in gefährliche Nähe zu dem Gummibaum.

Christel sah es voller Entsetzen.

»Um Gottes willen – mein Ficus!«

Wie zwei Kampfhähne standen die zwei Männer inmitten des Stuhlkreises einander gegenüber. Während Eduard mit hochrotem Kopf um Fassung rang, versuchte Fritz ebenso verzweifelt wie vergeblich, seinen Schüttelarm mit der gesunden Linken zu bändigen, wobei seine schwarzen Augen vor Erregung aus den Höhlen seines Schädels zu springen drohten und seine Brust so schwer atmete, als bekäme er kaum noch Luft.

»Ich habe für Sie und Ihresgleichen die Knochen hingehalten«, keuchte er, »in Afrika und Stalingrad!«

»Wir haben Sie nicht darum gebeten, so wenig wie um den ganzen verfluchten Krieg. Bedanken Sie sich bei Ihrem geliebten Führer! Der hat den Krieg vom Zaun gebrochen!«

»Deutschland brauchte Lebensraum!«

»Ach was! Hitler war ein Wahnsinniger, der die ganze Welt erobern wollte, um sie stattdessen in Schutt und Asche zu legen! Und Sie haben diesem Irren zugejubelt! *Wollt ihr den totalen Krieg?*«

»Aber war das nicht Goebbels, mein Lieber?«, versuchte Christel zu vermitteln.

»Halt du dich da jetzt bitte raus!«

»Und dann Sibirien«, fuhr Fritz mit rasselnder Lunge fort. »Drei Jahre Bergwerk, jeden Tag zehn, zwölf, vierzehn Stunden Maloche unter Tage, von Montag bis Samstag und oft auch noch sonntags, zweiundfünfzig Wochen im Jahr, und nichts zu fressen außer Kascha und Kohlsuppe. Die Kameraden sind krepiert wie die Fliegen. Während Sie hier gemütlich im Trockenen saßen.«

»Das ist nicht wahr!«, protestierte Christel. »Hier hatten die Menschen auch zu kämpfen. Nicht wenige mussten sich von

Bucheckern und Brennnesselsuppe ernähren! Und manche tun das noch heute.«

»Aber ihr doch nicht, Mama!«, rief Ruth. »Ihr hattet doch immer satt zu essen.«

»Warum sagst du *ihr*? Du etwa nicht?«

Christel versuchte, den Blick ihrer Tochter zu fangen, doch die stand auf, um sich um den kleinen Winfried zu kümmern, der immer noch hinter der Musiktruhe hockte und angefangen hatte zu weinen. Christel konnte sein Schluchzen kaum vom rasselnden Atem seines Vaters unterscheiden, der nun mit vorgewölbten Schultern so nahe an Eduard herantrat, dass nur noch eine Handbreit zwischen ihre Gesichter passte.

»Und was ist der Lohn?«, presste Fritz hervor. »Nicht mal ein Dach über dem Kopf soll man haben! Was für eine gottverdammte Ungerechtigkeit! Pfui Teufel! Das wäre bei Hitler nicht passiert!«

Eduard schnappte nach Luft. »Schweigen Sie von diesem Mann in meinem Haus! Hitler war ein Verbrecher!«

»Sie … Sie Vaterlandsverräter!«

»Was erlauben Sie sich? Sie sind ja genauso wahnsinnig wie dieser …«

»Jawohl, Vaterlandsverräter! Hitler war der größte Führer aller Zeiten, ein Geschenk des Himmels an das deutsche Volk. Und wenn Deutschland unterging, dann nur, weil Lumpen wie Sie ihn verraten haben!«

»Das wagen Sie mir ins Gesicht zu sagen?«

Statt eine Antwort zu geben, riss Fritz den rechten Schüttelarm in die Höhe und fing an zu singen.

»Adolf Hitler, unser Führer …«

Mit aufgerissenen Augen starrte Eduard ihn an, unfähig, ein Wort zu sagen, sein Mund klappte nur stumm auf und zu wie ein Fisch an Land. Fritz aber sang das Lied weiter, unerbittlich, stand da und sang bis zum Ende, obwohl die Hand an seinem hochgereckten Arm völlig außer Kontrolle in der Luft zappelte und er selbst kaum noch atmen konnte.

Die letzten Worte waren nur noch ein Röcheln.

»Adolf Hitler, unser Held …«

Als er endlich verstummte und seinen entsetzlichen Arm sinken ließ, war es für eine Sekunde so still im Raum, als hätte jemand die Zeit angehalten. Auch der kleine Winfried hatte aufgehört zu weinen.

Dann fand Eduard seine Sprache wieder.

»Raus, Sie Elender!«, zischte er, so scharf, als würde eine Klinge die Luft zerschneiden. »Raus aus meinem Haus!«

32

Ruth ließ ihren tränenverschleierten Blick durch das Zimmer schweifen, das einst ihr Mädchenzimmer gewesen war – eine Walhalla ihrer sportlicher Erfolge mit all den Pokalen und Urkunden, die sie im Turnen und Schwimmen errungen hatte. Wie stolz war sie gewesen, als sie hier eingezogen war, in ihr erstes eigenes Zimmer, wie stolz und voller Lust auf das Leben. An ihrem zehnten Geburtstag war das gewesen. In diesem Zimmer hatte sie, als 1936 in Berlin die Olympiade ausgetragen worden war, davon geträumt, einmal selbst an Olympischen Spielen teilzunehmen, zur Ehre von Führer, Volk und Vaterland; in diesem Zimmer hatte sie Hitlers Lebenslauf und die »Lieder für die deutsche Jugend« auswendig gelernt; in diesem Zimmer hatte sie, heimlich und mit glühenden Wangen, all jene Bücher verschlungen, von denen ihre Freundinnen im Bund Deutscher Mädel schwärmten, doch deren Lektüre die Eltern ihr verboten hatten: »Kämpfen und Glauben«, »Dora im Arbeitsdienst«, »Reise ins Leben«, bevor sie von zu Hause durchgebrannt war, um an der Westfront verletzte Wehrmachtssoldaten zu pflegen und so zum Endsieg beizutragen.

Doch wie verzweifelt war sie nun, verzweifelt und voller Angst vor dem Leben, da sie, mit ihrem verstörten Kind auf dem Schoß, auf ihrem alten Schreibtischstuhl in ihrem Mädchenzimmer saß und ihrem Mann dabei zusah, wie er, mit dem Rücken zu ihr über das Bett gebeugt, die paar wenigen Dinge, die ihm gehörten, in einem Bündel zu verschnüren versuchte, es wieder und wieder probierte und damit einfach nicht aufhörte, obwohl er mit seiner rastlosen Hand wieder und wieder daran scheiterte, die Enden des Tuchs zu einem Knoten zu vereinen.

»Bitte geh nicht«, flehte sie ihn an. »Es ist doch unser einziges Zuhause.«

»Man kann mir alles nehmen«, erwiderte er, »aber nicht meinen Stolz.«

»Lass uns darüber schlafen, Fritz – bitte! Wenigstens diese eine Nacht.«

»Nicht eine Stunde bleibe ich länger in diesem Haus.«

»Dann lass mich mit Mutter reden. Vielleicht kann sie uns ja helfen.«

»Deine Mutter ist eine Frau. Sie hat nichts zu sagen.«

»Dann rede ich mit meinem Vater. Ich werde verlangen, dass er sich bei dir entschuldigt. Er hat das doch alles gar nicht so gemeint.«

»Und ob er das so gemeint hat!« Fritz drehte den Kopf über die Schulter und schaute sie mit seinen toten Kohleaugen an. »Du hast die Wahl – deine Eltern oder ich.«

In ihrer Verzweiflung drückte Ruth ihr Kind so fest an sich, als könnte Winfried ihr als einziges Wesen auf der Welt noch Halt in diesem Leben geben.

»Aber wo sollen wir denn dann wohnen?«, fragte sie, während ihr Sohn wieder anfing zu weinen. »Wir sind ja noch nicht mal zuteilungsberechtigt!«

Fritz zuckte die Achseln. »Meine Kameraden werden mich nicht im Stich lassen.« Mit einem Ruck gelang es ihm endlich, den Knoten zu schließen. »Auf meine Kameraden ist Verlass – unsere Ehre heißt Treue!«

TEIL ZWEI

Tag-und-Nachtgleiche

3.–4. Advent

»Da schied Gott das Licht von der Finsternis und nannte das Licht Tag und die Finsternis Nacht.«

ERSTES BUCH MOSES, KAPITEL 1, VERS 4–5

1

Auf dem Frühstückstisch stand Christels Adventskranz, drei Kerzen brannten einsam und verlassen auf dem Tannengrün. Der Anblick erfüllte Christel mit Wehmut. Wie schön die Kerzen brannten – so ruhig und stetig und unbeirrbar strebten die Flammen in die Höhe, als wäre die Welt in Ordnung.

Doch das war sie nicht.

Nein, ganz und gar nicht!

Mit einem Ruck wandte sie sich ab und drehte die Heizung aus, die sie wie jeden Morgen eine Stunde vor dem Frühstück angestellt hatte, damit die Familie wenigstens die erste Mahlzeit des Tages halbwegs im Warmen zu sich nehmen konnte. Während Eduard noch den Lokalteil des Kreisblatts zu Ende las, begann Betty den Tisch abzuräumen. Obwohl Persil-Waschmittel ebenso rationiert war wie Hoffmanns Spezialstärke, trug das Dienstmädchen eine blütenweiße Schürze und dazu ein frisch gestärktes, ebenso weißes Häubchen auf dem Kopf, wie sie es vom ersten Tag seit ihrer Einstellung in der Villa Wolf vor nunmehr achtzehn Jahren an trug. Darauf legte Christel ebenso großen Wert wie auf ihren Adventskranz. Selbst in der Zeit der »Hitlerei«, wie sie die zurückliegenden Jahre nannte, in denen diese grässlichen braunen Horden das Sagen gehabt hatten, hatte sie sich bemüht, die gewohnten und bewährten Formen zu wahren, die sie als Tochter einer Modistin einst in ihrer Jugend gelernt hatte – Hakenkreuzschmuck war ihr nie ins Haus gekommen! Umso entschlossener führte sie ihren Haushalt nun auch nach dem Zusammenbruch nach diesen Prinzipien weiter, allem Mangel und aller Not zum Trotz. Man war ja schließlich nicht bei den Hottentotten!

Während Betty die Teller und Tassen auf ihrem Tablett stapelte, waren vom Hausflur die Stimmen der Mädchen zu hören, die sich für die Flüchtlingshilfe fertig machten. Jetzt steckten sie noch einmal ihre Köpfe durch die Tür, um sich zu verabschieden.

»Zum Mittagessen sind wir wieder da«, sagte Gundel.

»Aber bitte seid pünktlich«, mahnte Christel.

»Kommt darauf an, was es gibt«, erwiderte Ulla, die ebenso wie ihre Schwester bereits gegen die Kälte draußen vermummt war. »Was gibt es denn heute?«

»Steckrübeneintopf.«

Ulla verzog das Gesicht. »Vielleicht wird es doch etwas später.« Grinsend schaute sie ihre Schwester an. »Meinst du nicht auch, Gundel?«

»Untersteht euch!«

»Keine Angst, Mama.« Ulla lachte. »In der Not frisst der Teufel ja bekanntlich Fliegen.«

Die Mädchen verschwanden, und gleich darauf schlug in der Diele die Haustür. Mit einem Seufzer drehte Christel sich wieder zu ihrem Adventskranz herum. Von dem Luftzug hatten die Flammen ein wenig geflackert, doch schon richteten sie sich wieder auf und brannten weiter in die Höhe, als wäre nichts geschehen.

»Wenn ich nur wüsste, wo Ruth jetzt ist«, sagte Christel. »Hoffentlich hat sie wenigstens ein Dach über dem Kopf.«

»Jeder ist seine Glückes Schmied«, erwiderte Eduard hinter seiner Zeitung.

»Aber sie ist doch unsere Tochter.«

Mit einer ungewohnt heftigen Bewegung nahm er die Zeitung herunter.

»Ruth ist eine erwachsene Frau, sie hat sich selbst so entschieden. Gegen die Familie. Stattdessen für … für diesen …«

Christel deutete mit erhobenen Brauen auf Betty, die gerade die letzten Reste vom Tisch räumte. Eduard verstummte. Während er das Kreisblatt beiseite legte, beugte Betty sich über den Adventskranz und blies die Kerzen aus, bevor sie mit ihrem Tablett den Raum verließ.

Eduard wartete, bis das Dienstmädchen fort war. »Für diesen elenden Mistkerl«, zischte er dann. »Ich könnte den Menschen umbringen – mit meinen bloßen Händen!«

Christel schüttelte energisch den Kopf. »So etwas darfst du nicht mal denken, Eduard, geschweige denn sagen!«

»Ich weiß ja, ich weiß.« Er rückte seine Fliege zurecht und erhob sich vom Tisch. »Ich muss jetzt auch los, meine Liebe!«

Irritiert runzelte Christel die Stirn. »Willst du jetzt schon in die Firma? Außer Herrn Plassmann ist doch noch kein Mensch im Büro.«

»Nein«, erwiderte er. »Nicht in die Firma – aufs Rathaus. Höchste Zeit, dem Bürgermeister Dampf zu machen!«

2

In der Diele trat Eduard an die Garderobe, um sich seinen Gehpelz anzuziehen. Dieser war noch ein Erbstück seines Vaters, und die Jahrzehnte hatten deutliche Spuren an dem einstmals prachtvollen Mantel hinterlassen, vor allem an dem Innenfutter und dem Biberkragen. Eduard hatte ihn darum vor einigen Jahren schon ausrangiert und sogar erwogen, ihn dem Winterhilfswerk zu spenden. Doch jetzt war er froh, dass er sich nicht dazu hatte entschließen können. Bei diesen Temperaturen leistete der lädierte Pelz ihm immer noch wertvolle Dienste.

Christel folgte ihm aus dem Esszimmer nach.

»Willst du etwa zu Fuß gehen?«, fragte sie, als er sich die Ohrenwärmer aufsetzte.

»Allerdings«, erwiderte er, »mit dem Maybach vorzufahren erscheint mir in unserer gegenwärtigen Lage nicht angemessen. Das könnte einen falschen Eindruck erzeugen. Außerdem kann ein Gang durch die frische Luft nicht schaden. Da habe ich Gelegenheit, meine Gedanken zu sortieren.«

Er nahm seinen Hut und wandte sich zur Tür. Doch bevor er sie öffnete, drehte er sich noch einmal um.

»Und du?«, fragte er. »Was steht bei dir auf dem Programm?«

»Ich sollte mich mal wieder um meinen Ficus kümmern«, antwortete Christel. »Der hat Pflege bitter nötig.«

Eduard nickte. »Ja, meine Liebe, tu das. Das ist gut für deine Nerven.«

Mit einem Kuss verabschiedete er sich von ihr, dann setzte er sich den Hut auf und trat ins Freie. Auf dem Treppenabsatz schüttelte er sich. Offenbar war es nochmals kälter geworden, als es ohnehin schon war, nach seinem Gefühl musste die Temperatur inzwischen auf unter zehn Grad minus gefallen sein. Für einen Moment überlegte er, ob er vielleicht doch den Wagen nehmen sollte. Aber er verwarf den Gedanken so schnell wieder, wie er ihm gekommen war. Der Maybach war zwar der einzige Luxus, den er sich in seinem Leben je gegönnt hatte, und jedermann in Altena wusste, dass er kein Großprotz war. Doch in dieser heiklen Angelegenheit ging es nicht zuletzt um die symbolische Wirkung. Da war es angezeigt, demütig und bescheiden aufzutreten. Es ging ja nicht darum, ein Recht einzufordern, sondern um Gnade zu bitten.

Ob Bürgermeister Vielhaber wohl endlich mit Commander Jones gesprochen hatte? Angekündigt hatte er es schon mehrere Male, doch angeblich war immer etwas dazwischengekommen oder der Zeitpunkt war aus irgendeinem Grund nicht der richtige gewesen. Eduard war nicht bereit, sich länger vertrösten zu lassen. Schließlich stand die Existenz der Firma auf dem Spiel, die Lebensgrundlage der ganzen Familie. Also musste endlich etwas geschehen, bevor es zu spät war.

Er ging gerade die Stufen der Freitreppe hinunter, als er plötzlich zusammenschrak.

Um Gottes willen, was war das?

Vor dem Fabriktor stand ein Jeep. In Eduards Kopf schrillten sämtliche Alarmglocken, und ohne auf Schnee und Eis zu achten, eilte er im Laufschritt über den Hof.

Als er die Werkshalle betrat, fand er dort seine schlimmsten Befürchtungen bestätigt. Zwischen den Maschinen stolzierten zwei britische Offiziere herum. Der eine hielt ein Klemmbrett in der Hand, der andere trug über seiner Uniform einen weißen Ingenieurskittel. Jetzt blieb er vor einem Drahtzug stehen, der noch keine drei Jahre alt war, um ihn zu inspizieren.

»Was … was tun Sie da?«, stammelte Eduard, obwohl er die Antwort nur zu gut wusste.

Der Offizier mit dem Klemmbrett wandte sich zu ihm herum.

»Gut, dass Sie da sind, Mr. Wolf«, erklärte er in erstaunlich gutem und flüssigem Deutsch. »Wir erstellen gerade eine Inventarliste Ihrer Betriebsanlagen. Für die Demontage.«

3

Mit einem Kloß im Hals und dem kleinen Winfried an der Hand schaute Ruth sich in der möblierten Mansardenwohnung um, die Fritz mit Hilfe seiner Kameraden besorgt hatte. Bei dem trostlosen Anblick spürte sie, wie ihr die Tränen kamen. Die Wohnung bestand aus einer Wohnküche mit einem Schrank, einem Tisch und vier Stühlen sowie einem Schlafzimmer mit einem großen Bett und einer Liege und war insgesamt nicht größer als das Nähzimmer ihrer Mutter, und da beide Räume auch noch unter Dachschrägen lagen, konnte man sowohl in der Wohnküche als auch im Schlafzimmer als Erwachsener nur in der Mitte wirklich aufrecht stehen. Schlimmer aber noch als die bedrückende Enge war der käsige Geruch, der im ganzen Haus herrschte und der Ruth schon im Treppenhaus so unangenehm in die Nase gestiegen war, dass sie Übelkeit empfand. Der Grund dafür war der Kolonialwarenladen, den die Vermieterin Lotti Mürmann, eine stadtbekannte Klatschbase Anfang fünfzig, eine spindeldürre Frau mit grauem Haarknoten und auffallend großen, roten Händen, im Erdgeschoss des Hauses betrieb und dessen Ausdünstungen bis hinauf unters Dach drangen. Immerhin gab es in der Küche neben dem Spülstein einen Herd, um zu heizen – vorausgesetzt, dass es etwas zu heizen gab. Im Moment gab es das nicht. Kein Feuer brannte im Ofen, es war vielmehr so kalt in dem Raum, dass man den Atem beim Sprechen sah, und auf den Scheiben der winzigen Fenster schimmerten Eisblumen.

Lotti Mürmann fuhr Winfried mit ihrer großen, roten Hand über das schwarze Haar.

»Jetzt hast du wenigstens ein Dach über dem Kopf, kleiner Mann. Da bist du doch sicher froh, nicht wahr?«

Erwartungsvoll schaute sie auf ihn herunter. Obwohl Winfried sich nicht traute, zu ihr aufzublicken, nickte er tapfer.

»Und wenn du mal Hunger hast«, fuhr sie fort, »kommst du zu Tante Mürmann runter in den Laden, und dann sehen wir beiden nach, ob wir was zu essen für dich finden. Damit du groß und stark wirst. – Aber jetzt lasse ich Sie mal allein«, fügte sie dann, an Ruth und Fritz gewandt, hinzu. »Damit Sie es sich in Ihrem neuen Reich heimisch machen können.«

Ruth war froh, als sie endlich zur Tür hinaus war. Natürlich hatte die Vermieterin sie erkannt, jedermann in Altena kannte die Wolf-Töchter, und die Neugier, was die älteste von ihnen wohl aus der elterlichen Villa vertrieben hatte, hatte ihr im Gesicht geschrieben gestanden. Ruth war dankbar, dass sie sich ihre Fragen verkniffen hatte. Der Weg durch die Stadt mit ihrem Kind und ihrem Mann und dem ratternden Handkarren, in dem sie wie Flüchtlinge ihre Habseligkeiten von der Nette in die Freiheit transportiert hatten, war eine so schlimme Demütigung gewesen, dass sie vor lauter Angst, unterwegs Bekannten zu begegnen, kein einziges Mal den Blick gehoben hatte.

»Habe ich es nicht gesagt?«, fragte Fritz, als sie allein waren, mit trotzigem Stolz. »Die Kameraden lassen uns nicht im Stich.«

Ruth konnte ihre Tränen nicht länger zurückhalten. Damit ihr Mann nichts merkte, trat sie an das Fenster der Wohnküche. Auf der gegenüberliegenden Straßenseite befand sich die Ladenfront von Betten-Prange. Als junges Mädchen hatte sie immer gedacht, einst in dem Geschäft, das es schon länger gab als sie selbst, ihre Aussteuer zu kaufen, wenn sie einmal heiraten würde. Während sie sich fragte, wie lange es her war, dass sie solche Jungmädchenträume geträumt hatte, wanderte ihr Blick in die Höhe.

An dem Hang, der zum Kesselbrinck hinaufführte, waren durch die Eisblumen schemenhaft die Umrisse der Villa Böcker zu erkennen.

»Hat *er* uns geholfen?«

»Darüber darf ich nicht sprechen«, erwiderte Fritz.

Ruth verstand ihn auch so. Natürlich hatte Walter Böcker seine Finger im Spiel – wahrscheinlich war es ihm eine klammheimliche Freude gewesen, auf diese Weise ihrem Vater eins auszuwischen. Die beiden waren ja nicht nur Konkurrenten, aufgrund ihrer unterschiedlichen Wesensart waren sie einander auch persönlich zuwider – eine wechselseitige Antipathie, die nicht zuletzt während der Nazizeit in ihren gegensätzlichen politischen Ansichten zutage getreten war.

»Und wovon wollen wir jetzt leben?«

Fritz zuckte die Schultern. »Für den Anfang könntest du ja deine Geige verkaufen. Du hast ja immer damit renommiert, wie viel so ein Ding wert ist. Wenn das stimmt, was du sagst, bekommen wir auf dem Schwarzmarkt dafür jede Menge Fressalien, so dass wir wenigstens eine Weile satt zu essen haben.«

Ruth musste schlucken. Immer bezeichnete Fritz ihre Bratsche als Geige – er wusste es nun mal nicht besser. Viel mehr als seine Ignoranz jedoch schmerzte es sie, dass er offenbar nicht die leiseste Ahnung hatte, wie viel das Instrument ihr bedeutete. Nein, sie konnte die Bratsche nicht versetzen, nie und nimmer würde sie das tun – die Bratsche war doch das einzige, was sie noch mit ihrer Familie verband.

Fritz musterte sie mit seinen schwarzen Augen, in denen ein solcher Vorwurf lag, dass sie es kaum schaffte, seinem Blick standzuhalten. Eine lange Weile sahen sie einander wortlos an. Als sie immer noch keine Antwort gab, schüttelte er mit einem resignierten Seufzer schließlich den Kopf. Dann setzte er sich die Mütze wieder auf, die er für Lotti Mürmann abgenommen hatte, und wandte sich zur Tür.

»Wohin willst du?«, fragte sie.

»Arbeit suchen«, erwiderte er. »Oder glaubst du, ich lasse meine Familie verhungern?«

4

Mit dem Daumen prüfte Christel die Erde ihres Gummibaums. Die meisten Hobbygärtner machten den Fehler, zu oft und zu viel zu gießen. Doch ihr Ficus mochte es gar nicht, wenn sein Wurzelballen in zu feuchter Erde stand. Die arme Pflanze litt in diesem Winter ohnehin mehr als genug, sie brauchte Wärme so dringend wie Licht und Sonne, nach Meinung von Gärtner Steinmann war eine Raumtemperatur von achtzehn Grad erforderlich, damit ein Ficus elastica im Haus so gedeihen konnte wie in der Natur, und wenn ihre Pflanze trotz der seit Wochen herrschenden Eiseskälte nicht verkümmert war, dann vermutlich nur, weil Christel sich um sie Jahrzehnte lang fast mit der derselben Liebe und Fürsorglichkeit gekümmert hatte wie um ihre vier Kinder.

Sie nahm den Daumen von der Erde und betrachtete die Kuppe. Ein paar feuchte Krumen waren haften geblieben, ihr Ficus hatte also noch Wasser genug. Sie stellte die Gießkanne auf den Untersatz zurück, nahm den kleinen Messingrechen, den Eduard ihr vor Jahren geschenkt hatte, und lockerte den Boden, damit die Wurzeln genügend Sauerstoff bekamen. Dann besprühte sie mit ihrem Wäschesprenger die Blätter und polierte sie mit einem weichen Tuch. Einige waren ein wenig verblasst, vor allem die tiefliegenden auf der Eckseite, weil sie zu wenig Licht bekamen. Doch das bereitete ihr keine Sorge, das war jeden Winter so, und wenn erst der Frühling und die Sonne kamen, würden sie sich schon wieder erholen und ihre sattgrüne

Farbe zurückgewinnen. Nur ein einzelnes Blatt ganz unten am Stamm war vergilbt und wohl nicht mehr zu retten.

Sie bückte sich, um es abzuschneiden, doch als sie die Pflanzenschere ansetzte, ging die Zimmertür auf und Eduard kam herein – im Gesicht das blanke Entsetzen.

»Sie sind da!«

Christel hob die Brauen. »Könntest du dich bitte etwas verständlicher ausdrücken? Wer ist da?«

»Die Engländer, in der Firma!«

»Um Gottes willen!«

»Offenbar hatte Arno Vielhaber nicht den Arsch in der Hose – pardon, ich meine, nicht den nötigen Mumm, um sein Wort zu halten.«

Christel richtete sich wieder auf und steckte die Schere zurück in ihre Schürze. »Was hast du jetzt vor?«

»Ich schalte den Landrat ein.«

»Glaubst du, der könnte mehr ausrichten? Der muss doch auch spuren und tun, was die Engländer wollen, genauso wie der Bürgermeister.«

»Ich weiß. Aber hast du eine bessere Idee?«

Aus Eduards sonst so sanften Augen sprach solche Verzweiflung, dass Christel ihn am liebsten in den Arm genommen hätte. Doch nach dreißig Jahren Ehe wusste sie, dass ihr Mann in solchen Momenten keinerlei körperliche Berührung ertrug. Er brauchte jetzt keinen Trost, er brauchte Hilfe.

Nachdenklich strich sie über ein Blatt ihres Gummibaums. Was konnte sie nur tun, um ihn zu unterstützen? Während sie sich das Gehirn zermarterte, fiel ihr Blick auf das Kreisblatt, das ungelesen auf dem Beistelltisch neben ihrem Lieblingssessel lag.

Plötzlich hatte sie eine Idee.

»Wie wär's, wenn du Herrn Kotzubeck einen Besuch abstattest?«

»Karl Kotzubeck vom AK?«, erwiderte Eduard irritiert. »Wozu soll das gut sein?« Doch dann ging ihm ein Licht auf, und er gab ihr einen Kuss. »Danke, meine Liebe! Dass ich darauf nicht selbst gekommen bin! Ja, vielleicht kann das tatsächlich etwas bewirken.«

5

Der zerschossene Rest der Großen Brücke, die Soldaten der Wehrmacht im Frühjahr 45 vor den heranrückenden Amerikanern gesprengt hatten, ragte wie ein Steg ins Nirgendwo über die Lenne, als Ulla und Gundel auf ihrem Weg zur Flüchtlingshilfe das untere Ende der Bachstraße erreichten. In der Zeitung hatte gestanden, dass die Reparaturarbeiten noch vor Weihnachten beginnen sollten, damit bereits im Sommer der Verkehr wieder über die Brücke fließen konnte. Ob das zu schaffen sein würde? Ulla konnte es sich kaum vorstellen. Doch immerhin war der Torso bereits vollständig eingerüstet, und Hunderte von Arbeitern machten sich daran zu schaffen, während unter ihnen auf dem Eis der inzwischen vollkommen zugefrorenen Lenne Schulkinder die ersten Schlenderbahnen anlegten.

»Es heißt, die Firma Böcker & Söhne hat den Zuschlag für die Stahlgitter bekommen«, sagte Gundel.

»Seit wann interessierst du dich denn für solche Dinge?«, wunderte sich Ulla.

»Haltst du mich etwa für eine dumme Gans?«, fragte Gundel. »Ich hoffe nur, dass Papa nichts davon erfährt. Wenigstens nicht jetzt. Er hat auch so schon Kummer genug.«

»Unsinn, wenn es tatsächlich so ist, ist es besser, er erfährt es gleich. Es hat doch keinen Sinn, sich falsche Hoffnungen zu machen. Aber von wem hast du deine Weisheit überhaupt?«

»Von Benno.«

»Ach so? Und woher will der das wissen?«

»Ein Freund von ihm arbeitet bei Böcker & Söhne im Büro. Der hat es ihm unter dem Siegel der Verschwiegenheit verraten. Offiziell ist der Auftrag ja noch gar nicht vergeben.«

»Meine Güte, was du alles weißt …«

In der Lennestraße, der Haupteinkaufsstraße der Stadt, herrschte trotz der frühen Morgenstunde schon reger Betrieb. Überall waren vermummte Menschen mit Säcken und Taschen und Körben und Leiterwagen und Schubkarren unterwegs, die irgendwelche Brennmaterialien erbeutet hatten. Alles, womit sich Feuer machen ließ, wurde bei Nacht geplündert, um es bei Tage zu verheizen, die Holzlatten von Gartenzäunen ebenso wie das Tannengrün der Weihnachtsgirlanden, die inzwischen wie gerupfte Hühner über der Straße hingen.

»Guck mal da«, rief Gundel.

Ulla blickte in die Richtung, in die ihre Schwester zeigte. Im Hof von Möbel Hinne hatte jemand einen kleinen Pirk angelegt, in dem sich eine Legehenne gegen die Kälte aufplusterte. Daneben saß auf einem Stuhl der alte Heinrich Hinne, der Vater des Ladenbesitzers. Über seiner Schulter trug er eine Axt – offenbar hatte er den Auftrag, das Huhn zu bewachen.

»Mein Gott, was ist nur aus den Menschen geworden«, sagte Gundel düster. »Jetzt haben sie schon Angst, von ihren eigenen Nachbarn bestohlen zu werden.«

»Wundert dich das?«, fragte Ulla. »Letzte Woche gab es in der Rahmede eine Messerstecherei zwischen zwei Brüdern – um einen Sack Kartoffeln!«

»Stimmt. Benno hat mir davon erzählt.« Kaum hatte Gundel den Namen genannt, hellte ihre Stimmung sich auch schon wieder auf. »Ach, ich wollte, es wäre schon Feierabend und er holt mich ab.«

Ulla schaute sie von der Seite an. »Habt ihr euch schon geküsst?«

Gundel schoss das Blut ins Gesicht.

Ulla grinste. »Also ja.«

Mit einem verlegenen Lächeln erwiderte Gundel ihren Blick. »Und du? Ich meine – du und Tommy? Ihr auch?«

Ulla schüttelte den Kopf.

»Und warum nicht?«, wollte ihre Schwester wissen. »Er holt dich doch auch jeden Tag nach der Flüchtlingshilfe ab.«

»Ja und? Deshalb muss man doch nicht gleich übereinander herfallen.«

»Das ist keine Antwort! Magst du ihn etwa nicht? Oder was ist der Grund? Er sieht doch blendend aus, ist witzig und charmant, und dass er über beide Ohren in dich verliebt ist, erkennt ja ein Blinder mit Krückstock.«

Ulla biss sich auf die Lippe. Dass ausgerechnet ihre kleine Schwester sie ins Kreuzverhör nahm, passte ihr gar nicht.

»Los! Raus mit der Sprache!«

»Na gut«, sagte sie schließlich. »Er gefällt mir ja auch. Nur …«

»Nur was?«

»Ich weiß nicht. Vielleicht hab ich Angst, dass er mir *zu* gut gefallen könnte.«

»Und deshalb willst du ihn nicht küssen?« Gundel schüttelte den Kopf. »So einen Quatsch habe ich ja noch nie gehört!«

»Gar kein Quatsch«, erwiderte Ulla. »Auf jeden Fall bin ich froh, dass er mich heute mal nicht abholt.«

Gundel runzelte die Stirn. »Hat er gesagt, warum?«

Ulla zuckte die Schultern. Obwohl ihr in Wahrheit die Frage mehr auf der Seele brannte als jede andere.

Doch laut sagte sie nur: »Angeblich ist er verhindert, wegen irgendwelcher Geschäfte.«

6

Wie überall im besetzten Deutschland war auch in Altena jede Form des Schleichhandels bei Strafe verboten, und es wurden scharfe Kontrollen durchgeführt, um ihn zu unterbinden. Die irregulären Tauschgeschäfte waren eine Gefahr für die gesamte Volkswirtschaft, sie höhlten das Angebot in den Läden aus und ruinierten das allgemeine Preisgefüge. Dennoch gab es gleich mehrere Orte in der Stadt, wo heimlich Waren gehandelt wurden, im Bungern ebenso wie im Küstersort oder am Westfälischen Hof – was es in den Läden gab, reichte ja vorne und hinten nicht zum Leben. Doch Altenas größter Schwarzmarkt befand sich ganz in der Nähe von Tommys Behausung, auf dem Gelände des Güterbahnhofs, weil dieser Ort im Vergleich zu allen anderen einen entscheidenden Vorteil bot: Wann immer Gefahr drohte, konnte man sich zwischen den Gleisen und Waggons leicht aus dem Staub machen, und die Polizei hatte kaum eine Chance, einen zu erwischen.

Hunderte von Menschen trieben sich auf dem Gelände herum, als Tommy an diesem Nachmittag mit einer Tasche voller Zigaretten, Whiskyflaschen und den wertvollsten Wertsachen aus seinen Lagerbeständen eintraf. Er war mit Fred Faross verabredet, einem auf Gold und Schmuck spezialisierten Schieber aus Nachrodt. Trotz des Gewimmels herrschte eine geradezu gespenstische Stille. Sofort verspürte Tommy wieder jene unterschwellige, fast erotische Erregung, die ihn jedes Mal an diesem

Ort befiel. Scheinbar ziellos, wie Müßiggänger, die keinerlei Interesse oder Beschäftigung leitet, schlenderten die Männer und Frauen aneinander vorbei, mit gesenktem Blick und zur Schau gestellter Gleichgültigkeit. Und doch lag in ihren Gesichtern eine versteckte Aufmerksamkeit, und überall war leises Flüstern und Tuscheln zu hören, heimliche Stimmen, die im Vorübergehen, hinter vorgehaltener Hand und hochgeschlagenem Kragen, fragten und antworteten, forderten und warben für die tausend und eins Dinge, welche die Besucher dieses verbotenen Marktes unter ihren Jacken und Mänteln, in ihren Rucksäcken und Taschen bei sich trugen.

»Original Schuhcreme Erdal Rex …«

»Ungebrauchte Rasierklingen …«

»1A Bohnerwachs …«

»Tempo Papiertaschentücher …«

»Echter Bohnenkaffee …«

»Feine Damenstrümpfe …«

Tommy schaute sich in der Menschenmenge um, doch konnte er Fred nirgendwo entdecken. Um sich die Zeit zu vertreiben, las er die Zettelanschläge, mit denen das Tor eines Werkzeugschuppens übersät war. Vielleicht war ja was Brauchbares dabei.

Tausche Damenkostüm
(Flanell, Größe 40, neuwertig)
gegen Brennholz oder Kohlen.

Biete Damenhut mit Hermelinbesatz
(Friedenspreis 120 RM).
Suche Zimmerofen mit Abzugsrohr.

Übernehme Handwerkerarbeiten jeder Art.
Bezahlung nur in Fleisch- und Fettmarken.

Eine weibliche Stimme sprach ihn von hinten an.

»Hallo, Prince Charming.«

Als er sich umdrehte, stand eine hübsche junge Frau mit schwarzen Locken und knallroten Lippen vor ihm.

»Kennen wir uns?«

»Sag bloß, du hast mich vergessen.«

»Gisela?«, fragte er unsicher. »Gisela Schlüter?«

»Na endlich! Du hattest mir doch versprochen, mir mal deinen Waggon zu zeigen!«

Tommy erinnerte sich. Gisela Schlüter arbeitete in der Post, er hatte ein paarmal am Schalter mit ihr geschäkert. Doch das war schon eine Ewigkeit her.

»Ich habe heute noch nichts vor«, sagte sie mit einem Lächeln, das nicht misszuverstehen war. »Und du?«

»Ich?«, fragte Tommy wie ein Idiot. »Tut … tut mir leid – aber ich bin gerade fürchterlich in Eile.«

Als hätte sie eine ansteckende Krankheit, kehrte er ihr den Rücken zu und ließ sie stehen.

Zum Glück war endlich Fred Faross aufgetaucht und kam ihm entgegen, so dass er ein Alibi hatte.

»Was ist denn mit dir los?«, fragte Fred. »Seit wann läufst du vor hübschen Frauen davon? Muss man sich Sorgen machen?«

»Schnauze«, sagte Tommy. »Lass lieber sehen, was du zu bieten hast.«

Fred öffnete seinen Mantel. Darunter funkelte und glitzerte es wie im Schaufenster von Juwelier Lengelsen zu Friedenszeiten. Doch keines der Stücke hielt bei näherer Betrachtung stand.

»Ist das alles?«, fragte Tommy enttäuscht. »Von solchem Klimbim habe ich selber mehr als genug. Da schaue ich mich wohl besser in Hagen oder Dortmund um.«

Er wollte sich abwenden, aber Fred hielt ihn am Arm zurück.

»Und wie wäre es damit?« Noch während er sprach, zauberte er eine Perlenkette aus seinem Mantel hervor und hielt sie ihm unter die Nase.

Bei ihrem Anblick begann Tommys Herz zu klopfen. Kein Zweifel, das waren echte Süßwasserperlen, von perfekter Rundung und mit einem wunderbar irisierenden, rosafarbenen Schimmer.

Genau das, wonach er suchte!

Nur mit Mühe konnte er seine Begeisterung verhehlen.

»Was willst du dafür haben?«, fragte er so gleichgültig wie möglich.

»Kommt drauf an«, sagte Fred. »Wie viel ist dir die Dame denn wert?«

7

Seit ihrem Einzug war es zum ersten Mal so warm in der Wohnküche, dass die Eisblumen an den Fenstern vollständig abgetaut waren, als Ruth an diesem Abend mit ihrer kleinen Familie beim Abendbrot saß. Sie hatte am Nachmittag Winfried im Laden ihrer Vermieterin zurückgelassen, um am Dickenhagen Holz zu machen, und obwohl es im Wald von Aufsehern nur so gewimmelt hatte, war es ihr gelungen, den ganzen Korb, den Lotti Mürmann ihr zu diesem Zweck ausgeliehen hatte, mit Ästen und Reisig zu füllen. Jetzt freute sie sich, wie Winfried sich in der wohligen Wärme sein Steckrübenbrot schmecken ließ – eine Scheibe Steckrübe zwischen zwei Scheiben Brot mit einem bisschen Salz darauf.

»Straßen soll ich fegen«, schnaubte Fritz. »Als städtischer Arbeiter. Das war das Einzige, was sie für mich hatten.«

»Dann musst du es eben morgen noch mal versuchen. Oder übermorgen. Irgendwann wird sich schon was Passendes finden.«

»Glaubst du ans Christkind?« Mit finsterer Miene hob er seine Schüttelhand. »Was soll es dafür Passendes geben? Nein, zu was anderem tauge ich nicht mehr, nicht mit diesem Arm. Das haben sie mir klipp und klar erklärt.«

»Jetzt lass die Hoffnung nicht sinken. Glaub mir, es kommen auch wieder andere Zeiten.«

Fritz hörte gar nicht hin. »Aber als Straßenfeger fange ich nicht an«, fuhr er fort, »den Gefallen tue ich ihnen nicht. Niemals! Und wenn sie mich auf Knien darum bitten.«

Der kleine Winfried hob seinen Teller in die Höhe. »Alle alle!«

Ruth drehte sich zu ihm um. Tatsächlich, er hatte schon sein ganzes Brot verputzt. »Ach, Winfried. Hattest du so großen Hunger?«

Er wollte etwas sagen, doch sein Vater kam ihm zuvor.

»Ich hab dir schon hundertmal gesagt, du sollst langsam essen – *lang-sam*, so langsam wie möglich! Das haben wir in der Gefangenschaft auch so gemacht! Anders hätten wir gar nicht überlebt!«

Fritz hatte so laut und scharf gesprochen, dass Winfried auf seinem Stuhl ganz verängstigt in sich zusammengesunken war. »Ich will es auch nie mehr wieder tun«, sagte er so leise, dass man seine Stimme kaum hören konnte. Wie ein Häufchen Elend saß er da und schaute schuldbewusst auf seinen leeren Teller.

Sein Anblick zerriss Ruth das Herz. Obwohl auch ihr der Magen knurrte, gab sie ihm den Rest von ihrem Brot. »Nimm«, sagte sie. »Ich habe keinen Hunger mehr.«

Dankbar schaute er zu ihr auf und nahm das Brot. Zärtlich strich sie ihm über das Haar, das so schwarz und voll war wie früher das Haar ihres Manns.

»Aber iss langsam, mein Liebling, so wie der Vati sagt. Dann bleibst du viel länger satt.«

Ganz vorsichtig biss Winfried ein winziges Stück ab und kaute so langsam, als wollte er gar nicht mehr schlucken.

»Ist es so richtig, Mutti?«

»Ja, mein Liebling. Fein machst du das.«

Fritz schüttelte den Kopf. »Zur Belohnung verwöhnst du den Bengel auch noch.«

Statt ihm zu antworten, zog Ruth die Tischschublade auf und nahm daraus eine angefangene Handarbeit hervor.

Fritz blickte verwundert auf ihr Strickzeug. »Das ist ja echte Schurwolle! Woher hast du die?«

»Die gehört nicht mir, sondern Frau Mürmann. Ich stricke ihr einen Pullover. Dafür hat sie mir die Steckrübe gegeben.«

»Eine ganze Steckrübe?«, fragte Fritz höhnisch. »Wie großzügig! Und wie viele Stunden musst du dafür arbeiten?«

Ruth zuckte die Schultern. »Ich bin dankbar für jeden Bissen, den wir zusätzlich kriegen können. Vor allem jetzt, nachdem sie die Zuteilungen schon wieder gekürzt haben. Außerdem ist Stricken gar keine richtige Arbeit, das mache ich ja nebenbei.«

Während sie die Nadeln klappern ließ, nahm Fritz die schon fast aufgebrauchte Lebensmittelkarte, die noch vom letzten Einkauf auf dem Tisch lag, und starrte auf das zerschnittene Stück Karton.

»Tausend Kalorien am Tag – das ist keine Lebensmittelkarte, das ist eine Friedhofskarte.« Er warf den Karton zurück auf den Tisch und nahm sein Brot vom Teller.

Ruth unterdrückte einen Seufzer. Fritz hatte ja recht. Wie

sollte er bei den Hungerrationen je wieder der Mann werden, der er einmal gewesen war? Es gab fünf Kategorien von Lebensmittelkarten. Am besten schnitten Schwerarbeiter sowie werdende und stillende Mütter ab. Sie gehörten zur ersten Kategorie und bekamen von allem am meisten. Fritz hingegen hatte als Erwerbsloser nur Anspruch auf die Grundkarte V: zehn Gramm Fett und fünfzehn Gramm Fleisch pro Tag – zu viel zum Sterben und zu wenig zum Leben.

»Und wenn ich noch mal schwanger würde?«, sagte sie.

»Das würde gerade noch fehlen!« Fritz schaute sie an, als hätte sie den Verstand verloren. »Wir werden ja schon zu dritt nicht satt. Da können wir keinen vierten Esser gebrauchen.«

Ruth schüttelte den Kopf. »Wenn ich ein Kind bekomme, hätte ich Anspruch auf die Mütterkarte. Schon in der Schwangerschaft, zusätzlich zur Grundkarte.«

»So?« Fritz, der gerade in sein Brot beißen wollte, hielt in der Bewegung inne. »Und wie viele Kalorien mehr würde das für uns bedeuten?«

8

Halb erfroren kehrte Ulla von der Flüchtlingshilfe zurück. Jetzt etwas Warmes – und wenn es Hagebuttentee war!

Doch als sie das Haus betrat, tönte ihr statt Geschirrklappern Musik entgegen.

Seltsam, war es nicht langsam Zeit fürs Abendessen?

Ulla legte Mütze, Mantel und Schal an der Garderobe ab und ging in den Salon, wo die Mutter tatsächlich noch in ihrem Lieblingssessel saß, statt in der Küche nach dem Rechten zu sehen, und mit einem Textbuch in der Hand der Radioübertragung einer Operette lauschte.

»Du kommst allein?« Verwundert blickte die Mutter zu ihr auf, als sie die Tür hinter sich schloss. »Ohne Gundel?«

»Die ist noch in der Flüchtlingshilfe«, antwortete Ulla, wie sie es ihrer Schwester versprochen hatte. »Sie konnte mal wieder kein Ende finden. Herr Kraftczyk hat ihr irgendwelche Listen zur Kontrolle gegeben, und die wollte sie unbedingt noch heute fertig machen. Du weißt ja, wie sie ist.«

»Ach ja«, seufzte die Mutter. »Manchmal denke ich, unsere Gundel ist einfach zu gut für diese Welt.«

»Das kannst du laut sagen«, pflichtete Ulla ihr bei und musste innerlich grinsen. »Aber warum bist du eigentlich noch hier statt in der Küche und hörst Musik?«, fragte sie dann, um das heikle Thema zu wechseln. »Fällt heute das Abendessen aus?«

»Das findet ausnahmsweise später statt. Die Engländer waren am Morgen in der Firma. Um die Demontage vorzubereiten. Seitdem rennt Papa von Pontius zu Pilatus, um das Unglück aufzuhalten. Gerade ist er beim AK.«

»Beim AK? Was will er denn da?«

»Mit Herrn Kotzubeck reden. Er hat den ganzen Tag versucht, einen Termin zu bekommen, doch leider hatte Herr Kotzubeck erst jetzt für ihn Zeit. Nun ja, morgen früh werden wir wissen, ob er Erfolg hatte.«

Ulla wusste, es ging um die Existenz der Firma. Trotzdem schaffte sie es kaum, sich auf das Gespräch zu konzentrieren.

Der Grund dafür war Tommy Weidner.

Warum war er nicht wie an den anderen Abenden zur Flüchtlingshilfe gekommen, um sie abzuholen? Welche Geschäfte konnten so wichtig sein, dass sie ihn davon abhielten?

Obwohl sie es sich selbst nicht eingestehen wollte, nagte die Frage an ihr, seit sie sich allein auf den Heimweg hatte machen müssen, während ihre kleine Schwester turtelnd mit Benno Krasemann davongezogen war. Jetzt musste sie daran denken, wie Tommy sie im Lennestein hatte stehen lassen, mitten im Tanz, nur weil Rudi Eick mit einem Korb Fressalien aufgekreuzt war.

Aus welchem Grund hatte er sie diesmal versetzt? Wirklich wegen Geschäften? Oder wegen einer anderen Frau?

In der Diele schlug die Haustür.

»Das wird Gundel sein«, sagte die Mutter.

Doch als die Tür aufging, kam nicht Ullas Schwester herein, sondern Betty.

»Es gibt Neuigkeiten!«, rief das Dienstmädchen, mit vor Kälte hochroten Wangen. »Ich weiß jetzt, wo Ruth steckt! Sie wohnt bei Lotti Mürmann in der Freiheit!«

9

In dieser Nacht schlief Ruth mit ihrem Mann, zum ersten Mal seit seiner Rückkehr aus Russland.

»Pssst«, machte sie, »nicht so laut! Sonst wird Winfried wach.«

Bei jeder Bewegung stöhnte Fritz einmal auf, doch nicht vor Lust oder Erregung, sondern vor Anstrengung und Mühsal und Schmerz. Es hatte eine Ewigkeit gedauert, bis er imstande gewesen war, in sie einzudringen, sie hatte alles getan, woran er früher Freude gehabt hatte, hatte ihn berührt, wo immer er etwas empfand, an seiner Brust, an seinem Bauch, an seinem Unterleib, an den geheimsten und intimsten Stellen, hatte ihn mit ihren Händen, mit ihren Lippen, mit ihrer Zunge liebkost, um die Lust in ihm zu wecken.

»Gleich«, stöhnte er. »Gleich …«

Draußen fuhr ein Auto vorbei. Für einen Moment erfüllte der Lichtschein die Kammer, wanderte von einer Ecke der Zimmerdecke zur anderen, und endlich, endlich spürte Ruth ihren

Mann, wie er in ihr anschwoll, ganz allmählich zwar nur und nicht so steif und hart wie früher, doch es reichte, damit sie ihn spürte. Um sein zögerndes Begehren zu stärken, umschloss sie ihn, so fest sie nur konnte, in ihrem Schoß und stöhnte zusammen mit ihm, obwohl sie keinerlei Lust empfand.

Wie leidenschaftlich hatten sie sich einst geliebt. Wie leidenschaftlich und wild. Jetzt hatte sie das Gefühl, mit einem Toten zu schlafen …

Ihr Magen knurrte vor Hunger. Doch sie gab nicht auf. Sie brauchte doch die Mütterkarte, brauchte das Essen für ihren Sohn und ihren Mann, die Kalorien und das Fleisch und das Fett. Sie knabberte an seinem Ohrläppchen, leckte seinen Hals, biss in seine Schulter – das hatte ihn früher zur Raserei gebracht. Jetzt raste nur noch seine Hand, auf und ab fuhr sie auf ihrem nackten Leib.

Auf und ab, auf und ab, auf und ab …

»Mach weiter«, flüsterte sie. »Hör nicht auf!«

Noch einmal umfing sie ihn, mit der ganzen Liebe, die sie je für ihn empfunden hatte, bewegte sich vor und zurück, um seine Lust anzufachen, das letzte Quäntchen Erregung, das vielleicht noch in ihm war, aus ihm herauszulocken, flüsterte ihm längst vergessene Worte ins Ohr, böse Worte, verbotene Worte, die sie ihm so oft ins Ohr geflüstert hatte, wenn sie sich liebten, weil ihn das noch mehr erregte als ihre Bisse.

»Jetzt«, keuchte er. »Jetzt …«

Stöhnend richtete er sich auf, wuchs in die Höhe, wurde plötzlich ganz groß. Für einen Moment verharrte er über ihr, stumm und ohne einen Ton, blickte sie mit seinen schwarzen Augen aus den Höhlen seines Totenschädels an, ohne sie zu sehen, verdrehte die Augen, bis nur noch das Weiße darin zu erkennen war. Dann ein röchelnder, grunzender Laut, aus den tiefsten Tiefen seiner Brust, und er sank wieder auf sie herab, kraftlos und erschöpft, als wäre alles Leben aus ihm gewichen.

Während er mit rasselndem Atem auf ihr lag, blickte sie durch die offene Tür in die angrenzende Wohnküche.

Im Mondschein schimmerte ihre Bratsche an der Wand, die sie beim Einzug dort aufgehängt hatte, zusammen mit einem Foto von Fritz in seiner alten Uniform.

Mit einem Seufzer schloss sie die Augen. Und während sie in das Dunkel ihrer Seele fiel, empfand sie für eine Sekunde Neid – Neid auf all die glücklichen Frauen, deren Männer nicht aus dem Krieg zurückgekehrt waren.

10

Arno Vielhaber, der neue Bürgermeister von Altena, galt als der größte Casanova der Stadt. Doch jedes Mal, wenn Walter Böcker die große Wohnung oberhalb des Modehauses betrat, in der Arno seit dem Tod seiner Mutter als Junggeselle lebte, überkam ihn der Verdacht, dass die angeblichen Affären womöglich nur Tarnung waren. Wohin man in der Wohnung schaute, erblickte man die erlesensten Dinge. Silberne Rauchutensilien, silberne Karaffen und Vasen, silberne Bürsten und Kämme und an den Wänden jede Menge Kunst. Wenn man Walter fragte, richteten nur Frauen, die zu viel Geld hatten, so eine Wohnung ein, aber nie im Leben ein normaler alleinstehender Mann. So viel Geschmack konnte nur ein Hundertfünfundsiebziger haben!

Dazu passte auch der seidene Morgenrock, in dem der Hausherr ihn empfing.

»Entschuldige, ich bin noch beim Frühstück«, sagte Arno mit halbvollem Mund. »Ich habe mal wieder bis Mitternacht gearbeitet.«

»Ja, ja, der Schweiß der Edlen. Man kann ihn förmlich riechen.«

Walter schnupperte in der Luft, doch die stank weniger nach Schweiß als nach süßlichem Rasierwasser, während er Arno ins Esszimmer folgte, wo unter dem mit feinstem Batist gedeckten Frühstückstisch der Schäferhund des Bürgermeisters lag und schläfrig vor sich hin furzte.

»Kaffee?«, fragte Arno.

»Nein, danke.« Walter stieß einen Rülpser aus. »Ich hab schon.«

Während Arno im Stehen einen Schluck aus seiner Tasse nahm, schnappte Walter sich eine Scheibe Schinken von der silbernen Wurstplatte.

»Kann deine Töle es noch?«

Bevor Arno ihn daran hindern konnte, warf Böcker dem Hund die Scheibe Schinken zu. Plötzlich hellwach, stürzte der sich auf den Leckerbissen. Doch bevor er ihn zu fassen bekam, hob Walter die Hand.

»Ist vom Jud!«, sagte er scharf.

Im selben Moment machte die Töle eine Vollbremsung und starrte mit geifernden Lefzen auf den Schinken, doch ohne ihn anzurühren.

»Bist du wahnsinnig?« Arno verschluckte sich fast an seinem Kaffee.

»Ein bisschen Spaß muss sein«, lachte Walter. »Wir sind doch unter uns.«

Kopfschüttelnd hob Arno die Schinkenscheibe vom Teppich und warf sie in den silbernen Kübel für den Tischabfall.

»Bist du nur deshalb gekommen oder gibt es sonst noch was?«, fragte er mit vorwurfsvoller Miene.

»Und ob es was gibt!«, erwiderte Walter. »Ich habe einen dicken Fisch an der Angel. Einen sehr, sehr dicken sogar. Den müssen wir jetzt nur noch an Land ziehen.« Er machte eine kurze Pause, um seinen Worten mehr Gewicht zu verleihen. »Hast du schon mal den Namen Graetz gehört?«

»Natürlich.« Mit blasierter Visage zuckte Arno die Schultern. »Die besten Radios, die es in Deutschland gibt. Ich habe selber eins im Schlafzimmer.«

»Aber weißt du auch, wo die Dinger in Zukunft gebaut werden sollen?«, fragte Walter, um sich gleich darauf selbst die Antwort zu geben. »Hier, bei uns – in Altena!«

»Machst du Witze?«

»Sehe ich so aus? Die Graetz Werke befinden sich in Ostberlin, aber die Firmenleitung hat von den Scheiß-Kommunisten die Schnauze voll. Deshalb wollen sie sich irgendwo in einer der drei Westzonen ansiedeln, möglichst weit weg von den Russen. Ich kenne zufällig den kaufmännischen Direktor, Karl Richter, ein sehr tüchtiger Mann. Dem habe ich klargemacht, dass Altena der perfekte Standort für Graetz ist. Tief im Westen, jahrhundertealte Industrie, Nähe zum Ruhrgebiet und so weiter. Er hat tatsächlich angebissen.« Walter weidete sich einen Moment an Arnos dummem Gesicht, dann fuhr er fort: »Als neuer Bürgermeister musst du das jetzt in die Hand nehmen, zumindest offiziell. Aber pass auf, dass du die Sache nicht vermasselst. Es geht um Tausende von Arbeitsplätzen.«

»Vorausgesetzt, die Wirtschaft kommt wieder in Schwung«, erwiderte Arno mit demonstrativen Sorgenfalten. »Wenn die Amis mit dem Morgenthauplan ernst machen, wird Deutschland ein Agrarland. Damit wir nie wieder aufrüsten können und einen Krieg ...«

»Unsinn!«, fiel Walter ihm ins Wort. »Den Quatsch hat Präsident Truman längst abgeblasen. Du wirst sehen, die Siegermächte halten uns noch eine Weile kurz, dann lassen sie uns wieder von der Leine. Schon im eigenen Interesse. Oder glaubst du, die wollen, dass wir ihnen für immer auf der Tasche liegen? Außerdem brauchen die uns gegen das kommunistische Russenpack, wir in Deutschland bilden da sozusagen die neue Front und sollen dem Westen in Europa die Stellung …«

Mitten im Satz hielt er inne. Grund dafür war die Schlagzeile auf der Titelseite des Kreisblatts, das auf dem Frühstückstisch lag.

Die Firma Wolf vor dem Aus?

Alarmiert griff Walter nach der Zeitung und las.

Die geplante Demontage des Altenaer Traditionsunternehmens versetzt die Bevölkerung in größte Bestürzung. Eduard Wolf wird in der Stadt als untadelige Persönlichkeit geschätzt und zählt zu den wenigen Menschen, die auch in den zurückliegenden dunklen Jahren bewiesen haben, dass es Anstand und Moral gibt. Zu seinen Betriebsangehörigen stand er stets in einem überaus gütigen, als patriarchalisch zu bezeichnenden Verhältnis. Aber nicht nur seinen Betriebsangehörigen, auch der Allgemeinheit gegenüber hat er sich stets verpflichtet gefühlt und in großzügigster Weise Hilfe gewährt, wo immer es galt, Not zu lindern. Während der Naziherrschaft war die Firma Wolf geradezu ein Hort für alle Werktätigen, die sich durch ihre demokratische Gesinnung woanders missliebig gemacht hatten und dadurch ihre Stellung verloren. Gerade von dieser demokratisch eingestellten Belegschaft wird die beabsichtigte Demontage als empörende rückwirkende Bestrafung für ihre Haltung in der Zeit vor 1945 empfunden …

Walter ließ das Kreisblatt sinken.

»Ein großartiger Artikel, nicht wahr?«, sagte Arno. »Ich denke, Karl Kotzubeck spricht ganz Altena aus der Seele. Eine eindrückliche Mahnrede gegen die Willkür der Besatzer und die Siegerjustiz.«

»Haben sie dir ins Gehirn geschissen?« Voller Wut schlug Walter mit dem Handrücken gegen die Zeitung. »Ein großartiger Scheißartikel ist das! Blöder geht's ja gar nicht!«

11

Und ob Eduard bei seinem Besuch in der Redaktion des AK Erfolg gehabt hatte! Karl Kotzubeck hatte einen Artikel geschrieben, den Christel sich am liebsten eingerahmt hätte. Obwohl sie ihn schon zweimal gelesen hatte, las sie ihn noch ein drittes Mal, während ihr Mann am Telefon sprach.

»Was für eine wun-der-bare Nachricht!«, rief Eduard in die Muschel. »Sie können nicht ahnen, welche Wackersteine mir gerade vom Herzen fallen!«

Christel hörte, wie eine männliche Stimme am anderen Ende der Leitung antwortete, doch ohne zu verstehen, was diese sagte.

Obwohl Eduard nur telefonierte, nahm er Haltung an. »Dann noch einmal meinen ganz, ganz herzlichen Dank für Ihre Unterstützung. Ich wünsche Ihnen noch einen schönen Tag.«

Mit einem so seligen Gesicht, wie er es sonst nur manchmal beim Musizieren zog, legte er den Hörer zurück auf die Gabel.

»Wer war das?«, fragte Christel.

»Landrat Kroymann«, erwiderte Eduard. »Er hat mit Commander Jones gesprochen. Der hat den Artikel auch schon gelesen und sich offenbar sehr beeindruckt gezeigt. Morgen habe ich einen Termin in der Kommandantur.«

Noch während er sprach, verließ er das Esszimmer und ging in die Diele, um sich den Mantel anzuziehen. Christel folgte ihm nach.

»Was hast du vor?«

»Ich werde eine Betriebsversammlung abhalten.«

»Willst du nicht erst mal abwarten, was Commander Jones dir zu sagen hat?«

»Ach was! Die Leute brauchen nicht nur Brot, sie brauchen auch Hoffnung!« Er setzte sich den Hut auf und gab ihr einen Kuss. »Ich kann dir gar nicht sagen, wie erleichtert ich bin, meine Liebe!«

Und schon war er zur Tür hinaus.

Christel trat ans Fenster und schaute ihm nach, wie er draußen über den Hof eilte. Offenbar konnte er es gar nicht abwarten, seinen Leuten die gute Nachricht mitzuteilen.

Was für ein Glück, dass sie diesen lieben, herzensguten Mann geheiratet hatte …

Im Wohnzimmer schlug die Standuhr. Halb neun! Im selben Moment fiel Christel ein, was sie an diesem Morgen vorhatte. Ja, die Menschen brauchten Hoffnung, aber vor allem brauchten sie Brot! Sie wartete, bis Eduard in der Fabrik verschwunden war, dann verließ sie die Diele und ging in die Küche. Dort nahm sie einen Einkaufskorb und öffnete die Tür zur Vorratskammer.

Was für ein trostloser Anblick! Wo sich in Friedenszeiten Töpfchen und Tiegel und Dosen mit Delikatessen von Feinkost Jürgens in solchen Mengen gestapelt hatten, dass der Platz nie genug gewesen war, warteten jetzt zwischen einsamen Einmachgläsern und Kohlköpfen fast nur noch Kartoffeln, Zwiebeln und ein paar verschrumpelte Äpfel auf den Verzehr. Rühmliche Ausnahmen waren lediglich sechs Eier, drei Packungen Rama-

Margarine, eine Schwarte Speck und ein Kringel grober Leberwurst, die jedoch keiner in der Familie wirklich mochte.

Ohne lange zu überlegen, packte Christel von allem etwas in ihren Korb. Die Zeit drängte, sie musste wieder zu Hause sein, bevor Eduard zum Mittagessen aus der Firma kam.

Plötzlich hörte sie Schritte, und gleich darauf Bettys Stimme.

»Was machen Sie denn da, Frau Wolf? Sie räumen ja die ganze Speisekammer leer!«

Als hätte man sie bei etwas Verbotenem erwischt, fuhr Christel herum. Mit großen Augen schaute das Dienstmädchen sie an.

»Psssssst«, machte Christel und legte den Finger an die Lippen. »Nicht so laut! Mein Mann darf nichts davon wissen!«

12

Im Büro der Firma Wolf war es so kalt, dass Benno in Pullover und Schal bei der Arbeit saß. Obwohl der Chef normalerweise großen Wert auf ein korrektes Äußeres legte, hatte er angesichts des ungewöhnlichen Kälteeinbruchs seinen Büroangestellten die Erlaubnis gegeben, die Kleidung den herrschenden Temperaturen anzupassen. Trotzdem waren Bennos Hände ganz klamm und steif, als er mit dem Zeigefinger an den Zahlenkolonnen entlangfuhr, die er an diesem Morgen miteinander vergleichen sollte. Oberbuchhalter Plassmann hatte ihn damit beauftragt, die Aufstellungen der Warenein- und -ausgänge im letzten Quartal auf ihre Übereinstimmung zu überprüfen, zur Vorbereitung des am Ende des Monats fälligen Jahresabschlusses.

Würde die Bilanz 46 die letzte der Firma Wolf sein?

Bei dem Gedanken wurde es Benno ganz flau in seinem leeren Magen. Wenn es die Firma Wolf nicht mehr gab, blieb ihm nichts anderes übrig, als in Düsseldorf sein Glück zu suchen. Aber wie sollte er sein Glück dort finden? Gundel lebte doch in Altena! Und sie war das Mädchen, das er liebte, die Frau, die das Schicksal für ihn bestimmt hatte! Das war ihm schon bei ihrem ersten Tanz im Lennestein klargeworden, und inzwischen, nach einem halben Dutzend Rendezvous, konnte er sich gar nicht mehr vorstellen, je mit einer anderen sein Leben zu teilen. Gundel musste es sein – Gundel oder keine!

Plötzlich entstand Unruhe im Betrieb, vom Flur waren eilige Schritte und Rufe zu hören. Benno verließ seinen Schreibtisch, um nachzusehen. Auf dem Gang hasteten seine Kollegen in Richtung Treppenhaus, und durch die Glasscheibe, durch die man von der Büroetage aus in die darunterliegende Werkshalle blicken konnte, sah er, wie die Arbeiter ihre Arbeit niederlegten.

»Betriebsversammlung«, sagte Oberbuchhalter Plassmann, der gleichfalls sein Büro verlassen hatte. »Es geht um die Demontage. Der Chef will eine Erklärung abgeben.«

Als Benno in die Werkshalle kam, war diese so überfüllt, dass die Arbeiter und Angestellten sich gegenseitig auf den Füßen standen. Alle Augen waren auf den Chef gerichtet, der auf einen Schemel geklettert war und nun mit beiden Händen ruderte, um sich Gehör zu verschaffen.

»Ich habe heute mit Landrat Kroymann telefoniert. Dank seiner Vermittlung ist für morgen eine Unterredung mit dem Stadtkommandanten anberaumt. Der Landrat hat bereits mit Major Jones gesprochen und ist guter Hoffnung, dass die Demontage der Firma Wolf abgewendet werden kann und wir weiterproduzieren dürfen. Arbeit und Brot für alle!«

Die letzten Worte gingen im Jubel der Belegschaft unter. Alle klatschten wie verrückt Beifall, und ein paar Arbeiter warfen sogar ihre Mützen in die Luft.

Doch niemand jubelte aus vollerem Herzen als Benno.

Er würde in Altena bleiben – bei Gundel!

13

Verstohlen wie ein Dieb in der Nacht schlich Christel mit ihrem Lebensmittelkorb aus dem Haus. Als sie ins Freie trat, hörte sie aus der Fabrikhalle lauten Jubel und Beifall. Sie konnte sich denken, warum. Hoffentlich hatte Eduard den Leuten nur nicht zu viel versprochen – so gutmütig und naiv, wie er manchmal war, war bei ihm leider oft der Wunsch der Vater des Gedankens.

Wegen der Eisesglätte beschloss sie, nicht über die Burg, sondern durch die Stadt zu gehen. Vorsicht war die Mutter der Porzellankiste! Die alte Frau Schmale, die Großmutter des Metzgers in der Freiheit, war vor zwei Wochen am Totschlag ausgerutscht und schwer gestürzt. Oberschenkelhalsbruch. Die Operation hatte sie zwar überstanden, nicht aber die darauffolgende Lungenentzündung. Vorgestern war die Beerdigung gewesen. Es hieß, wegen des hartgefrorenen Bodens auf dem Friedhof hätten die Totengräber es kaum noch geschafft, ein Grab für die arme Frau auszuheben.

Was Ruth wohl für ein Gesicht ziehen würde, wenn sie all die guten Sachen sah? Das Kind war ja mit nichts als den Kleidern am Leibe aus dem Haus gezogen und hatte Hilfe bitter nötig. Ein Segen nur, dass Betty die Ohren offen gehalten hatte. Sonst hätten sie bis zum Sankt Nimmerleinstag nicht gewusst, wo Ruth mit dem kleinen Winfried steckte.

Christel konnte es gar nicht erwarten, Tochter und Enkel wiederzusehen, und beschleunigte ihren Schritt, der Bürgersteig war zum Glück ordentlich gestreut. Wie jeden Morgen, wenn die Geschäfte aufmachten, herrschte auf der Straße reger Betrieb, und je weiter sie die Nette hinunterkam und sich der Stadtmitte näherte, umso mehr Menschen begegneten ihr. Der Anblick der vermummten Leute war ja eigentlich zum Piepen. Mit den um die Köpfe gewickelten Schals sahen sie aus, als hätten sie Zahnschmerzen oder Ziegenpeter. Darüber würde man sicher eines Tages noch herzlich lachen, wenn die Zeiten erst mal wieder besser waren.

Am Westfälischen Hof wechselte sie den Korb von der rechten in die linke Hand. Obwohl die Speisekammer viel weniger hergegeben hatte, als sie ihrer Tochter gerne mitgebracht hätte, wurde ihr allmählich der Arm lahm. Ach ja, Kartoffeln waren nun mal schwerer als Pasteten. Das Schaufenster von Feinkost Jürgens in der Lennestraße war so gähnend leer wie das Grab Jesu am Ostermorgen. Obwohl Christel eben erst zwei Margarinebrote mit Rübenkraut gefrühstückt hatte, meldete sich ihr Magen. Ob Frau Jürgens wohl noch Restposten von den guten alten Sachen gehortet hatte, die sie heimlich unter dem Ladentisch anbot? Eduard hatte zwar angeordnet, Lebensmittel ebenso wie alle anderen Dinge des täglichen Bedarfs ausschließlich in regulären Geschäften zu regulären Preisen zu kaufen. Aber wenn Christel an die herrlichen Delikatessen dachte, die sie früher bei Jürgens bezogen hatten, vor allem aber an die Schokoladen und Pralinés und Bonbons, wurde sie schwach. Die Vorstellung, mal wieder solche Herrlichkeiten zu kosten, war mehr als verführerisch. Sie aß Süßes nun mal für ihr Leben gern, und für eine Buttercremetorte von Café Dunkel mit echter Butter wie vor dem Krieg würde sie ihre rechte Hand hergeben. Vielleicht sollte sie mal mit Betty reden, unter vier Augen? Eduard musste ja nicht alles wissen.

Auf der Höhe von Schuh Hüttemeister überquerte sie die

Straße, um einen Blick in den Schaukasten des AK zu werfen. Dort hingen stets die neusten Stadtnachrichten aus, und womöglich gab es ja was Neues über die Demontagepläne der englischen Besatzer.

Doch sie war noch nicht auf der anderen Straßenseite angekommen, da stutzte sie.

Der Mann mit dem auffallenden Pelzmantel und der noch auffälligeren Pelzmütze, der gerade mit einer Zeitung unterm Arm auf das Redaktionsgebäude zumarschierte – das war doch Walter Böcker! Seinem dunkelroten Gesicht nach war er auf hundertachtzig.

Christel konnte sich eine klammheimliche Freude nicht verkneifen. Wenn der alte Nazi so in Rage war, konnte es dafür nur einen Grund geben.

14

»Wo zum Teufel ist der Chef?«, brüllte Walter, als er mit dem Kreisblatt in der Hand das Redaktionsbüro betrat.

Die Journalisten, die in dem Raum auf ihren Schreibmaschinen klapperten, zuckten zusammen. Ein triefnasiges Milchgesicht mit Sauerkrautbart und einer Pudelmütze auf dem Kopf wies mit dem Daumen auf eine Tür am anderen Ende des Ganges.

»In seinem Zimmer.«

Walter nahm seine Mütze ab, und ohne auf die Blicke der Zeilenschinder zu achten, marschierte er an ihren Schreibtischen vorbei auf die bezeichnete Tür zu. Doch noch bevor er anklopfen konnte, flog diese auf, und Karl Kotzubeck erschien auf der Schwelle.

»Wer zum Teufel brüllt hier so rum?«

Als er Walter sah, wich er erschrocken zurück, und ebenso schnell wie seine Haltung veränderte sich sein Ton.

»Oh, Herr Böcker – Sie? Bitte um Entschuldigung, ich wusste ja nicht, dass Sie – ich meine, was verschafft mir die Freude?«

»Freude? Von wegen!« Walter knallte ihm die Zeitung vor den Latz. »Damit haben Sie der Stadt einen Bärendienst erwiesen, *Herr Chefredakteur*!«

Karl Kotzubeck, ein Mann Mitte vierzig mit einer runden Hornbrille auf der Nase, blickte ihn an wie ein Mondkalb.

»Ich habe nicht die leiseste Ahnung, wovon Sie sprechen. Wenn Sie mich freundlicherweise ins Bild setzen könnten?«

»Sind Sie so blöd oder tun Sie nur so? Ich meine natürlich Ihren Leitartikel, Ihr Geschmier über die Firma Wolf!«

»Aber was um Himmels willen haben Sie daran auszusetzen? Ich … ich habe mich doch nur bemüht, Schaden von einem alteingesessenen Unternehmen und seiner Belegschaft abzuwenden, zum Wohl der ganzen Stadt! Die Firma Wolf ist einer unserer wichtigsten Arbeitgeber. Zweihundert Menschen verdienen in dem Betrieb ihr täglich Brot, für sich und ihre Angehörigen.«

»Ach was, einen Scheißdreck haben Sie getan! Die Firma Wolf ist Vergangenheit – passé! Wir müssen jetzt vollkommen andere Prioritäten setzen. Jetzt geht es um Altenas Zukunft!«

Walter hielt inne. Die Zeitungsfritzen glotzten ihn an, als stünde er auf der Bühne des Hagener Stadttheaters. Schnaubend trat er auf den Redakteur zu und schob ihn zurück durch die Tür.

»Gehen wir in Ihr Büro!«

»Ich … ich wüsste nicht, was wir zu besprechen hätten«, erwiderte Karl Kotzubeck.

»Nein?«, fragte Walter. »Wirklich nicht? Ich schon! Wie

ich gehört habe, hat Ihre Druckerei eine Erhöhung der Papierzuteilung beantragt. Ich denke, das ist doch ein ergiebiges Thema.«

15

Trotz der Eiseskälte schwitzte Ruth unter ihren dicken Sachen so sehr, dass ihr der Schweiß an den Achseln herunterrann, als sie mit Winfried oben auf dem Klusenberg ankam. Hoffentlich würde sie sich nicht erkälten! Auf dem Weg durch den Kesselbrinck hatte es immer wieder Schneeverwehungen gegeben, und Winfried war mit seinen kurzen Beinen so tief darin eingesackt, dass sie ihn jedes Mal auf den Arm hatte nehmen müssen, weil er nicht mehr hatte weiterlaufen können.

Als sie die Ruine auf der von Buchen bestandenen Kuppe erreichten, setzte Ruth ihren Sohn auf einem Mauervorsprung der ehemaligen Klausnerei ab. Irritiert sah Winfried sich um.

»Warum ist das Haus kaputt, Mutti? Waren das die Russen? Haben die das kaputt gemacht? Im Krieg?«

»Nein, mein Junge, das Haus ist schon lange kaputt, schon viele hundert Jahre.«

»Und wer hat da gewohnt?«

»Ein Eremit.«

»Was ist das?«

»Ein heiliger Mann, der den ganzen Tag betet.«

Winfried dachte einen Moment nach. »Kann der heilige Mann auch für uns beten?«, fragte er schließlich. »Damit der liebe Gott uns was zu essen schickt? Ich hab solchen Hunger.«

Ruth gab ihm einen Kuss. »Ich weiß, mein Liebling.« Zärtlich strich sie ihm über das rote Gesichtchen. »Aber deshalb sind wir ja hergekommen. Vielleicht finden wir hier ja was.«

Winfried blickte sie mit großen Augen an. »Hier? Hier ist doch nur Schnee!«

»Dann müssen wir eben unter dem Schnee nachschauen.«

Seine Augen wurden noch größer. »Meinst du wirklich, dass es da was zu essen gibt?«

Ruth musste schlucken, sie hatte ja selbst kaum Hoffnung. »Versprechen kann ich es nicht«, sagte sie. »Aber manchmal passieren auch Wunder.«

Sie legte ihren Rucksack ab und holte die Handschaufel daraus hervor, die sie in Lotti Mürmanns Keller gefunden hatte. Auf dem Gelände der Ruine hatte sie vor Jahren bei einer BDM-Übung mit ein paar Freundinnen aus ihrer Mädelschaft ein Kartoffelbeet angelegt. Das hatten sie einen Sommer lang gepflegt und im darauffolgenden Herbst tatsächlich Ernte gehalten. Dann jedoch war der Krieg ausgebrochen, sie hatten das Beet vergessen, und keine von ihnen hatte sich mehr darum gekümmert. Aber wer weiß, vielleicht waren die Kartoffeln ja von allein nachgewachsen.

Zum Glück wusste sie noch, wo das Beet sich befand – unterhalb einer Maueröffnung, die sie in der Mädelschaft das »Plumpsklo des Eremiten« genannt hatten. Sie kniete sich in den Schnee und begann zu graben. Der Schnee war hart und festgefroren, und es dauerte eine Ewigkeit, bis sie die Erde freigelegt hatte.

»Wo ist denn das Essen?«, fragte Winfried.

Ruth schüttelte den Kopf. Nein, es gab kein Essen. Von den Kartoffelpflanzen ragten nur noch die Wurzeln aus dem Boden, doch nirgendwo eine einzige Knolle. Entweder trugen die Pflanzen nicht mehr, oder jemand anders war auf dieselbe Idee gekommen und hatte das Beet schon vor ihr abgeerntet.

»Hat der heilige Mann also nicht für uns gebetet?«

Winfried stand die Enttäuschung im Gesicht geschrieben. Ruth suchte nach Worten, um ihn zu trösten, da entdeckte sie plötzlich etwas am Boden.

Bucheckern.

»Ich glaube, wir haben doch was gefunden.« Sie zog sich die Handschuhe aus und sammelte eine Handvoll ein.

»Was ist das?«, wollte Winfried wissen, als sie ihm die Bucheckern zeigte.

»Was zum Essen.«

Sie befreite ein paar der winzigen Früchte von ihren Schalen. Dann zog sie auch Winfried den Handschuh aus, damit er greifen konnte, und reichte ihm die Kerne.

Voller Misstrauen blickte er auf ihre ausgestreckte Hand. »Kann man die wirklich essen?«

»Ja, probier mal! Die schmecken wie Nüsse.«

Mit seinen kleinen Fingern pickte er einen einzelnen Kern von ihrer Handfläche und steckte ihn sich so vorsichtig in den Mund, als habe er Angst, sich zu vergiften. Doch als er anfing zu kauen, lächelte er.

»Siehst du?«, sagte Ruth. »Ein bisschen hat der heilige Mann uns ja doch geholfen. Jetzt sammeln wir alle Bucheckern auf und nehmen sie mit nach Hause. Was meinst du?«

Winfried strahlte. »Ja, Mutti! Du bist die beste Mutti der Welt!«

16

Mit dem schweren Korb am Arm ging Christel fast die Puste aus, als sie die steile, enge Treppe hinaufstieg, die zu Ruths Dachwohnung über Lotti Mürmanns Kolonialwarenladen führte. Auf dem Treppenabsatz stellte sie den Korb ab und hielt einen Moment inne, damit ihr Puls sich beruhigen konnte, bevor sie läutete. Dabei drang ihr ein unangenehmer, irgendwie käsiger Geruch in die Nase, der offenbar von dem Lebensmittelladen im Erdgeschoss ausging und der das ganze Treppenhaus verpestete.

Wie hielt Ruth das nur aus? Da wurde einem ja speiübel!

Sie holte noch einmal Luft, dann betätigte sie die schnarrende Drehklingel. Es dauerte eine Weile, bis sich auf der anderen Seite der Tür etwas regte.

Während von innen Schritte nahten, schloss Christel kurz die Augen. Hoffentlich war das Ruth und nicht ihr Mann!

Doch ihr Stoßgebet wurde nicht erhört. Als die Tür aufging, stand Fritz Nippert vor ihr, in seiner ganzen entsetzlichen Erscheinung.

»Was wollen Sie?«, fragte er ohne einen Gruß.

»Was wohl? Ich will zu meiner Tochter!«

Sie trat vor, um sich an ihm vorbei durch die Tür zu drängen, doch er verstellte ihr den Weg.

»Erwarten Sie im Ernst, dass ich Sie in meine Wohnung lasse? Nachdem Ihr Mann mich aus dem Haus geworfen hat?«

»Das wollen wir doch mal sehen!« Christel stellte sich auf die Zehenspitzen, um einen Blick in die Wohnküche zu erhaschen. »Ruth? Bist du da?«

Von innen keine Reaktion.

»Warum antwortest du nicht? Ich bin's, Mama – deine Mutter!«

Wieder war die Antwort Schweigen.

Fritz Nippert bleckte die Zähne. »Sie können rufen, so viel Sie wollen. Meine Frau ist nicht da. Genauso wenig wie mein Sohn.«

Christel schaute ihn an. Mit seinen kohlenschwarzen Augen

erwiderte er ihren Blick, ganz ruhig und fest, sogar seine fürchterliche Hand, die sonst niemals Ruhe gab, war nur noch ein leichtes Zittern.

Nein, er log sie nicht an, er sagte die Wahrheit. Ruth und Winfried waren wirklich nicht da.

»Bitte geben Sie das meiner Tochter.« Sie hob den Korb vom Boden und reichte ihn ihm. »Mit einem Gruß von mir.«

Sie hatte erwartet, dass er sich freuen würde, von den Lebensmitteln würde ja auch er profitieren. Doch er machte keinerlei Anstalten, den Korb zu nehmen. Im Gegenteil, er schaute mit solcher Verachtung auf die Sachen darin, als wolle er auf sie spucken.

»Besten Dank! Aber wir brauchen keine Almosen!«

Auf dem Absatz machte er kehrt, und bevor sie es verhindern konnte, schloss er hinter sich die Tür.

Christel schnappte nach Luft. Was für eine Unverschämtheit!

Wieder ließ sie die Schelle schnarren – einmal, zweimal, dreimal. Doch die Tür blieb verschlossen, selbst als sie mit der Faust gegen die Füllung hämmerte.

Ratlos stand sie da. Wohin jetzt mit dem Korb? Ruth brauchte doch die Sachen!

Sie wollte ihn vor der Tür abstellen, doch als im Erdgeschoss die Ladenglocke ging, hatte sie eine bessere Idee.

17

Mit Winfried an der Hand eilte Ruth durch die Lennestraße in Richtung Freiheit. Obwohl sie kaum Hoffnung gehabt hatte, auf dem Klusenberg wirklich etwas Essbares zu finden, war sie bitter enttäuscht. Wie sollten sie die nächsten Tage nur satt werden? Nach der Kürzung der Zuteilungen bekamen sie statt fünf nur noch drei Pfund Brot pro Person in der Woche, das Mehl war von vier Pfund auf zwei Pfund halbiert, so dass die Lebensmittelkarte schon fast aufgebraucht war.

»Kuck mal, Mutti!«, rief Winfried plötzlich. »Ein Huhn!«

»Was redest du da? Das kann doch gar nicht sein!«

»Aber kuck doch! *Daaa*!«

Tatsächlich, als Ruth in die Richtung schaute, in die er zeigte, sah sie, dass er die Wahrheit sagte. In dem zur Straße hin offenen Hof zwischen Möbelhaus Hinne und dem angrenzenden Nachbargeschäft hockte, einsam und allein in einem Pirk, ein Huhn!

»Darf ich es mal streicheln?«, fragte Winfried.

»Nein, wir haben keine Zeit. Vati wartet sicher schon auf uns.«

»Bitte, Mutti. Nur einmal.«

Er schaute sie so flehend an, dass sie ihm den kleinen Wunsch nicht länger verweigern konnte.

»Na gut, wenn du unbedingt möchtest.«

Ein Auto kam von der Großen Brücke angefahren. Ruth wartete, bis es passiert hatte, doch als sie die Straße überqueren wollte, schoss plötzlich, wie aus dem Nichts, ein junger Mann an Winfried und ihr vorbei. Ohne nach links und rechts zu schauen, rannte er in den Hof, direkt auf den Pirk zu und schnappte sich das Huhn. Im selben Moment kam der alte Heinrich Hinne aus dem Haus gestolpert, mit halb heruntergelassener Hose, als käme er gerade von der Toilette, und mit einer Axt über der Schulter.

»Warte, du Saukerl!«

Mit einer Hand am Hosenbund nahm er die Verfolgung auf. Doch er hatte den Hof noch nicht verlassen, da verschwand der Dieb mit seinem Huhn bereits die Lennestraße hinauf in Richtung Kleine Brücke und verlor sich bei Schuh Hüttemeister im Gewühl.

Wütend reckte Heinrich Hinne seine Axt in die Luft.

»Haltet den Dieb! Polizei!«

Doch keiner kümmerte sich um ihn, ein paar Passanten lachten ihn sogar aus.

»Das kommt davon, wenn man scheißen geht statt aufzupassen!«

»Ja, wärst du besser mal früher auf den Pott gegangen!«

Während er sich fluchend den Hosenbund zumachte, blickte Ruth dem Dieb hinterher. Neid stieg in ihr auf. Ein ganzes Huhn … Täglich ein Ei, und irgendwann ein großer Topf Frikassee, das mindestens eine Woche reichen würde, sieben Tage lang, mittags und abends. Was für ein unvorstellbares Glück!

»Jetzt ist es weg«, sagte Winfried. »Dabei wollte ich es doch streicheln.«

»Komm«, sagte Ruth und nahm ihn wieder an die Hand. »Wir müssen nach Hause. Vati wird sonst böse.«

Den ganzen Heimweg verfolgte sie eine Frage, die ihr früher nie und nimmer in den Sinn gekommen wäre. Hätte sie das Huhn auch gestohlen, wenn sie die Gelegenheit dazu gehabt hätte? Sie versuchte, die Vorstellung abzuschütteln, doch es gelang ihr nicht, sie nagte an ihr wie der Hunger in ihrem Magen. Auch heute würde es statt Hühnerfrikassee mal wieder nur Steckrübenbrot geben und dazu ein bisschen Wassersuppe, auf der keine drei Fettaugen schwammen.

Mein Gott, wie sollte das alles nur enden? Wenn Fritz nicht bald Arbeit bekam, würden sie noch alle verhungern …

»Da sind Sie ja endlich, Frau Nippert!«

Als sie die Haustür öffnete, trat Lotti Mürmann aus der nur mit einem Vorhang geschlossenen Wandöffnung, die ihren Laden mit dem Flur verband. In der Hand hielt sie einen Einkaufskorb.

»Den hat Ihre Mutter für Sie abgegeben.« Sie beugte sich zu Winfried herab, um ihm den Inhalt des Korbs zu zeigen. »Da staunst du, was?«

Winfried gingen die Augen über. »Ist das alles für uns?«

»Ja«, sagte sie. »Damit deine Eltern sich mal so richtig satt essen können, um tüchtig zu arbeiten. Und du dich auch. Damit du groß und stark wirst.«

Winfried drehte sich zu seiner Mutter herum und schaute mit leuchtenden Augen zu ihr auf. »Ich glaube«, flüsterte er so leise und andächtig, als wären sie in einer Kirche, »der heilige Mann hat ganz, ganz viel beim lieben Gott für uns gebetet.«

Ruth spürte, wie ihr die Tränen in die Augen schossen. »Ja, mein Liebling«, sagte sie. »Das glaube ich auch. – Aber nichts dem Vati verraten«, fügte sie eilig hinzu, »hörst du? Das ist unser Geheimnis!«

18

Selten war Benno ein Tag im Büro so lang vorgekommen wie dieser. Während er mit seinen vor Kälte steifen Fingern immer wieder aufs Neue an den Zahlenkolonnen der Wareneinund -ausgangslisten entlangfahren musste, weil er sich einfach nicht konzentrieren konnte, rutschte er voller Ungeduld auf seinem Stuhl hin und her wie ein halbwüchsiger Pennäler, der beim Hausaufgabenmachen im Geiste schon auf dem Bolzplatz ist. Seit der Chef verkündet hatte, dass der Betrieb der Firma Wolf weitergehen würde, hatte er nur noch einen Gedanken, und er konnte es gar nicht erwarten, Gundel mit der wunderbaren Nachricht zu überraschen.

Er würde in Altena bleiben – bei ihr!

Doch irgendwann war es geschafft und auch dieser Tag herum. Kaum hatte Oberbuchhalter Plassmann den Büroschluss verkündet, ließ Benno alles liegen und stehen, um so schnell wie möglich in die Stadt zu eilen und Gundel von der Flüchtlingshilfe abzuholen.

Als er am Bungernplatz ankam, wartete dort bereits im Schein einer Straßenlaterne sein Freund Tommy. Der hatte ein so selbstzufriedenes Grinsen im Gesicht, dass Benno es geradezu als unverschämt empfand.

»Du siehst aus, als hättest du das Geschäft deines Lebens gemacht.«

»Du wirst lachen – das habe ich auch!«

»Und welches Glücksschwein ist dir diesmal über den Weg gelaufen?«

Das Grinsen verschwand aus Tommys Gesicht, und während er Benno zu sich heranwinkte, griff er in die Innentasche seines alten Wehrmachtsmantels und holte daraus ein kleines, unscheinbares Säckchen hervor.

»Was hast du darin versteckt? Ein Goldnugget?«

»Schon ziemlich warm, aber noch nicht heiß!«

»Dann spann mich nicht auf die Folter! Lass sehen!«

Tommy öffnete die Schnürung. Als Benno sah, was sich in dem Säckchen verbarg, pfiff er durch die Zähne.

»Eine Perlenkette? Meine Fresse! Ist die etwa echt?«

»Was denkst du denn? Oder glaubst du, ich schenke einer Ulla Wolf irgendwelchen Klimbim?«

»Wer das Kreuz hat, segnet sich damit«, sagte Benno. »Die muss doch ein Vermögen gekostet haben.«

»Das kannst du laut sagen«, erwiderte Tommy. »Mein halbes Vorratslager musste daran glauben. Aber das ist sie mir wert.«

»Dass ich das noch erlebe! Prince Charming ist wirklich und wahrhaftig verliebt!« Benno blieb für einen Moment der Mund offen stehen. »Wann willst du ihr die Kette schenken?«, fragte er dann. »Zu Weihnachten?«

Tommy schüttelte den Kopf »Nein, es sei denn, ihre Eltern laden mich unter den Tannenbaum ein.« Er lachte einmal kurz auf, dann wurde er wieder ernst. »Ich werde ihr die Kette schenken, wenn wir uns zum ersten Mal geküsst haben.« Er zog die Schnürung zu und ließ das Säckchen wieder in seinem Mantel verschwinden.

Benno stieß einen Seufzer aus. »Solche Geschenke würde ich Gundel auch gern machen«, sagte er. »Wann, glaubst du, wird es passieren? Schon heute?«

Bevor Tommy antworten konnte, ging die Tür der Flüchtlingshilfe auf, und die beiden Schwestern traten ins Freie.

»Endlich«, rief Benno, »da sind sie ja!«

Er wollte zu ihnen eilen, aber Tommy hielt ihn am Arm zurück.

»Dass du ja dichthältst«, zischte er. »Kein Wort, auch nicht zu Gundel! Verstanden?«

»Keine Sorge«, erwiderte Benno. »Oder denkst du, ich bin blöd?«

19

Die Fünfundzwanzig-Watt-Birne tauchte die Wohnküche in flackerndes Licht, und im Ofen brannten die Holzscheite, die Fritz am Nachmittag irgendwo aufgetrieben hatte. Aber es war nicht die wohlige Wärme des Feuers, warum Ruth so heiß war, als sie sich an den Tisch setzte. Auf ihrem Marsch zum Klusenberg hatte sie sich tatsächlich eine Erkältung eingefangen, und jetzt hatte sie Fieber. Kein Wunder, mit Winfried auf dem Arm, dem tiefen Schnee und ihren warmen, dicken Sachen war sie so ins Schwitzen geraten, dass sie klitschnass oben angekommen war. Doch was bedeutete eine Erkältung, wenn sie ihren Lieben ein solches Nachtmahl auftischen konnte wie an diesem Abend? Auf jedem Teller lag eine Scheibe Brot mit echter Rama-Margarine, dazu gab es jeweils ein Stück Apfel sowie ein paar Bucheckern und vor allem eine fingerdicke Scheibe von dem Kringel Leberwurst, den ihre Mutter ganz zuunterst in den Korb gelegt hatte – wahrscheinlich, um Lotti Mürmann nicht in Versuchung zu führen.

»Hände falten und beten«, sagte Ruth, nachdem sie ihrem Sohn das Lätzchen umgebunden hatte.

Winfried tat, wie ihm geheißen. »Komm, Herr Jesus, sei unser Gast, und segne, was Du uns bescheret hast.« Die Augen wie gebannt auf seinen Teller gerichtet, ratterte er das Tischgebet so schnell herunter, als gelte es, ein Wettrennen zu gewinnen. »Amen!«

Kaum war er fertig, griff er nach der Wurst.

»Nein, Winfried«, sagte Ruth. »Die Wurst zuletzt. Die darfst du erst essen, wenn du alles andere auf hast. Dann bleibt nachher der Geschmack umso länger in deinem Mund, und du glaubst, du hättest die ganze Zeit nur Wurst gegessen.«

Winfried zog die kleine Stirn in Falten, so angestrengt dachte er nach. Doch dann schien er zu verstehen, und statt als Erstes die Wurst zu essen, nahm er brav eine Buchecker und steckte sie sich in den Mund, um sie ganz langsam und andächtig zu kauen.

»Probier auch mal, Vati«, sagte er. »Die schmecken wie Nüsse.«

Doch Fritz regte sich nicht. Mit finsterer, misstrauischer Miene starrte er auf seinen Teller. »Das ist ja ein richtiges Festmahl.« Kopfschüttelnd drehte er sich zu Ruth herum. »Seltsam. Erst die ganze Woche morgens, mittags und abends nichts als

Steckrübenbrote, und jetzt auf einmal feinste Margarine und Leberwurst? Woher zum Teufel hast du die Sachen?«

Ruth warf einen ängstlichen Blick auf Winfried, hoffentlich würde er sich nicht verplappern. Doch zum Glück war er ganz und gar mit seinem Essen beschäftigt.

»Ich war bei der Zuteilungsstelle«, sagte sie. »Sie haben mir eine Mütterkarte gegeben.«

»Tatsächlich?« Fritz stutzte. »Soll das … soll das etwa heißen, du bist …« Er war so überrascht, dass seine Augen fast aus ihren Höhlen sprangen. »Aber das ist ja großartig!«, rief er, bevor sie etwas erwidern konnte. Zum ersten Mal seit seiner Rückkehr strahlte er sie an, fast so wie früher, und geradezu spitzbübisch zwinkerte er ihr zu. »Was bist du nur für ein Prachtweib! Aber das habe ich ja schon immer gewusst« Mit seiner gesunden Linken nahm er seine Scheibe Brot vom Teller. »Na dann – guten Appetit!«

Erleichtert sah Ruth, wie er das Brot zum Mund führte, doch noch bevor er den ersten Bissen genommen hatte, hielt er plötzlich inne. Erneut verfinsterte sich seine Miene, das Misstrauen kehrte zurück, und er ließ die Scheibe wieder sinken.

»Aber das kann doch gar nicht sein. So schnell kannst du doch unmöglich …«

»Nicht vor dem Kind!« Mit dem Kopf deutete sie auf Winfried, der inzwischen an seinem Stück Apfel knabberte.

Fritz runzelte die Stirn. »Bist du nun oder bist du nicht?«

»Nein«, sagte sie. »Zumindest nicht, dass ich wüsste. Es ist ja erst ein paar Tage her.«

»Aber die Mütterkarte? Wie hast du die dann bekommen?«

Ruth wäre am liebsten im Boden versunken, aber das ging nicht. Sie musste sich etwas einfallen lassen.

»Frechheit siegt!«, erklärte sie forscher, als ihr zumute war.

»Ich habe einfach behauptet, ich bin schwanger, und zum Glück haben sie …«

»Frechheit siegt?«, fiel er ihr ins Wort. »Für wie blöd hältst du mich? Für so was braucht man doch eine Bestätigung.«

»Was für eine Bestätigung?«

»Von einem Arzt. Oder vom Gesundheitsamt. Die stellen solche Bescheinigungen aus. Wie heißen die Dinger noch mal?«

»Du meinst – Attest?«

»Ja, Attest. Ohne das geht so was nicht. Wir leben schließlich in Deutschland, wo alles seine Ordnung hat.«

Ruth wusste nicht mehr, was sie antworten sollte. »Keine Ahnung«, sagte sie mit einem Schulterzucken. »Jedenfalls hat niemand ein Attest oder sonst eine Bescheinigung von mir verlangt. Wahrscheinlich hatte der Beamte einfach nur ein gutes Herz und darum beide Augen zugedrückt.«

»Das soll ich glauben?«

Während sie eisern seinen Blick erwiderte, spürte sie, wie es in ihrem Rachen kratzte, sie versuchte, den Reiz zu unterdrücken, doch es wurde immer schlimmer. Plötzlich musste sie husten, so plötzlich und heftig, dass sie es nicht mal mehr schaffte, sich die Hand vor den Mund zu halten.

»Verflucht noch mal, willst du mich umbringen?«, rief Fritz. »Meine Lunge!«

»Entschuldige.«

Mit der Hand vor dem Mund wandte sie sich ab. Ohne sie aus den Augen zu lassen, wartete Fritz, bis sie fertig gehustet hatte.

»Gut, dann zeig mir jetzt die Karte«, sagte er. »Na, los – wird's bald?«

Sie hielt seinem Blick nicht länger stand und schlug die Augen nieder.

»Die Karte!«, wiederholte er.

Mit zusammengepressten Lippen schaute sie auf ihren Teller. Wie hatte sie sich auf dieses Abendessen gefreut … Und jetzt?

»Das habe ich mir gedacht.«

Fritz stand auf, nahm ihren Teller, und als wären all die guten Sachen darauf Abfall, strich er sie mit dem Rücken seiner Schüttelhand auf seinen eigenen. Dann zog er auch Winfried den Teller fort.

Der begriff nicht, was geschah. »Aber Vati, meine Wurst! Ich bin doch noch gar nicht satt!«

Ohne auf ihn zu achten, streifte Fritz auch Winfrieds Essen auf seinen Teller. Mit seinem gesunden Arm hob er diesen vom Tisch.

»Um Gottes willen«, rief Ruth, »was hast du vor?«

Ohne ihr zu antworten, ging er ans Fenster. Mit seiner freien Schüttelhand versuchte er es zu öffnen, einmal, zweimal, dreimal, um immer wieder zu scheitern. Als es ihm endlich gelang, wehte ein eisiger Luftzug herein, doch Fritz schien ihn nicht zu spüren. Mit seiner gesunden Hand streckte er den Teller ins Freie und kippte das ganze Essen hinunter auf die Straße.

»Bist du verrückt geworden?«

Ruth sprang von ihrem Stuhl auf und eilte zu ihm. Durch das offene Fenster sah sie, wie sich unten auf der Straße ein Mann und eine Frau auf die Essensreste stürzten. Wie Tiere klaubten sie die Wurstscheiben und das Brot und die Apfelstücke von der verharschten Schneedecke auf und stopften sich alles in die Münder.

Ruth trat vom Fenster zurück.

Als sie sich umdrehte, stand vor ihr ihr Mann. Während sein Atem vor Anstrengung rasselte, fixierte er sie mit einem bösen, schwarzen Blick.

»Tu das nie wieder, Ruth Wolf«, sagte er. »Kapiert? Nie, nie wieder!«

20

Ulla glaubte, nicht richtig zu sehen. Gundel, das Nesthäkchen der Familie, ihre kleine unschuldige Schwester, die vorgestern noch mit Puppen gespielt hatte, begrüßte Benno Krasemann, kaum dass sie ins Freie getreten waren, mit einem langen, innigen Kuss, auf offener Straße und ohne sich im Geringsten zu genieren, während die Besucher der Flüchtlingshilfe die Wärmestube im Stapel verließen und sie und Tommy Weidner wie zwei Idioten dabeistanden und nicht wussten, wohin sie blicken sollten.

»Ist irgendwas?«, lachte Gundel, als sie sich von Benno löste und das verdutzte Gesicht ihrer Schwester sah.

»Nein, nein, lasst euch nicht stören.«

»Ums so besser«, erwiderte sie und hakte sich bei Benno unter. »Wir gehen schon mal vor«, rief sie dann über die Schulter, um turtelnd mit ihrem Freund in der Stapelunterführung zu verschwinden.

Plötzlich war Ulla mit Tommy allein. Im selben Moment wurde sie nervös. Würde er sich wohl an den beiden ein Beispiel nehmen und versuchen, sie küssen? Sie war plötzlich so durcheinander, dass sie nicht mal wusste, ob sie es hoffen oder fürchten sollte. Während in der Flüchtlingshilfe das Licht ausging, schaute sie sich um. Auf dem großen, dunklen Bungernplatz, der nur von einer einzigen Straßenlaterne beleuchtet wurde, war kein Mensch mehr außer ihnen zu sehen.

Als sie sich wieder zu Tommy umdrehte, stutzte sie. Obwohl Gundel und Benno längst fort waren, schien er immer noch nicht zu wissen, wohin mit seinen Augen, und während sein Atem in weißen Wölkchen aus seinem Mund stob, blickte er stumm wie ein Fisch auf die Spitzen seiner Winterstiefel. Das entsprach doch gar nicht seiner Art!

Sollte es etwa möglich sein, dass der berühmte Tommy Weidner genauso verlegen war wie sie? Weil er nicht wusste, wie er es anfangen sollte, sie zu küssen?

So plötzlich, wie ihr der Gedanke gekommen war, so plötzlich löste er sich in Luft auf. Nein, sie hatte sich geirrt, Tommy Weidner war keine Spur verlegen. Denn als er den Kopf hob und auf sie zutrat, um ihr seinen Arm zu reichen, war wieder dieses verfluchte Prince-Charming-Grinsen in seinem Gesicht, das sie so sehr an ihm mochte.

»›Schönes Fräulein, darf ich wagen, / Arm und Geleit ihr anzutragen?‹«

»Oh«, machte sie, gleichzeitig erleichtert und enttäuscht, »Sie kennen den ›Faust‹?«

Sein Grinsen wurde noch breiter. »Sogar so gut, dass ich Gretchens Replik auf keinen Fall aus Ihrem Mund hören will!«

Sie musste kurz überlegen, was er damit meinte, offenbar kannte er das Lieblingsdrama ihres Vaters besser als sie. Dann aber erinnerte sie sich: *Bin weder Fräulein, weder schön, / Kann ungeleitet nach Hause geh'n* … Gretchens Antwort lag ihr schon auf der Zunge, doch dann beherrschte sie sich. Nein, sie wollte ihn nicht vergraulen, sie wollte ihn nur ein bisschen in die Schranken weisen.

Also sagte sie: »Um ehrlich zu sein, ich hätte gar nicht gedacht, dass jemand wie Sie Goethe zitiert.«

»Jemand wie ich?« Trotz der Dunkelheit sah sie, wie es in seinem Gesicht einmal zuckte. »Ob Sie's glauben oder nicht, ich habe Abitur.«

Schon bereute sie ihre Bemerkung, am liebsten hätte sie sich die Zunge abgebissen. Doch dafür war es zu spät.

»So habe ich das nicht gemeint«, sagte sie. »Ich meinte nur – so ein Hallodri wie Sie! Wenn der ehrwürdige Geheimrat wüsste, wie schändlich Sie seine Verse missbrauchen, würde er sich im Grabe umdrehen.« Lachend hakte sie sich bei ihm unter.

Sofort war er wieder der Alte. »Hallodri?«, fragte er mit gespielter Entrüstung. »Aber Fräulein Wolf – ich bin die Tugendhaftigkeit in Person. Fragen Sie meinen Beichtvater!«

»Sie wissen ganz genau, dass der nichts verraten darf. Schließlich gibt es ein Beichtgeheimnis!«

»Dann erteile ich ihm Dispens.«

»Passen Sie nur auf, dass ich Sie nicht beim Wort nehme.«

»Sie könnten mir keinen größeren Gefallen tun.«

»Einen Teufel werde ich. Außerdem sind Sie ja gar nicht katholisch – stimmt's?«

»Spielt das eine Rolle? Für Sie würde ich mich zu jedem gewünschten Glauben bekennen. Sie haben die Wahl – was soll ich sein? Katholisch, evangelisch, orthodox? Wenn Sie es von mir verlangen, werde ich sogar zum Muselmann!«

»Ich glaube, jetzt geht die Phantasie mit Ihnen durch.«

»Nicht die Phantasie – Karl May! ›Durch die Wüste‹ war in meiner Jugend mein absolutes Lieblingsbuch, ich habe es so oft gelesen, dass ich alle achthundert Seiten auswendig konnte.«

»Das kann jeder behaupten.«

»Stellen Sie mich auf die Probe.«

Ulla dachte einen Moment nach. Dann sagte sie: »Wie heißt der Diener von Kara ben Nemsi?«

»Mit kurzem oder vollem Namen?«

»Mit vollem natürlich!«

»Wenn es weiter nichts ist!« Wie aus der Pistole geschossen

ratterte er die Antwort herunter: »Hadschi Halef Omar ben Hadschi Abul Abbas Ibn Hadschi Davud al Gossarah!«

»Bravo!« Obwohl sie es nicht wollte, war sie ein winzig kleines bisschen beeindruckt. »Also, wenn wir im Kindergarten wären, würden Sie jetzt ein Fleißbildchen von mir bekommen.«

»Und was bekomme ich stattdessen von Ihnen?«, fragte er. »Ich meine, weil wir ja nicht mehr im Kindergarten sind?«

Er blieb stehen und schaute sie an. Lachend schüttelte sie den Kopf.

»Von wegen, Prince Charming! Darauf falle ich nicht rein!«

Damit ließ sie ihn stehen. Doch zum Glück folgte er ihr auf der Stelle nach, und zwar so eilig, wie sie gehofft hatte. Während sie nebeneinander durch die Kälte stapften, musterte sie ihn unauffällig von der Seite. Was für ein sympathischer Kerl er doch war! Sie mochte eigentlich alles an ihm, nicht nur sein unverschämtes Grinsen, auch seinen Witz und seine Schlagfertigkeit. Und ganz besonders die zwei Grübchen, die jedes Mal auf seine Wange traten, wenn er lachte – und er lachte fast die ganze Zeit …

Auf einmal aber kam wieder eine Frage in ihr hoch, die sie schon seit Tagen beschäftigte. Sie hatte sich zwar vorgenommen, sie ihm auf keinen Fall zu stellen – selbstherrlich, wie er war, würde er sich sonst noch was darauf einbilden. Doch sie hielt die Ungewissheit nicht länger aus.

»Was waren das eigentlich für dringende Geschäfte, weshalb Sie mich neulich nicht abholen konnten?«

Mit einem Mal wurde er ernst. »Betriebsgeheimnis«, sagte er.

Ulla schluckte. Die Auskunft gefiel ihr ganz und gar nicht.

»Hat das Betriebsgeheimnis vielleicht einen Namen?«, fragte sie. »Zum Beispiel einen weiblichen?«

»Ja«, sagte er ganz unverblümt, »und zwar den schönsten der

Welt. Soll ich ihn Ihnen verraten?« Während ihr Herz plötzlich zu rasen anfing, drehte er sich zu ihr herum, und mit einen Lächeln, von dem sie ganz weiche Knie bekam, fügte er hinzu: »Er fängt mit U an.«

Die wenigen Worte genügten, dass ihr Herz sich vor Freude fast überschlug. Herrgott, konnte es sein, dass sie sich wirklich in ihn verliebt hatte? Ausgerechnet in ihn – Tommy Weidner, den größten Schürzenjäger von ganz Altena?

Bevor sie es verhindern konnte, rutschte ihr noch eine Frage heraus, die noch peinlicher war als die erste.

»Und wer war die hübsche Blondine, die Sie im Lennestein die ganze Zeit angehimmelt hat?«

Er biss sich auf die Lippe. »Barbara Wüllner«, sagte er leise.

Ulla nickte. »Hübscher Name.«

»Ja, das ist er. Aber – das hat nichts zu bedeuten.«

»Ach so? Wirklich?«

Obwohl ihr Herz inzwischen außer Rand und Band war, versuchte sie ruhig zu bleiben, als sie nun ihrerseits stehen blieb, um ihn anzuschauen. Hoffentlich spielte er nur eins seiner Spielchen und grinste gleich wieder sein Prince-Charming-Grinsen … Aber das tat er nicht, im Gegenteil. Jetzt war er wirklich verlegen. Und statt ihr zu antworten, schlug er die Augen nieder.

Ulla holte tief Luft. Keine Frage, sie hatte ihn erwischt.

»Also gut«, sagte er, als könne er ihre Gedanken erraten, »ich will Sie nicht anlügen. Früher, da war tatsächlich mal was zwischen uns, ich meine, ein bisschen, wirklich keine große Sache, und die ist außerdem vorbei. Das müssen Sie mir einfach glauben.« Er machte eine kurze Pause, dann fügte er hinzu: »Wollen Sie das?«

»Was? Ihnen glauben?«

»Ja.« Ulla wusste selbst nicht, warum sie nickte, aber sie tat es.

Doch beruhigt war sie deshalb nicht. »Sie wissen schon, dass Sie einen fürchterlichen Ruf haben, Thomas Weidner?«

Er wurde noch verlegener, aber er wich ihrem Blick nicht länger aus. »Ja, das weiß ich.«

»Ihr Eisenbahnwaggon gilt ja als regelrechte Lasterhöhle. Angeblich geben sich dort die Damen die Klinke in die Hand.«

»Ich versichere – nein, ich *schwöre* Ihnen, das ist Vergangenheit!«

»Vergangenheit?«

»Ja, und zwar genau seit dem Tag, als ich … als ich Sie, ich meine, als Sie und ich im Lennestein …«

Er verstummte.

Wieder schwiegen sie eine Weile. Doch es war nicht mehr dasselbe Schweigen. Irgendwas hatte sich verändert. Was auch immer das war.

»Ich … ich würde Ihnen ja gern glauben«, sagte Ulla, »aber …«

»Aber was?«

Sie schüttelte den Kopf. »Wozu soll ich Ihnen das erklären? Jeder Mensch ist nun mal, wie er ist.«

Tommy blickte sie wie entgeistert an. Dann nickte er. »Damit wäre dann ja wohl alles gesagt.«

»Ja, das ist es wohl«, bestätigte sie.

Kaum waren die Worte heraus, erschrak sie über sich selbst. Mein Gott, etwas Dümmeres hätte sie gar nicht antworten können. Jetzt saß sie in ihrer eigenen Falle, und wenn sie ihr Gesicht wahren wollte, blieb ihr nichts anderes übrig, als zu gehen.

Sie wollte sich abwenden, aber Gott sei Dank hielt er sie zurück.

»Nur eine Frage«, sagte er.

»Welche?«

Tommy nagte auf seiner Lippe. Offenbar fiel es ihm schwer, die Frage zu stellen. Doch dann gab er sich einen Ruck.

»Angenommen, dass ich wirklich so wäre, wie Sie denken, dass ich bin«, sagte er mit rauer Stimme, »glauben Sie nicht, dass es dafür vielleicht Gründe geben könnte?«

Sie verstand nicht sogleich, was er meinte, außerdem wuchs ihr das alles langsam über den Kopf. Doch dann sah sie seinen Blick. Aus seinen Augen, die sonst vor Übermut und Spott und Intelligenz nur so blitzten, sprach eine solche Trauer, dass sie auf einmal begriff. Sie musste an die Worte denken, die er bei ihrem ersten Rendezvous gesagt hatte: *Sie sind Ursula Wolf, und ich bin der Sohn einer Putzfrau* … Er hatte damals für einen Moment genauso traurig gewirkt wie jetzt. Und dann das Zucken in seinem Gesicht, das sie vor wenigen Minuten mit ihrer eigenen, unbedachten Bemerkung ausgelöst hatte: *Einer wie Sie* … Auf einmal sah sie ihn in einem ganz neuen, ganz anderen Licht, sah durch die Prince-Charming-Fassade hindurch, sah hinter seiner Maske aus Witz und Charme und Angeberei eine Verlorenheit, die sie im tiefsten Herzen berührte.

Ohne zu überlegen, was sie tat, trat sie auf ihn zu und nahm sein Gesicht zwischen die Hände. Ganz ruhig und fest erwiderte er ihren Blick. Während ihre Blicke miteinander verschmolzen, kamen sie einander so nah, dass Ulla schon seinen Mund auf ihren Lippen zu spüren glaubte. In Erwartung seines Kusses schloss sie die Augen, doch bevor ihre Münder sich berührten, umfasste Tommy ihre beiden Armgelenke und nahm, ebenso sanft wie entschieden, ihre Hände von seinem Gesicht.

Verwundert schlug sie die Augen wieder auf.

»Sie … Sie wollen mich nicht küssen?«

»Doch«, sagte er. »Nichts könnte mich glücklicher machen. Aber nicht hier. Und nicht jetzt.«

Er deutete mit dem Kopf auf die andere Straßenseite. Dort stand Jürgen Rühling, vor dem leeren, dunklen Schaufenster von Mode Vielhaber, und schaute zu ihnen herüber, das Gesicht von Eifersucht verzerrt.

21

Für acht Uhr fünfzehn war Eduard am nächsten Morgen in der Kommandantur einbestellt, und wie es sich für einen korrekten Menschen gehörte, traf er fünf Minuten früher, sprich: um zehn nach acht, in der Burg Holtzbrinck ein. In der Erwartung, sogleich vorgelassen zu werden, meldete er sich im Vorzimmer des Kommandanten. Doch zu seiner Überraschung bat man ihn, sich noch ein wenig zu gedulden – Major Jones habe zu tun.

Irritiert nahm Eduard auf dem Gang vor dem Büro des Majors Platz. Nach dem Telefonat mit Landrat Kroymann war er sich seiner Sache absolut sicher gewesen – die Demontage war vom Tisch. Warum sollte der Stadtkommandant ihn sonst einbestellen, wenn er nicht seine Meinung geändert hatte? Anders ergab der Termin doch gar keinen Sinn! Aber je länger er wartete, umso stärker wurden seine Zweifel. War er vielleicht doch, wie Christel meinte, mal wieder allzu blauäugig gewesen und hatte auf der Betriebsversammlung seinen Leuten mehr versprochen, als er halten konnte?

Die ernste Miene, mit der Major Jones ihn erst fast eine Stunde später an seinem Schreibtisch empfing, bestätigte seine Befürchtungen.

»Ich habe den Zeitungsartikel über Sie und Ihre Firma gelesen«, eröffnete der Kommandant das Gespräch, ohne ihm einen Platz anzubieten. »Und ich gebe zu, ich bin beeindruckt. Allem

Anschein nach gehören Sie zu den wenigen Deutschen, die in der Hitlerzeit Anstand und Moral bewiesen haben. Darum bin ich bereit, Sie noch einmal anzuhören. Aber das ist auch der einzige Grund, machen Sie sich also keine falschen Hoffnungen. An den sonstigen Tatsachen ändert das ja alles nichts. – Und damit genug der Vorrede«, unterbrach er sich und tippte mit dem Zeigefinger auf seine Armbanduhr, »ich gebe Ihnen fünf Minuten Zeit. Was haben Sie zu Ihren Gunsten vorzutragen, damit ich die angeordneten Maßnahmen noch einmal überdenke?«

Bei allen Zweifeln, die Eduard beim Warten gekommen waren – mit einer derart rigiden Haltung hatte er nicht gerechnet. Für einen Moment war er so entgeistert, dass ihm die Worte fehlten. Doch kampflos würde er sich darum nicht in sein Schicksal fügen! Das war er nicht nur sich und seiner Familie schuldig, sondern auch seinen Arbeitern und Angestellten, die ihr Wohl und Wehe in seine Hände gelegt hatten.

Also straffte er sich und sagte: »Die Firma Wolf ist in all den Jahren ihres Bestehens keinen einzigen Tag ein Rüstungsbetrieb gewesen, auch nicht in den dunklen Jahren, die Gott sei Dank hinter uns liegen. Meine Vorfahren und ich haben stets und ausschließlich Metallwaren zu friedlichen Zwecken hergestellt, Draht und Springfedermatratzen, zum Beispiel für Betten-Prange hier am Ort. Und von mir selbst darf ich behaupten, nie in der Partei gewesen zu sein. Ich war lediglich Mitglied der Deutschen Arbeitsfront, und das nicht, wie ich betonen möchte, aus freien Stücken. Der Arbeitgeberverband war ja gleichgeschaltet, da war das nun mal Pflicht, die Mitgliedschaft erfolgte ja automatisch, um nicht zu sagen zwangsweise, das konnte man also gar nicht verhindern …«

»Ja, ja, ja«, fiel Jones ihm ins Wort. »Das ist mir alles bekannt, und wie ich Ihnen schon versichert habe, habe ich an Ihrer persönlichen Integrität keinen Zweifel. Vielleicht sind Sie tatsächlich der einzige Gerechte in der ganzen Stadt. Aber wissen Sie«, fuhr er mit erhobener Stimme fort, als Eduard abwehrend die Hände hob, um die letzten Worte zurückzuweisen, »was ich an euch Deutschen so unerträglich finde? Jetzt, da es mit eurem Größenwahn vorbei ist und ihr keine Übermenschen mehr seid und den Krieg verloren habt, statt, wie ihr am Anfang gehofft hattet, die ganze Welt zu erobern – jetzt seht ihr immer nur euer eigenes Unglück und erwartet von uns Mitleid und bettelt um Gnade. Aber – damn! – es gibt auch eine andere Seite!«

»Natürlich«, beeilte Eduard sich, ihm beizupflichten, »natürlich gibt es die, dessen bin ich mir mehr als bewusst.«

»Wirklich, Mr. Wolf, sind Sie das?« Mit vor Erregung zitternder Hand zog Jones seine Pfeife aus der Brusttasche seiner Uniform und begann an dem Mundstück zu saugen, obwohl er die Pfeife weder gestopft noch entzündet hatte. »Haben Sie schon mal von einem Ort namens Coventry gehört?«

»Ja, das habe ich.«

Voller Scham schlug Eduard die Augen nieder, er wusste nur zu gut, worauf der Commander anspielte. Coventry war eine englische Industriestadt, die Hermann Görings Luftwaffe zu Beginn des Krieges fast vollständig zerstört hatte, einschließlich zahlreicher Schulen und Krankenhäuser sowie einer jahrhundertealten Kathedrale. Göring und Hitler und Goebbels waren in ihren fanatischen Reden ja nicht müde geworden, immer wieder mit diesem gnadenlosen Zerstörungswerk zu prahlen.

Jones nickte. »Well, vielleicht verstehen Sie dann tatsächlich, was ich meine. Die Demontage eurer Fabriken ist kein bösartiger Racheakt, um euch arme Deutschen ins Verderben zu stürzen, nein, sie ist eine lebenswichtige Notwendigkeit für das englische Volk. Unsere Industrie liegt genauso in Schutt und Asche wie eure hier in Deutschland. Doch es gibt einen Unterschied, mein Freund. Wir haben den Krieg nicht angefangen, das wart ihr, und eure Luftwaffe hat auf Befehl des Verrückten, den ihr euch zu eurem Führer gewählt habt, unsere Fabriken zerbombt. Darum ist es nicht mehr als gerecht, wenn wir uns jetzt von euch die Maschinen zurückholen, die wir brauchen, um unsere Fabriken wieder aufzubauen. Oder sind Sie da anderer Meinung?«

Eduard schüttelte nur stumm den Kopf. Wie sollte er anderer Meinung sein? Major Jones hatte ja recht, mit jedem einzelnen Wort. Hitler-Deutschland und kein anderes Land trug die Schuld an der Katastrophe, die die Welt an den Rand des Abgrunds gebracht hatte. Und auch wenn er sich persönlich nichts vorzuwerfen, ja manches Mal vielleicht sogar Kopf und Kragen riskiert hatte, um in der Zeit der Barbarei ein halbwegs anständiger Mensch zu bleiben – angesichts dieser Schuld konnte er keine Gnade erwarten.

»Haben Sie nichts dazu zu sagen, Mr. Wolf?«, fragte der Kommandant. »Nun, dann denke ich, sind wir uns einig. Ich werde Anweisung geben, die Demontage Ihres Betriebs fortzusetzen.«

Obwohl Eduard es in seiner Scham schwerfiel, hob er den Kopf, um den Kommandanten anzuschauen.

»Nein, Major«, sagte er.

»Was soll das heißen – nein?«

»Nein heißt, dass es nichts gibt, was ich dazu sagen könnte. Ich kann mich nur für das Unglück entschuldigen, das Deutschland wenn auch nicht in meinem Namen, so doch im Namen eines Großteils meines Volkes über die Menschen in Ihrem Land gebracht hat.«

Der Kommandant sog an seiner kalten Pfeife.

»Aber«, fuhr Eduard fort, »eine Frage sei mir dennoch gestattet: Was würde wohl William Shakespeare zu Ihrer Entscheidung sagen?«

»William Shakespeare?« Jones schaute ihn an, als wäre er nicht bei Trost. »What the hell hat der damit zu tun?«

Eduard schloss kurz die Augen, hoffentlich ließ sein Gedächtnis ihn jetzt nicht im Stich! Doch zum Glück war seine Sorge unbegründet. Die Verse, nach denen er suchte, kamen ganz von allein.

»›Wenn ihr uns stecht, bluten wir nicht? Wenn ihr uns kitzelt, lachen wir nicht? Wenn ihr uns vergiftet, sterben wir nicht?‹«

Er hielt inne, um die Reaktion des Majors abzuwarten.

Der nickte schweigend mehrere Male und wiederholte dann die Verse im Original.

»›If you prick us, don't we bleed? If you tickle us, do we not laugh? If you poison us, do we not die?‹«

Eduard versuchte, in seinem Gesicht zu lesen. Hatte Jones die Botschaft verstanden?

Es gab nur eine Möglichkeit, es herauszufinden. Also nahm er seinen ganzen Mut zusammen und sagte: »Shakespeare hat mit seinen Versen wie kein zweiter eine ebenso einfache wie grundlegende Einsicht in das Wesen des Menschen in Worte gefasst – nämlich dass wir alle, gleich welcher Herkunft, in unserem Glück und unserem Leid überall auf der Welt dieselben Geschöpfe sind, mit denselben Gefühlen und Empfindungen, mit denselben Hoffnungen und Ängsten.«

Major Jones nickte. »So kann man die Stelle deuten, gewiss. Und ich ahne, warum Sie sie anführen, schließlich habe ich in meinem früheren Leben Literatur unterrichtet. Doch auch hier gibt es einen gewaltigen Unterschied, Mr. Wolf: Im ›Kaufmann von Venedig‹ ist es der Jude Shylock, den Shakespeare diese

Worte zu seiner Verteidigung vorbringen lässt. Kein gottverdammter arischer Übermensch.«

»Aber verlieren sie darum ihre universelle Gültigkeit?«, erwiderte Eduard. »Mensch ist Mensch, das ist Shakespeares Botschaft, und jeder Einzelne von uns unterliegt den denselben universellen Gesetzen der menschlichen Natur. Und darum frage ich Sie, nicht als Major der britischen Armee und Stadtkommandant von Altena, sondern als den Menschen, der sie unter Ihrer Uniform sind, Mr. Jones: Was ist mit all den Männern und Frauen, die hier in Deutschland, in Altena, in der Firma Wolf die Folgen des Krieges erleiden, den Hitler und seine Bande angezettelt haben? Menschen, die diesen Krieg so wenig gewollt haben wie die Menschen in Coventry?«

Über das Gesicht des Majors huschte die Andeutung eines Lächelns. »Respekt, Mr. Wolf – oder soll ich Sie lieber Shylock nennen?« Dann wurde seine Miene wieder ernst. »Es tut mir aufrichtig leid, wenn Bürger dieser Stadt ihre Arbeit verlieren, denn vielleicht sind ja wirklich einige darunter, die ein solches Schicksal nicht verdienen. Aber mir sind die Hände gebunden, und ich kann ihnen darum nur empfehlen, dasselbe zu tun, was auch die Menschen in meiner Heimat, die ihre Arbeit durch die Zerstörung unserer Fabriken verloren haben, in dieser Zeit tun müssen: sich nach etwas anderem umsehen.«

»Völlig ausgeschlossen!« Eduard schüttelte den Kopf. »Angesichts der Wirtschaftslage ist die Unterbringung meiner Arbeiter und Angestellten in anderen Unternehmen unmöglich, dafür ist die Zahl der Betroffenen viel zu groß. Zweihundert Arbeitsplätze werden entfallen, wenn die Firma Wolf den Betrieb einstellen muss, das heißt, zweihundert Familien verlieren ihre Existenzgrundlage. Das sind zusammen weit über tausend Menschen, Männer und Frauen, Kinder und Greise. Und das ist nicht mal die einzige verheerende Folge, die Ihre Maßnahme auslösen würde. Es kommt noch etwas anderes hinzu, etwas, das weit über das persönliche Schicksal meiner Leute und ihrer Angehörigen hinausgeht und das gesamte Gemeinwesen betrifft.«

Jones hob die Brauen. »Nämlich?«

»Das Ende der Firma Wolf wäre ein schwerer Schlag für die im Aufbau begriffene demokratische Verwaltung dieser Stadt, mit unabsehbaren Auswirkungen auf das kommunale Finanzgebaren. Der Kämmerer lebt auch so schon von der Hand in den Mund. Wenn jetzt auch noch die Gewerbesteuer eines so großen Betriebs wie meiner Firma entfällt, wird das ein gewaltiges Loch in die Stadtkasse reißen. Die Lebensmittelzuteilungen, die ohnehin viel zu knapp bemessen sind, müssten noch weiter rationiert werden, Schulspeisungen würden gekürzt oder ganz entfallen, die Flüchtlingshilfe würde reduziert, selbst die Wärmestuben könnten nicht mehr im bisherigen Umfang betrieben werden. Das aber heißt, noch mehr Arme, noch mehr Kranke, noch mehr Not und Elend in dieser Stadt.« Eduard machte eine Pause, um Atem zu holen. »Mit einem Wort«, schloss er. »Die Demontage der Firma Wolf würde in Altena ein kleines Coventry anrichten. Nicht durch Bomben. Aber durch Hunger und Kälte und Hoffnungslosigkeit.«

Eduard verstummte, doch seine Worte hingen weiter im Raum. Eine lange Weile sog Major Jones nachdenklich an seiner Pfeife und strich sich über sein rötliches, schütteres Haar.

»Ich bin nie ein Freund von Vergeltung gewesen«, sagte er schließlich. »Auch die Zerstörung Dresdens als Rache für Coventry konnte ich nicht gutheißen. Rache wird niemals Frieden bringen, im Gegenteil, sie schürt nur neue Rachegelüste, wieder und immer wieder.«

Eduard holte tief Luft. War es ihm gelungen, den Stadtkommandanten zu überzeugen?

Er beschloss, alles auf eine Karte zu setzen.

»Bitte, Major, lassen Sie Gnade vor Recht ergehen! Rächen Sie sich nicht an unserem kleinen, unschuldigen Altena – Dresden war Rache genug! Egal, ob Engländer oder Deutsche – Unschuldige dürfen nicht dafür büßen, was andere verbrochen haben. Meinen Sie nicht auch?«

Bevor Jones antworten konnte, ging die Tür auf, und ein Sergeant kam in das Büro, in der Hand hielt er ein Exemplar des Altenaer Kreisblatts. Eduard runzelte die Brauen. Was zum Kuckuck hatte das denn zu bedeuten? Während der Sergeant dem Kommandanten irgendetwas zuflüsterte, reichte er ihm die Zeitung. Der zögerte einen Moment, ein paar weitere leise Worte wurden gewechselt, dann nahm Jones das Kreisblatt und forderte Eduard gleichzeitig mit einer Kopfbewegung auf, gegenüber von seinem Schreibtisch auf einem Stuhl Platz zu nehmen.

»Einen Moment bitte, Mr. Wolf.«

Während der Sergeant den Raum verließ, schlug der Major die Titelseite auf und begann zu lesen. Mit wachsender Unruhe beobachtete Eduard, wie die Stirn des Kommandanten sich in Falten legte.

Es dauerte eine Ewigkeit, bis Jones das Kreisblatt sinken ließ.

»Haben Sie heute schon die Zeitung gelesen?«, fragte er.

Eduard schüttelte den Kopf. »Leider nein. Ich bin noch nicht dazu gekommen.«

»Dann wäre jetzt der passende Moment.« Jones beugte sich über seinen Schreibtisch und reichte ihm die Zeitung. »Ich fürchte, dadurch verändert sich die Lage – und zwar von Grund auf!«

22

Das Mittagessen stand auf dem Tisch, Stielmus mit Salzkartoffeln, serviert in den Schüsseln aus Meißener Porzellan, das die Mutter als Teil ihrer Aussteuer mit der Ehe in den Haushalt der Villa Wolf eingebracht hatte, doch niemand rührte seinen Teller an. Auch Ulla, die in der Mittagspause mit einem Riesenhunger von der Flüchtlingshilfe nach Hause gekommen war, verspürte nicht mehr den geringsten Appetit, obwohl sie Stielmus als Einziges von den Armeleutegerichten, die es früher in der Familie nie gegeben hatte, die inzwischen aber regelmäßig auf dem Speisezettel standen, eigentlich recht gerne aß.

Der Grund dafür war die Verfassung ihres Vaters. Sie konnte sich nicht erinnern, ihn je so aufgewühlt gesehen zu haben wie nach seinem Besuch in der Kommandantur. Die Fliege auf halb acht, das Haar zerzaust, hielt es ihn nicht am Tisch. Immer wieder sprang er von seinem Platz auf, zupfte an seiner Fliege, raufte sich das Haar und lief im Esszimmer auf und ab, während auf dem Tisch das Essen kalt wurde. Und obwohl die Mutter ihm alle paar Minuten Baldriantropfen verabreichte, zitterte er vor Erregung so sehr, dass er kaum imstande war, das Kreisblatt, dessen Kommentar ihn so auf die Palme gebracht hatte, in den Händen zu halten.

»Lies du es noch einmal vor, Ulla«, sagte er und drückte ihr die Zeitung in die Hand. »Ich kann es nicht mehr. Die Buchstaben verschwimmen mir vor den Augen.«

»Wie oft willst du dir das noch antun?«, fragte die Mutter. »Du hast den Artikel doch schon ein Dutzend Mal gelesen. Und jedes Mal regst du dich mehr auf. Das darfst du nicht, mein Lieber, nicht mit deinem Herzen!«

Aber der Vater ließ sich nicht beirren. »Ich muss es noch mal hören! Es will und will mir einfach nicht in den Kopf. Wie kann man die Dinge nur so verdrehen? Also lies schon, Ulla, und zwar laut und deutlich. Der Delinquent hat das Recht, die Begründung seines Todesurteils zu erfahren. Dieser Grundsatz galt schon bei den alten Römern!«

Nur widerwillig nahm Ulla die Zeitung. Sie war derselben Meinung wie die Mutter und fürchtete wie sie, dass der Vater sich auf diese Weise immer mehr in seine Aufregung hineinsteigerte, bis er vielleicht wirklich einen Herzschlag erlitt. Trotzdem blieb ihr nichts anderes übrig, als ihm den Gefallen zu tun. Denn aus Erfahrung wusste sie, dass Widerspruch das Letzte war, was er in dieser Verfassung verkraftete.

»Und vergiss nicht die Überschrift!«

»Natürlich nicht, Papa. Wenn schon, denn schon.«

Dann begann sie zu lesen.

Zwischen Vergangenheit und Zukunft: Altena am Scheideweg.

Ein Kommentar von Chefredakteur Karl Kotzubeck

Das mögliche Aus der Firma Wolf hält in diesen Tagen ganz Altena in Atem, und es gibt nicht wenige Stimmen, die wegen einer etwaigen Stilllegung des Betriebs bereits den Untergang der ganzen Stadt heraufbeschwören. Davon zeugen nicht zuletzt die zahlreichen Zuschriften, die seit unserem ersten Bericht in der Redaktion eingegangen sind. Aber gemach, liebe Leser, von solchen maßlosen Übertreibungen raten wir dringend ab. Gewiss, die drohende Demontage der Firma Wolf ist ein sehr harter und sicherlich auch unverdienter Schlag für die Familie und insbesondere den lobenswerten Inhaber des Traditionsunternehmens, der sich persönlich nie etwas hat zuschulden kommen lassen. Doch dank unverhoffter neuer Perspektiven scheint der befürchtete Schaden für die Arbeiterschaft sowie für die städtischen Finanzen selbst im Fall der Fälle abgewendet. Wie aus wohlunterrichteten Kreisen verlautet, ist es dem ehemaligen Bürgermeister Walter Böcker zusammen mit seinem Nachfolger Arno Vielhaber in gemeinsamem, unermüdlichem Einsatz zum Wohl unserer Stadt gelungen, die Weltfirma Graetz zur Übersiedlung von Ost-Berlin nach Altena zu bewegen. Tausende von Arbeitsplätzen winken. Welche andere Stadt in Westfalen, ja welche andere Stadt in ganz Deutschland hat in diesen notgeplagten Zeiten vergleichbare Perspektiven?

»Das hat den Ausschlag gegeben«, unterbrach der Vater. »Eine Güterabwägung, hat Major Jones gesagt. Aber es fehlt noch der Schluss, Ulla. Würdest du den bitte auch noch vorlesen?«

»Muss das wirklich sein?«

»Ja, das muss es! Sonst versteht man ja die Überschrift gar nicht.«

Mit einem Seufzer nahm Ulla noch einmal die Zeitung, um dem Wunsch des Vaters nachzukommen.

Altena steht also am Scheideweg. Graetz ist die Zukunft, die Firma Wolf aber ist nur noch Vergangenheit. Welchen Weg soll unsere Stadt gehen?

Am Tisch entstand ein langes, bedrücktes Schweigen.

»Habt ihr gehört?«, rief der Vater fast triumphierend in die Stille hinein. »Vergangenheit sind wir! Wir haben abgewirtschaftet! Ein- für allemal!«

Während er einen nach dem anderen in der Runde ansah, griff die Mutter nach seiner Hand.

»Können wir denn gar nichts mehr tun, Eduard?«

Das Gesicht fast so weiß wie sein Haar, schüttelte er den Kopf. »Ich fürchte, beten ist das Einzige, was uns noch bleibt.« In seinen Augen standen Tränen.

»Aber was«, fragte Gundel, die bisher stumm am Tisch gesessen hatte, »wenn jemand ein gutes Wort für uns einlegen würde?«

»Ach Kind«, sagte der Vater, »das hat das AK in dem ersten Artikel doch in aller Ausführlichkeit getan, sogar im Namen der ganzen Stadt. Und trotzdem hat es uns nichts geholfen.«

»Ich weiß«, erwiderte Gundel. »Aber so meinte ich das auch nicht. Ich denke eher an jemanden, der dem Stadtkommandanten nahesteht und auf den er deshalb vielleicht hören wird.«

»Und wer in aller Welt sollte dieser Jemand sein?«

Gundel drehte sich zu Ulla herum. »Was meinst du, Schwesterherz? Hast du vielleicht eine Idee?«

23

In Tommys Eisenbahnwaggons bullerte der Kanonenofen. Heute war die Schnurre gleich zweimal mit einer Fuhre Kohlen aus Lüdenscheid gekommen, und beide Male war es ihm gelungen, Beute zu machen. Obwohl er an diesem Abend keinen Damenbesuch erwartete, hatte er sich darum den Luxus gegönnt, mal nach Lust und Laune zu heizen. Er hatte sich eine kleine Bastelbarbeit vorgenommen, auf die er sich freute, seit er am Morgen aufgestanden war. Zu seiner Behaglichkeit fehlte jetzt nur noch ein bisschen Musik. Aber zum Glück hatte er ja einen funktionierenden Radioapparat, und gleich würde die Schlagerparade beginnen.

Doch offenbar war es noch nicht so weit – als er das Gerät

einschaltete, ertönte aus dem Lautsprecher der Chor der Regensburger Domspatzen.

Wir sagen Euch an den lieben Advent,
Sehet die dritte Kerze brennt.
Nun tragt euer Güte hellen Schein
Weit in die dunkle Welt hinein …

Tommy wollte umschalten, doch dann warf er einen Blick auf seine Armbanduhr. Nein, das lohnte sich nicht, in wenigen Minuten würde das Programm ohnehin wechseln.

In einer bauchigen Tasse wartete sein Heißgetränk: feinster englischer Tee, veredelt mit einem Schuss schottischen Whisky. Er nahm einen Schluck, dann setzte er sich an seinen Universaltisch. Darauf lag schon alles bereit, was er für seine Bastelarbeit brauchte: eine dunkelrot lackierte leere Käseschachtel, eine Tube Uhu-Alleskleber, zwei vorgeschnittene Stücke schwarzen Samts sowie eine Haushaltsschere.

Nachdem er sich überzeugt hatte, dass der Lack wirklich trocken war, verteilte er gleichmäßig ein paar Fäden Alleskleber auf dem ovalen Boden der Käseschachtel, dann nahm er den Samt und kleidete das Innere damit aus. Mit der Schere schnitt er den überstehenden Stoff fort, gab ein wenig Kleber auf die Innenseite der Schachtel und presste mit beiden Daumen die Fütterung auf das Spanholz, bevor er den ganzen Vorgang mit dem Deckel noch einmal wiederholte.

Dann war die Schatulle fertig.

Voller Freude betrachtete er sein Werk. Jetzt fehlte nur noch der Inhalt!

Er griff in seine Jackentasche, in der er seinen Schatz aufbewahrte. Allein das Säckchen zu berühren und die Perlen durch den Stoff zu spüren, ließ sein Herz höher schlagen. Vorsichtig öffnete er die Schnürung und holte die Kette hervor, um sie in die Schatulle zu betten.

Wie herrlich die Perlen sich auf dem Samt ausnahmen, wie zauberhaft ihr rosa Schimmer auf dem schwarzen Untergrund zur Geltung kam – noch viel schöner, als er es sich vorgestellt hatte.

Freut euch, ihr Christen!
Freuet euch sehr!
Schon ist nahe der Herr …

Während die Regensburger Domspatzen den Refrain sangen, klopfte es an der Waggontür. Tommy runzelte die Brauen. Nanu, wer konnte das sein? Er erwartete doch gar keinen Besuch!

Eilig stülpte er den Deckel über die Schachtel und ging zur Tür. Als er sie aufschob, traute er seinen Augen nicht.

Draußen in der Dunkelheit stand, mit gerötetem Gesicht und sichtlich aufgelöst, Ulla Wolf.

»Um Himmels willen – was ist los?«

»Ich brauche Ihre Hilfe.«

»Sie – meine Hilfe? Wozu?«

»Die Briten machen ernst. Die Firma Wolf wird demontiert.«

Tommy verstand nicht. Natürlich hatte auch er das Kreisblatt gelesen und wusste, was der Firma Wolf drohte. Aber wenn der Betrieb stillgelegt werden sollte – was hatte er damit zu tun?

Dann aber dämmerte es ihm … Im selben Moment war es mit seiner guten Laune vorbei.

»Und deshalb kommen Sie zu mir?«, fragte er. »Ausgerechnet?«

Sie nickte.

Tommy hatte Mühe, die passenden Worte zu finden. »Um ehrlich zu sein, Fräulein Wolf, Ihre Bitte bringt mich ein wenig in Verlegenheit. Ich meine, so wie die Firma Ihres Vaters mit meiner Mutter umgesprungen ist …«

»Ich … ich weiß nicht, wovon Sie reden.«

»Meine Mutter hat früher als Putzfrau die Büroräume der Firma Wolf gereinigt.«

»Ja und?«

»Nun, damals sind Dinge passiert, die es mir schwermachen – wie soll ich mich ausdrücken?«

»Ich habe nicht die geringste Ahnung, worauf Sie anspielen …«

»Wirklich nicht?«

Tommy blickte sie an. Sagte sie die Wahrheit? Oder tat sie nur so, damit er ihr trotz allem, was damals geschehen war, half? Während er ihr in die Augen schaute, erwiderte sie seinen Blick. Nein, sie hatte keine Ahnung. Aus ihren Augen sprach nichts als Angst und Verzweiflung.

»Was immer damals passiert sein mag«, sagte sie, »wenn meine Bitte Sie in Verlegenheit bringt, dann … dann …« Sie sprach den Satz nicht zu Ende. »Bitte entschuldigen Sie die Störung.«

Sie schickte sich an zu gehen, doch sie hatte sich noch nicht umgedreht, da sprang Tommy aus seinem Waggon, um sie zurückzuhalten.

»Ach was«, sagte er. »Natürlich helfe ich Ihnen, wenn ich kann. Aber kommen Sie erst mal ins Warme. Sie erfrieren ja.«

24 Als Ulla den Waggon betrat, spielte dort ein Radio.

Wir sagen euch an, den lieben Advent.
Sehet die vierte Kerze brennt.
Gott selber wird kommen, er zögert nicht.
Auf, auf, ihr Herzen, und werdet licht.

Während Tommy die Tür hinter ihr zuzog, streifte sie sich die Handschuhe ab. In dem Waggon war es viel wärmer als zu Hause in der elterlichen Villa.

»Möchten Sie nicht auch den Rest ablegen?«, fragte er.

Irritiert drehte sie sich um. Wollte er die Situation ausnutzen?

»Nicht nötig«, erwiderte sie. »Ich bleibe nur einen Moment.«

Damit er nicht auf die Idee kam, ihr trotzdem aus dem Mantel zu helfen, vergrub sie ihre Hände in den Taschen. Doch statt irgendwelche Annäherungsversuche zu machen, forderte er sie nur auf, in dem Sessel neben dem Ofen Platz zu nehmen.

»Was soll ich tun?«, fragte er, ohne sich zu setzen.

Ulla zögerte. Sie hatte sich auf dem Weg mehrere Varianten zurechtgelegt, um ihre Bitte so vorzutragen, dass er sie nicht missverstand und womöglich in den falschen Hals bekam. Jetzt aber war sie verunsichert durch die Andeutungen, die er über seine Mutter und die Firma Wolf gemacht hatte. Sie hatte wirklich nicht die geringste Ahnung, was damals geschehen war.

Als er ihr aufmunternd zunickte, entschloss sie sich, ihr Anliegen einfach und ohne Umschweife zu äußern. Mehr als nein sagen konnte er schließlich nicht.

»Von allen Leuten, die ich kenne, haben Sie die besten Beziehungen zu den Engländern. Commander Jones mag und schätzt Sie wie niemanden sonst in Altena. Und deshalb … und deshalb möchte ich Sie fragen … auch im Namen meiner Eltern, insbesondere natürlich meines Vaters, ob Sie … ob Sie vielleicht …«

Sie schaffte es nicht, den Satz zu Ende zu bringen. Sie war es einfach nicht gewohnt, jemanden um Hilfe zu bitten, erst recht nicht in so einer heiklen Angelegenheit, und es fiel ihr noch schwerer, als sie es sich vorgestellt hatte.

»Sie möchten, dass ich bei den Briten ein gutes Wort für Sie beziehungsweise die Firma Wolf einlege, nicht wahr?«

Dankbar blickte sie zu ihm auf. »Wären Sie dazu bereit?«

Jetzt war es Tommy, der zögerte. Eine Weile nagte er an seiner Lippe, und sie machte sich schon auf eine Abfuhr gefasst.

»Na gut«, sagte er schließlich. »Aber nur unter einer Bedingung.«

Mit ernster Miene, die Augen fest auf sie gerichtet, trat er auf sie zu. Sie spürte, wie ihr der Mund austrocknete und ihr Herz zu klopfen anfing. Damit beides aufhörte, entzog sie sich seinem Blick.

Doch das machte es nur noch schlimmer. Denn als sie zur Seite schaute, sah sie sein aufgeschlagenes Bett.

»Welche?«, hörte sie sich fragen.

Wieder machte er einen Schritt auf sie zu, und sein Blick wurde noch intensiver. Während sie immer tiefer in den Sessel rutschte, musste sie schlucken, und ihr Herz klopfte ihr bis in den Hals. Doch als er vor ihr stehen blieb, schwand plötzlich der Ernst aus seiner Miene, seine Züge entspannten sich, die Augen blitzten auf, und dann war da nur noch sein breites Prince-Charming-Grinsen.

»Dass ich Sie nach Hause begleiten darf!«

Erleichtert lachte sie auf. »Ich glaube, *die* Bedingung kann ich erfüllen!«

»Gut«, sagte er, »dann ziehe ich mir nur schnell was an. Unterwegs können wir ja alles besprechen.«

Freut euch, ihr Christen!
Freuet euch sehr!
Schon ist nahe der Herr …

Während er seinen Wehrmachtsmantel vom Haken nahm, spürte sie, wie ihr Puls sich wieder beruhigte, und auch der Speichel kehrte zurück. Unauffällig schaute sie sich um. Das war er also, der berühmte Eisenbahnwaggon, in dem Prince Charming Altenas Damenwelt empfing … Fast war sie ein bisschen enttäuscht – nach einer Lasterhöhle sah es hier wirklich nicht aus. Die mit Geschmack zusammengestellten Möbel hätten in jedem gutbürgerlichen Wohnzimmer stehen können. Die Wände waren tapeziert, vor den Fenstern hingen Gardinen, es gab eine Stehlampe und ein Regal voller Bücher, und gegenüber der Tür hingen Bilder, doch keine erotischen oder sonstwie anstößigen Zeichnungen oder Gemälde, sondern in Kupfer gestochene Stadtansichten von Paris und London und Rom und dazu das gerahmte Foto einer abgehärmten Frau mittleren Alters.

Seine Mutter?

»Hübsch haben Sie es hier! Hübsch und gemütlich.«

Er quittierte ihr Kompliment mit einem Lächeln. Während er sich einen Schal um den Hals wand, ließ sie ihren Blick weiterschweifen. Auf dem Tisch zwischen ihrem Sessel und dem Bett glänzte im Schein der Stehlampe eine dunkelrot lackierte Schatulle, daneben lag Bastelzeug. Wahrscheinlich hatte sie ihn gerade bei Weihnachtsvorbereitungen gestört.

»Haben Sie schon Geschenke gepackt?«

Wie von der Tarantel gestochen, fuhr er herum und griff

nach der Schatulle. Doch vor lauter Eile bekam er nur den Deckel zu fassen, so dass Ulla für einen Augenblick das Innere sah.

»Oh, eine Perlenkette?«

Statt zu antworten, verschloss er die Schachtel und legte sie zurück auf den Tisch.

»Ich bin dann so weit«, sagte er, obwohl ihm der Schal nur lose um den Hals hing und er außerdem noch keine Mütze aufhatte. »Gehen wir?«

»Natürlich.«

Kaum war sie aufgestanden, schob er sie mit sanftem Druck an dem Tisch vorbei in Richtung Tür.

Warum im Himmel hatte er es plötzlich so eilig fortzukommen?

Ihr fiel nur eine Erklärung dafür ein. War die Kette etwa für sie?

»Wenn ich bitten darf …«

Während er die Tür für sie aufschob, zog sie sich wieder die Handschuhe an. Dann warf sie einen Blick in den Spiegel, der neben der Tür hing, um den Sitz ihrer Mütze zu überprüfen.

Plötzlich stockte ihr der Atem.

Im Rahmen des Spiegels steckte ein Zettel.

Darauf stand eine Adresse.

Mit einem Frauennamen.

Barbara Wüllner.

25

Tommy blieb fast das Herz stehen. Er hatte gesehen, was sie gesehen hatte. Während er wie ein Idiot dastand, unfähig, sich zu rühren, wechselte im Radio das Programm, auf das Adventssingen folgte die Schlagerparade, und zu den Klängen von Benny de Veilles Tanzorchester sang Horst Winter seinen neuesten Hit.

Ich nenne alle Frauen Baby,
Denn das ist unerhört bequem.
Man kann sie dabei nicht verwechseln,
Das ist doch angenehm …

Endlich löste Tommy sich aus seiner Erstarrung. Er sprang zu dem Spiegel und riss den Zettel fort.

»Zu spät, Herr Weidner«, sagte Ulla.

»Sie … Sie missverstehen …«

»Was kann man da missverstehen?« Sie ließ ihren Blick von dem Zettel in seiner Hand zu der Schatulle auf dem Tisch wandern. »Eins und eins sind nach Adam Riese bekanntlich zwei.«

»Nein! Ich schwöre Ihnen, Sie irren sich!«

Mit gespielter Anerkennung nickte sie ihm zu. »So ein großzügiges Weihnachtsgeschenk! Ich bin sicher, Fräulein Wüllner wird große Freude daran haben. Sind die Perlen eigentlich echt?«

»Aber die Kette ist doch für Sie!«

»Für mich? Ach so! Schön, dass Ihnen das gerade jetzt einfällt.«

»Was muss ich tun, damit Sie mir glauben?«

Er nahm die Schatulle und reichte sie ihr.

Doch sie rührte sich nicht. Sie schaute ihn mit ihren grünen Augen an. Ihr Blick traf ihn mitten ins Herz und wühlte darin herum wie ein Messer.

»Ulla – bitte!«

Er stellte die Schatulle zurück auf den Tisch, und bevor er wusste, was er tat, nahm er ihr Gesicht zwischen die Hände, um sie zu küssen.

Im selben Moment hatte er eine Ohrfeige sitzen.

»Was fällt Ihnen ein? Glauben Sie, ich bin eins Ihrer Flittchen?«

Abrupt machte sie kehrt und wandte sich zur Tür. Doch er verbaute ihr den Weg.

»Sie müssen mir glauben! Bitte, Fräulein Wolf, ich flehe Sie an!«

Sie erwiderte seinen Blick, so kalt, dass es ihn trotz des bullernden Ofens fröstelte.

»Ich habe Ihnen einmal geglaubt, Thomas Weidner, und selbst dieses eine Mal war einmal zu viel.«

Während er sich ebenso verzweifelt wie erfolglos das Gehirn zermarterte, wie er sie von seiner Unschuld überzeugen könnte, sang Horst Winter weiter seinen albernen Song.

Nun nenn ich alle Frauen Baby,
Und ich schmeichel mich bei jeder ein.
Keine weiß von einer anderen,
Hält sich für Baby allein.

Ulla zuckte die Schulter. »Aber was beklage ich mich? Eigene Dummheit! Was soll man von einem wie Ihnen auch erwarten?«

Ihre Worte trafen ihn noch schmerzhafter als ihre Ohrfeige.

»Einem wie mir?«, wiederholte er.

Ihr Gesicht füllte sich mit Verachtung. »Ja, einem wie Ihnen. Einem, der noch nicht mal den Namen seines Vaters kennt.«

Tommy spürte, wie ihm das Blut aus dem Gesicht wich.

»Das hätten Sie besser nicht gesagt …«

Auch sie wurde blass. »Bitte verzeihen Sie. Das … das habe ich nicht so gemeint.«

Tommy hörte ihre Worte, doch er ließ sie nicht in sein Gehirn. Statt ihren Blick zu erwidern, schaute er auf das Bild seiner Mutter. Ihr halbes Leben hatte sie putzend auf Knien verbracht, für ihn, und sich buchstäblich die Haut von den Händen geschrubbt, damit er es eines Tages einmal besser haben sollte als sie …

Plötzlich empfand er nur noch kalte Wut.

»Doch«, sagte er. »Das haben Sie so gemeint, Fräulein Wolf. Jedes einzelne Wort.«

Noch während er sprach, packte er sie am Arm und stieß sie hinaus in die Nacht.

»Fort! Verschwinden Sie! Und lassen Sie sich hier nie wieder blicken!«

TEIL DREI

Licht

Weihnachten 1946

»In ihm war das Leben, und das Leben war das Licht der Menschen. Und das Licht scheint in der Finsternis …«

EVANGELIUM NACH JOHANNES,
KAPITEL 1, VERS 4 – 5

1 Inzwischen zeigte das Thermometer auf unter minus zwanzig Grad bei Tag und bis zu minus dreißig Grad bei Nacht, und obwohl Zittern praktisch zur einzigen Möglichkeit geworden war, sich in der sibirischen Kälte zu wärmen, erfasste die Menschen, die an diesem dunklen Morgen auf ihrem Weg zur Arbeit vor den Litfaßsäulen und Plakatwänden stehenblieben, um die neuesten Ankündigungen und Verordnungen zu lesen, eine so freudig erregte Stimmung, als wäre plötzlich der Frühling ausgebrochen. Grund dafür war ein Anschlag des britischen Stadtkommandanten Major Jones, mit dem dieser die Altenaer Bevölkerung für den ersten Weihnachtstag zu einer Feier in den Saalbau Lennestein einlud, zu einem friedlichen Beisammensein, bei dem man gemeinsam der Ankunft des Herrn gedenken wolle.

Eintritt auf Vorlage des Unbedenklichkeitsscheins.
Eltern mit Kindern bevorzugt.
Ansonsten gilt die Reihenfolge des Erscheinens.

Nur einige wenige Passanten, denen die Bescheinigung politischer Unbedenklichkeit verweigert worden war, eilten nach einem flüchtigen Blickt weiter zur Arbeit, die anderen aber schauten einander mit leuchtenden Augen an. Denn die Einladung enthielt einen Zusatz, der sie schon im Voraus wärmte und ihnen buchstäblich das Wasser im Munde zusammenlaufen ließ.

Der Saal wird beheizt.
Für Speisen und Getränke ist gesorgt.

Kein schöneres Weihnachtsgeschenk konnten die Altenaer sich in diesem eisigen Hungerwinter wünschen. Hatten sie zu Beginn des Monats noch gehofft, dass der außergewöhnliche Kälteeinbruch eine Sache von nur wenigen Tagen sei, hatte die Lage sich tatsächlich von Adventswoche zu Adventswoche immer mehr verschlimmert. Während die Lenne vollständig zugefroren war, hatte der Frost den Boden so hart werden lassen, dass man auf den Friedhöfen keine Gräber mehr ausheben konnte. Beerdigungen waren darum nicht mehr möglich, und die Särge stapelten sich in den Leichenhallen bis unter die Decke. Auf den vereisten Straßen war der Verkehr fast vollständig zum Erliegen gekommen, selbst die Schnurre aus Lüdenscheid schaffte es nur noch selten durch die Rahmede in die Stadt, und da aufgrund des Dauerfrostes in den Wäldern kaum noch Holz geschlagen werden konnte, gingen die ohnehin spärlichen Vorräte an Heizmaterial überall zur Neige. Die Folgen waren vermehrte Stromsperren, Arbeitsausfälle in den Fabriken und noch längere Schlangen vor den Bäckereien, Milch- und Gemüseläden, vor denen die Menschen oft stundenlang für einen Laib Brot, ein paar Gramm Fett oder eine Handvoll Zwiebeln anstehen mussten. Denn die Zuteilungen für Lebensmittel waren ebenso gekürzt worden wie die Zuteilungen für Kohle und Koks, Brenn- und Tankholz. Zu den zweieinhalb Pfund Brot und zwei Pfund Mehl, auf die seit der letzten Verknappung jeder Normalverbraucher pro Woche nur noch Anspruch hatte, kamen im Monat gerade mal zweihundert Gramm Butter und ein halbes Pfund Zucker hinzu sowie, wenn man Glück hatte, alle acht bis zehn Tage ein Liter Magermilch. Sogar die markenfreien Schulspeisungen mussten herabgesetzt werden, auf einen Wert von dreihundert Kalorien pro Schultrank – ein Achtel Liter entrahmter Frischmilch mit Nährmehl und ein bisschen Kakaopulver zur Geschmacksverbesserung. Lediglich Kartoffeln gab es dank einer Sonderzuteilung in größeren Mengen und waren fast überall zu kaufen. Doch die meisten Knollen wiesen so starke Frostschäden auf, dass sie im aufgetauten Zustand einem in den Händen zermatschten und es deshalb oft nicht möglich war, sie zum Verzehr zuzubereiten.

Da erschien den Altenaern die Einladung in den Lennestein wie ein kaum noch erhofftes Licht in der Finsternis. Und manche deuteten sie gar als ein Zeichen, dass die Zeit der Not und des Elends irgendwann vielleicht doch noch ein Ende haben könnte.

2

Auch Benno entdeckte auf dem Weg zur Arbeit den Anschlag des Stadtkommandanten, vor der Litfaßsäule am Westfälischen Hof hatten sich so viele Menschen versammelt, dass er trotz des fürchterlichen Brummschädels, mit dem er an diesem Morgen aufgewacht war, neugierig stehen blieb. Kaum hatte er die Bekanntgabe gelesen, war er hellwach. Eine Weihnachtsfeier im geheizten Lennestein – mit Speisen und Getränken? Was für eine wunderbare Vorstellung! Doch die Ernüchterung folgte auf dem Fuße. Wenn Eltern mit Kindern bevorzugt wurden, würde ein Junggeselle wie er kaum Einlass finden, auch wenn er politisch so unbelastet war wie sein Chef oder ein neugeborenes Baby.

Während er durch die Bachstraße die Nette hinauflief, pochte und klopfte es in seinem Schädel, als befände sich darin ein Hammerwerk, und sein Magen war so aufgebracht, dass er nur mit Mühe sein karges Frühstück bei sich behielt. Er konnte sich nicht erinnern, in seinem Leben je zuvor einen solchen Kater gehabt zu haben, weder die Tasse Bohnenkaffee, die seine Zimmerwirtin ihm statt des üblichen Muckefuck spendiert hatte, noch die eiskalte Morgenluft verschafften seinem Elend Linderung.

Aber war das ein Wunder?

Er hatte längst im Bett gelegen, als Tommy mitten in der Nacht bei ihm aufgekreuzt war, mit einer Flasche selbstgebranntem Schnaps, die sie bis auf den letzten Tropfen geleert hatten. Tommy war schon bei der Ankunft in einem entsetzlichen Zustand gewesen, völlig betrunken und so durcheinander, dass er kaum einen verständlichen Satz herausgebracht hatte. Doch noch entsetzlicher als sein Zustand war, was er fluchend und lallend berichtete. Er, bei dem sich früher Altenas Frauen die Klinke in die Hand gegeben hatten, hatte Ulla Wolf aus seinem Waggon geworfen – ausgerechnet Ulla Wolf! Und jetzt stand er im Begriff, die größte Dummheit seines Lebens zu begehen, eine Dummheit, die er womöglich nie wiedergutmachen konnte. Benno hatte sich den Mund fusselig geredet, um ihn davon abzuhalten, ihm mit tausend Beispielen vor Augen geführt, dass es immer eine zweite Chance gab, aber sein Freund war für kein Argument mehr zugänglich gewesen. Ulla Wolf hatte ihn so sehr verletzt, dass er nichts mehr von ihr wissen wollte. Das behauptete er zumindest. Dabei war doch klar wie Kloßbrühe, dass er sie nach wie vor liebte, ja mehr noch liebte denn je, was immer er auch sagte oder selber glaubte …

Als Benno den Holländer erreichte, schlug gerade die Glocke des Nettedömchens an. Um Himmels willen, war es schon acht? Sofort beschleunigte er seinen Schritt, der Chef hasste Unpünktlichkeit!

Doch als er fünf Minuten später im Büro ankam, war der Chef nicht am Platz, nur seine Sekretärin, Fräulein Hänsel, saß an ihrem Schreibtisch, um ihn mit ungnädiger Miene zu empfangen.

»Du sollst dich in Halle eins melden – sofort! Es ist schon fünf nach acht!«

3

Unrasiert und ohne Fliege, noch im Pyjama und Morgenrock unter dem alten Gehpelz und die nackten Füße in Hausschuhen steckend, stand Eduard in Halle eins, ohne die Eiseskälte dieses Morgens zu spüren, unfähig zu begreifen, was er doch mit eigenen Augen sah. Oberbuchhalter Plassmann, der, seit seine Frau im Frühjahr 43 an einer Lungenentzündung gestorben war, jeden Morgen als Erster im Büro erschien, um vor der Arbeit am Schreibtisch sein Frühstück zu sich zu nehmen, weil er die Einsamkeit zu Hause nicht ertrug, hatte in der Villa Sturm geläutet, als Eduard gerade ins Bad gegangen war, um mit der Morgentoilette zu beginnen.

Nein, es hatte alles nichts genützt, weder der Artikel im Kreisblatt noch die Diskussion mit Major Jones über Coventry und Dresden im Allgemeinen und Altena im Besonderen. Die Engländer hatten ihre Ankündigung wahr gemacht und mit der Demontage begonnen. Zwei Offiziere, dieselben, die schon einmal in der Firma erschienen waren, um die Inventarliste zu erstellen, waren an diesem Morgen zurückgekommen, zusammen mit einem Dutzend Soldaten, um die Maschinen der Firma

Wolf abzubauen, als Reparationsleistung für den verlorenen Krieg.

»Herr Wolf?«

Als Eduard sich umdrehte, stand Benno Krasemann vor ihm, sein kaufmännischer Lehrling.

»Was ist?«

»Fräulein Hänsel hat mich geschickt. Sie wollten mich sprechen?«

»So, wollte ich das?«

Eduard konnte sich nicht erinnern, dass er seiner Sekretärin eine entsprechende Anweisung gegeben hatte. Fragend schaute er seinen Lehrling an. Doch der hatte den Kopf gesenkt und blickte irritiert auf die karierten Hausschuhe seines Chefs, die unter den Hosenbeinen des gestreiften Pyjamas hervorlugten.

»Kann ich irgendetwas für Sie tun, Herr Wolf?«

Eduard wusste nicht, wohin mit seinen Füßen. Auch ein paar Arbeiter beäugten ihn verwundert von ihren Maschinen aus. So weit war es schon mit ihm gekommen, dass er sich in einem solchen Aufzug seinen Leuten präsentierte.

Resigniert schüttelte er den Kopf.

»Nein, Benno, es gibt nichts mehr für dich zu tun, nicht in dieser Firma.« Plötzlich erinnerte er sich, weshalb er den Stift hatte rufen lassen. »Was ich dich fragen wollte – hast du dich eigentlich schon nach etwas anderem umgesehen?«

»Nein, das … das habe ich nicht«, stammelte Benno. »Ich meine, nach Ihrer Rede auf der Betriebsversammlung neulich, da haben wir ja alle geglaubt, dass die Firma Wolf …« Er brachte den Satz nicht zu Ende.

Eduard nickte. »Ich fürchte, dann wird es höchste Zeit. Du siehst ja, was hier los ist.«

Er deutete auf den neuen Drahtzug, an dem sich gerade vier

britische Soldaten zu schaffen machten. Mit riesigen Schraubenschlüsseln hatten sie die Bolzen gelöst, mit denen der Unterbau im Boden verankert gewesen war, um die Ziehmaschine nun, verfolgt von den Blicken der Arbeiter, die auf diese Weise ihrer Arbeit beraubt wurden, auf einen Hubwagen zu wuchten.

»Dann ist es also wirklich so weit?«, fragte Benno.

»Ja, mein Junge, das ist es. Geh ins Büro und hol deine Papiere. Fräulein Hänsel weiß Bescheid.«

Ohne ein weiteres Wort ließ Eduard den Lehrling stehen, und während Tränen seinen Blick verschleierten, eilte er in seinen Pantoffeln aus der Fabrik, die nicht mehr seine Fabrik war.

4

Wie an den meisten Wochentagen war Ulla auch an diesem Morgen gleich nach dem Frühstück mit Gundel in die Stadt gegangen, um in der Flüchtlingshilfe zu helfen. Doch anders als in den letzten Wochen fieberte sie heute nicht dem Feierabend entgegen – im Gegenteil, am liebsten hätte sie heute den Feierabend einfach ausfallen lassen.

Doch unbeirrbar schritten die Zeiger auf der Wanduhr über dem Eingang voran, ohne sich von ihren Wünschen aufhalten zu lassen, und irgendwann war es so weit. Herr Kraftczyk blickte mit erhobenen Brauen erst auf die Wand-, dann auf seine Armbanduhr, die letzten Kleidungsstücke wurden ausgegeben, und während der Leiter der Flüchtlingshilfe die Ausgabebücher schloss und die anderen Helfer sich für den Heimweg fertigmachten, drängte Wachtmeister Trippe die noch verbliebenen Antragsteller zur Tür hinaus, um sie auf den nächsten Tag zu vertrösten.

Als Ulla ins Freie trat, wartete wie jeden Abend Benno Krasemann vor der Wärmestube, um Gundel abzuholen. Doch diesmal stand er allein unter seiner Laterne im Bungern, ohne seinen Freund.

Unwillkürlich schaute Ulla sich in der Dunkelheit um. Ob er vielleicht doch noch kam?

»Nein«, sagte Benno Krasemann. »Er kommt nicht. Und er wird auch nicht kommen. Obwohl ich alles versucht habe.«

»Ich weiß nicht, wovon Sie reden.«

»Ich rede von Tommy und Ihnen.« Statt Gundel mit einem Kuss zu begrüßen, trat er auf Ulla zu. »Wenn er nicht über seinen Schatten springen kann – wollen Sie dann nicht den ersten Schritt tun? Er leidet ganz fürchterlich.«

»Ach so? Glauben Sie?«

»Ich glaube das nicht, ich *weiß* es. Ich habe ihn noch nie in einem solchen Zustand erlebt. Nicht mal im Schützengraben, wenn uns die Granaten um die Ohren flogen.«

Ulla zögerte. Obwohl die Vorstellung, dass Tommy genauso litt wie sie, sie im tiefsten Herzen berührte, verspürte sie gleichzeitig Wut. Wenn es ihm tatsächlich so schlecht ging, wie Benno Krasemann behauptete, warum war er dann nicht da, um sie um Verzeihung zu bitten?

»Nein«, sagte sie. »Es ist aus – aus und vorbei! Ich will mit diesem Menschen nie wieder etwas zu tun haben!«

Sie warf den Kopf in den Nacken und eilte davon, hinaus in die kalte, dunkle Nacht, so schnell sie konnte, bevor Gundel und Benno Krasemann auf die Idee kamen, sie zu begleiten.

Sie wollte jetzt allein sein.

Sie *musste* jetzt allein sein!

Doch sie war nicht allein. Tommy war bei ihr, verfolgte sie wie ein Schatten, auf Schritt und Tritt. Es war, als würde sie über ein vermintes Feld laufen, wo genau jene Gefahr auf sie lauerte, der sie entfliehen wollte. Jedes Gebäude, jedes Geschäft, an dem sie vorüberkam, erinnerte sie an ihn, an die wunderbaren Abende, wenn er sie von der Flüchtlingshilfe abgeholt hatte, um sie nach Hause zu bringen. Sie hörte seine Stimme, sein Lachen, sah sein verfluchtes Prince-Charming-Grinsen, das sie so sehr mochte, die Grübchen auf seinen Wangen, wusste, wann und wo er über welches Thema gesprochen, wann und wo er welchen Witz gemacht hatte. Und wann und wo er sie angeschaut, wann und wo er sie angelächelt, wann und wo er ihre Hand genommen und sie berührt hatte …

Sie wissen schon, dass Sie einen fürchterlichen Ruf haben, Thomas Weidner?

Auf der Höhe von Mode Vielhaber hatte sie ihm die Frage gestellt. Und dann hatte er in einer Weise ihren Blick erwidert, dass sie gar nicht anders gekonnt hatte, als ihn zu küssen. Doch er hatte ihren Kuss abgewehrt, trotz seines Verlangens, das sie so deutlich gespürt hatte wie ihr eigenes. Weil Jürgen Rühling auf der anderen Straßenseite gestanden und sie beobachtet hatte.

Wäre sie ihm nur niemals begegnet …

Fröstelnd schlug sie den Mantelkragen hoch und ging weiter. Nein, sosehr sie ihn jetzt auch vermisste, sosehr sie sich nach ihm sehnte, er war und blieb nun mal der Mensch, der er war, ein hoffnungsloser, unverbesserlicher Schürzenjäger, ein Hallodri, der einer Frau nur den Hof machte, um sie mit einer anderen zu betrügen – egal aus welchen Gründen.

Um nicht länger an ihn denken zu müssen, zählte sie im Geist ihre Schritte – dreiundneunzig, vierundneunzig, fünfundneunzig … –, und wenn sie sich verhedderte, weil ihre Gedanken ja doch immer wieder zu ihm zurückkehrten, noch bevor sie bei hundert angelangt war, fing sie wieder von vorne an.

Eins, zwei, drei, vier, fünf, sechs, sieben, acht, neun, zehn, elf, zwölf, dreizehn …

Ich bin die Tugendhaftigkeit in Person – fragen Sie meinen Beichtvater!

Eins, zwei, drei, vier, fünf, sechs, sieben, acht, neun, zehn, elf …

Ja, einer wie Sie! Der nicht mal den Namen seines Vaters kennt! …

Ach, es tat ihr so leid, so unendlich leid, was sie gesagt hatte, und sie hätte alles dafür gegeben, um ihre Worte ungeschehen zu machen. Doch sie hatte die Worte gesagt, sie ihm regelrecht ins Gesicht gespuckt, und es gab keine Möglichkeit, sie zurückzunehmen.

Fort! Verschwinden Sie! Und lassen Sie sich hier nie wieder blicken!

Eins, zwei, drei, vier, fünf, sechs, sieben …

Lautes Motorenbrummen riss sie aus ihren Gedanken. Ein britischer Militärlastwagen kam ihr entgegen, beladen mit Maschinen der Firma Wolf.

Ulla blieb stehen und schloss die Augen.

Sie hatte alles vermasselt – einfach *alles*!

5

Morgen, Kinder, wird's was geben,
Morgen werden wir uns freu'n.
Welch ein Jubel, welch ein Segen
Wird in unserm Hause sein …

Aus dem Lautsprecher der Musiktruhe tönten leise Weihnachtslieder, und auf dem Adventskranz brannten alle vier Kerzen und tauchten den Salon in ihr mildes Licht. Doch Eduards Hoffnung war erloschen. Während Christel auf eine Trittleiter stieg, um mit einem Straußenwedel die Blätter ihres Gummibaums abzustauben, starrte er mit blinden Augen in die Flammen, ohne den Kinderchor zu hören.

»Halle eins haben sie schon fast leer geräumt. Wie soll das nur weitergehen?«

Er hob den Kopf, um seine Frau anzuschauen. Doch statt seinen Blick zu erwidern, kümmerte sie sich weiter um ihren Ficus.

»Zwei Weltkriege haben wir überstanden. Also werden wir damit wohl auch noch fertig.«

»Das Lebenswerk meiner Vorfahren, alles, was sie in Jahren und Jahrzehnten aufgebaut haben – aus und vorbei …«

»Hör auf, dich zu grämen, Eduard.« Sie legte den Staubwedel ab und nahm den Wassersprenger, mit dem Betty sonst die Bügelwäsche befeuchtete, um die Blätter ihrer Pflanze einzusprühen. »Solange mein Ficus wächst und gedeiht, kann nichts und niemand uns etwas anhaben.«

»Ich weiß, meine Liebe, du meinst es nur gut, und das rechne ich dir hoch an. Aber ich fürchte, dein Ficus kann uns diesmal nicht helfen. – Wirklich nicht«, fügte er mit einem tiefen Seufzer hinzu.

Er fühlte sich so allein wie noch nie zuvor in seiner Ehe. Egal, was Christel sagte – die Firma war doch ihr aller Leben, und wenn es die Firma nicht mehr gab …

Dreimal werden wir noch wach,
Heißa, dann ist Weihnachtstag …

Die Tür ging auf, und Betty kam herein, vermummt in einem dicken Mantel und mit vor Kälte geröteten Wangen.

»Schauen Sie mal, was ich habe!« Mit beiden Händen schleifte sie einen Tannenbaum hinter sich her. Der Baum war so groß, dass er kaum durch den Türrahmen passte.

Christel strahlte. »Du hast tatsächlich noch einen bekommen? Und dann ein solches Prachtstück? Das ist ja wunderbar!«

»Ist auch teuer genug gewesen«, brummte Betty. Doch ihre Augen verrieten, dass sie vor Stolz fast platzte, als sie den Baum zu seiner vollen Größe aufrichtete. »Bauer Eick hat mir drei Packungen Zigaretten dafür abgeknöpft. So ein Wucher!«

»Reg dich nicht auf, meine Gute – so sind die Zeiten nun mal! Und Weihnachten ist uns doch wohl ein paar Zigaretten wert, nicht wahr? Zumal in unserer Familie ja Gott sei Dank sowieso niemand raucht.« Christel stieg von der Leiter, um den Baum aus der Nähe zu bewundern. »Seht nur, wie die vereisten Zweige im Kerzenschein glitzern und funkeln. Als wären sie aus Kristall.«

»Na, Hauptsache, Sie sind zufrieden.«

»Aber warum bringst du ihn jetzt schon ins Haus? Es ist noch zu früh, um ihn aufzustellen. Hier nadelt er ja nur.«

»Sicher ist sicher. Draußen macht er sich sonst selbständig. Die Leute klauen ja wie die Raben.«

»Aber doch keinen Weihnachtsbaum! So weit sind wir ja wohl noch nicht. – Nein«, fuhr Christel mit erhobener Stimme fort, als Betty etwas erwidern wollte, »bring ihn von mir aus hinters Haus, wenn du sonst keine Ruhe hast. Da kommt niemand hin. Aber hier drinnen hat er bis Heiligabend nichts verloren. Wir sind ja nicht bei den Hottentotten.«

Widerwillig folgte Betty der Aufforderung. Während sie mit dem Baum in der Diele verschwand, trat Christel ans Radio, um die Musik lauter zu stellen.

Wie wird dann die Stube glänzen
Von der großen Lichterzahl.
Schöner als bei frohen Tänzen
Im geputzten Lichtersaal …

Leise summend stieg sie wieder auf die Leiter, und mit einem seligen Lächeln fuhr sie mit der Pflege ihres Ficus fort.

»Ach, ich kann gar nicht sagen, wie sehr ich mich auf das Fest freue. Ein bisschen Licht in all der Finsternis.«

Eduard hätte ihr zu gern beigepflichtet, aber das konnte er nicht.

»Um ehrlich zu sein«, sagte er, »fast wünschte ich mir, Weihnachten fände dieses Jahr gar nicht erst statt.«

6

Schnatternd vor Kälte bereitete Gundel sich im Bad auf die Nacht vor. Wie so oft in letzter Zeit musste sie dies bei Kerzenlicht tun. Während des Abendessens, kaum dass der Vater das Tischgebet gesprochen hatte, war wieder einmal der Strom ausgefallen, so dass es kein elektrisches Licht in der Villa gab. Und natürlich versagte auch der Boiler seinen Dienst. Das Wasser war so kalt, dass Gundel es bei einer kurzen Katzenwäsche beließ, und als sie nach dem Zähneputzen einen Schluck in den Mund nahm, um die Zahnpasta fortzuspülen, schmerzten ihre Zähne, als würde Dr. Kamrad sie mit seinem Bohrer traktieren.

Ach, wäre das nur ihre einzige Sorge …

Viel schlimmer als Stromausfall und Zahnschmerzen war ihre Angst um Benno. Es stand so schlecht um die Firma Wolf, dass der Vater ihm heute geraten hatte, sich um eine andere Stelle zu bemühen, ja, er hatte ihn sogar schon aufgefordert, bei Fräulein Hänsel seine Papiere abzuholen. Obwohl Benno das nicht getan hatte, weil er nach wie vor hoffte, das Blatt könne sich immer noch zum Guten wenden, wollte Gundel sich gar nicht vorstellen, was passieren würde, wenn die Firma Wolf tatsächlich den Betrieb einstellen musste. Wie sollte es dann mit Benno und ihr nur weitergehen?

Sie nahm den Kerzenleuchter und verließ das Badezimmer. Im Flur warf das Licht tanzende Schatten an die Wände. Die Schatten erinnerten sie an die Bilder der Laterna magica, die ihr großer Bruder Richard ihr zum sechsten Geburtstag geschenkt hatte, und obwohl sie längst kein Kind mehr war, wurde ihr ein wenig unheimlich. Frierend raffte sie die Schöße ihres Bademantels und eilte den Gang entlang zu ihrem Zimmer.

Als sie an der Schlafstube der Eltern vorüberkam, hörte sie von drinnen ein leises, unterdrücktes Schluchzen. Sie blieb stehen, um zu lauschen.

Kein Zweifel, das Schluchzen stammte von ihrem Vater.

Sein einsamer Kummer zerriss ihr das Herz. Was konnte sie tun, um ihm zu helfen? Sie dachte kurz nach, dann hatte sie eine Idee, und statt in ihr Zimmer zu gehen, klopfte sie an der Tür ihrer Schwester.

»Bist du noch wach?«

Ulla antwortete nicht. Seltsam, durch die Ritze drang doch Licht! Leise drückte Gundel die Klinke herunter, um nachzuschauen.

Tatsächlich, ihre Schwester war noch auf – sie hatte sich nicht mal zur Nacht umgezogen. In ihren Kleidern saß sie auf dem Bett, obwohl es im Raum so kalt war, dass man den Atem sehen konnte. Mit dem Rücken an die Wand gelehnt und die Knie vor der Brust angewinkelt, starrte sie ins Leere, während nur eine bis auf den Stumpf heruntergebrannte Kerze auf ihrem Nachtkasten das Zimmer beleuchtete.

»Ich mache mir Sorgen«, sagte Gundel. »Um Papa.«

Ihre Schwester rührte sich nicht.

»Ulla? Hast du nicht gehört, was ich gesagt habe?«

Sie zuckte nicht mal mit der Schulter, als wäre sie in der Kälte erstarrt.

»Papa kann nicht schlafen. Ich habe im Flur gehört, wie er weint. Ich … ich habe Angst, dass er sich womöglich was antut …«

Ulla reagierte immer noch nicht, weder sagte sie einen Ton, noch schaute sie auf.

Gundel zögerte. »Ich weiß zwar nicht, was zwischen Tommy Weidner und dir vorgefallen ist. Aber könnte er nicht vielleicht ein gutes Wort für Papa bei Commander Jones einlegen?«

Endlich erwachte Ulla aus ihrer Erstarrung.

»Bist du wahnsinnig?«

»Bitte, Ulla! Um der Firma willen! Sie ist doch unser Leben! Und Tommy Weidner ist der einzige Mensch, der … ich meine, damit Papa in seiner Verzweiflung nicht am Ende …«

Sie verstummte. Sie brachte es einfach nicht über sich, den Gedanken auszusprechen.

»Ach, Ulla. Wie kannst du nur so hartherzig sein?«

Als ihre Schwester den Blick hob, standen ihre Augen voller Tränen.

»Ich will den Namen Thomas Weidner nie wieder hören!«, sagte sie mit vor Erregung zitternder Stimme. »Hast du verstanden? Nie, nie wieder! Ein für alle Mal!«

7

Der Rittersaal auf Burg Altena war der schönste und prächtigste Saal in der Stadt, mit Eichenbalken an der Decke, bleiverglasten Fenstern und holzgetäfelten Wänden, an denen imposante Ölgemälde hingen. Hier fand der wöchentliche Tanzkurs für die britischen Besatzungsoffiziere und die hübschesten »Frolleins« von Altena statt, den Tommy Major Jones für dessen Erlaubnis versprochen hatte, Tanzabende auf eigene Rechnung im Saalbau Lennestein veranstalten zu dürfen. Bennos Befürchtung, dass die um die Tugend ihrer Töchter besorgten Altenaer Mütter einen Strich durch Tommys Pläne machen könnten, hatte sich zum Glück nicht bewahrheitet – Zigaretten und Schokolade hatten die moralischen Bedenken der Mütter wie erhofft zerstreut.

Fräulein, könnse linksrum tanzen?
Linksrum ist der Clou vom Janzen …

Da der Stadtkommandant wie besessen war von allem, was seiner Meinung nach »typisch deutsch« war, hatte Tommy eine Platte mit Altberliner Walzerliedern besorgt – das halbe Ruhrgebiet hatte er danach abgeklappert, bevor er bei Musikalienhandel Möck in Iserlohn fündig geworden war. Der Aufwand hatte sich jedoch gelohnt. Jetzt strahlte Major Jones über das ganze Gesicht, während er Barbara Wüllner im Kreis herumwirbelte. Dabei war es allerdings fraglich, ob es wirklich nur die Musik war, die solches Temperament in ihm entfachte, oder nicht vielmehr seine Tanzpartnerin, die mit ihren blonden Haaren und der üppigen Figur mindestens ebenso »typisch deutsch« war wie ein Wiener Walzer.

»Eins, zwei, drei … Eins, zwei, drei …«

Während Tommy den Takt vorgab, hatte er Mühe, nicht

selbst aus dem Takt zu geraten. Der Grund dafür war nicht sein Brummschädel, den er dem nächtlichen Besäufnis mit Benno verdankte, sondern seine letzte Begegnung mit Ulla. Die ganze Zeit musste er daran denken, wie er zum ersten Mal mit ihr getanzt hatte. Es war einfach perfekt gewesen, als hätten sie beide nie etwas anderes getan. Wie lange war das her? Drei Wochen? Drei Jahre? Drei Stunden? Damals hatte er geglaubt, mit dieser Frau ein neues Leben anzufangen, nur noch mit ihr, der ersten und einzigen Frau, die er wirklich und wahrhaftig geliebt hatte. Und die er immer noch liebte.

Und genau deshalb hielt er es nicht länger aus.

Obwohl die Stunde noch nicht herum war, schaltete er das Grammophon ab und klatschte in die Hände.

»Schluss für heute! Thank you very much, ladies and gentlemen.«

Enttäuscht ließen die Paare einander los. Einige Offiziere protestierten.

»Why are you stopping the party?«

»There's at least another ten minutes to go!«

»Come on, boy. Just one more waltz!«

Tommy ließ sich nicht erweichen. Er hatte seinen Entschluss gefasst. Jetzt oder nie!

»I'm sorry! The party is over! Urgent reasons!«

Widerwillig fügten sich die Paare in ihr Schicksal. Während die Offiziere sich bei ihren Partnerinnen bedankten und sie mit kleinen Geschenken für zu Hause versorgten, sammelte Tommy noch einmal seinen Lohn ein – von jedem Offizier eine Packung Johnny Player. Er würde die Zigaretten in den nächsten Tagen dringend brauchen.

Als Letzter lieferte Major Jones seinen Obolus ab.

»Well done, Prince Charming.« Voller Anerkennung klopfte

er ihm auf die Schulter und drückte ihm drei Päckchen auf einmal in die Hand. »Frollein Barbara is really wonderful!«

Beschämt von der Großzügigkeit des Kommandanten, fiel es Tommy noch schwerer zu sagen, was er zu sagen hatte. Doch bevor er den Mund aufbekam, zückte Major Jones seine Pfeife und richtete sie wie eine Pistole auf ihn.

»Übrigens, ich habe noch ein Attentat auf Sie vor! Ich brauche Ihre Hilfe. Für unsere Feier im Lennestein.«

»Im Lennestein?«, wiederholte Tommy wie ein Idiot. »Aber … das ist … ich meine, das ist – *unmöglich*!«

Major Jones hob verwundert die Brauen: »Unmöglich?«

»Yes, Sir. Weil … weil ich dann gar nicht mehr in Altena bin!«

»Was sagen Sie da?« Der Kommandant zog ein Gesicht, als verstünde er plötzlich kein Deutsch mehr. »Heavens, was ist denn das für ein Nonsense?«

Tommy wusste nicht, wie er es sagen sollte. Doch da ihm nichts einfiel, sagte er einfach, wie es war.

»Ich verlasse noch heute die Stadt, Commander. Für immer!«

8

Die Luft schmeckte nach Eis und Schnee und Rauch, als Benno und Gundel aus der Schalterhalle des Altenaer Bahnhofs ins Freie traten, alle anderen Gerüche waren in der seit Wochen herrschenden Eiseskälte abgestorben. Nur in der Unterführung, die zu den Gleisen führte, stank es wie immer scharf nach Urin, so dass sie den Atem anhalten mussten, als sie den Tunnel durchquerten. Bennos Vater hatte mit dem Onkel vereinbart, dass er sich noch vor Weihnachten in Düsseldorf vorstellen sollte, damit er im Fall der Fälle gleich zu Beginn des neuen Jahres in dessen Schuhgeschäft anfangen konnte.

Jetzt standen sie am Bahnsteig, um voneinander Abschied zu nehmen, inmitten ganzer Heerscharen Heimatvertriebener und Flüchtlinge, die mit ihren Kindern und Koffern und Karren in banger Hoffnung darauf warteten, von Altena aus zu den ihnen angewiesenen Wohnorten weitergeleitet zu werden, entweder nach Süden ins Sauerland oder nach Norden ins Ruhrgebiet, um dort eine neue Heimat zu finden.

»Ich weiß gar nicht, was ich dir wünschen soll«, sagte Gundel.

Benno wusste nur zu gut, was sie meinte. Auch wenn er immer noch hoffte, dass das Blatt sich vielleicht doch noch zu ihren Gunsten wenden könnte, irgendwie, hatte er sich nicht dem Willen des Vaters widersetzt. Das hätte bedeutet, sein Schicksal mit Füßen zu treten. In Düsseldorf hatte er Aussicht auf Arbeit und Brot! Wer konnte das in diesen Zeiten schon von sich behaupten?

»Dann wünsch mir einfach eine gute Reise.«

Statt einer Antwort stellte sie sich auf die Zehenspitzen, und, ohne auf die vielen Menschen um sie her zu achten, gab sie ihm einen Kuss.

»Viel Glück!«, flüsterte sie, als ihre Lippen sich voneinander lösten.

Benno schaute sie an. Wünschte sie ihm das wirklich? Die Tränen, die in ihren braunen Augen glänzten, straften ihre Worte Lügen.

»Kopf hoch«, sagte er, obwohl er nicht weniger traurig war als sie. »Morgen bin ich ja schon wieder zurück.«

»Ich weiß. Aber was, wenn dein Onkel dich wirklich dahaben will und du nach Weihnachten für immer in Düsseldorf bleibst?«

»Jetzt warte doch erst mal ab. Ich bin sicher, der liebe Gott meint es gut mit uns.«

»Ich glaube nicht, dass der liebe Gott sich um uns kümmert.«

»Den lieben Gott darf man nie unterschätzen! Vielleicht hat mein Onkel ja gar keine Verwendung für mich. Oder er hält mich für ungeeignet, weil ich nicht elegant genug bin für sein vornehmes Geschäft. Als er mich zum letzten Mal gesehen hat, lief ich ja noch in kurzen Hosen rum.«

»Ach, Benno, glaubst du das wirklich? Du und nicht elegant genug? Das sagst du ja nur, um mich zu trösten.«

Während er noch nach Worten suchte, um sie aufzumuntern, näherte sich fauchend und dampfend sein Zug.

»Vorsicht an Gleis 2! Es fährt ein der D-Zug aus Siegen nach Hagen.«

Die Stimme des Stationsvorstehers ging in dem Kreischen der Bremsen unter. Sie warteten, bis der Zug zum Stehen kam.

»Versprichst du mir etwas?«, fragte Gundel.

Benno nahm ihre Hand und führte sie an seinen Mund. »Alles, was du willst, mein Schatz.«

»Versprich mir, dass du heute Abend beim Einschlafen an mich denkst.« Und so leise, dass er ihre Worte kaum verstand, fügte sie hinzu: »Dann ist es ein bisschen so, als würden wir zusammen einschlafen.«

Jetzt spürte auch er, wie ihm die Tränen kamen.

»Mein süßer, süßer Liebling.«

Er nahm sie in den Arm und drückte sie an sich. Und während um sie herum alles aufgeregt rief und rannte, küssten sie sich ein zweites Mal, als könnten sie so die Zeit anhalten.

Doch das konnten sie nicht. Laut und scharf ertönte der Pfiff des Schaffners.

»Alle einsteigen und Türen schließen! Der Zug fährt ab!«

9

»Ja, ja, die Liebe«, sagte Major Jones, nachdem Tommy ihm in ungefähren Worten erklärt hatte, warum er nicht länger in Altena bleiben konnte. »Aber das ist trotzdem kein Grund, den gesunden Menschenverstand über Bord zu werfen.« Mit dem Daumen stopfte er den Tabak im Kolben seiner Pfeife nach und zückte ein Feuerzeug. »Und dann auch noch in die Ostzone!«, fuhr er kopfschüttelnd fort. »Ausgerechnet! Kein vernünftiger Mensch geht da freiwillig hin! Da sind doch die Kommunisten!«

»Ich weiß«, erwiderte Tommy, »aber vielleicht bekommt da einer wie ich ja eher eine Chance als hier.«

»Glauben Sie wirklich? Nur weil die da behaupten, ein Arbeiter- und Bauernparadies zu errichten? Ich hätte nicht gedacht, dass Sie so naiv sind. Das sind doch alles Lügenmärchen.«

»Wer weiß. Eins steht jedenfalls fest, hier habe ich keine Chance. Nicht als Sohn einer Putzfrau ohne Vater.«

Der Major zündete seine Pfeife an, und eine Weile paffte er stumm vor sich hin. Doch seiner gefurchten Stirn war anzusehen, wie sehr es dahinter arbeitete.

»Ich mache Ihnen einen Vorschlag«, sagte er schließlich. »Wenn Sie bis Weihnachten hierbleiben und die Party organisieren, verspreche ich Ihnen zehn Stangen Johnny Player und sechs Flaschen Scotch.« Er nahm die Pfeife aus dem Mund und streckte ihm die Hand hin. »Nun, was meinen Sie? Ist das ein Angebot?«

Tommy überschlug im Kopf, was er dafür auf dem Schwarzmarkt bekommen würde. Obwohl das Ergebnis überwältigend war, konnte er sich nicht entschließen, einzuschlagen.

»Aber ich habe doch gar keine Ahnung, wie Engländer überhaupt Weihnachten feiern …«

»Um so besser«, sagte Jones. »Ich will ja keine englische Party, ich will eine richtige deutsche Weihnacht, so heimelig wie möglich – etwas fürs *Gemüt*.«

Tommy zögerte immer noch. »Ich weiß Ihr Angebot wirklich zu schätzen, aber … das ändert doch nichts an den Gründen, weshalb ich …«

»Come on, Prince Charming«, fiel der Kommandant ihm ins Wort. »Erst kommt das Fressen, dann die Moral! Das sagt sogar dieser kommunistische Dichter, nach dem sie in der Ostzone so verrückt sind – Bertolt Brecht! Und der muss es ja schließlich wissen.« Er lachte einmal kurz auf, dann wurde er wieder ernst. »Zehn Stangen Johnny Player und sechs Flaschen Scotch – damit sind Sie bei den Russen ein reicher Mann! Und sobald die Weihnachtsparty vorbei ist, können Sie verschwinden, wohin Sie wollen! Von mir aus auch in Ihr Arbeiter- und Bauernparadies.«

Tommy wusste nicht, was er noch entgegnen konnte. Major Jones hatte ja recht, bei den Russen gab es nur Majorka, da waren Johnny Players zwanzigmal so viel wert wie im Westen, von echtem schottischen Whisky im Vergleich zu Wodka ganz zu schweigen.

Also gab er sich einen Ruck und schlug ein. »Okay, Commander, abgemacht! Aber nach der Party bin ich weg!«

Major Jones riss ihm vor Begeisterung fast die Hand vom Arm. »Ich wusste, dass Sie ein cleverer Junge sind. Very well, Prince Charming! Dafür haben Sie einen Wunsch bei mir frei!«

10

Die großen, roten Hände in die Hüften gestemmt, betrachtete Lotti Mürmann sich einmal von links, einmal von rechts im Wandspiegel ihres Schlafzimmers, das, nur durch eine

Tür getrennt, an den Rückraum ihres Kolonialwarenladens anschloss.

»Der Pullover passt wie angegossen, Frau Nippert. Aber steht er mir auch? Oder bin ich für das Zopfmuster nicht schon ein bisschen zu alt?«

»Iwo. Sie sind doch noch jung! Und Grün ist Ihre Farbe!«

»Na, wenn Sie das sagen, Sie kommen ja aus gutem Haus und kennen sich aus! Und dass Sie sogar noch vor Weihnachten fertig geworden sind! Damit hatte ich gar nicht mehr gerechnet. Jetzt kann ich das gute Stück schon über die Feiertage tragen, wenn ich meine Tochter besuche.«

Ruth war erleichtert. Obwohl sie von der Wolle ein halbes Knäuel abgezweigt hatte, um daraus ein Leibchen für Winfried zu häkeln, spannte der Pullover weder an der Brust noch unter den Ärmeln. Wie gut, dass sie nicht an der Länge oder Weite gespart, sondern einfach nur einen Zopf weggelassen hatte! So fiel ihr kleiner Betrug gar nicht auf.

»Dafür haben Sie eine Belohnung verdient«, sagte Lotti Mürmann, und an Winfried gewandt fügte sie hinzu: »Meinst du nicht auch, kleiner Mann?«

Sie verschwand in den angrenzenden Laden. Ruth hoffte, dass die Belohnung etwas zu essen sein würde, vielleicht ein paar Kartoffeln oder Zwiebeln. Doch als ihre Vermieterin zurückkehrte, trug sie einen Korb voll Tannenzweige unterm Arm.

»Die sind für Sie, Frau Nippert. Damit Sie und Ihre Lieben es ein bisschen weihnachtlich haben.«

Ruth war enttäuscht, mit Kartoffeln oder Zwiebeln wäre ihr mehr geholfen gewesen.

Doch dann sah sie Winfrieds leuchtende Augen.

»Sind die vom Christkind, Tante Mürmann?«

»Ja, mein Junge. Du weißt doch, ich habe im Kesselbrinck ein kleines Wäldchen, von da bringt mir das Christkindchen jedes Jahr meinen Weihnachtsbaum. Und diesmal hat es auch noch die Tannenzweige dazugelegt. Für dich und die Mutti.«

Ruth war gerührt. »Danke, Frau Mürmann.« Jetzt schämte sie sich, dass sie beim Stricken geschummelt hatte. Ihre Vermieterin war eine so gute Seele, sie hätte ihr vielleicht auch so die Wolle gegeben, wenn sie sie darum gebeten hätte.

»Keine Ursache, Frau Nippert. Ich habe dem Christkindchen doch nur ein bisschen geholfen.« Sie reichte ihr den Korb, dann tätschelte sie Winfrieds Wange. »Jetzt geh mit der Mutti mal hoch zu deinem Vati. Der freut sich bestimmt auch.«

Als Ruth und Winfried die Dachwohnung betraten, saß Fritz mit der Russenmütze auf dem Kopf am Küchentisch und polierte mit einem Tuch irgendwelche Metallteile.

»Was machst du denn da?«, fragte sie verwundert.

»Pssst.« Er warf einen bedeutungsvollen Blick in Winfrieds Richtung und ließ die Sachen eilig in der Tischschublade verschwinden. »Eine Überraschung – für Weihnachten. Der Junge soll doch auch was von seinem Vater …«

Plötzlich musste er husten. Während er sich über seinen Arm beugte, nahm Winfried einen Zweig Tannengrün aus dem Korb.

»Guck mal, Vati, was wir mitgebracht haben!«

Fritz hob den Kopf. Als er den Zweig sah, leuchteten seine schwarzen Augen fast so sehr wie die seines Sohnes.

»Zum Heizen?«, fragte er.

Ruth schüttelte den Kopf. »Nein, für Weihnachten.«

Das Leuchten in den Augen ihres Mannes erlosch. »Ach so.« Schon wieder musste er husten, so heftig, dass sie erschrak.

»Das klingt ja gar nicht gut. Hast du dich erkältet?«

Fritz drehte seinen Totenschädel zu ihr herum. »Ist das ein Wunder?«

Nein, das war es nicht. In der Wohnung war es so kalt, dass an den Fensterscheiben schon wieder die Eisblumen blühten. Außerdem hatte sie ja auch eine Erkältung gehabt, wahrscheinlich hatte sie nicht genügend aufgepasst und Fritz sogar selbst angesteckt. Einmal hatte sie ihm ja direkt ins Gesicht gehustet.

Sie nahm Winfried den Tannenzweig aus der Hand und ging damit zum Herd.

»Was hast du vor?«, wollte Fritz wissen.

»Feuer machen.«

Winfried fing an zu weinen. »Aber das Christkindchen!«

»Der Vati ist krank und muss es warm haben!«

»Nicht, Mutti! Bitte!« Mit beiden Händen zerrte er an ihrem Rock.

»Herrgott nochmal, mach mich nicht verrückt!«

Unsanft stieß sie ihn beiseite. Doch als sie die Herdklappe öffnete, griff Fritz nach ihrem Arm.

»Nein. Lass dem Jungen die kleine Freude.«

Verwundert hielt sie inne. »Willst du denn nicht, dass ich uns ein Feuer mache?«

»Doch«, sagte er. »Aber nicht damit.«

»Bist du sicher?«

Abermals musste er husten. Gleichzeitig nickte er mit dem Kopf.

Winfried schaute mit banger Hoffnung zu seiner Mutter auf. »Dürfen wir die Zweige behalten?«

Fragend blickte Ruth zu ihrem Mann. Obwohl Fritz immer noch hustete, nickte er ein zweites Mal.

Mit einem Seufzer strich sie Winfried über den Kopf. »Ja, mein Junge. Der Vati erlaubt es. Sag danke.«

»Danke, Vati.«

Während Fritz mit seiner Schüttelhand Winfrieds Wange tätschelte, gab Ruth ihrem Sohn den Zweig zurück.

»Da, mein kleiner Schatz. Leg ihn wieder in den Korb.«

11

Betty schürte gerade mit dem Feuerhaken den Herd, als Christel am nächsten Morgen die Küche betrat. Zu Mittag sollte es Pellkartoffeln geben und dazu eingelegten Sauerkohl. Mehr gab die Speisekammer nicht her.

»Hast du dir schon Gedanken über das Weihnachtsmenü gemacht?«, wollte Christel wissen.

Betty hob zwei Ringe aus der Herdplatte und setzte den Wasserkessel auf. Dann wischte sie sich die Hände an der Schürze ab.

»Ich hatte an Eintopf bürgerlich gedacht. Vorausgesetzt, ich kann irgendwo ein Pfund Hohe Rippe auftreiben. Dann könnten wir sogar eine Rindersuppe als Vorspeise servieren. Und für den Nachtisch haben wir noch ein Päckchen Sago und ein Tütchen Vanille in der Kammer. Mit einem Ei und etwas Zucker und Milch gibt das einen ganz passablen Pudding.«

»Die Vorspeise und den Nachtisch kann ich akzeptieren. Aber gestampfte Steckrüben als Hauptgericht? Am Heiligen Abend?« Christel schüttelte sich. »Da versündigt man sich ja!«

»Wir müssen uns nach der Decke strecken. Von den Steckrüben haben wir noch ein paar im Keller. Außerdem isst Ihr Mann Eintopf ja ganz gern.«

»Ich weiß. Aber die Mädchen!«

Betty zuckte die Schultern. »So verwöhnt, wie die jungen Damen sind, schmeckt denen sowieso nichts, was es in den Geschäften gibt. Und auf dem Schwarzmarkt dürfen wir ja nicht einkaufen, das hat Ihr Mann verboten.«

»Und wenn wir zu Weihnachten eine Ausnahme machen?« Christel zwinkerte ihr verschwörerisch zu. »Ich könnte mir vorstellen, dass es bei Feinkost Jürgens noch so manches unter der Theke gibt.«

»Kann wohl sein. Nur – auf Marken rücken die bestimmt nichts raus.«

»Das lass mal meine Sorge sein. Zum Glück habe ich ja eine ganz ansehnliche Aussteuer mit in die Ehe gebracht. Da wird sich schon was finden.« Sie wandte sich zur Tür. »Aber jetzt muss ich mich um meinen Mann kümmern. Der ist sicher schon auf dem Sprung in die Firma.«

Doch da irrte sie sich. Als sie die Diele betrat, stand Eduard noch im Morgenrock am Fenster, ohne Anstalten zu machen, das Haus zu verlassen. Mit versteinerter Miene schaute er in den Hof hinaus, wo britische Soldaten gerade irgendeinen Apparat auf einen Militärlaster luden.

»Wenn die in dem Tempo weitermachen«, sagte er, »haben wir im neuen Jahr keine einzige Maschine mehr. Dann müssen wir Bankrott anmelden.«

Christel legte ihm die Hand auf die Schulter. »Zum Glück ist jetzt ja erst mal Weihnachten. Da machen die Engländer mit ihrem Unwesen Pause.«

Während sie sprach, kamen die Mädchen die Treppe herunter, beide schon in ihren Mänteln.

»Wo wollt ihr hin?«

»Wohin wohl?«, erwiderte Ulla. »Zur Flüchtlingshilfe natürlich.«

»Dann geh du schon mal allein vor«, sagte Christel. »Deine Schwester brauche ich heute Morgen.«

»Wozu das denn?«, wollte Gundel wissen.

»Das erkläre ich dir später.«

12 Der Stadtkommandant hatte nicht zu viel versprochen. Schon bei der Probe zur Weihnachtsfeier gab es zu essen und zu trinken, und zwar in Gestalt von Eier-Sandwiches und Gin, und der Lennestein war so gut geheizt, dass Tommy in Verbindung mit dem Alkohol regelrecht ins Schwitzen geriet, als er mit seinem Taktstock, den er sich eigens zu diesem Zweck bei Musik Schäfer am Westfälischen Hof besorgt hatte, auf der Bühne des Saalbaus den gemischten Chor aus englischen Besatzungssoldaten und Altenas hübschesten »Frolleins« ebenso engagiert wie erfolglos dirigierte.

Morgen kommt der Weihnachtsmann,
Kommt mit seinen Gaben …

Ohne jede Ahnung, wie er den Taktstock einsetzen musste, fuchtelte er aufs Geratewohl in der Luft herum. Doch mehr noch als das Dirigieren brachte ihn der Chor ins Schwitzen. So wie er dirigierte, war auch der Gesang – eine fürchterliche Katzenmusik. Statt sich aufs Singen zu konzentrieren, schäkerten die Soldaten mit den Frauen und Mädchen, was das Zeug hielt.

Bunte Lichter, Silberzier
Kind mit Krippe, Schaf und Stier
Zottelbär und Panthertier
Möchte ich gerne haben …

Tommy hatte das Lied extra wegen der einfachen Melodie ausgewählt, er selbst hatte beim Singen oft Schwierigkeiten, die Töne zu treffen, doch offenbar hatte er die Tücken des Textes unterschätzt. Immer wieder brachen die Engländer sich an den seltsamen Worten, die sie von den hektographierten Blättern abzulesen versuchten, die Zunge, und die »Frolleins« bogen sich vor Lachen. Mit jeder Zeile sah Tommy seine Felle weiter davonschwimmen. Zehn Stangen Johnny Player und sechs Flaschen Scotch standen auf dem Spiel – sein Kapital für den Neuanfang! Aber wie sollte er mit dieser Truppe Major Jones' Erwartungen erfüllen? Nein, die Aufführung drohte alles andere als »heimelig« zu werden.

Doch du weisst ja unsern Wunsch
Kennst ja uns're Herzen
Kinder, Vater und Mama
Auch sogar der Grosspapa
Alle, alle sind wir da
Warten dein mit Schmerzen …

Entnervt klatschte Tommy in die Hände.

»Aus, aus, aus! Eine Viertelstunde Pause!«

Die brauchte er vor allem selbst. Statt die Treppe zu nehmen, sprang er vom Podium, und um die paar Minuten allein zu sein, ging er bis ans andere Ende des Saals und nahm sich einen Stuhl. Er griff in die Jackentasche und klemmte sich eine Zigarette zwischen die Lippen. Jetzt erst mal in Ruhe eine rauchen …

Doch kaum hatte er die Zigarette angesteckt, verließ auch Barbara die Bühne, um sich zu ihm zu setzen.

»Welche Laus ist dir denn über die Leber gelaufen, Prince Charming?«

»Wenn ich an Weihnachten denke, graut es mir.«

»Warum das denn? Das wird doch sicher sehr lustig.«

»Das glaube ich auch – leider. Lustig ist nämlich das Letzte, was es werden soll. Major Jones will eine richtige deutsche

Weihnacht.« Er nahm einen Zug von seiner Zigarette und behielt den Rauch eine Weile in der Lunge, bevor er ihn wieder ausstieß. »Etwas fürs *Gemüt.*«

»Dann hat er sich allerdings den Falschen ausgesucht.«

»Das kannst du laut sagen.«

Sie nahm ihm die Zigarette aus dem Mund, um selber daran zu ziehen.

»Weißt du eigentlich, dass ich von Beruf Kindergärtnerin bin?«

Überrascht schüttelte er den Kopf. »Nein. Warum?« Es dauerte einen Moment, dann aber begriff er, und schlagartig besserte sich seine Laune. »Soll das heißen, du bist eine gelernte Fachkraft für Weihnachtsfeiern?«

Barbara lachte. »So kann man es auch ausdrücken.«

Tommy schenkte ihr sein charmantestes Lächeln. »Also, wenn du vielleicht irgendwelche Ideen hast – ich wäre ein dankbarer Abnehmer.«

13

Nein, Christel hatte sich nicht geirrt, bei Feinkost Jürgens gab es tatsächlich so manches unter der Ladentheke, wovon sie seit Jahren nur noch hatte träumen können: Allgäuer Käse und Münsterländer Schinken, Ragout fin und Pastetchen, Schildkrötensuppe und Gänsestopfleber sowie feinste Schokoladen und Pralinés. Beim Anblick all der Köstlichkeiten, die sie wegen Eduards Starrsinn so lange hatte entbehren müssen, gingen ihr die Augen über. Nur gut, dass sie Gundel und Betty dabei hatte. Allein wäre sie gar nicht imstande gewesen, eine Auswahl zu treffen.

»Darf es vielleicht ein bisschen mehr sein?«

Als die alte Frau Jürgens, die schon zu Kaiserzeiten den Delikatessenladen in der Lennestraße mit ihrem Mann betrieben hatte, die früher so oft gestellte Frage stellte, rührte diese Christel an wie ein Gruß aus einem für immer verloren geglaubten Paradies.

»Aber sicher doch, meine Liebe, nur zu.«

Dass sie das noch mal erleben durfte … Dafür war sie nur zu gern bereit, das Sèvres-Service aus ihrer Aussteuer zu opfern, zumal sie dieses in all den Jahren ihrer Ehe ohnehin kein Dutzend Mal benutzt hatte.

»Haben Sie vielleicht auch noch eine Dose von den guten Aachener Printen? Ohne die ist Weihnachten ja gar kein wirkliches Weihnachten.«

»Aber ja doch, Frau Wolf. Sogar in Vorkriegsqualität.«

»Dann bitte gleich zwei Dosen. Die esse ich nun mal für mein Leben gern.«

Alles war wie früher. Schon beim Einpacken zuzuschauen war ein Genuss! Die alte Frau Jürgens ließ dabei eine Sorgfalt walten wie andere Leute, wenn sie ihre Kinder anziehen – kein Wunder, die Gute hatte ja auch nie welche gehabt. Und dann die schönen, vertrauten Etiketten auf den Büchsen und Dosen und Gläsern und Tiegeln … Eduard und die Mädchen würden staunen. Das würde die schönste Weihnachtsbescherung, seit dieser Hitler den verdammten Krieg vom Zaun gebrochen hatte.

Nachdem Christel ihre Auswahl getroffen hatte, ließ sie den Einkauf auf zwei Körbe verteilen – einen großen für zu Hause und einen kleinen für Ruth.

»Dann wünsche ich Ihnen und Ihrer Familie ein frohes Fest, Frau Wolf.«

»Ihnen auch, liebe Frau Jürgens. Von Herzen fröhliche Weihnachten! Vielleicht sehen wir uns ja in der Kirche.«

Christel reichte Betty den großen Korb, damit sie ihn in die

Villa brachte, bevor Eduard über Mittag aus der Firma kam. Den kleinen aber gab sie Gundel, die sie zu Ruth begleiten sollte. Da zu befürchten stand, dass wieder dieser fürchterliche Mensch, den ihre Tochter geheiratet hatte, aufmachen würde, wollte sie nach der Erfahrung ihres ersten Besuchs diesem nicht ein zweites Mal allein entgegentreten. Dabei war ihr die umgängliche Gundel an der Seite lieber als Ulla, die seit der Zeit der Hitlerei mit Ruth über Kreuz lag und außerdem mit ihrer manchmal doch recht aufbrausenden Art womöglich noch mehr Porzellan zerschlagen würde.

»Weiß Papa eigentlich Bescheid?«, fragte Gundel, als sie in der Freiheit ankamen.

»Eins nach dem anderen.« Christel öffnete die Haustür, die, wie in den meisten Häusern, in denen mehrere Mietsparteien lebten, tagsüber offen stand. »Na, dann wollen wir mal.«

Als sie das enge, nach Käse riechende Treppenhaus hinaufstieg, nahm sie sich vor, sich kein zweites Mal von Ruths Mann abwimmeln zu lassen. Doch zu ihrer Erleichterung war es diesmal ihre Tochter, die aufmachte.

»Was wollt ihr?«, fragte Ruth schroff.

»Willst du deine Mutter und Schwester nicht erst einmal begrüßen?«

Ruth dachte gar nicht daran. »Weshalb seid ihr hier?«

»Um dir das da zu bringen.« Christel nahm Gundel den Korb ab. »Und um dich zu Heiligabend einzuladen.«

Ruth erwiderte voller Misstrauen ihren Blick. »Nur mich allein?«

»Natürlich nicht.« Christel drückte ihr den Korb in die Hand. »Oder glaubst du, ich will Weihnachten ohne mein einziges Enkelkind feiern?«

»Und was ist mit Fritz?«

»Das fragst du im Ernst? Nachdem dein Mann sich so unflätig in deinem Elternhaus aufgeführt hat?«

Ruth schaute sie mit todtraurigen Augen an, und es zuckte auffällig um ihren Mund. Für einen Moment glaubte Christel, dass ihre Älteste Vernunft annehmen würde. Doch dann war plötzlich aus der Wohnung ein qualvolles Husten zu hören, und im gleichen Moment zog Ruth wieder das Gesicht, das Christel nur allzu gut kannte, dasselbe trotzige und widerspenstige Gesicht, das sie schon früher so oft gezogen hatte, vor allem bei den hässlichen Streits, die sie miteinander geführt hatten, bevor Ruth von zu Hause durchgebrannt war, um verwundete Frontsoldaten für den Endsieg ihres geliebten Führers gesundzupflegen.

»Feiert, mit wem ihr wollt – aber nicht mit mir!«

Ohne ein weiteres Wort verschwand sie in der Wohnung und schloss die Tür hinter sich. Während Christel und Gundel einander anblickten, hörten sie von drinnen Fritz Nipperts Stimme.

»Wer war das?«

»Lotti Mürmann«, antwortete Ruth. »Sie hat uns was zu essen gebracht. Für Heiligabend.«

14

Mit vor Erregung klopfendem Herzen hörte Ruth, wie ihre Mutter und Gundel auf der anderen Seite der Tür die Treppe hinuntergingen.

Warum ließen sie sie nicht einfach in Ruhe? Ihr Leben war doch auch so schon schwer genug!

Angespannt lauschend wartete sie, bis unten im Flur die Haustür ging. Dann trat sie von der Tür zurück und stellte den Korb auf den Tisch.

Als sie den Inhalt sah, zweifelte sie an ihren Sinnen. Lauter

Delikatessen von Feinkost Jürgens! Offenbar hatte die Mutter heimlich zu Weihnachten eingekauft – hinter dem Rücken des Vaters …

Für einen Moment war es, als hätte jemand die Zeit zurückgedreht, und während ihr Blick über die vielen bunten Etiketten glitt, die sie seit einer Ewigkeit nicht mehr gesehen hatte, fiel alles von ihr ab. Mit den Fingern strich sie über die Dosen und Töpfchen und Tiegel, als müsse sie sich vergewissern, dass sie nicht träumte.

Da holte ein neuerlicher Hustenanfall ihres Mannes sie in die Wirklichkeit zurück.

Erschrocken fuhr sie herum. Mit seiner wattierten Jacke um den ausgemergelten Leib und der Russenmütze auf dem Kopf lag Fritz in der Schlafkammer auf dem Bett und hustete sich die Seele aus dem Leib.

»Hilfe, Mutti, mach endlich was! Vati hört überhaupt nicht mehr auf«

Erst jetzt sah Ruth ihren Sohn. Versteckt zwischen dem Bett und dem Nachttischchen hockte Winfried bei seinem Vater, das kleine Gesicht voller Angst.

»Bitte, Mutti – mach, dass er aufhört!«

Doch Fritz hörte nicht auf, im Gegenteil, es wurde immer schlimmer. Während er mit den Armen um sich schlug, versuchte er hustend und keuchend und röchelnd, sich im Bett aufzurichten. Doch er schaffte es nicht. Er schaffte es nur, den Kopf eine Handbreit vom Kissen zu heben, und schon sank er wieder zurück auf das Lager.

Erschöpft und hilflos lag er da, wie ein Käfer auf dem Rücken, die schwarzen Augen gegen die Decke gerichtet, während seine Brust sich rasselnd hob und senkte.

Ruths Angst war so groß, dass sie sich wie Liebe anfühlte.

Kurz entschlossen nahm sie die Tannenzweige, die sie bereits für Heiligabend mit roten Papierschleifen geschmückt hatte, von der Fensterbank und öffnete die Herdklappe.

»Aber das Christkindchen!«, rief Winfried.

Ohne auf ihn zu achten, stopfte sie die Zweige in die Öffnung und griff nach der Schachtel Welthölzer, die stets auf der Herdplatte lagen.

»Das Christkindchen will vor allem, dass Vati es warm hat.« Sie nahm ein Streichholz und riss es an. »Damit er nicht krank wird und uns nicht stirbt.«

15

Der Fabrikhof lag wie ausgestorben da, als Christel zusammen mit Gundel die Villa erreichte. Mittagspause. Auch die Briten schienen die Arbeit unterbrochen zu haben, wenn auch wohl nur, um sich zu stärken und anschließend mit doppelten Kräften ihr Unwesen fortzusetzen. Jedenfalls war weit und breit kein Jeep oder Militärlaster zu sehen.

Vor der Haustür streifte Christel sich mit Hilfe des schmiedeeisernen Schuhkratzers den verharschten Schnee von den Sohlen.

»Ich werde mein Lebtag nicht verstehen, wie Ruth diesen Mann hat heiraten können.« Sie nahm ihren Schlüssel aus der Manteltasche und schloss auf. »Warum ausgerechnet Fritz Nippert? Sie hätte doch jeden haben können, den sie wollte, so hübsch, wie sie ist.«

Gundel hatte wie immer eine Entschuldigung parat. »Wenn sie ihn doch nun mal liebt …«

»Aber wie kann man einen solchen Menschen lieben? Das ist doch wider die Natur!«

Mit einem Ruck öffnete Christel die Haustür. Gundel aber machte keine Anstalten, ihr zu folgen.

»Wo bleibst du denn, Kind? Jetzt komm endlich rein! Sonst entweicht die ganze schöne Wärme! Außerdem wartet Papa schon im Salon darauf, dass wir ihn zum Essen rufen.«

»Keine Zeit, Mama. Ich muss zur Flüchtlingshilfe.«

Christel hob verwundert die Brauen. »Ohne was Warmes im Bauch?«

»Du weißt doch – Gemeinwohl vor Eigennutz! Das haben wir von Papa so gelernt.«

Lachend gab Gundel ihr einen Kuss, und schon war sie fort. Mit einem Kopfschütteln sah Christel ihr nach. Gemeinwohl vor Eigennutz … Stammte der Spruch wirklich von Eduard? Wenn sie sich richtig erinnerte, hatten die Nazis das auch so manches Mal gesagt, wenn man nicht so wollte wie sie.

Ach ja, immer wenn es darauf ankam, war man mit seinen Sorgen allein.

Mit einem Seufzer schloss Christel die Tür. In der Diele zog sie sich den Mantel aus und nahm die Mütze vom Kopf. Die hatte mal wieder ihre ganze Frisur ruiniert, wie sie mit einem Blick in den Spiegel feststellte.

Notdürftig korrigierte sie ihr Haar, dann wandte sie sich zum Salon, wo Eduard jeden Mittag darauf wartete, dass man ihn zum Essen rief.

Als sie die Tür öffnen wollte, kam Betty aus der Küche geeilt, ganz außer sich vor Aufregung.

»Es ist etwas Fürchterliches passiert, Frau Wolf!«

Die Türklinke schon in der Hand, holte Christel einmal tief Luft. »Was ist denn jetzt schon wieder?« Plötzlich kam ihr eine Ahnung, und so leise, dass Eduard nichts hörte, fragte sie: »Hat mein Mann dich mit dem Einkaufskorb erwischt?«

»Nein. Aber der Weihnachtsbaum.«

»Der Weihnachtsbaum? Was ist mit dem?«

»Der hat sich selbständig gemacht.«

»Am hellichten Tage? Grundgütiger! Wir hatten ihn doch extra hinters Haus gestellt!«

Betty zuckte die Schultern. »Ich habe es Ihnen ja gesagt, die Leute klauen wie die Raben.«

Christel war so enttäuscht, dass sie hätte losheulen können. Nach dem Einkauf bei Feinkost Jürgens hatte sie sich auf Weihnachten gefreut, wie sie sich seit einer Ewigkeit nicht mehr auf irgendetwas gefreut hatte. Und jetzt das!

Doch Jammern half nicht, Jammern hatte noch nie geholfen. Also riss sie sich zusammen und unterdrückte die Tränen.

»Dann brauchen wir eben einen neuen!«

»Aber woher nehmen und nicht stehlen, Frau Wolf? Es gibt in ganz Altena keine einzige Tanne mehr, auch nicht auf dem Schwarzmarkt. Und morgen ist schon Heiligabend.«

Christel hätte sich am liebsten selbst geohrfeigt. Warum hatte sie nur nicht auf Betty gehört? Jetzt mussten sie Weihnachten ohne Weihnachtsbaum feiern – was für ein Trauerspiel!

»Was ist nur aus den Menschen geworden?« Sie öffnete die Tür und betrat den Salon. »Schlimmer als im finstersten Afrika.«

Eduard saß mit einer Wollmütze auf dem Kopf und dem Kreisblatt in der Hand im Erkersessel und blickte sie über den Rand seiner Brille vorwurfsvoll an.

»Wolltest du mich verhungern lassen? Es ist schon zehn nach eins, und du weißt doch, um zwei muss ich wieder in der Firma sein.«

Wie immer begrüßte sie ihn mit einem Kuss. »Sei mir nicht böse, mein Lieber, aber Gundel und ich sind in der Stadt aufge …«

Mitten im Satz hielt sie inne. Der Grund dafür war ihr Ficus. Seine grünen Blätter glänzten, dass es eine Pracht war.

»Was wolltest du sagen?«, fragte Eduard.

»Gar nichts«, erwiderte sie. Und mehr zu sich selbst als an ihn gewandt, fügte sie hinzu: »Ach ja, es gibt doch immer für alles eine Lösung …«

»Ist dir nicht wohl, meine Liebe?« Irritiert ließ Eduard die Zeitung sinken. »Ich habe keine Ahnung, wovon du redest.«

Doch Christel konnte schon wieder lächeln. »Von unserem Weihnachtsbaum natürlich.«

Für einen Moment zog er ein so dummes Gesicht, dass es fast komisch war. Aber als er ihrem Blick folgte, schien ihm ein Licht aufzugehen.

»Du meinst doch wohl nicht etwa …?«

»Doch!«, sagte sie. »Schließlich steht nirgendwo geschrieben, dass ein Weihnachtsbaum eine Tanne sein muss. Oder irre ich mich?«

16

Im Altenaer Bahnhof herrschte wieder solcher Hochbetrieb, dass kaum ein Durchkommen war, als Gundel die Eingangshalle betrat. Wie schon bei Bennos Abfahrt drängten sich Hunderte von Menschen vor den zwei Schaltern. Mit babylonischem Geschrei stießen sie einander beiseite und bestürmten die hoffnungslos überforderten Beamten hinter den Glasscheiben, um Fahrkarten zu ergattern.

Gundel warf einen Blick auf die Bahnhofsuhr, die in der Mitte der Halle von der Decke hing. Bis zur Ankunft des D-Zugs aus Hagen blieben noch zehn Minuten Zeit. Trotzdem war sie keine Minute zu früh, sie brauchte eine Ewigkeit, um sich einen Weg durch das Gewühl zu bahnen, und als sie glücklich den Bahnsteig erreichte, lief der Zug auch schon ein.

Auf den Zehenspitzen stehend, verrenkte sie sich den Hals, um Ausschau nach Benno zu halten. Plötzlich machte ihr Herz vor Freude einen Sprung.

Da – da war er!

Auch seine Augen leuchteten auf, als ihre Blicke sich trafen. Während sie ihm entgegeneilte, beschleunigte er wie sie seinen Schritt, zwängte sich durch die vielen Menschen und stolperte auf sie zu, als könne er es so wenig wie sie erwarten, dass sie einander in die Arme sanken.

Und dann stand er vor ihr.

»Gundel! Endlich!«

»Benno. Mein lieber, lieber, lieber Liebling.«

Einander an den Händen haltend, schauten sie sich an, als hätten sie sich eine Ewigkeit nicht mehr gesehen. Doch als er sich zu ihr beugte, um sie küssen, machte sie einen Schritt zurück.

»Erst musst du mir sagen, ob …«

Obwohl sie ihre Frage vor lauter Angst vor der Antwort nicht aussprach, verstand er sofort. »Du meinst, ob er mich genommen hat?« Das Leuchten in seinen Augen wurde zum Strahlen. »Ja, mein Liebling! JA! Schon am Tag nach Neujahr fange ich an!«

17

Es war Feierabend in der Flüchtlingshilfe. Während Wachtmeister Trippe die letzten verbliebenen Antragsteller und Wärmesuchenden hinaus in die Dunkelheit drängte und Monika Mitschke, die Gundel heute vertreten hatte, noch ein paar

Pullover und Kleider zusammenfaltete, verließ Ulla ihren Platz hinter der Theke, um ihre Sachen aus dem Garderobenschrank zu holen. Vermummt mit Mütze und Schal passierte sie den Schreibtisch von Herrn Kraftczyk, der gerade die Einträge in seinem Ausgabenbuch kontrollierte.

»Kommen Sie übermorgen auch in den Lennestein, Fräulein Wolf?«, wollte der Leiter der Flüchtlingshilfe wissen.

»Zur Weihnachtsfeier des Stadtkommandanten?« Ulla zuckte die Schultern. »Wie es heißt, werden Familien mit Kindern bevorzugt. Da wird man mich kaum reinlassen.«

»Ich würde es trotzdem versuchen. Auf den Plakaten stand, dass für Essen und Trinken gesorgt ist. Ich bin sicher, die Engländer werden sich nicht lumpen lassen.«

»Ich gehe auf jeden Fall hin«, sagte Monika Mitschke. »Schon allein wegen Tommy Weidner.«

Als Ulla den Namen hörte, fuhr sie herum.

»Was hat der denn damit zu tun?«

»Er gestaltet das Programm, angeblich auf persönlichen Wunsch von Major Jones. Hat er Ihnen das denn nicht erzählt?«

»Wer? Major Jones?«

»Nein – Prince Charming!«

Ulla hätte sich am liebsten die Zunge abgebissen. Blöde Frage, blöde Antwort.

»Wa … warum sollte er?«

»Warum wohl?« Monika Mitschke grinste. »Schließlich holt er Sie hier fast jeden Abend ab. – Aber vielleicht«, sagte sie, als sie Ullas Gesicht sah, »hat er Ihnen ja auch nur nichts gesagt, um Sie zu überraschen.«

»Um den Einlass müssen Sie sich dann jedenfalls keine Sorgen machen«, fügte Herr Kraftczyk hinzu. »Mit solcher Prominenz an der Seite.«

Ulla kehrte den beiden den Rücken zu und marschierte zur Tür. Sie hatte nur noch das Bedürfnis, hier so schnell wie möglich rauszukommen.

»Dürfen wir nach den Feiertagen wieder mit Ihnen rechnen?«, rief Herr Kraftczyk ihr nach.

»Ja, natürlich.«

»Dann fröhliche Weihnachten, Fräulein Wolf. Und grüßen Sie Ihre Schwester!«

»Ja, ja. Ihnen auch ein frohes Fest.«

Nur gut, dass Gundel nicht da war. So blieb ihr wenigstens deren Geturtel mit Benno erspart.

Als sie ins Freie trat, schlug ihr ein eisiger Wind entgegen. Sie band sich den Schal noch enger um den Hals und zog sich die Mütze ins Gesicht. Plötzlich zuckte sie zusammen. Im Schein der Laterne, an derselben Stelle, wo Tommy so oft auf sie gewartet hatte, stand *stud. rer. pharm.* Jürgen Rühling.

Bei ihrem Anblick lüftete er seinen Hut. »Wie schön, dass ich Sie doch noch antreffe, gnädiges Fräulein. Ich hatte schon befürchtet, mich vergebens bemüht zu haben.«

Ulla wäre am liebsten unsichtbar gewesen. Doch leider war sie das nicht.

»Sind Sie … sind Sie etwa meinetwegen hier?«

»Allerdings. Weil …« Er zögerte einen Moment, dann straffte er sich, und mit dem Hut in der Hand trat er auf sie zu. »Ich wollte Sie bitten, mich zu der Weihnachtsfeier im Lennestein zu begleiten.«

Ulla war so perplex, dass ihr für einen Moment nichts einfiel. In ihrer Not griff sie zu der Ausflucht, mit der sie sich bereits bei Herrn Kraftczyk beholfen hatte.

»Das wird kaum möglich sein. Der Einlass ist ja begrenzt. Haben Sie nicht gelesen? Familien mit Kindern bevorzugt.«

»Das dürfte kein Problem sein«, erwiderte Jürgen Rühling mit seinem überlegenen Lächeln und setzte sich den Hut wieder auf. »Sie müssen wissen, mein alter Herr versorgt Major Jones regelmäßig mit Brustbonbons. – Bitte«, fügte er dann hinzu, »Sie würden mich zum glücklichsten Mann von ganz Altena machen.«

Ulla überlegte, wie sie ihn abwimmeln konnte. Die Vorstellung, Thomas Weidner auf der Weihnachtsfeier wiederzusehen, war an sich schon unerträglich. Aber auch noch in Begleitung von Jürgen Rühling? Ein Albtraum!

»Ich fühle mich wirklich geehrt, aber …«

»Kein Aber – *bitte*!«

Mit einem schmachtenden Blick reichte er ihr seinen Arm. Fast hätte sie laut gelacht – wahrscheinlich hatte er den Blick zu Hause vor dem Spiegel geübt, selbst Rudolf Valentino hätte sich davon noch eine Scheibe abschneiden können. Doch dann blitzte ein kleiner, böser Gedanke in ihr auf. Jürgen Rühling war zwar ein Lackaffe, und normalerweise hätte sie ihn einfach stehen lassen. Aber wer weiß, vielleicht war er ja gerade darum der richtige … Erstens war Altena zu klein, um Thomas Weidner auf Dauer aus dem Weg zu gehen, zweitens und vor allem aber war Rache viel zu süß, um sich eine solche Chance entgehen zu lassen. Sollte Prince Charming doch einmal selbst erleben, wie das war –, das hatte der Mistkerl sich redlich verdient!

»Nun gut, Herr Rühling, wenn Sie so charmant drängen. Welche Frau könnte da widerstehen?« Sie setzte ihr süßestes Lächeln auf und hakte sich bei ihm unter. »Dann bedanke ich mich für Ihre Einladung. Es wird mir ein Vergnügen sein, Sie zu begleiten.«

18

Eingehüllt in bläuliche Tabakschwaden, saß Major Jones hinter seinem Schreibtisch, als Tommy das Büro des Stadtkommandanten betrat, und zeichnete irgendwelche Akten ab.

»Welcome, Prince Charming.« Der Major nahm seine Pfeife aus dem Mund und zeigte mit dem Stiel auf ein paar prall gefüllte Säcke an der Wand, die förmlich überquollen von weihnachtlich geschmückten Päckchen und Tüten. »Na, was sagen Sie dazu? Scones und Cadbury-Schokolade. For the children.«

Tommy blieb fast die Spucke weg. Zum Glück kannte er das englische Wort, das in solchen Fällen immer passte. »Great!«

»Nicht wahr?« Die Augen des Majors leuchteten. »Ich freue mich selbst schon wie ein Kind auf die – wie sagt ihr noch mal?«

»Bescherung?«

»Right!« Jones deutete auf einen Stuhl, damit Tommy sich setzte, dann klemmte er sich die Pfeife wieder zwischen die Lippen, und seine Miene wurde dienstlich. »Haben Sie aufgeschrieben, was Sie brauchen? Wir haben nicht mehr viel Zeit.«

Tommy griff in die Brusttasche seines Anzugs und reichte dem Kommandanten die vorbereitete Liste. Während Jones sie mit erhobenen Brauen überflog, murmelte er die Bestellungen vor sich hin.

»Bettfedern und Inlett … ein starkes Seil … Bretter und Nägel … Zigarettenpapier …«

»Je mehr, desto besser!«, ergänzte Tommy.

»Bettlaken … Metallspäne und Metallstaub … ein Dutzend Kartoffelsäcke … drei katholische Messgewänder.« Verwundert schaute der Commander auf. »Katholische Messgewänder?«

»Yes, Sir. Natürlich nur leihweise! Und dazu schwarze Schuhwichse. Und einen Eimer Goldbronze.«

»Heavens! Wozu brauchen Sie so komischen Sachen?«

Tommy grinste. »Hatten Sie nicht gesagt, es soll so richtig heimelig werden? Etwas fürs *Gemüt*?«

»Okay, boy, meine Leute werden alles besorgen!« Lachend legte Major Jones die Liste auf seine Ablage und stand auf. »Ich bin schon gespannt wie ein *Flitzebogen*!«

Mit sichtlichem Stolz auf seine Formulierungskünste trat er hinter dem Schreibtisch hervor. Auch Tommy erhob sich von seinem Stuhl. Gott sei Dank, dass er dem Drängen des Kommandanten nachgegeben und zugesagt hatte, die paar Tage bis Weihnachten noch in Altena zu bleiben, statt Hals über Kopf die Stadt zu verlassen. Dank Barbaras Einfällen würde Major Jones sich bei der Feier vor Rührung die Augen ausweinen. Leichter ließen sich nie wieder zehn Stangen Johnny Player und sechs Flaschen Scotch verdienen!

»Ach ja«, sagte Tommy, »und zwei starke Männer brauche ich auch noch. Aber geschickt müssen sie sein, keine mit zwei linken Händen.«

Der Major verstand nicht. »Zwei linke Hände?« Als Tommy erklärte, was damit gemeint war, blitzten Jones' Augen vor Vergnügen auf. »Ach, ich *liebe* die deutsche Sprache!«

Tommy salutierte. Der Kommandant klopfte ihm auf die Schulter und begleitete ihn zur Tür.

»Ich verlasse mich auf Sie, Prince Charming. Okay?«

»Very much okay!«

Als Tommy die Tür hinter sich schloss, stellte er sich für einen Moment vor, wie er mit den vielen Zigaretten und dem Scotch in Ost-Berlin die Puppen tanzen lassen würde. Keinen Tag würde er Ulla Wolf vermissen! Sollte sie doch machen, was sie wollte! Den Buckel konnte sie ihm runterrutschen!

Bester Laune trat er in den Hof der Burg Holtzbrinck. Doch

als er das Tor zur Kirchstraße durchquerte, zuckte er zusammen. Nur einen Steinwurf entfernt, kam ihm die Frau entgegen, die ihm den Buckel runterrutschen konnte – am Arm von Jürgen Rühling. Angeregt miteinander plaudernd, schlenderten die beiden direkt auf ihn zu, aus der Richtung des Bungernplatzes – offenbar hatte das Apothekersöhnchen Ulla von der Flüchtlingshilfe abgeholt. Gerade brachte er sie mit irgendeiner Bemerkung zum Lachen. Mein Gott, wie konnte man nur über einen Witz dieses Idioten lachen? Das war doch gar nicht möglich!

Plötzlich trafen sich ihre Blicke. In derselben Sekunde erfror Ullas Miene. Alles in Tommy drängte danach, zu ihr zu eilen. Dann aber sah er, wie ihre Züge sich abermals veränderten. Noch heftiger lachend als zuvor, wandte sie sich ihrem Begleiter zu.

Auf dem Absatz machte Tommy kehrt und lief in die entgegengesetzte Richtung davon.

Fort! Nur fort von hier! So schnell wie irgend möglich!

19

Benno erzählte von Düsseldorf, von Düsseldorf und nichts anderem, seit Gundel ihn vom Zug abgeholt hatte, den ganzen langen Weg, den sie zusammen liefen: die Bahnhofsstraße entlang und über die Notbrücke hinweg, am Westfälischen Hof vorbei und die Bachstraße hinauf durch die Nette – immer nur Düsseldorf und Düsseldorf und wieder und wieder Düsseldorf. Vor lauter Begeisterung hatte er ihre Hand, die gerade jetzt die seine doch so dringend brauchte, losgelassen, um mit beiden Armen zu gestikulieren, während die Worte nur so aus ihm herausströmten, zusammen mit seinem zu eisigen Schwaden gefrierenden Atem.

»Bist du schon mal auf der Königsallee gewesen? So heißt da

die Prachtstraße, aber nur offiziell, die Düsseldorfer nennen sie einfach nur Kö. Natürlich wurden auch da Häuser zerbombt, aber überall zwischen den Ruinen entsteht Neues, egal wohin du schaust, und gestern Abend, als ich ankam, waren ein paar Schaufenster sogar hell erleuchtet. Dass es so etwas überhaupt schon wieder gibt! Und das Geschäft meines Onkels mittendrin, eines der größten und vornehmsten Geschäfte überhaupt, auf der ganzen Kö! Und dann die Kundinnen, die müsstest du mal sehen, Damen von unglaublicher Eleganz, alle in Pelzen und Stöckelschuhen und natürlich geschminkt, mit roten Lippen und roten Fingernägeln – Frauen, wie man sie sonst nur aus Filmen oder Zeitschriften kennt, die gibt es in Altena gar nicht. Wenn ich mir vorstelle, dass ich die bald bedienen soll, bekomme ich fast ein bisschen Angst …«

Je länger er sprach, desto trauriger wurde Gundel. Warum erwähnte er mit keinem Wort, was dieses blöde Düsseldorf für sie beide bedeutete? Die Vorstellung musste für ihn doch genauso entsetzlich sein wie für sie! Oder war ihm das auf einmal egal?

Irgendwann hielt er inne und drehte sich zur ihr um. »Was ziehst du für ein Gesicht? Freust du dich denn gar nicht?«

»Natürlich freue ich mich«, erwiderte sie, obwohl sie sich kein bisschen freute. »Du hast Arbeit und Brot, und das ist ja das Wichtigste von allem.«

Damit er nicht sah, wie ihr wirklich zumute war, wich sie seinem Blick aus. Doch er hob mit der Hand ihr Kinn, so dass sie zu ihm aufschauen musste. Aufmunternd nickte er ihr zu.

»Sei nicht traurig, Gundel. Düsseldorf ist ja nicht aus der Welt. Ich komme so oft wie möglich nach Altena – versprochen! Mindestens einmal im Monat.«

»Nur einmal im Monat?«

Lächelnd strich er ihr über den Kopf. »Wo denkst du hin,

mein süßer, kleiner Liebling? Ich wollte ja auch, wir könnten uns öfter sehen, aber das kann ich mir nicht leisten. Die Fahrkarte kostet mehr, als ich in zwei Wochen verdiene, ich fange ja als Lehrling ganz von vorne an, und ein Zimmer brauche ich in Düsseldorf schließlich auch.«

»Trotzdem … Wie sollen wir es nur so lange ohne einander aushalten? Ein einziges Mal in vier Wochen.«

Das Lächeln auf seinen Lippen verschwand. »Wenn man sich liebt, hält man das aus. Lehrjahre sind keine Herrenjahre.«

»Ich weiß …«

»Außerdem, die Zeit verstreicht schneller, als du denkst. Hauptsache, es geht bergauf.«

»Das nennst du bergauf?«

»Du etwa nicht? Ach, komm schon, so kenne ich dich ja gar nicht.«

Abermals nickte er ihr zu, das Gesicht schon wieder voller Hoffnung und Zuversicht. Obwohl keine Armeslänge sie trennte, fühlte Gundel sich ihm unendlich fern. Woher nahm er diesen Optimismus? Nur weil sein Onkel ihm diese Stelle gab?

Plötzlich kam ihr eine Frage in den Sinn – eine Frage, die so furchtbar war, dass sie sich kaum traute, sie zu stellen.

»Aber tun wir das denn?«, flüsterte sie.

»Was sollen wir tun?«

»Uns lieben. Ich meine – genug, um uns nicht zu verlieren …«

»Aber natürlich tun wir das! Wie kannst du nur fragen? Natürlich lieben wir uns! So sehr, wie zwei Menschen sich überhaupt nur lieben können!«

Ungläubig sah er sie an, als könne er gar nicht verstehen, wovon sie sprach. Und so plötzlich, wie sie eben noch gezweifelt hatte, schämte sie sich jetzt. Mein Gott, wie hatte sie seine Liebe nur in Frage stellen können? Er empfand doch genauso wie sie! Das stand ihm doch im Gesicht geschrieben!

Als er ihre Hand nahm, schloss sie die Augen, in Erwartung seines Kusses.

Doch er küsste sie nicht. »Komm«, sagte er stattdessen. »Gehen wir weiter. Sonst frieren wir hier noch fest.«

Lachend zog er sie fort. Aber noch während sie sich bei ihm unterhakte, fing er schon wieder von seinem Düsseldorf an, von der großen Stadt mit den eleganten Damen, von den wunderbaren Möglichkeiten, die dort auf ihn warteten, von der Aussicht auf eine Karriere und dem vielen Geld, das er irgendwann einmal in Düsseldorf verdienen würde. Gundel fing allmählich an, dieses Düsseldorf zu hassen. Hatte Benno sie denn schon vergessen, noch bevor er überhaupt fort war? Ach ja, sie war ja nur die nette Gundel, und in Düsseldorf lebten all die eleganten Damen, die so elegant und wunderbar waren, dass man Angst vor ihnen haben musste. Im Geiste sah sie, wie Benno vor ihnen niederkniete, um ihnen Schuhe anzuprobieren. Bei der Vorstellung kamen ihr vor lauter Enttäuschung und Angst und Eifersucht die Tränen. Nur mit Mühe schaffte sie es, sie zu unterdrücken.

Als die Fabrik in Sicht kam, blieb Benno stehen, um sich von ihr zu verabschieden.

»Hab keine Angst«, sagte er. »Wir schaffen das.«

»Glaubst du wirklich?«

»Natürlich. Soll ich es dir beweisen?«

»Ja, mein Liebster. Bitte.«

»Ach Gundel. Mein süßer, süßer Schatz.«

Sein Adamsapfel ruckte, ein Zucken umspielte seinen Mund, und während ein Lächeln auf sein Gesicht trat, aus dem seine ganze Liebe zu sprechen schien, beugte er sich zu ihr.

Endlich!

Sie seufzte leise, und wieder schloss sie die Augen. Doch bevor seine Lippen die ihren berührten, ertönte die Fabriksirene.

Feierabend.

Unwillkürlich machte sie einen Schritt zurück. Schon kamen die ersten Arbeiter aus den Werkhallen. Nervös zupfte Benno an seinem Mantel, als habe er plötzlich Angst, nicht korrekt gekleidet zu sein. Und statt sie zu küssen, reichte er ihr nur die Hand.

»Bis morgen, mein Liebling.«

»Morgen?« Gundel schüttelte den Kopf. »Morgen ist Heiligabend.«

»Dann sehen wir uns in der Kirche.«

»Wie denn? Du bist doch katholisch.«

Er blickte sich um, ob jemand sie sah, dann hauchte er ihr einen Kuss auf die Wange.

»Kopf hoch, mein Liebling! Alles wird gut. Das verspreche ich dir. Der liebe Gott wird dafür sorgen.«

Er drückte ihre Hand, ganz fest, wie um sein Versprechen zu besiegeln. Als sie den Druck seiner Hand spürte, war es mit ihrer Beherrschung vorbei, die Tränen schossen ihr in die Augen, und alles in ihr drängte danach, ihm noch einmal zu sagen, wie lieb sie ihn hatte.

Doch bevor sie etwas sagen konnte, kehrte er ihr den Rücken zu und eilte davon in die dunkle Kälte, so beschwingt, als würde er hüpfen.

Nein, nichts würde gut, ganz und gar nicht – sein Gang verriet ja, wie sehr er sich auf Düsseldorf freute. Da konnte auch der liebe Gott nicht helfen.

Einsam und frierend stand sie da und schaute ihm nach, wie er die Bachstraße hinunter verschwand, Schritt für Schritt, immer weiter, bis die dunkle Kälte ihn verschluckte. Und während die Tränen auf ihren Wangen erfroren, fragte sie sich, ob er vielleicht gerade für immer aus ihrem Leben entschwand.

20

Fort! Nur fort von hier! So schnell wie irgend möglich!

Kaum war Tommy in seinem Waggon, holte er seinen Rucksack hervor, um zu packen. Er wollte keine Minute länger in Altena bleiben – Zigaretten hin, Whisky her! Ullas Anblick, wie sie lachend an Jürgen Rühlings Arm durch die Kirchstraße spaziert war, war einfach zu viel gewesen.

Nur das blasse Mondlicht fiel durchs Fenster, um seine Behausung zu beleuchten. Damit er was sah, schaltete er den Strom ein. Zusammen mit der Stehlampe ging das Radio an. Während er in aller Eile das Nötigste in seinen Rucksack warf, sang Hans Albers wieder sein idiotisches Lied.

Wir ziehen auf endlosen Straßen
Durch Tage und Nächte dahin,
Von Gott und den Menschen verlassen,
Ganz ohne Ziel und Sinn …

Zum Glück war das Warenlager bis auf ein paar unverkäufliche Reste geräumt, so dass fast seine ganze verbliebene Habe in den Rucksack passte. Das Einzige, was er vielleicht doch hätte behalten sollen, war »Das Kapital« – der Schmöker hätte ihm in der Ostzone noch nützlich sein können.

Wir wandern auf endlosen Wegen,
Getrieben, verfolgt vom Geschick,
Einer trostlosen Zukunft entgegen.
Wann finden wir wieder zurück? …

Er konnte den Scheiß nicht mehr hören! Fast wütend warf er den Rucksack auf den Tisch und ging ans Radio, um Hans Albers den Garaus zu machen. Den Apparat wollte er sowieso mitnehmen. Wenn er sich schon zehn Stangen Johnny Player und sechs Flaschen Whisky durch die Lappen gehen ließ, blieb ihm nichts anderes übrig. Bei den Russen war der alte Kasten vielleicht noch etwas wert.

Er wollte gerade den Stecker ziehen, da pochte jemand an seinen Waggon. Überrascht drehte er sich um.

Wer zum Teufel konnte das sein?

Als er die Tür aufschob, stand zwischen den Gleisen Gundel Wolf. Mit triefender Nase und tränennassen Augen schaute sie zu ihm auf.

»Ich brauche Ihre Hilfe, Herr Weidner.«

»Sie – meine Hilfe?«

»Ich … ich bin gekommen, um Sie um etwas zu bitten. Etwas, worum meine Schwester Sie schon gebeten hat.«

»Ach so!« Tommy begriff. »Dann hat Ulla Sie also geschickt!«

»Nein, das war meine eigene Idee.«

»Wer's glaubt, wird selig!«

»Bitte, Herr Weidner. Sie sind meine einzige Hoffnung!«

»Ich? Ausgerechnet? Wie kommen Sie denn darauf?«

»Wenn Sie mich anhören, kann ich es Ihnen erklären.«

Voller Misstrauen schaute er sie an. Er wünschte, er hätte ihr Klopfen überhört. Die Wolfs konnten ihm gestohlen bleiben – er wollte mit der ganzen Sippe nichts mehr zu tun haben!

Doch dann sah er Gundel Wolfs Rehaugen, die Unschuld und das Flehen und die Verzweiflung darin.

Widerwillig trat er beiseite.

»Na gut. Kommen Sie rein.«

21

Erleichtert folge Gundel der Aufforderung. Gleichzeitig war ihr angst und bange. Tommy Weidner hatte einen mehr als zweifelhaften Ruf, und sein Waggon erst recht.

Im Innern tönte ihr die Stimme von Hans Albers entgegen.

Nur ein Dach überm Kopf und das tägliche Brot
Und Arbeit für unsere Hände,
Dann kämpfen wir gern gegen Unglück und Not
Und zwingen das Schicksal zur Wende …

Während er die Tür hinter ihr schloss, schaute sie sich in seiner Behausung um. Zu ihrer Überraschung sah es darin kaum anders aus als in einer ganz normalen Wohnung. Bett und Schrank, Tisch und Stuhl, Sessel und Stehlampe, Bilder und Regale an den Wänden.

Die Welt soll wieder schön
In Freiheit und Frieden ersteh'n.
Wir lassen die Hoffnung nicht sinken
Wir glauben trotz Tränen und Leid,
Dass bessere Tage uns winken
In einer neuen Zeit …

Auf dem Tisch lag ein fast fertig gepackter Rucksack.

»Sie verreisen?«, fragte Gundel, obwohl sie das gar nicht interessierte.

Statt ihr zu antworten, schaltete Tommy Weidner das Radio aus.

»Sie wollen, dass ich mit Commander Jones spreche, stimmt's? Damit die Firma Wolf ihre Maschinen behalten und weiterproduzieren kann.«

»Nein«, erwiderte sie, »damit die Arbeiter und Angestellten nicht ihre Arbeit verlieren!«

»Das ist doch ein- und dasselbe.«

»Das ist es nicht, Herr Weidner. Es geht doch gar nicht um die Firma Wolf, es … es geht …« Noch während sie nach den richtigen Worten suchte, platzten diese ganz von allein aus ihr heraus. »Es geht um Ihren Freund Benno. Um Benno und mich!«

Er schaute sie an, als hätte sie Chinesisch gesprochen. »Ich verstehe nur Bahnhof.«

»Aber was gibt es denn da nicht zu verstehen?« Sie spürte, wie ihr ein Kloß im Hals wuchs, nur mit Mühe konnte sie weitersprechen. »Wenn die Firma den Betrieb einstellt und Benno seine Arbeit verliert und mein Vater ihm kündigt, muss er nach Düsseldorf, und dann …«

»Ach so, ich verstehe.«

Gundel schöpfte Hoffnung. »Bitte, Herr Weidner. Sie sind der Liebling des Kommandanten, das weiß die ganze Stadt. Sie organisieren in seinem Auftrag sogar die Weihnachtsfeier im Lennestein, und wenn Sie …«

Plötzlich verfinsterte sich seine Miene, und sie verstummte. Kaum kannte sie ihn noch wieder. Keine Spur mehr von dem Witz und dem Spott, geschweige denn von dem berühmten Charme, den er sonst versprühte.

»Wussten Sie, dass meine Mutter früher mal die Büros der Firma Wolf geputzt hat?«, fragte er mit schneidend kalter Stimme.

»Nein, das wusste ich nicht.«

»Das sollten Sie aber. Meine Mutter hat damals irgendwann ein paar Essensreste mitgehen lassen, die waren von einer Betriebsfeier übrig geblieben, und kein Mensch wollte sie haben. – Ja, meine Mutter hat gestohlen«, fuhr er mit erhobener Stimme fort, wie um möglichen Widerspruch von vornherein zu unterbinden, »aber nur ein paar schäbige Essensreste, mehr nicht, und die hat sie nicht mal für sich genommen, sondern für ihr Kind – für *mich*. Weil sie nicht wusste, wie sie mich von den paar Pfennigen, die sie in der Firma Wolf für ihre Schufterei bekam, sattkriegen sollte! Zur Strafe hat man sie auf die Straße geworfen.«

Der letzte Satz traf Gundel wie eine Ohrfeige. »Das … das tut mir aufrichtig leid, und glauben Sie mir, wenn es irgendwie möglich wäre, ich wünschte von Herzen, ich könnte …«

»Und jetzt erwarten Sie von mir«, fiel er ihr ins Wort, »dass ich Ihrem Herrn Papa den Allerwertesten rette? Sind Sie noch bei Trost? Nein, mein Fräulein, was jetzt mit der Firma Wolf passiert, geschieht vollkommen zu Recht. Leute wie Ihr Vater haben den Karren in den Dreck gefahren, jetzt sollen sie ihn auch wieder rausziehen. Und zwar allein, ohne mich!«

Er kehrte ihr den Rücken zu, und mit ungeduldigen, wütenden Bewegungen machte er sich an seinem Rucksack zu schaffen. Obwohl Gundel sich in Grund und Boden schämte, stand sie wie angewurzelt da, in der verzweifelten Hoffnung, dass seine Wut vielleicht verrauchte und er das Gespräch fortführen würde, wenn er erst fertig gepackt hatte.

Doch offenbar dachte er gar nicht daran. Nachdem er den Rucksack zugeschnallt hatte, marschierte er mit stampfenden

Schritten zum Radio, riss den Stecker aus der Dose und fing an, den Apparat in einer Reisetasche zu verstauen.

»Ist noch was?«, fragte er über die Schulter.

Gundel zögerte immer noch. Aber während sie auf seinen Rücken starrte und sich den Kopf zerbrach, wie sie ihn vielleicht trotz allem irgendwie umstimmen konnte, fuhr er nur unbeirrt fort, seine Sachen zu packen, als wäre sie gar nicht da.

Nein, kein Zweifel – das Gespräch war beendet.

»Bitte entschuldigen Sie, dass ich Sie belästigt habe«, sagte sie leise und wandte sich zur Tür. »Auf Wiedersehen, Herr Weidner. Und … frohe Weihnachten.«

»Ja, ja. Frohe Weihnachten!«

22

Der Schwarze Rabe war eine dunkle, jahrhundertealte Kneipe in der Freiheit, in der sich seit Menschengedenken die halbe Nachbarschaft zum Feierabend traf, Arbeiter und Handwerker und kleine Kaufleute, die in dem von Tabakrauch und Alkoholdunst geschwängerten Lokal bei Schnaps und Bier den Tag ausklingen ließen. Hier führte die Jungfrau Annemarie das Regiment, die fast siebzigjährige Wirtin, die trotz ihres fortgeschrittenen Alters auf dieser Anrede bestand, zum Zeichen ihres angeblich untadeligen Lebenswandels als unverheiratete Frau. Mit ihrer gewaltigen Leibesfülle von zweieinhalb Zentnern thronte sie wie ein Monument auf einem Schemel hinter dem Tresen, um mit ihren kleinen, flinken Augen darüber zu wachen, wer kam und wer ging, während ihre Tochter Annegret an den Tischen bediente, von morgens bis um Mitternacht, ohne auch nur ein einziges Mal ihren Posten zu verlassen. Nicht mal die Toilette suchte sie während der Arbeit auf, weshalb es hinter vorgehaltener Hand hieß, dass der Sitz ihres Schemels, verborgen unter wallenden Gewändern, mit einer sinnreichen Öffnung sowie einer darunter befindlichen Auffangvorrichtung versehen sei.

Hierher hatte Benno seinen Freund Bernd auf ein Glas Bier eingeladen, um sich von ihm zu verabschieden.

»Dann steht es also fest? Du wirst Altena wirklich verlassen und ziehst nach Düsseldorf?«

»Ja, am zweiten Januar fange ich bei meinem Onkel an.«

»Und was sagt Gundel dazu?«

»Sie ist natürlich traurig, genauso wie ich. Aber was bleibt uns anderes übrig? Ich versuche einfach, das Beste daraus zu machen, man muss doch aus allem das Beste machen. Das habe ich ihr auch erklärt, was für eine großartige Chance Düsseldorf ist. Weil, es ist doch eine Chance – auch für uns beide.«

»Bist du dir da so sicher?«

»Und ob! Wenn ich bei meinem Onkel Karriere mache, kann ich um ihre Hand anhalten, und dann heiraten wir, und ich suche uns in Düsseldorf eine Wohnung, und sie kommt nach, und wir ziehen zusammen und gründen eine Familie und …«

»Hast du ihr das auch alles gesagt?«, unterbrach Bernd.

Benno schüttelte den Kopf: »Nein, natürlich nicht. Ich will ihr doch keine vorschnellen Hoffnungen machen, sonst ist sie nur enttäuscht, wenn nicht gleich alles wie am Schnürchen klappt.«

»Aber was, wenn es wirklich nicht klappt in deinem schönen Düsseldorf? Hast du keine Angst, dass es dann mit euch vorbei sein könnte?«

»Daran will ich erst gar nicht denken. Es *muss* einfach klappen! Es ist doch unsere einzige Möglichkeit!«

Benno hob sein Glas, um mit Bernd anzustoßen. Der aber ließ sein Glas stehen, und statt zu trinken, strich er sich mit seiner schweren Maurerhand über den Borstenkopf und dachte eine lange Weile schweigend nach.

»Benno Krasemann«, sagte er schließlich, »ich glaube, du bist ein ziemlicher Idiot.«

»Was soll das denn jetzt?«

»Man muss einer Frau immer die Wahrheit sagen. Sonst wird das nichts. Zumindest nicht auf Dauer.«

»Das sagt der Richtige! Du hast Ruth ja noch nicht mal gesagt, dass du sie liebst.«

Bernd verzog kurz das Gesicht. »Das ist was anderes«, sagte er dann. »Ruth ist schließlich verheiratet.«

»Das ist sie erst jetzt«, erwiderte Benno. »Doch damals, als es drauf ankam, da war sie es noch nicht. Da warst du einfach nur zu feige.«

Er versuchte, Bernds Blick zu fangen, doch der wich ihm aus. »Ich weiß ja …«, sagte er leise. »Ich weiß.« Während er stumm sein Glas in der Hand drehte, schaute er mit leeren Augen auf die abgestandene Pfütze Bier, die darin schwappte. »Ja, ich weiß …«

Er sprach mit solcher Grabesstimme, dass Benno lieber den Mund gehalten hätte. Um seinen Fehler wiedergutzumachen, griff er nach dem Arm seines Freundes.

»Du bereust es noch immer, stimmt's?«

Bernd nickte. »Ich war so ein Idiot. So ein gottverdammter, feiger Idiot …« Er setzte sein Glas an die Lippen und trank sein restliches Bier in einem Zug leer. Dann wischte er sich den Schaum von den Lippen und knallte das leere Glas zurück auf den Tisch. »Aber das heißt noch lange nicht, dass du auch ein Idiot sein musst! Also rede mit Gundel, und zwar gleich morgen!«

»Bist du verrückt?« Benno hatte so laut gesprochen, dass die Gäste an den Nachbartischen sich umdrehten und die Jungfrau

Annemarie mit tadelnder Miene von ihrem Tresen zu ihm herüberschaute. »Morgen ist Heiligabend«, fügte er leise hinzu, »da kann ich unmöglich bei Gundel aufkreuzen. Ihr Vater ist immer noch mein Chef!«

»Ja und?« Unbeirrt erwiderte Bernd seinen Blick. »Willst du darum dein Glück aufs Spiel setzen?«

23

Der Strom war schon gekappt, nur das Licht des Mondes fiel durchs Fenster und beleuchtete das Innere des Waggons. Tommy nahm die letzte Flasche Schnaps, die von seinen Beständen übrig geblieben war, aus dem leeren Regal und steckte sie in die Tasche seines Wehrmachtsmantels. Dann hob er seinen Rucksack vom Boden und schulterte ihn.

Während er den Sitz der Träger nachbesserte, schaute er sich noch einmal um.

Mehr als anderthalb Jahre hatte er hier gelebt, seit dem Tag, als er aus der britischen Gefangenschaft entlassen worden und nach Altena zurückgekehrt war. Ein Bahnwärter hatte ihm den Tipp gegeben. Jetzt fiel ihm der Abschied schwerer als erwartet. Das Bett, der Tisch und der Stuhl, der Sessel und die Stehlampe, die Regale und die Bilder an den Wänden – all das war nicht nur seine Behausung gewesen, sondern auch sein Zuhause, so viele Wochen und Monaten lang. Wie vertraut ihm die Dinge in dieser Zeit geworden waren. Fast glaubte er, in ihren Schatten Gesichter zu sehen, Gesichter von Menschen, die ihn hier besucht hatten, von Freunden, von Benno und Bernd, von Frauen und Mädchen, hörte ihre Stimmen und ihr Lachen … Die Gesichter kamen und gingen, tauchten kurz aus den Schatten auf und verschwanden sogleich, einander abwechselnd wie in einem

Reigen, um schließlich einem einzigen Gesicht zu weichen, einem einzigen Gesicht und einer einzigen Stimme und einem einzigen Lachen.

Aus und vorbei! Ursula Wolf hatte es so entschieden.

Plötzlich erschien ihm der Waggon nur noch kalt und leer und fremd in seiner gespenstischen Verlassenheit, und er war froh, dass er diese letzte Nacht in Altena nicht hier verbringen musste, bevor er am nächsten Morgen den erstbesten Zug nehmen würde, der ihn aus der Stadt brachte.

Jetzt war nur noch eins zu tun.

Er trat an den Tisch und zog die Schublade auf. Im Mondlicht schimmerte die dunkelrot lackierte Schatulle, die er aus einer alten Käseschachtel und einem Stück Samt angefertigt hatte. Ein Glück, dass es nie zu einem Kuss gekommen war. Vielleicht würde die Kette ja schon bald eine andere Frau glücklich machen.

Er nahm die Schatulle und steckte sie in die Reisetasche, in der er sein Radio verstaut hatte. Als er sich zum Gehen wandte, fiel sein Blick auf den Zettel mit Barbaras Anschrift – er klemmte immer noch an der Stelle am Spiegel, wo sie ihn befestigt hatte. *Für den Fall, dass du mal traurig bist* … Er hatte nie Gebrauch von der Aufforderung gemacht. Und trotzdem hatte sie sein Schicksal besiegelt. Ach, hätte Ulla ihn nur angehört, er hätte ihr alles erklärt. Aber statt ihn anzuhören, hatte sie ihm einen Tritt versetzt wie einem Straßenköter und ihn verletzt, wie noch kein Mensch zuvor ihn je verletzt hatte und kein Mensch ihn je wieder verletzen würde.

Einer wie du …

Er schob die Waggontür auf, und ohne sich noch einmal umzudrehen, verließ er seine ehemalige Behausung und kletterte ins Freie.

Eiseskälte schlug ihm entgegen. Unwillkürlich griff er in seine Manteltasche, um sich zu vergewissern, dass die Flasche Schnaps an ihrem Platz war.

Die würde er diese Nacht brauchen.

24

Benno fror in seiner ungeheizten Dachkammer so sehr, dass ihm die Zähne aufeinanderschlugen, während er sich zur Nacht auszog. Entsprechend eilig hatte er es, in sein vorgewärmtes Bett zu kommen. Seit seine Eltern nach Essen gezogen waren, wo sein Vater eine Anstellung als Kraftfahrer bei den Stahlwerken Krupp gefunden hatte, wohnte er bei einer Lehrerwitwe zur Untermiete im Nalshof, unweit der Lutherkirche. Frau Pfannenstiel, so ihr Name, umhegte ihn wie einen Sohn – ihre zwei eigenen Söhne waren beide im Krieg gefallen, und Töchter hatte sie keine. Sie sparte sich für ihn nicht nur buchstäblich die Lebensmittelmarken vom Munde ab, damit er bei ihr satt zu essen bekam, sie hatte ihm auch das Oberbett ihres Mannes überlassen, eine herrlich warme Zudecke aus flauschigen Gänsedaunen von Betten-Prange, und versorgte ihn außerdem jeden Abend vor dem Schlafengehen mit einer heißen Wärmflasche, so dass er nachts so wohlig schlief wie ein Murmeltier.

Doch an diesem Abend fand er keinen Schlaf. Wieder und wieder ging ihm das Gespräch mit Bernd durch den Kopf. Hatte sein Freund recht mit dem, was er sagte? Bernd war zwar ein schlichtes Gemüt, aber gerade darum kam er der Wahrheit oft näher als andere, und wenn er einem so gründlich die Leviten las, wie er das heute im Schwarzen Raben getan hatte, dann geschah das nie ohne Grund. Das hatte sich in der Vergangenheit schon öfter bewahrheitet, als es Benno jetzt lieb war.

Ach, es war ein Fehler gewesen, Gundel von Düsseldorf vorzuschwärmen wie vom Gelobten Land, ein Fehler und auch eine Lüge! In Wahrheit würde er ja viel lieber in Altena bleiben, bei ihr, statt in die fremde Großstadt zu ziehen. Warum hatte er ihr das nur nicht gesagt?

Von wegen, Düsseldorf ist nicht aus der Welt …

Bei der Vorstellung, dass er sie allein zurücklassen würde und sie einander höchstens einmal im Monat sehen könnten, bekamen seine Gedanken Hörner. Wie lange würde es wohl dauern, bis er Gundel an einen anderen verlor? Sobald er fort war, würden die Männer bei ihr Schlange stehen, Gundel war nicht nur bildhübsch, sondern auch bei jedermann beliebt, und es war nur eine Frage der Zeit, bis sie den Nachstellungen eines Verehrers erlag, der täglich bei ihr sein würde, um sich um sie zu kümmern. Und das alles nur, weil es in Altena keine Arbeit mehr für ihn gab.

Ja, Bernd hatte recht, er musste mit ihr sprechen, ihr sagen, wie sehr er sie liebte, und dass alles, was er tat, er doch nur für sie beide tat, damit sie heiraten und zusammenbleiben konnten, ein Leben lang, weil er sich ein Leben mit einer anderen Frau überhaupt nicht mehr vorstellen konnte. Gleich morgen würde er sie besuchen! Und wenn tausendmal Heiligabend war!

Kaum hatte er den Entschluss gefasst, spürte er, wie die stundenlange Anspannung allmählich von ihm abfiel und eine wohlige Müdigkeit ihn überkam. Doch er war noch nicht eingeschlafen, da hörte er plötzlich ein Geräusch. Wie wenn jemand Steinchen an sein Fenster werfen würde.

Mit angehaltenem Atem lauschte er in die Dunkelheit hinein.

Tatsächlich – schon wieder.

Er warf die Decke zurück und verließ das Bett.

Als er das Fenster öffnete, sah er unten auf der Straße Tommy.

Obwohl er in seinem dünnen Schlafanzug fast erfror, beugte er sich hinaus.

»Was zum Teufel willst du?«

»Mich noch einmal mit dir besaufen!« Tommy reckte ihm eine Flasche Schnaps entgegen. »Los! Beweg deinen Arsch und mach endlich auf!«

25

Vom Turm der Lutherkirche schlug es Mitternacht. Obwohl der selbstgebrannte Fusel wie Feuer in der Kehle brannte, war die Flasche schon fast leer.

Tommy musste rülpsen. »Auf Bernd Wilke! Altenas einzig wahren Weisen!«

Trotz seines Sodbrennens nahm er noch einen Schluck, dann wischte er mit dem Ärmel über den Flaschenhals und reichte Benno den Schnaps. Der erwiderte seinen Toast.

»Auf Bernd Wilke!«

Tommy war froh, dass niemand sie in Bennos Kammer sah. Angelehnt an die Wand unter der Dachschräge, mit dem Kopfkissen im Rücken und der gemeinsamen Zudecke vor der Brust, saßen sie Seite an Seite auf dem Bett wie ein altes Ehepaar. Aber was sollte man machen? Anders war es in der kalten Bude nicht auszuhalten.

Benno gab Tommy die Flasche zurück.

»Dann soll ich also tun, was Bernd sagt, und morgen mit Gundel sprechen?«

Die Frage war Salz in Tommys Wunde, außerdem war er so betrunken, dass er keinen klaren Gedanken mehr fassen konnte. Er selbst traute der ganzen Wolf-Sippe nicht mehr über den Weg – Ulla hatte ihn schließlich genauso kaltschnäuzig abserviert wie ihr Vater damals seine Mutter … Dann aber sah er die Verzweiflung in Bennos Gesicht, und trotz des vielen Alkohols fiel ihm wieder ein, weshalb er überhaupt hergekommen war … Nein, es reichte, wenn einer von ihnen unglücklich war! Außerdem war Gundel Wolf anders als ihre Schwester, wenn nicht alles trog, liebte sie Benno wirklich, obwohl auch sie das reiche Töchterchen war und Benno nur ein kleiner Stift in der Fabrik ihres Vaters.

»Auf jeden Fall musst du mit ihr sprechen!«, sagte er. »Je eher, desto besser!«

»Glaubst du wirklich?« Ein kleines bisschen Hoffnung klang aus Bennos Stimme.

»Meine feste Überzeugung!«

»Aber werden ihre Eltern mich nicht rausschmeißen, wenn ich da an Heiligabend reinplatze?«

Tommy hatte das Gefühl, dass jetzt der richtige Augenblick für seinen Auftritt gekommen war. Obwohl es ihn in der Kälte Überwindung kostete, verließ er das warme Nest.

»Was hast du vor?«

Nicht mehr ganz sicher auf den Beinen, beugte er sich über seine Reisetasche. »Wenn du morgen Gundel besuchst, solltest du ein Geschenk für sie haben, meinst du nicht auch? Schließlich haben wir Weihnachten, wie du gerade zu Recht bemerkt hast.«

Statt einer Antwort stieß Benno nur einen Seufzer aus.

Tommy brauchte zwei Versuche, um den Reißverschluss der Tasche zu öffnen, und es dauerte eine Weile, bis er in dem Durcheinander fand, wonach er suchte. Dann kehrte er zu seinem Freund zurück.

Irritiert blickte Benno auf die Schachtel in seiner Hand.

»Was ist das?«

»Schau doch mal nach!«

Als er den Deckel öffnete, fiel der ihm fast aus der Hand.

»Willst du mich verarschen?«

Tommy grinste. »Hast du nicht gesagt, so ein Geschenk würdest du Gundel auch gern mal machen? Ich bin sicher, damit steigen deine Chancen ganz gewaltig! Und nicht nur bei deiner Liebsten, sondern auch bei den geschätzten Schwiegereltern in spe!«

Benno gab ihm die Schachtel zurück. »Das kann ich unmöglich annehmen!«

»Und ob du das kannst!«, erwiderte Tommy. »Erstens habe ich keine Verwendung mehr für die Kette. Und zweitens kann Gundel gerade ein bisschen Trost gut brauchen. So elend, wie ihr zumute ist.«

Benno runzelte die Stirn. »Woher weißt du, wie es ihr gerade geht? Hast du sie etwa gesehen?«

Tommy zuckte die Achseln. »Ja, sie war bei mir. Noch heute Abend, in meinem Waggon!«

»Was sagst du da? In deiner Lasterhöhle?«

Tommy hob zum Zeichen seiner Unschuld die Arme. »Um Gottes willen, nicht, was *du* denkst!«

Wie vom Affen gebissen, schnellte Benno aus dem Bett. »Weshalb war Gundel bei dir? Sag mir die Wahrheit, du Mistkerl!«

Er war so außer sich, dass Tommy vorsichtshalber einen Schritt zurückwich.

»Jetzt reg dich ab, du Idiot! Es ist nichts passiert! Nicht das Geringste! Ich schwöre! Gundel wollte mich nur um einen Gefallen …«

Mitten im Satz brach er ab. Doch zu spät – er hatte sich schon verplappert.

»Was für einen Gefallen?« Bennos Gesicht verdüsterte sich noch mehr. »Los, raus mit der Sprache! Mach dein verfluchtes Maul auf! Oder ich mache Hackfleisch aus dir!«

26

Leise rieselte der Schnee vom mondlosen Himmel auf die in Schlaf und Traum versunkene Stadt, als Benno mit Tommy hinaus in die Kälte trat. Die enge Gasse war erfüllt mit Schweigen, und die Fenster der kleinen, geduckten Fachwerkhäuser spiegelten dunkel und blind die Nacht. Nur im Pfarrhaus neben der Lutherkirche brannte noch Licht. Wahrscheinlich bereitete Pastor Michel seine Weihnachtspredigt vor.

Schwarz erhob sich die Burg Holtzbrinck am Ufer der zugefrorenen Lenne, als sie die Kirchstraße erreichten. Doch auch in der Kommandantur waren sämtliche Lichter erloschen, wie in der ganzen Nachbarschaft.

»Siehst du?« Tommy blieb stehen. »Kein Mensch mehr da! Habe ich ja gleich gesagt.« Fast schien er erleichtert.

»Dann versuchen wir es morgen früh noch mal«, erwiderte Benno.

»Morgen ist Heiligabend.«

»Ja und?«

»Da wollen die Engländer auch ihre Ruhe haben.«

Tommy wollte kehrtmachen, doch Benno fasste ihn am Kragen.

»Eine Frage, Thomas Weidner: Bist du mein Freund oder nicht?«

»Natürlich bin ich dein Freund. Aber …«

»Kein Aber!« Benno packte noch fester zu. »Wenn du mein Freund bist, musst du es tun!«

»Und was, wenn Ulla davon erfährt?«

»Was wäre daran so schlimm?«

Mit betrunkenen Augen schaute Tommy ihn an. Ihre Gesichter waren einander so nah, dass Benno die Alkoholfahne roch. Tommy hatte die Flasche Schnaps fast allein geleert.

»Blöde Frage!« Er stieß einen Rülpser aus. »Dann bildet sie sich ein, ich hätte das ihr zuliebe getan! Und das wäre das Letzte, was ich will.«

Benno zuckte die Achseln. »Von mir erfährt sie kein Wort! Hauptsache, du sprichst morgen mit Major Jones. Wirst du das tun?«

Tommy wich seinem Blick aus.

»Ob du das tun wirst! Ja oder nein?«

Er nickte, doch ohne die Zähne auseinanderzukriegen.

»Lauter! Ich hab nichts gehört!«

»Jaha! Aber nimm endlich deine Furtfinger von meinem Kragen!«

»Versprochen?«

Tommy nickte ein zweites Mal. »Versprochen.«

»Na, also!« Benno ließ ihn wieder los. »Aber wehe, du lässt mich im Stich. Dann sind wir Freunde gewesen.«

»Okay, okay, okay«, erwiderte Tommy. »Aber um ehrlich zu sein«, fügte er dann hinzu, »mir wäre es tausendmal lieber, du würdest die scheiß Kette nehmen.« Er griff in seine Manteltasche und holte die Schatulle hervor. Mit seinem betrunkenen Grinsen fuchtelte er damit vor Bennos Nase. »Willst du es dir nicht noch mal überlegen?«

27 Die ganze Nacht hindurch fiel der Schnee auf die Stadt herab, und auch am nächsten Tag hörte es nicht auf zu schneien, so dass am Heiligen Abend die Häuser und Straßen und Gassen Altenas wie auch die Burg und der Schlossberg über der Lenne unter einer dicken, weißen Schneedecke lagen, als von den Türmen der Kirchen die Glocken schlugen, von der katholischen Pfarrkirche St. Matthäus ebenso wie von der evangelischen Lutherkirche und den Tempeln der Calvinisten und freikirchlichen Gemeinden, um das Weihnachtsfest einzuläuten.

Vor dem Abendessen hatte Ruth ihr schönstes Kleid aus vergangenen Zeiten angezogen, als sie noch nicht Ruth Nippert gewesen war, sondern Ruth Wolf: ein Etuikleid aus scharlachrotem Samt mit gleichfarbigem Satineinsatz, das sie von ihren Eltern zum achtzehnten Geburtstag bekommen hatte. Lotti Mürmann hatte Fritz erlaubt, in ihrem Wäldchen ein wenig Holz zu schlagen, so dass nun im Ofen ein die ganze Dachwohnung mit wohliger Wärme füllendes Feuer brannte, und als sie nach dem Essen den Tisch abräumte, war sie so glücklich und zufrieden wie schon seit einer Ewigkeit nicht mehr. Dank der wunderbaren Sachen, die ihre Mutter gebracht hatte, waren sie heute nicht nur rundum satt geworden, sondern hatten sogar richtig geschlemmt. Winfried hatte ganz allein eine Fünfzig-Gramm-Dose Leberpastete verputzt, und Ruth hatte drei Scheiben von dem köstlichen Räucherlachs gegessen, den es auch in der elterlichen Villa früher zu Heiligabend stets gegeben hatte. Sogar Fritz war auf seine Kosten gekommen. Die Delikatessen von Feinkost Jürgens hatte er zwar nicht angerührt – »eher verhungere ich, als dass ich von dieser Familie auch nur einen Kanten Brot annehme –«, aber dafür hatte er sich mit umso größerem Appetit an dem Sandkuchen schadlos gehalten, den er so gern aß und den Ruth nur für ihn gebacken hatte, mit dem Mehl und den Eiern und der Margarine, die es als Sonderzulage zum Weihnachtsfest gegeben hatte, genauso wie den Bohnenkaffee, von dem Fritz und sie nun zum Abschluss ihres Festmahls jeder eine Tasse tranken, sogar mit ein paar Tropfen Dosenmilch darin und jeweils einem halben Löffel Zucker.

»Und jetzt die Bescherung.«

Winfried hüpfte vor Freude auf seinem Stuhl, als das erlösende Wort fiel, und klatschte in beide Hände.

»Au ja, Mutti! Bescherung!«

Ruth zog die Tischschublade auf und holte daraus ein kleines, in Seidenpapier eingeschlagenes Päckchen hervor, um es ihrem Sohn zu reichen.

»Dann schau mal nach, was das Christkindchen dir gebracht hat.«

Das Papier stammte von der Apfelsine, die Lotti Mürmann ihnen zum Fest geschenkt hatte und die sie sich am ersten Weihnachtstag zum Nachtisch teilen würden. Ganz vorsichtig, um es nicht zu zerreißen, öffnete Winfrid mit seinen kleinen Fingern das Päckchen.

Als er entdeckte, was darin war, strahlte er übers ganze Gesicht.

»So ein liebes Christkindchen!«

Überglücklich hielt er ihr eine Puppe mit grünem Anzug und roten Zottelhaaren entgegen, die sie aus alten Stoffresten genäht hatte. Ruth musste schlucken. Die unschuldige Freude ihres Kindes war für sie beglückender als das schönste Weihnachtsgeschenk.

»Das ist ab heute dein neuer Spielkamerad«, sagte sie. »Hast du vielleicht eine Idee, wie du ihn nennen willst?«

Winfried dachte kurz nach, vor Anstrengung kräuselte sich seine Stirn. Dann sagte er: »Ja, Mutti – *Hitler*!«

»Um Himmels willen! Wie kommst du denn darauf?«

Winfried brauchte für die Antwort keine Sekunde. »Vati hat gesagt, Hitler war ein großer Mann!« Voller Stolz drehte er sich zu Fritz herum. »Das hast du doch gesagt, Vati, oder?«

Der wollte etwas erwidern, doch Ruth kam ihm zuvor.

»Was bist du doch für ein süßer kleiner Schatz! Aber ich glaube, Hitler ist kein guter Name für einen Spielkameraden. Wie wär's mit Kalle?«

»Ja, Kalle!«, rief Winfried. »Kalle ist schön. Noch schöner als Hitler!«

Ruth atmete auf. Während Winfried die Puppe an sich drückte, griff Fritz in seine Jackentasche.

»Da ist noch etwas für dich.«

Mit großen Augen schaute Winfried auf die geschlossene Faust seine Vaters, die dieser ihm entgegenstreckte.

»Noch ein Geschenk vom Christkindchen?«

»Nein, nicht vom Christkindchen. Von deinem Vater.« Fritz öffnete die Faust. In seiner Hand blinkte ein Eisernes Kreuz. »Das ist ein Orden«, erklärte er. »Den hat der Vati im Krieg bekommen. Für besondere Tapferkeit vor dem Feind.«

Winfrieds kleines Gesicht füllte sich mit Andacht. »Darf ich das anfassen?«

»Aber natürlich, mein Junge.«

Fritz gab ihm das Eiserne Kreuz, und während sein Sohn es von beiden Seiten betrachtete, griff er ein zweites Mal in seine Jackentasche, um diesmal ein blankpoliertes Koppelschloss daraus hervorzuholen.

»Was ist das?«, fragte Winfried.

»Das haben dein Vater und seine Kameraden im Krieg an ihrer Uniform getragen.« Mit der Schüttelhand zeigte er auf den Spruch, der auf dem Schloss eingraviert war. »Weißt du, was da steht?« Er hielt kurz inne, dann las er die Worte vor: *»Unsere Ehre heißt Treue!«*

Winfried staunte, ohne zu begreifen. Fritz nahm ihm den Orden wieder ab, und zusammen mit dem Koppelschloss legte er ihn auf den Tisch.

»Diese beiden Dinge sind unser wertvollster Besitz. Davon hat Vati sich nie getrennt, nicht mal in der Gefangenschaft bei den Russen. Obwohl man ihn dafür hätte töten können.«

»Nicht solche Sachen«, sagte Ruth. »Bitte! Dafür ist der Junge doch noch viel zu klein.«

Fritz ignorierte ihre Bemerkung. »Und weißt du auch«, fügte er, an seinen Sohn gewandt, hinzu, »warum der Vati das getan hat? Damit du das beides eines Tages mal bekommst. Aber natürlich erst, wenn du groß bist. So lange passe ich für dich darauf auf.«

Winfrieds Augen wurden noch größer. »Danke, lieber Vati. Danke!«

»Mein braver Junge.« Mit der gesunden Hand strich Fritz ihm über den Kopf. »Willst du mir etwas versprechen?«

»Ja, Vati! Was?«

»Versprich mir, dass du den Spruch nie vergisst.«

»Was für einen Spruch?«

»Unsere Ehre heißt Treue«, wiederholte Fritz. »Komm, versuch mal, ihn nachzusprechen, damit du ihn behältst.« Aufmunternd nickte er ihm zu. *»Unsere Ehre heißt Treue.«*

Winfried war Feuer und Flamme. »Unsere Ehre heißt Reue …«

Fritz' Miene verfinsterte sich für eine Sekunde, doch dann huschte ein Lächeln über sein Gesicht. »Na, vielleicht bist du ja doch noch ein bisschen zu klein.«

»Nein«, protestierte Winfried. »Ich bin nicht klein! Ich bin schon groooß!«

Jetzt lächelte Fritz wirklich, und während sein Sohn die Arme nach ihm ausstreckte, beugte er sich über ihn und küsste ihn auf die Stirn.

Ruth spürte, wie ihr vor lauter Glück die Tränen kamen. Nein, man brauchte keinen Baum, um den Heiligen Abend zu feiern. Nur ein bisschen Liebe.

»Hatschi!«, machte Winfried.

»Gesundheit!«

Fritz nahm seine Serviette und wischte ihm über das Näschen. Erst jetzt fiel Ruth auf, dass ihr Mann den ganzen Abend noch kein einziges Mal gehustet hatte.

Was für ein schönes, gesegnetes Weihnachtsfest …

Eine lange Weile war es feierlich still in der Küche, nur das Glockengeläut der Lutherkirche war von draußen zu hören.

Fritz schaute auf seine Uhr. »Ich glaube, es wird Zeit«, sagte er und stand auf.

»Ja, du hast recht.« Ruth rückte ihren Stuhl vom Tisch, um sich gleichfalls zu erheben. »Sonst bekommen wir keinen Platz mehr in der Kirche.«

Fritz schüttelte den Kopf. »Dahin müsst ihr zwei allein gehen. Ich bin verabredet.«

»Am Heiligen Abend?«

»Ein Treffen mit den Kameraden.« Er nahm den Orden und das Koppelschloss vom Tisch und ließ beides wieder in seiner Jacke verschwinden. »Du weißt schon, im Lennekeller.«

Als er an die Küchentür trat, um nach seinem Mantel zu greifen, der dort am Haken hing, hielt Ruth ihn zurück.

»Bitte, Fritz! Tu uns das nicht an. Nicht an diesem schönen Abend. Lass heute mal die Kameraden und komm mit in die Kirche!«

»Was zum Teufel soll ich da?« Mit einem Ruck machte er sich

von ihr los. »Du weißt doch, das Einzige, woran ich glaube, ist, dass zwei Pfund Rindfleisch eine gute Suppe ergeben. – Außerdem«, fügte er hinzu, als sie widersprechen wollte, »wo soll ich sonst Arbeit finden?« Wie zum Beweis hob er seinen Schüttelarm. »Oder willst du, dass der Vater deines Sohns tatsächlich Altenas Straßen fegen muss?«

28

Vom Turm des Nettedömchens läuteten die Glocken mit feinem, hellem Klang, als in der Villa Wolf die Geschenke ausgepackt wurden. Wie jedes Jahr hatte man auch an diesem Heiligen Abend zuerst musiziert – »Musik ist Labsal für die Seele und reinigt die Gedanken!« –, und obwohl von dem Familienquartett aufgrund von Ruths Ausfall nur noch ein Terzett übrig geblieben war, hatte sich Gundels Sorge, es könne sich wegen der unrechtmäßig erstandenen Delikatessen womöglich bei Tisch ein Streit zwischen den Eltern entzünden, in Luft und Harmonie aufgelöst. Das gelungene Hauskonzert hatte den Vater so friedlich gestimmt, dass er über die Missachtung seiner Anordnungen mit einem Schmunzeln hinweggesehen und sich wie alle andern an den herrlichen Leckereien von Feinkost Jürgens gütlich getan hatte, bevor man zur Bescherung in den Salon hinübergewechselt war, wo der mit Kerzen und Kugeln sowie Unmengen von Lametta und Engelshaar geschmückte Ficus der Mutter als Weihnachtsbaum erstrahlte.

Aber so üppig das Weihnachtsessen ausgefallen war, so bescheiden fiel nun die Bescherung aus. Noch nie hatte es in der Villa Wolf so wenige Geschenke am Heiligen Abend gegeben wie in diesem Jahr. Doch angesichts der drohenden Demontage der Firma verstand es sich von selbst, Verzicht zu leisten. Die

Gaben, die unter dem Gummibaum lagen, waren im Vergleich zu früheren Weihnachtsfesten kaum mehr als Aufmerksamkeiten. Der Vater bekam eine neue Fliege, die Mutter eine Packung Guano zum Düngen ihrer Pflanzen, Ulla ein Paar Handschuhe und Betty ein neues Häubchen für die Arbeit.

»Eigentlich ist es so doch viel schöner«, sagte die Mutter. »So schlicht und einfach wie einst im Stall von Bethlehem.«

Obwohl Gundel das größte Geschenk bekommen hatte, einen mit Rosshaar bespannten Geigenbogen aus glänzendem Brasilholz, den sie sich schon seit langem wünschte, saß sie wie eine Puppe da, ohne innerlich an der Bescherung teilzunehmen. Statt wie sonst mit Ulla die Süßigkeiten auf den Weihnachtstellern zu tauschen – drei Spekulatius gegen einen Dominostein oder eine Aachener Printe gegen zwei Pfeffernüsse –, musste sie die ganze Zeit an Benno denken, an Benno und ihre bevorstehende Trennung. Wie lange würde es dauern, bis er sie in dem großen, glanzvollen Düsseldorf mit all den eleganten und verführerischen Damen, die sich die Lippen schminkten und die Nägel lackierten, vergessen hatte? Bei dem Gedanken kamen ihr die Tränen. Vierundzwanzig Stunden war es her, dass sie bei Tommy Weidner gewesen war, vierundzwanzig Stunden, in denen sie gehofft und gebangt hatte, Bennos Freund würde ihnen vielleicht helfen – sie hatte in der Nacht kein Auge zugetan und immer wieder zum lieben Gott darum gebetet … Benno hatte ja gesagt, der liebe Gott würde es gut mit ihnen meinen. Ach, wie hatte sie nur so naiv sein können? Tommy Weidner hatte ihr ja nicht den geringsten Grund zur Hoffnung gegeben, im Gegenteil, er hatte ihr buchstäblich die kalte Schulter gezeigt. Und dem lieben Gott war sie genauso egal wie Benno mit seinen Großstadtfrauen.

Man wollte gerade zur Christmette aufbrechen, da klingelte

es an der Tür. Während man sich noch verwundert anschaute, kam Betty mit dem Gast herein.

»Benno – *du*?«, platzte Gundel heraus.

Völlig atemlos stolperte er in den Salon, und ohne auf sie zu achten, stürzte er direkt auf ihren Vater zu.

»Gute Nachrichten, Herr Wolf! Ganz wunderbare Nachrichten sogar! Die Demontage wird gestoppt! Anordnung von Commander Jones! Die Firma Wolf kann weiterproduzieren!«

»Was … was sagst du da?«

Dem Vater klappte der Kinnladen runter, ungläubig starrte er seinen Lehrling an, und auch den anderen verschlug die unverhoffte Freudenbotschaft die Sprache.

Die Mutter war die Erste, die ihre Fassung wiedererlangte.

»Was für ein wunderbares Weihnachtsgeschenk! Das schönste, das man sich nur wünschen kann.« Sie trat an den Gummibaum und streichelte ein mit Engelshaar behangenes Blatt. »Aber habe ich es nicht immer gesagt? Solange mein Ficus wächst und gedeiht …«

»Von wem stammt die Auskunft?«, fiel der Vater ihr ins Wort.

»Das darf ich nicht sagen«, erwiderte Benno. »Aber ich weiß es aus sicherster Quelle. Und zwar von dem Mann, der Major Jones die Zusicherung abgerungen hat.«

Wie auf Kommando blickten die Schwestern sich an.

»Und was jetzt?«, fragte Gundel, die sich noch gar nicht traute, Hoffnung zu schöpfen.

»Papa muss sofort den Kommandanten aufsuchen«, erklärte Ulla. »Um sich die Nachricht bestätigen zu lassen.«

»Wo denkst du hin, Kind?«, fragte der Vater. »Heute ist Heiligabend!«

»Ja und? Den feiern die Engländer doch gar nicht, die haben ja ihren Christmas Day! Und der ist erst morgen!«

»Das spielt keine Rolle.« Mit vor Aufregung zitternden Fingern korrigierte er den Sitz seiner neuen Fliege. »So etwas tut man einfach nicht als kultivierter Mensch.«

»Ja, das wäre äußerst ungehörig«, pflichtete die Mutter ihm bei. »Schließlich sind wir nicht bei den Hottentotten. Außerdem ist es Zeit für die Kirche. Pastor Michel fängt sonst noch ohne uns an. Also tut mir die Liebe und holt eure Mäntel.«

29

In der Tat, im englischen Brauchtum existierte der Heilige Abend nicht. Da Major Jones aber deutsche Bräuche mehr liebte als jeder Deutsche, hatte er trotzdem zu einem kleinen Umtrunk in die Kommandantur geladen, so dass sich zwei Dutzend Gäste, britische Besatzungsoffiziere sowie einige wenige Vertreter der Altenaer Bürgerschaft, in der Eingangshalle der Burg Holtzbrinck eingefunden hatten, um mit deutschem Bier und englischem Punsch auf die allmähliche Verständigung der beiden Völker anzustoßen, die vor nicht allzu langer Zeit noch bis aufs Blut miteinander verfeindet gewesen waren.

Walter Böcker nahm die Gelegenheit ebenso entschlossen wie freudig wahr, um die Stadt und sich selbst bei Major Jones ins rechte Licht zu setzen. Steter Tropfen höhlt den Stein! Mit einer kleinen Metallfigur in der Hand, die er eigens zu diesem Zweck hatte anfertigen lassen, trat er auf den Kommandanten zu, sobald dieser seine kurze Willkommensrede gehalten und den zweisprachigen Toast ausgebracht hatte.

»Ich weiß, ich weiß«, sagte er, als er den überraschten Blick des Majors sah, »bei Ihnen findet die Bescherung erst morgen statt. Doch wie heißt es bei uns so schön? Kleine Geschenke erhalten die Freundschaft! In diesem Sinn: Frohe Weihnachten!«

»Same to you, Mr. Böcker! Merry Christmas!«

Walter drückte ihm die Plastik in die Hand. »Echt Bronze, Commander. Damit Sie wissen, wie viel die Völkerverständigung uns Altenaern wert ist!« Um sich zu vergewissern, dass niemand ihn hörte, blickte er sich kurz um, dann fügte er mit gesenkter Stimme hinzu: »Und nehmen Sie das kleine Präsent bitte auch als Ausdruck meines ganz persönlichen Danks für das Vertrauen, das Sie der Firma Böcker & Söhne bewiesen haben – Sie wissen schon, die Stahlgitter, für den Wiederaufbau der Lennebrücken.«

Der Major tat, als hätte er den geraunten Zusatz gar nicht gehört. Mit neugieriger Miene betrachtete er sein Geschenk.

»Stellt die Figur jemanden dar?« Er nahm die Pfeife aus dem Mund und zeigte mit dem Stiel auf das kleine Kunstwerk in seiner Hand, einen in Bronze verewigten Arbeiter mit Arbeitsschürze und Schiebermütze. »Ich meine, jemand, den ich kennen sollte?«

»Allerdings, Sir! Das ist der Zöger von Altena! Der gehört zu unserer Stadt wie unsere schöne Burg. Dem Zöger verdanken wir nämlich unseren ganzen Wohlstand.«

»Das müssen Sie mir erklären!«

»Aber mit dem größten Vergnügen! Als Zöger bezeichnen wir in Altena unsere Drahtzieher. Das ist bei uns nichts Anrüchiges, im Gegenteil, Drahtzieher ist hier der ehrenwerteste Beruf überhaupt!« Er lachte einmal laut auf, doch als sein Gegenüber nur fragend die Brauen hob, fuhr er in ernstem Ton fort: »Altena ist trotz seiner geringen Größe schon immer einer der weltweit bedeutendsten Standorte der Drahtindustrie gewesen. In den Fabriken unserer Stadt wurden bis Kriegsende zwei Drittel der großdeutschen Drahtproduktion hergestellt.«

»Heavens!« Jones war sichtlich beeindruckt. »Your tiny little Altena – klein, aber oho!«

»Auch kulturell!«, fügte Walter hinzu. »Wussten Sie schon, dass in der Burg die erste Jugendherberge der Welt eröffnet wurde?«

»Really?«

»Very really!« Walter schlug die Hacken zusammen. »Alles fing an im Jahr 1909. Da geriet ein tüchtiger Volksschullehrer namens Richard Schirrmann auf einer Wanderung durch das schöne Sauerland in ein Unwetter. Schutz fand er in einem Schulgebäude, und während er dort wartete, dass das Unwetter nachließ, kam er auf die Idee …«

Bevor er die Geschichte, die in Altena jedes I-Männchen kannte, zu Ende erzählen konnte, kam plötzlich Ulla Wolf in die Halle und eilte schnurstracks auf sie zu.

Was zum Teufel hatte die denn hier zu suchen?

Ohne einen Gruß wandte sie sich an den Kommandanten. »Könnte ich Sie vielleicht einen Moment sprechen, Major? Unter vier Augen?«

»Sure, Miss Wolf.« Jones beugte sich über ihre Hand, um einen Handkuss anzudeuten, dann drehte er sich zu Walter herum. »Wenn Sie mich einen Moment entschuldigen würden, Mr. Böcker?«

Obwohl ihm das ganz und gar nicht schmeckte, nahm Walter Haltung an. »Selbstverständlich«, sagte er mit einer soldatisch knappen Verbeugung. »Ich wollte mich sowieso gerade verabschieden. Es wartet noch ein Termin.«

»Very well!« Jones tippte sich mit dem Pfeifenstiel an die Uniformmütze. »Dann bis morgen im Lennestein.«

»Yes, Sir. Lennestein tomorrow. Very well!«

Wie er es als Wehrmachtsoffizier gelernt hatte, machte Walter auf dem Absatz kehrt und marschierte zur Tür, doch innerlich kochte er vor Wut.

Noch hatten Arschlöcher wie dieser Jones in Altena das Sagen. Aber es würden auch wieder andere Zeiten kommen. Darauf konnten die schon mal Gift nehmen …

30

»Ja, man hat Sie richtig informiert, Miss Wolf«, erklärte Major Jones. »Ich habe die Demontage aufgehoben. Ihr Vater behält seine Lizenz, die Firma Wolf kann weiterproduzieren.«

»Das … das ist ja wunderbar!«, stammelte Ulla, die vor Erleichterung dem Kommandanten am liebsten um den Hals gefallen wäre. »Ich weiß gar nicht, wie ich Ihnen danken soll.«

»Danken Sie nicht mir, sondern Thomas Weidner.«

»Thomas Weidner?« Ulla holte einmal tief Luft. »Was … was hat Herr Weidner damit zu tun?«

Der Major sog an seiner Pfeife. »Prince Charming war Ihr Fürsprecher«, erwiderte er. »Der Fürsprecher der Firma Wolf und ihres Besitzers. Und er hatte einen Wunsch bei mir frei.«

»Und deshalb haben Sie Ihre Anordnungen rückgängig gemacht?«

Lächelnd schüttelte Jones den Kopf. »Um ehrlich zu sein – nein. Aber Tommy hat nicht locker gelassen und auf mich eingeredet *wie auf einen kranken Gaul*. So sagt man doch, nicht wahr?«

Ulla spürte, wie ihr der Mund austrocknete, gleichzeitig klopfte ihr das Herz bis in den Hals. »Was hat Herr Weidner Ihnen erzählt?«

»Dass Eduard Wolf in der Nazizeit der einzige Arbeitgeber in ganz Altena war, der seiner Mutter Arbeit und Brot verschafft hat und außerdem dafür sorgte, dass er nach der vierten Klasse von der Volksschule aufs Gymnasium wechseln konnte. Wenn ich richtig verstanden habe, hat Ihr Vater wohl sogar das Schulgeld für ihn bezahlt.«

»*Das* hat Herr Weidner behauptet?«

»Allerdings.« Der Kommandant nickte. »Und ich muss zugeben, das hat mich sehr beeindruckt. Für einen Mann wie Eduard Wolf war es sicher nicht ganz ungefährlich, sich so engagiert für eine Putzfrau, die in seiner Firma arbeitete, und ihr vaterloses Kind einzusetzen. Da kommen die Leute ja schnell auf dumme Gedanken.«

Ulla wollte etwas erwidern, doch sie war so überrascht und verblüfft und überwältigt, dass sie keine Worte fand.

Verwundert schaute Major Jones sie an. »Haben Sie das etwa nicht gewusst?«

»Nein«, sagte sie. »Ich … ich hatte nicht die geringste Ahnung. Das ist mir alles völlig neu.«

Der Kommandant stopfte mit dem Daumen den Tabak im Kolben seiner Pfeife nach. »Das spricht umso mehr für Ihren Vater. Respekt! Andere wären mit einer solchen Heldentat nach dem Krieg hausieren gegangen, um ihren Persilschein zu bekommen und sich bei uns lieb Kind zu machen. Aber Eduard Wolf hat vornehm geschwiegen. Was für ein außergewöhnlicher, nobler Mann.« Er paffte ein paar Züge, dann fuhr er mit einem Schmunzeln fort: »Aber nachgegeben habe ich erst, als Prince Charming mich erpresst hat.«

Ulla riss die Augen auf. »Herr Weidner hat *Sie* erpresst? Wie soll das möglich sein?«

Der Major zuckte die Achseln. »Ganz einfach, er hat mir gedroht, die Weihnachtsfeier platzen zu lassen. Sie können sich vorstellen, was für eine Katastrophe das morgen ohne ihn geworden wäre. Er ist doch für das ganze Programm verantwortlich. – Aber«, fügte Jones lachend hinzu, »erzählen Sie das um Himmels willen nicht weiter! Sonst bin ich in der ganzen Stadt blamiert – *bis auf die Knochen!* Also behalten Sie mein kleines Geheimnis bitte für sich, Miss Wolf. Versprochen?«

Ulla konnte nur noch stumm und dumm nicken.

»Fine.« Mit einem amüsierten Lächeln erwiderte der Kommandant ihren Blick. »Und wenn jemand fragt, warum die Firma Wolf davongekommen ist, nennen Sie es einfach das Weihnachtswunder von Altena. Okay?«

»Ja, yes … okay …« Mehr brachte Ulla nicht über die Lippen

»Wonderful!« Jones strahlte vor Vergnügen, und zufrieden wie ein Hühnerdieb rieb er sich die Hände. »Ach, ich *liebe* deutsche Bräuche!«

31

Der Lennekeller war einst ein vielbesuchtes, gutbürgerliches Restaurant in Altenas Hauptgeschäftsstraße gewesen, doch nach Kriegsende war die Gaststätte zu einer üblen Spelunke heruntergekommen, Treffpunkt zwielichtiger Gestalten, wo es immer wieder zu Schlägereien kam, so dass das bessere Publikum den Ort tunlichst mied. Trotzdem ging Walter Böcker das Herz auf, als er an diesem Heiligen Abend die Kellertreppe hinunterstieg, der das Lokal seinen Namen verdankte. Denn in der Souterrain-Kneipe hatten sich bei Bier und Schnaps und Frikadellen die alten Kameraden versammelt, um in geschlossener Gesellschaft Weihnachten zu feiern, und zwar so, wie es sich für echte Deutsche gehörte. Anstelle eines semitischen Weihnachtsbaums erfüllte ein germanischer Lichterbaum den Raum mit seinem Kerzenschein, eine mit Hakenkreuzkugeln und Hakenkreuzsternen geschmückte Jultanne, und anstelle eines Adventskranzes stand ein mit Äpfeln und Nüssen behangener Julbogen inmitten der Kameraden auf dem Tisch, umrankt von immergrünen Buchsbaum- und Wacholderzweigen.

Alle Gespräche verstummten, als Walter den Raum betrat, respektvoll rückte man beiseite, um ihm Platz zu machen.

»Ich habe euch etwas mitgebracht.« Er nahm den Julleuchter aus der Tasche, den er zu Hause aus der Ehrenvitrine mit seinen wertvollsten Devotionalien hervorgeholt hatte, und stellte ihn vor sich auf den Tisch, einen tönernen, mit Runen verzierten Kerzenhalter, auf dem noch der heruntergebrannte Kerzenstummel vom letzten Jahr steckte. »Den hat mir Reichsführer Himmler persönlich zukommen lassen, im Winter 44, zusammen mit einem handgeschriebenen Brief, für meine Verdienste in Russland.«

Voller Ehrfurcht blickten die Kameraden auf den erdfarbenen Leuchter, als Walter mit seinem Sturmfeuerzeug den verkohlten Kerzendocht entzündete, wie der Julbrauch es verlangte, und während die Flamme sich zitternd aufrichtete und in die Höhe strebte, stimmte jemand ein Lied an, in das nach und nach alle anderen am Tisch einfielen.

Hohe Nacht der klaren Sterne,
Die wie helle Zeichen stehn
Über einer weiten Ferne,
Drüber unsre Herzen gehn.

Walter erfasste ein heiliger Schauer, und auch er stimmte ein in dieses Lied, das das wahre Weihnachtslied der Deutschen war. In seinen dunkelsten Stunden hatte es ihm, aus rauen Männerkehlen gesungen, Trost gespendet, Trost und gleichzeitig Hoffnung, im russischen Schützengraben, fernab der Heimat und von Gott verlassen, im Angesicht des Todes.

Hohe Nacht mit großen Feuern,
Die auf allen Bergen sind,
Heut muss sich die Erd erneuern,
Wie ein junggeboren Kind!

Eine Oktave tiefer als die anderen brummte er den Text, doch das tat der Weihe des Augenblicks keinen Abbruch. Wie sehr vermisste er im Alltag dieses wunderbare Gefühl bedingungsloser Gemeinschaft, das es nur im Kreis seiner Kameraden gab, dieses edle, erhabene, alles und jeden erfassende Aufgehen im Großen und Ganzen. Während sich seine Seele weitete wie im Gebet, fiel sein Blick auf Fritz Nippert, der ihm gegenüber am Tisch saß, mit seinem gespenstischen Totenschädel und diesem erbarmungswürdigen Arm, der keine Sekunde zur Ruhe kam. Walter spürte einen Kloß im Hals. Fritz Nippert war nicht nur ein Kamerad, er war ein Held, der für Führer, Volk und Vaterland alles geopfert hatte.

Mütter, euch sind alle Feuer,
Alle Sterne aufgestellt;
Mütter, tief in euren Herzen
Schlägt das Herz der weiten Welt!

Als der Gesang verstummte, glänzte so manches Auge in der Runde. Doch für diese Tränen musste sich keiner schämen.

»Schnaps!«, rief Walter. »Schnaps für alle! Und für jeden eine Frikadelle! Auf meine Rechnung!«

Beifall ertönte, und der Wirt beeilte sich, die Bestellung auszuführen. Während ein paar Kameraden ihre Plätze verließen, um auszutreten, beugte Fritz Nippert sich über den Tisch.

»Ich brauche deine Hilfe.«

Walter griff nach seiner Brieftasche. »Natürlich. Wie viel?«

Fritz wehrte ab. »Nein, kein Geld.«

»Nicht? Was zum Teufel dann?«

»Arbeit«

Walter zuckte zusammen, und er brauchte eine Sekunde, um sich zu fangen. »Und weshalb wendest du dich dann ausgerechnet an mich?«, fragte er.

Während er seine Brieftasche wieder einsteckte, beugte Fritz sich noch ein Stück weiter zu ihm vor.

»Ich habe gehört, dass die Firma Böcker & Söhne den Auftrag für die Stahlgitter bekommen hat – du weißt schon, der Wiederaufbau der Lennebrücken. Und da dachte ich, dass du vielleicht Verwendung hast für einen alten, in Not geratenen …«

»Ausgeschlossen!«

»Bitte, Kamerad! Ich habe eine Familie und muss sonst als Straßenfeger arbeiten, um sie zu versorgen. Das ist das Einzige, was sie mir auf dem Rathaus angeboten haben.«

Walter verschränkte die Arme vor der Brust. »Tut mir leid, wirklich. Aber was nicht geht, das geht nicht.«

Fritz sah ihn mit seinen schwarzen Augen so eindringlich an, als wolle er bis auf den Grund seiner Seele schauen. »Es ist wegen meinem Arm, stimmt's?«

»Quatsch mit Soße! Von mir aus könntest du beide Arme und beide Beine abhaben und ich würde dich trotzdem nehmen. Das schwöre ich dir beim Andenken des Führers! Aber es gibt ein anderes Problem, und zwar ein verflucht großes, weshalb ich dir diesmal nicht helfen kann.«

»Welches?«

»Deine Frau. Sie ist die Tochter von Eduard Wolf.«

»Ja, und? Was hat das damit zu tun?«

»Bist du so blöd oder tust du nur so? Eduard Wolf ist mein schärfster Konkurrent. Wie würde das denn aussehen, wenn ausgerechnet ich dir jetzt auf die Beine helfe? Ihr seid doch bis aufs Blut zerstritten! Das würde jeder als Provokation auffassen. Vor allem Eduard Wolf selbst.«

Fritz' Miene verdüsterte sich noch mehr. »Hast du unseren Wahlspruch vergessen?«

»Ich habe keine Ahnung, wovon du redest«, behauptete Walter.

»Muss ich dich wirklich daran erinnern?« Fritz' Augen füllten sich mit Tränen, und seine Stimme brach, als er die Worte wiederholte: *»Unsere Ehre heißt Treue …«*

Obwohl er es geahnt hatte, zuckte Walter zusammen. »Willst du mir etwa auf die Moralische kommen? Nein, mein Freund, so haben wir nicht gewettet!«

»Aber …«

»Kein Aber!« Mit der flachen Hand schlug er auf den Tisch. »Ich kann mir Eduard Wolf nicht dir zuliebe zum Feind machen, nicht in so einer kleinen Stadt. Da weiß man doch nie, ob man einander nicht noch mal braucht. – Und jetzt Schnauze!«, rief er, um die Diskussion zu beenden, als der Wirt mit einem gefüllten Tablett an den Tisch trat. »Schnaps und Frikadellen im Anmarsch!«

»Aaaaah«, machten die Kameraden, so laut, dass Fritz' Antwort darin unterging, und während sein Mund auf und zuklappte und er wie ein Haufen Elend auf seinen Platz zurücksank, rieben sie mit ihren Gläsern einen Salamander. »Hoch die Tassen! Auf den edlen Spender!«

32

Noch immer fiel der Schnee auf die in Nacht getauchte, menschenleere Stadt, und ein eisiger Wind wehte durch die Straßen und trieb die Flocken wirbelnd vor sich her. Während von Ferne Weihnachtsglocken läuteten, hastete Tommy, mit Rucksack und Tasche bepackt, von der Notbrücke in Richtung Bahnhof. Hoffentlich war es noch nicht zu spät! Den ganzen Tag hatte er in der Kommandantur auf Major Jones gewartet, doch der war erst am Abend in der Burg Holtzbrinck erschienen, zum Umtrunk mit seinen Offizieren und Vertretern der Stadt, so dass es Tommy nur mit knapper Not gelungen war, das Allerwichtigste mit ihm zu besprechen.

Durch das Schneegestöber konnte er kaum die Hand vor Augen sehen, und manchmal wusste er nicht, ob er nicht vielleicht schon zu weit gelaufen war. Eigentlich müsste er doch längst da sein! Dann aber entdeckte er vor sich Café Merz, und gleich darauf auch endlich den Bahnhof.

In der Schalterhallte brannte noch Licht. Gott sei Dank! Also fuhren noch Züge!

Er hatte den ganzen Weg im Laufschritt zurückgelegt. Von der eiskalten Luft brannten seine Lungen wie Feuer, außer Atem verlangsamte er seinen Schritt. Nur gut, dass Major Jones sich hatte erweichen lassen. Wenn ihm schon kein Glück beschieden war, sollten wenigstens Benno und Gundel glücklich werden!

Bei dem Gedanken an den Kommandanten regte sich Tommys Gewissen. Obwohl Major Jones in alles eingewilligt hatte, was zu dem Glück der beiden nötig war, haute er jetzt ab. Aber was blieb ihm übrig? Wenn er sein Versprechen erfüllte, würde er Ulla morgen wiedersehen. Und das würde er nicht überleben.

Als er die Bahnhofshalle betrat, war nur noch ein Schalter

besetzt. Welches Reiseziel sollte er angeben? Da er keinen Passierschein hatte, kamen nur Orte in Frage, die in der britischen Zone lagen. Zu den Russen musste er es dann irgendwie zu Fuß über die Grenze schaffen, danach würde er weitersehen.

Der Schalterbeamte zählte bereits die Tageseinnahme.

»Einmal Hannover, bitte«, sagte Tommy. »Einfach.«

Der Mann blickte hinter seiner Glasscheibe auf und schüttelte den Kopf.

»Feierabend.«

»Das ist nicht wahr!«

»Tut mir leid. Aber der letzte Zug ging vor einer halben Stunde ab.«

»Und wann geht der nächste?«

»Richtung Hagen oder Siegen?«

»Hagen!«

Der Beamte fuhr mit dem Finger über den vor ihm liegenden Fahrplan. »Morgen früh um sechs Uhr zweiunddreißig.«

»Ach du Scheiße! Gibt's einen Bus?«

»Die Busse haben um sechs den Betrieb eingestellt.«

»Aber ich muss noch heute los!«

»Dann würde ich es zu Fuß versuchen.«

Ohne eine Antwort abzuwarten, ließ der Beamte den Rollladen herunter.

Ohnmächtig starrte Tommy auf den geschlossenen Schalter, dann machte er fluchend kehrt.

Über dem Ausgang schimmerte der Spruch, der bis Kriegsende in jeder Bahnhofshalle zu lesen gewesen war und den man nur notdürftig übertüncht hatte, durch die blasse Farbe.

ALLE RÄDER MÜSSEN ROLLEN FÜR DEN SIEG!

Was für ein schlechter Witz …

Tommy steckte sich eine Zigarette an. Hatte er sich eben noch vor lauter Eile die Lunge aus dem Leib gerannt, hatte er jetzt so viel Zeit, dass er nicht wusste, wie er sie totschlagen sollte. Am Heiligen Abend waren alle Kneipen dicht, höchstens der Lennekeller hatte noch auf. Aber der kam nicht in Frage. Außer alten Nazis trieben sich dort die übelsten Gestalten herum, die es nach dem Krieg nach Altena verschlagen hatte – kein Ort, um mit einer Perlenkette in der Tasche sein Bier zu trinken.

Also musste er wohl noch eine letzte Nacht in seinem Waggon verbringen.

Als er ins Freie trat, hatte es aufgehört zu schneien, sogar der Mond drang an einer Stelle durch die Wolkendecke. Der Schnee reflektierte das Licht und tauchte die Straße in einen diffusen Schein. Und immer noch läuteten die Glocken.

Für einen unwirklichen Moment durchströmte Tommy das Gefühl von Weihnachten. Wie schön musste es jetzt sein, in einer warmen Stube unter dem Tannenbaum zu sitzen, zusammen mit seinen Liebsten …

Er nahm einen Zug von seiner Zigarette, dann warf er die Kippe fort und flankte über den Zaun, der die Straße vom Bahnhofsgelände trennte, um noch einmal zu seiner Behausung zurückzukehren, am Ende des toten Gleises.

Leise knirschte der Schnee unter seinen Sohlen. Kein Mensch außer ihm trieb sich mehr auf dem Gelände herum, sogar die Kohlendiebe waren in dieser Nacht zu Hause geblieben, um Weihnachten zu feiern.

Als er sich dem toten Gleis näherte, hörte er in der Stille plötzlich eine Stimme.

»Thomas Weidner?«

Wie angewurzelt blieb er stehen. Zuerst konnte er in der Dunkelheit nichts erkennen, doch dann sah er im Schatten seines Waggons ein Gesicht.

33

Die harten Bänke der Lutherkirche waren bis auf den letzten Platz besetzt, sowohl in den Haupt- und Seitenschiffen wie auch auf der Empore, und sogar in den Gängen stauten sich die Gläubigen bis zurück zum Eingang: ganze Familien mit Kindern und Greisen, einzelne Frauen und Männer jedweden Alters und aus allen erdenklichen Schichten, Arbeiter und Angestellte, Kaufleute und Verkäuferinnen, Beamte und Fabrikbesitzer, Seite an Seite mit ausgemergelten Kriegsheimkehrern, Flüchtlingen und Vertriebenen, Hungerleidern in abgerissenen Mänteln, dazwischen ein paar gut genährte Bauern und Bäuerinnen mit platzrunden Gesichtern, dann wieder Versehrte auf Krücken mit Armbinden und Augenklappen, und überall, wohin man schaute, Kriegerwitwen, die meisten von ihnen mit ihren vaterlosen Kindern. Sie alle waren in dieser Heiligen Nacht zusammengekommen, um die so lang herbeigesehnte Botschaft von der Ankunft des Herrn zu hören und gemeinsam das Weihnachtsfest zu feiern.

Unter den erwartungsvollen Blicken der Gemeinde verließ Pastor Michel den Altarraum, der aller Not zum Trotz auch in diesem Jahr von einem mit Kugeln und Kerzen geschmückten Christbaum erstrahlte, und die Falten seines Talars mit beiden Händen raffend, stieg er auf die gedrechselte Kanzel mit den buntbemalten Heiligenfiguren, um das Lukasevangelium vorzulesen.

»Es begab sich aber zu der Zeit, dass ein Gebot von Kaiser Augustus ausging, dass alle Welt geschätzt würde …«

Ruth nahm Winfried die Mütze vom Kopf und lockerte seinen Schal. Dank der vielen Menschen war es beinahe warm in der Kirche. Schon bei ihrer Ankunft war das Gotteshaus so überfüllt gewesen, dass sie mit Winfried nur hinter einer Säule Platz gefunden hatte. Während sie versuchte, der alten und wohlvertrauten Weihnachtsgeschichte zu lauschen, in der Hoffnung, dass wieder das schöne Weihnachtsgefühl in ihr aufkommen würde, das sie beim Abendessen empfunden hatte, bevor Fritz so plötzlich verschwunden war, ließ sie ihren Blick durch den Kirchenraum schweifen. Alles darin war weiß und hell und golden, über ihr und um sie herum, das Deckengewölbe, die Wände zwischen den Glasfenstern, die Säulen, die Balustraden, das Chorgestühl, die Kanzel. Genau so musste es im Himmel aussehen …

Plötzlich zuckte sie zusammen. Vor ihr, nur wenige Reihen entfernt, hatte sie ihre Eltern entdeckt, die zusammen mit Gundel am Rande des Mittelgangs saßen. Die Gebetbücher in den Händen, nickten sie gerade der alten Frau Jürgens zu, von Feinkost Jürgens in der Lennestraße … Das taten sie mit so freudig strahlenden Gesichtern, als gelte die Weihnachtsbotschaft, die Pastor Michel gerade verkündete, ganz allein ihnen. Ihre Gegenwart, so nah und so fern zugleich, ließ Ruth nur umso bitterer die eigene Einsamkeit spüren, die Einsamkeit und den Schmerz, der sich beim Anblick ihrer Angehörigen mehr und mehr in Wut verwandelte. Was für eine geachtete und ehrbare Familie waren scheinbar die Wolfs, eine Zierde der Luthergemeinde … Aber wie sehr trog dieser Schein. Niemand außer Ruth ahnte die Wahrheit, die sie selbst auf so üble Weise am eigenen Leib erfahren hatte – die Wahrheit, dass diese Familie für ihre Achtbarkeit und Ehrbarkeit bereit war, einen jeden, der ihre Prinzipien nicht teilte, gnadenlos zu verstoßen und seinem

Schicksal zu überlassen. Und wenn es die eigene Tochter oder Schwester war.

Ruth riss ihren Blick von ihnen los und schaute hinauf zur Kanzel. Pastor Michel war inzwischen bei der Predigt angelangt.

»Was haben wir getan, dass Gott uns so hart und schonungslos straft? Dass wir all diese Not, all dieses Elend erleiden müssen? Kälte und Hunger, Krankheit und Tod? Ach, wie oft, meine Brüder und Schwestern, habe ich euch in diesen Tagen so fragen hören. Doch wie ruft der Engel den Hirten auf dem Felde zu? Fürchtet euch nicht! Ein Kind ist uns geboren, ein Kind im Stall von Bethlehem, Jesus Christus, Gottes Sohn. Er leuchtet uns in der Finsternis und weist uns den Weg zum Heil. Denn er selbst ist ja der Weg, der Weg und die Wahrheit und das Leben. Und deshalb rufe auch ich als euer Hirte euch zu: Fürchtet euch nicht, meine Brüder und Schwestern! Gott hat uns seinen Sohn geschickt, um uns zu erlösen, und so Gott der Allmächtige, unser himmlischer Vater es will, wird dieser harte und gnadenlose und unerbittliche Winter, der uns auferlegt wurde zur Tilgung der Sünden, die zwar nicht in unserem Namen, nein, das nun doch nicht, wohl aber im Namen unseres Volkes an anderen Völkern begangen wurden – wird uns dieser Winter der Strafe und Buße durch das Werk seines eingeborenen Sohnes, Jesus Christus, unseres Heilands und Herrn, zu einem Winter der Hoffnung gereichen, an dessen Ende das Leben auf Erden zu neuem Frühling erwacht, geläutert und gewandelt …«

So sehr Ruth sich bemühte, der Predigt zu folgen – die tröstenden Worte erreichten sie nicht, weder ihr Herz noch ihren Verstand. Denn wie von allein wanderte ihr Blick immer wieder zurück zu ihrer Familie.

Erst jetzt fiel ihr auf, dass Ulla fehlte. Seltsam – hatte sie etwa am Heiligen Abend die Kirche geschwänzt? Oder hatte sie bei den anderen keinen Platz gefunden?

Ruth reckte den Hals, um nach ihrer Schwester zu schauen. Doch genau in dem Moment, als sie hinter der Säule hervorlugte, drehte die Mutter sich zu ihr herum.

Gerade noch rechtzeitig gelang es ihr, sich wegzuducken, bevor ihre Blicke sich trafen. Doch auch Winfried hatte die Mutter gesehen, aufgeregt fing er an zu zappeln und mit dem Finger zu zeigen.

»Da – *da*! Die Oma!«

Ruth legte ihm die Hand auf den Mund und zog ihn zurück hinter die Säule.

»Aber was redest du denn da, mein Liebling? Das war nicht die Oma! Das … das war nur eine fremde Frau.«

Sie drückte ihn an sich, streichelte ihn und küsste ihn auf die Stirn. Doch Winfried wehrte sich gegen ihre Zärtlichkeiten, er wollte sich nicht trösten lassen, und statt sich zu beruhigen, machte er sich von ihr los und schaute mit seinen schwarzen Augen verstört zu ihr auf.

»Aber Mutti, was hast du?«, flüsterte er, das kleine Gesichtchen voller Angst. »Du weinst ja …«

34

Als wäre ihm ein Gespenst erschienen, starrte Tommy das Gesicht an, das so plötzlich und unverhofft aus dem Dunkeln vor ihm aufgetaucht war.

Ursula Wolf.

Am liebsten hätte er auf dem Absatz kehrtgemacht. Aber dafür war es zu spät.

»Was haben Sie hier zu suchen?«, fragte er.

»Ich bin gekommen, um dir zu danken«, erwiderte sie mit einer Stimme, die unzweideutig ihre Stimme war. Und gleichzeitig eine ganz andere.

»Seit wann duzen wir uns?«

Sie ignorierte seine Frage, als hätte er sie gar nicht gestellt.

»Du warst bei Commander Jones?«

»Verflucht nochmal!« In seiner Erregung biss Tommy sich so heftig auf die Lippe, dass sie blutete. »Benno hatte mir hoch und heilig versprochen, dass er kein Wort …«

Sie legte ihm einen Finger auf den Mund. »Pssst …«

Er verstummte. Die Berührung war wie ein Pflaster.

»Dein Freund hat nichts verraten. Commander Jones hat mir alles erzählt.«

»Sie … Sie haben mit dem Major gesprochen?«

»Ja. Und deshalb weiß ich, dass du die Firma Wolf vor dem Ruin gerettet hast.«

»Ach was! Einen Scheißdreck habe ich!«

»Pssssst …«

Während er die Berührung ihres Fingers spürte, sah er ihre Augen, ihren Mund, ihren Atem, der in weißen Wölkchen zwischen ihren Lippen hervorquoll und in die kalte, dunkle Nacht aufstieg.

Als könnte es noch etwas helfen, machte er einen Schritt zurück.

»Was mit der Firma Wolf passiert, interessiert mich nicht die Bohne!«

Sie lächelte ihn einfach nur an. »Ich weiß, was ich weiß. Du hast dem Kommandanten sogar damit gedroht, die Weihnachtsfeier platzen zu lassen.«

»Was bilden Sie sich ein?«

»Ach, Tommy, warum gibst du es nicht einfach zu?«

»Gar nichts gebe ich zu!«

Er suchte nach Worten, um sie zum Schweigen zu bringen – sie sollte endlich begreifen, dass nichts, was er tat, irgendwas mit ihr zu tun hatte! Mit der Zunge fuhr er sich über die aufgesprungene Lippe. Die Vorstellung, dass Ursula Wolf glaubte, er habe sich ihretwegen bei dem Commander verwandt, war so unerträglich, dass sie ihn sofort aufs Neue in Rage brachte. Schon die ganze letzte Nacht, als er sich mit Benno betrunken hatte, war diese Wut in ihm hochgekocht, immer wieder, und auch während des Tages, beim Warten auf Major Jones in der Kommandantur. Doch jetzt, da Ursula Wolf vor ihm stand, verrauchte die Wut mit einem Mal, und an ihrer Stelle ergriff ein Gefühl von ihm Besitz, von dem er überhaupt nicht wollte, auf gar keinen Fall, dass es Besitz von ihm ergriff!

»Von wegen erpressen«, fauchte er. Zum Beweis hielt er seine Tasche in die Höhe. »Ich war schon am Bahnhof! Wenn ich nicht den letzten Zug verpasst hätte, wäre ich längst fort.«

Immer noch lächelnd schüttelte sie den Kopf. »Unsinn.« Sie nahm ihm die Tasche aus der Hand und stellte sie in den Schnee.

Wie ein Idiot ließ er es geschehen.

»Du hast Commander Jones belogen«, sagte sie wieder mit dieser Stimme, die er nicht kannte, doch die ihm so vertraut klang, als hätte er sie schon zu Urzeiten gehört.

»Wie … wie kommen Sie darauf?«

»Das weißt du selbst am besten.«

»Nein, das tue ich nicht.«

»Doch.«

Tommy spürte einen Kloß im Hals, spürte, wie sein Widerstand schwand, mit jedem Wort, das sie sagte, ein bisschen mehr, und wollte, dass sie endlich aufhörte mit ihrem Sirenengesang – sofort und auf der Stelle! Und gleichzeitig wünschte er sich nichts mehr, als dass sie immer weiter mit dieser Stimme auf ihn einredete und alles in ihm zum Schweigen brachte, was sich gegen sie sträubte.

Sie machte einen Schritt auf ihn zu. »Du hast behauptet, mein Vater hätte deiner Mutter Arbeit gegeben, als Einziger in Altena.«

»Nie im Leben habe ich so etwas …«

Wieder legte sie ihm den Finger auf die Lippen. Und wieder verstummte er bei der Berührung, die wie ein Pflaster war. Oder wie ein Kuss.

»Oh, doch, das hast du«, fuhr sie fort, immer noch mit diesem verfluchten Lächeln, gegen das er nicht ankam. »Du hast Major Jones sogar gesagt, mein Vater hätte das Schulgeld für dich bezahlt.« Sie nahm den Finger von seinem Mund und schaute ihn an. »Warum hast du das getan?«

Ohnmächtig erwiderte Tommy ihren Blick.

»Warum, Thomas Weidner?«

Er spürte, wie der Kloß in seinem Hals immer größer wurde, und räusperte sich.

»Kannst du … kannst du dir das nicht denken?«

»Doch«, flüsterte sie. »Aber ich möchte, dass du es mir sagst.«

Wieder schaute sie ihn an, eine lange Weile. Noch einmal schluckte er, räusperte sich, um den Kloß zum Verschwinden zu bringen. Doch der Kloß war gar nicht mehr da, hatte sich aufgelöst wie seine Wut und sein Widerstand, und während ihr Blick immer tiefer in ihn drang, spürte er nur noch sein pochendes, drängendes Herz, den einen, sehnlichen Wunsch, ihr endlich die Wahrheit zu sagen.

Und statt zu leugnen, was doch nicht länger zu leugnen war, nahm er ihr Gesicht zwischen die Hände, um ihr die Antwort zu geben.

35

O du fröhliche, o du selige,
Gnadenbringende Weihnachtszeit …

Die Gemeinde hatte sich in der Lutherkirche geschlossen von den Plätzen erhoben, um das Lied zu singen, mit dem sie jedes Jahr den Weihnachtsgottesdienst beendete. Auch Ruth war hinter ihrer Säule aufgestanden, zusammen mit Winfried an der Hand, um in den Gesang einzustimmen. Wie hatte dieser jubelnde Lobpreis auf die Geburt des Herrn sie früher ergriffen. Wenn die Orgel aufbrauste und alle Stimmen in dem Gotteshaus sich vereinten, um zu einem einzigen, mächtigen Chor anzuschwellen, war ihre Seele gen Himmel geflogen. Doch diesmal blieb ihr der Jubel im Hals stecken, und während die Hoffnung sich aus Hunderten von Kehlen rings um sie her in die Höhe schwang, die Hoffnung auf das Ende der Finsternis und eine neue lichte Zeit, die vor ihnen erstrahlte wie der Altarraum im hundertfachen Kerzenschein des Christbaums, verharrte ihre Seele am Boden, gefangen in ihrem Leib und so schwer wie Blei.

Welt ging verloren, Christ ist geboren:
Freue, freue dich, o Christenheit!

Nur wenige Reihen vor ihr standen die Eltern und Gundel in ihrer Bank, sangen aus Leibeskräften und tauschten dabei immer wieder freudige Blicke miteinander. Der Anblick traf Ruth mitten ins Herz. Warum war nicht wenigstens Fritz bei ihr? Er war doch ihr Mann, der Vater ihres Kindes! Aber Fritz war nicht da, er war bei seinen Kameraden, um mit ihnen Weihnachten zu feiern statt mit seiner Frau und seinem Sohn, hatte sie nicht zu diesem Gottesdienst begleitet, wie all die anderen Männer ihre

Frauen und Kinder in dieser Nacht zur Feier von Christi Geburt begleiteten, glücklich und dankbar, dass sie aus dem Krieg zurückgekehrt waren, um wieder bei ihren Familien zu sein.

Christ ist erschienen, uns zu versühnen …

Ruth drückte Winfrids kleine Hand, die einzige Hand, die ihr geblieben war, und obwohl es ihr mehr Kraft abverlangte, als sie besaß, sang auch sie die dritte und letzte Strophe mit, doch ohne dass ihre Seele sich regte.

O du fröhliche, o du selige,
Gnadenbringende Weihnachtszeit!
Himmlische Heere jauchzen Dir Ehre:
Freue, freue dich, o Christenheit!

Noch einmal schwoll der Chor zum Jubel an, noch einmal brauste die Orgel durch das Gotteshaus, dann verhallte der Gesang in dem himmelweißen Deckengewölbe, und nur die Glocken waren noch zu hören.

Beseelt von dem Gottesdienst löste die Gemeinde sich unter dem Festgeläut auf. Verborgen hinter ihrer Säule sah Ruth, wie vor ihr die Gläubigen der Reihe nach aus den Bänken traten, einander die Hände schüttelten und sich gegenseitig eine gesegnete Weihnacht wünschten, manche auch noch mit ihren Kindern oder Enkeln vor der Krippe verweilten, in der Betrachtung der heiligen Familie, um dann mit den anderen aus der Kirche zu strömen.

Irgendwann verließen auch die Eltern und Gundel ihre Plätze. Als sie Ruths Bank passierten, versteckte sie sich hinter ihrer Säule und hielt Winfried die Augen zu, und obwohl alles in ihr danach drängte, sich denen anzuschließen, die ihr doch angehörten, die ihr die Nächsten waren seit ihrer Geburt, wartete sie, bis die Glocken verstummten und niemand mehr sonst in der Kirche war, bevor auch sie ihren Platz verließ und hinter der Säule hervortrat, um allein mit ihrem Kind in die dunkle, eiseskalte Nacht zurückzukehren.

36

Ein Blitz zerriss die Dunkelheit, und für eine Sekunde durchzuckte Ulla ein scharfer Schmerz. Laut schrie sie auf, und ihr ganzer Leib zog sich zusammen, um den Eindringling abzuwehren.

»Ich liebe dich«, flüsterte er. »Ich liebe dich …«

Und plötzlich war er da, in ihr, ohne dass sie wusste, wie er Eingang gefunden hatte. Eine lange Weile hielten sie beide inne, mit angehaltenem Atem, dann ließ sie los, um ihn an dem Ort zu spüren, der nur für ihn geschaffen war. Immer noch mit angehaltenem Atem begann er, sich in ihr zu bewegen, ganz langsam und vorsichtig und behutsam. Sie antwortete ihm, bewegte ihren Schoß, genauso langsam und vorsichtig und behutsam wie er, bis sie in einen gemeinsamen Rhythmus fanden, ohne ein einziges Wort, wie von allein, sich ihre Leiber vermählten, so einfach und natürlich und selbstverständlich, als könnte es gar nicht anders sein, während ihr Schmerz sich allmählich in Lust verwandelte, ihre Angst in Begehren, mehr und mehr und immer mehr.

Mit einem Seufzer schloss sie die Augen, dann spürte sie nur noch den Mann, den sie liebte. Es gab keinen Prince Charming mehr, keinen Schwarzmarktschieber oder Liebling des Kommandanten, keinen Schürzenjäger oder Hallodri, keinen Tänzer oder Hochstapler oder Spieler – all die Masken und Larven, mit denen er sich tarnte, fielen von ihm ab, und zurück blieb allein Thomas Weidner, Tommy, der sie genauso liebte wie sie ihn und der sich ihr preisgab, ohne Pose, ohne Scheu oder Scham, mit jeder Berührung, mit jeder Liebkosung, mit jedem geflüsterten Wort, so wie auch sie sich ihm preisgab, ganz und gar. Und hier, in seinem stillgelegten Eisenbahnwaggon, der keine Lasterhöhle war, sondern ihr beider Schutz und Hort, ihre Zuflucht vor der Welt, zusammen unter einer rauen Wehrmachtsdecke, Haut an Haut, durchströmte sie eine Glückseligkeit, die nicht von dieser Welt war.

Sie waren vereint, ein Leib und eine Seele, und nichts würde sie mehr trennen.

»Endlich«, flüsterte er, so nah an ihrem Ohr, dass sie seinen Atem spürte. »Endlich bin ich zu Hause.«

Sie schlug die Augen auf, und während sie ihn mit ihrem ganzen Leib umfing, suchte sie in der Dunkelheit seinen Blick.

»Ja, mein Liebster, das bist du. Für immer.«

37

Aufgrund des eisigen Nachtwinds hatte sich die Wolkendecke fast vollständig aufgelöst, und auf dem Schlossberg über der Nette zeichnete sich die Silhouette der Burg vor einem funkelnden Sternenhimmel ab, als Gundel mit ihren Eltern durch den frisch gefallenen Schnee nach Hause stapfte.

»Wie wunderbar sich doch alles gefügt hat«, sagte die Mutter. »Man kann gar nicht dankbar genug sein.«

»Ja«, pflichtete der Vater ihr bei. »Die Firma ist nun mal unser Leben. Das war so, das ist so und das wird mit Gottes Hilfe auch immer so sein.«

»Ja, mein Lieber. Dafür wollen wir beten.«

Gundel folgte den Eltern im Abstand von einigen Schritten, die Bürgersteige waren nach dem hefigen Schneefall der letzten Tage völlig zugeschneit, und es gab nur einen schmalen Trampelpfad, so dass sie ihren eigenen Gedanken nachhängen konnte … In der Kirche war sie noch voller Zuversicht gewesen, Pastor Michel hatte so schön gepredigt und sie mit seiner Hoffnung angesteckt. Doch jetzt, nachdem die Predigt vorbei und die Orgel und der Gesang verstummt waren, nagten wieder die Zweifel. Hatte sich wirklich alles schon gefügt, wie die Mutter sagte? Je länger sie durch die Kälte lief, desto weniger konnte sie die Zuversicht der Eltern teilen. Noch traute sie sich nicht zu glauben, dass die Firma Wolf wirklich und wahrhaftig gerettet war und Benno seine Stellung behielt und er in Altena bleiben würde und sie beide für immer zusammen sein durften. Das würde sie erst glauben können, wenn Ulla aus der Kommandantur zurückkam und Major Jones die Nachricht bestätigt hatte. Sonst wäre die Enttäuschung einfach zu groß.

Ob Benno heute Abend in der Matthäus-Kirche vielleicht eine Kerze für sie beide ansteckte? Er war ja katholisch, und im Krieg hatte Gundel von katholischen Frauen gehört, dass sie Kerzen für ihre Männer an der Front angezündet hatten. Manchmal hatte es angeblich geholfen.

Der Vater stieß einen Seufzer aus.

»Ich fürchte, ich werde mich nach den Feiertagen beim Kommandanten für Ullas unpassendes Verhalten entschuldigen müssen.«

»Darüber zerbrich dir mal nicht den Kopf, Eduard. Major Jones ist so ein feiner Mann, der wird schon Verständnis haben. Schließlich geht es um unsere Existenz, und Ulla ist ja Gott sei Dank gut erzogen und hat sicher die richtigen Worte gefunden.

Aber wenn ich an Ruth denke …« Die Mutter machte eine kurze Pause, bevor sie weitersprach. »Für einen Moment habe ich mir in der Kirche tatsächlich eingebildet, ich hätte unseren kleinen Winfried gesehen.«

»Ausgeschlossen«, erklärte der Vater. »Du glaubst doch wohl nicht, dass der gottlose Mensch, den unsere Tochter zu ihrem Mann erkoren hat, erlauben würde, dass sie mit ihrem Kind den Gottesdienst besucht?«

»Ach, ja, wahrscheinlich hast du recht, Eduard. Und ich hatte ja auch meine Brille gar nicht auf.«

Erst jetzt wurde Gundel sich bewusst, dass sie kein einziges Mal an Ruth gedacht hatte. Vor lauter Sorgen und Gedanken um ihr eigenes Glück hatte sie das Unglück ihrer Schwester vollständig vergessen. Wie konnte sie nur so herzlos sein?

Sie hatten die Villa fast erreicht, da hörte sie plötzlich, wie jemand ihren Namen zischte.

»Gundel!«

Als sie sich umdrehte, sah sie, wie Benno hinter einem Mauervorsprung hervortrat.

Im selben Moment begann ihr Herz zu pochen. »Um Gottes willen, wo kommst du denn her?«, flüsterte sie.

Sie wollte mit ihm hinter der Mauer verschwinden, da rief vom Eingang der Villa die Mutter nach ihr.

»Wo bleibst du denn, Kind?«

Der Vater schloss bereits die Haustür auf, und in der Diele ging das Licht an und schien bis in den Hof.

»Geht schon mal vor«, rief sie den Eltern zu. »Ich … ich komme gleich nach. Ich muss mir nur den Stiefel zubinden, mir ist das Schnürband aufgegangen.«

38 Trotz Mantel, Mütze und Schal war Ruth bis aufs Mark durchgefroren, als sie mit Winfried an der Hand die Freiheit erreichte.

»Wann sind wir endlich da, Mutti?«

»Gleich, mein Schatz.«

»Ich kann nicht mehr laufen.«

»Das bisschen schaffst du noch. Du bist doch ein großer Junge! Sieh nur, da ist schon Betten-Prange.«

»Ich kann aber nicht mehr.«

Winfried blieb stehen und streckte die Arme nach ihr aus. Dabei blickte er mit seinen schwarzen Kulleraugen so erbarmungswürdig zu ihr auf, dass sie ihn mit einem Seufzer vom Boden hob, um ihn die letzten Meter zu tragen.

Vor der Haustür griff sie mit der freien Hand in die Manteltasche und holte den Schlüssel hervor. Ihre Finger waren vor Kälte so steif, dass sie es kaum schaffte, ihn ins Schloss zu stecken.

»Ob das Christkindchen vielleicht noch mal da war, Mutti?«

»Nein, mein Schatz. Das Christkindchen muss doch auch noch andere Kinder beschenken.«

Sie dachte an die Heiligen Abende ihrer eigenen Kindheit, in der elterlichen Villa, zusammen mit den Geschwistern. Nach der Rückkehr von der Christmette hatte sich die Familie stets noch mal im Bescherungszimmer versammelt, um sich gegenseitig die Geschenke vorzuführen und Plätzchen zu tauschen und unterm Baum Lieder zu singen. Das waren immer die schönsten Stunden des ganzen Weihnachtsfests gewesen.

Doch jetzt? Jetzt hatte sie Angst, die Haustür aufzuschließen. Weil dahinter nichts als Einsamkeit auf sie wartete.

Als sie den Schlüssel umdrehte, bemerkte sie zu ihrer Verwunderung, dass das Schloss nicht verriegelt war. Komisch.

Hatte sie vor dem Kirchgang vergessen, die Tür abzuschließen? Oder war Fritz vorzeitig zurückgekommen? Das konnte eigentlich nicht sein, er hatte ja gesagt, dass es spät werden würde und sie nicht auf ihn warten solle ... Die Vorstellung, dass er schon in der Küche saß, löste keine Freude in ihr aus. Im Gegenteil, sie wollte zu Bett gehen, bevor er nach Hause kam, allein. Sicher hatte er mit seinen Kameraden getrunken, und an Festtagen wie Weihnachten wollten alle Männer mit ihren Frauen schlafen.

»Ich möchte zur Omi«, sagte Winfried.

»Das geht jetzt nicht, mein kleiner Liebling.«

»Warum nicht? Ich hab sie doch in der Kirche gesehen.«

»Nein, das hast du nicht. Das war nicht die Omi, das war eine fremde Frau. Das hab ich dir doch schon mal gesagt.«

»Aber sie hat genauso ausgesehen wie die Omi.«

»Das hast du dir nur eingebildet. Oder geträumt.«

Winfried gähnte auf ihrem Arm.

»Siehst du? Du bist schon ganz müde. Gleich darfst du ins Bett, zusammen mit Kalle, deinem neuen Freund.«

Im Hausflur knipste sie das Licht an. Zum Glück gab es Strom. Winfried steckte den Daumen in den Mund und schmiegte sich an ihre Brust. Sie gab ihm einen Kuss auf die Stirn, und während sie die Treppe hinaufstieg, hielt sie mit der Hand seinen Kopf.

Sie glaubte schon, er wäre eingeschlafen, so ruhig und gleichmäßig ging sein Atem. Doch als sie das Dachgeschoss erreichte, wurde er plötzlich wieder munter.

»Da, Mutti – da!«

Sie blickte in die Richtung, in die er so aufgeregt zeigte.

»Da! Das Christkindchen war doch noch mal da!«

Tatsächlich. Vor der Wohnungstür lag ein gefülltes Leinensäckchen auf dem Treppenabsatz, geschmückt mit einem Tannenzweig und einer roten Schleife.

39 »Wirklich?« Gundel hatte so laut gesprochen, dass sie selbst erschrak. Ängstlich schaute sie zur Villa hinüber, wo die Eltern in die erleuchtete Diele traten. »Du musst nicht nach Düsseldorf?«, fuhr sie mit gesenkter Stimme fort, als die Haustür sich hinter den beiden schloss und es im Hof wieder dunkel war. »Bist du sicher?«

»Ja, *ganz* sicher«, antwortete Benno genauso leise wie sie, obwohl niemand in der Nähe war, der sie hören konnte. »Der Kommandant hat Tommy sein Wort gegeben! Ich bleibe in Altena! Für immer!«

»Ich kann es einfach nicht glauben.«

»Ich habe sogar schon meinen Onkel angerufen, um ihm abzusagen.«

»Das hast du getan?« Gundel musste schlucken.

Benno grinste. »Um ehrlich zu sein, klang er am Telefon ziemlich sauer. Wahrscheinlich sollte ich mich nicht so bald wieder bei ihm in Düsseldorf blicken lassen.«

Sofort regte sich Gundels Gewissen. »Bereust du deinen Entschluss?«

»Nein, Liebste. Wo denkst du hin?« Mit einem zärtlichen Lächeln streichelte er ihre Wange. »Das war die beste Entscheidung meines Lebens.«

»Mein wunder-, wunderbarer Schatz. Womit habe ich dich nur verdient?«

Überwältigt von ihren Gefühlen, verstummte sie. Am liebsten wäre sie ihm um den Hals gefallen, um ihm zu zeigen, wie glücklich seine Worte sie machten. Aber das konnte sie nicht. *Noch* nicht. Erst musste er ihr noch etwas beantworten.

Unsicher blickte sie zu Boden.

»Was hast du auf dem Herzen?«, fragte er.

Sie schüttelte den Kopf. »Ach nichts.«

»Schwindlerin! Ich sehe es dir doch an!« Er hob mit der Hand ihr Kinn, so dass sie seinen Blick erwidern musste. »Jetzt sag schon – was ist es?«

Sie wusste nicht, wie sie anfangen sollte, ihr ganzes Leben hing ja davon ab.

»Das vornehme Geschäft deines Onkels …«, sagte sie endlich.

»Was ist damit?«

»Ich meine, mit diesen Verkäufern, die alle aussehen wie Bankdirektoren –, das ist doch eine so große Chance. Wird dir das nicht irgendwann leidtun, wenn du sie jetzt ausschlägst?«

Lächelnd schüttelte er den Kopf. »Was nützt mir alles Glück der Welt, wenn ich in Düsseldorf bin und du bist in Altena?«

Er hatte keine Sekunde mit der Antwort gezögert … Trotzdem war es noch nicht geschafft, ihre eigentliche Frage stand noch aus. Also nahm sie ihren ganzen Mut zusammen und überwand sich ein zweites Mal.

»Und die Kundinnen deines Onkels, die eleganten Damen mit ihren Pelzen und Stöckelschuhen und roten Lippen – was ist mit denen?«

Endlich war es heraus! Mit klopfendem Herzen wartete sie auf seine Antwort. Doch die ließ diesmal auf sich warten. Eine lange Weile, die ihr wie eine Ewigkeit vorkam, schaute er sie an, mit offenen Augen und offenem Mund, als hätte er ihre Frage gar nicht verstanden.

Hatte sie den Bogen überspannt?

Da brach er plötzlich in schallendes Lachen aus. »Mein süßer, süßer Engel!« Er nahm ihre Hand und führte sie an die Lippen. »Hast du es denn immer noch nicht begriffen? Die eleganten Damen können mich mal! Genauso wie die vornehmen Verkäufer! Wenn ich nur bei dir bin!«

»Ist das … ist das wirklich wahr?«

»Und ob das wahr ist! Bei allen Erzengeln und Heiligen!« Er hielt für einen Moment inne, dann schaute er sie so ernst und feierlich an, als wolle er beten. »Habe ich es nicht gesagt, mein Liebes? Der liebe Gott meint es gut mit uns.«

»Ja, das tut er.« Gundel spürte, wie ihr vor lauter Glück die Tränen kamen, direkt aus ihrem übervollen Herzen. Und weil kein Wort ausdrücken konnte, was sie empfand, schlang sie einfach die Arme um ihn, um ihn zu küssen.

40

»Fritz? Bist du da?«

Ruth schaute sich um, als sie mit Winfried die Dachwohnung betrat. Doch keine Spur von ihrem Mann, weder in der Wohnküche noch in der Schlafkammer.

Ungeduldig zappelte Winfried an ihrer Hand. »Gucken wir jetzt nach, was das Christkindchen gebracht hat? Bitte, Mutti!«

»Na, dann komm mal her, mein Schatz!«

Ruth setzte sich an den Küchentisch und nahm Winfried auf den Schoß. Aufgeregt schaute er zu, wie sie das Säckchen vor ihm öffnete, und seine schwarzen Augen wurden immer größer, als der Inhalt zum Vorschein kam: ein glänzender Apfel, drei Walnüsse, zwei Printen und zwei Dominosteine – und dazu ein winzig kleines, selbstgebasteltes Feuerwehrauto aus rotlackiertem Sperrholz.

»So ein liebes Christkindchen!« Winfried strahlte. »Darf ich damit spielen?«

»Aber natürlich!«

Voller Begeisterung nahm er das Auto und sprang damit von ihrem Schoß.

»Tatütata, die Feuerwehr ist da!«

Während er vor Freude am Boden gluckste, überlegte sie, wer das Christkind wohl gewesen war. Eigentlich kam nur ihre Mutter in Frage. Aber wer hatte dann das Auto gebastelt? Und wann sollte sie hergekommen sein, um die Geschenke zu bringen? Sie war doch auch in der Kirche gewesen.

Vielleicht Lotti Mürmann? Nein, die war ja über Weihnachten bei ihrer Tochter zu Besuch.

Plötzlich hörte sie eine Mundharmonika, ganz in der Nähe; es klang, als spiele jemand direkt unter ihrem Fenster.

Stille Nacht, heilige Nacht …

Sie stand auf, um nachzuschauen. Die zugeschneite Freiheitstraße lag im hellen Mondschein, doch weit und breit war kein einziger Mensch zu sehen, nur ein paar Fußstapfen im Schnee. Eine Spur führte von Lotti Mürmanns Haus in die kleine Gasse gegenüber, zwischen Betten-Prange und dem Backsteinhaus von Dr. Risse. Mit den Blicken folgte sie der Spur, und dann hatte sie den Mundharmonikaspieler entdeckt: ein kräftiger, breitschultriger Mann mit einer Schlägermütze auf dem großen, fast quadratischen Kopf.

Bernd Wilke.

Angelehnt an eine Mauer stand er in der Dunkelheit. Die Mundharmonika mit beiden Händen an den Lippen, schaute er unter dem Mützenschirm zu ihr herauf.

Als ihre Blicke sich trafen, wurde Ruth ganz warm. Eine längst entschwundene Erinnerung stieg in ihr auf, die Erinnerung an einen viele Jahre zurückliegenden Sommertag, irgendwann vor dem Krieg. Sie war damals noch Schülerin am Lyzeum gewesen und Bernd Wilke ein blutjunger Maurerlehrling, der mit seinem Vater im Fabrikhof eine Garage für den Firmen-Maybach gebaut hatte. Es war ein sehr heißer Tag gewesen, über dreißig Grad hatte das Thermometer gezeigt. Sie hatte ihn ins Haus gerufen und ihm zur Erfrischung eine Limonade gemacht. Allein in der großen leeren Küche hatten sie kaum ein Wort miteinander gesprochen, während sie die Zitronen ausgepresst und den Saft mit Wasser und Zucker vermischt und er geduldig gewartet hatte, mit der Mütze in der Hand. Nur Blicke hatten sie getauscht, heimlich und verstohlen, doch immer wieder, mal von ihr ausgehend, dann von ihm. Und als sie ihm sein Glas gereicht und er ihr mit einem scheuen, schüchternen Lächeln gedankt hatte und ihre Hände sich dabei ganz flüchtig berührten, war das einer der schönsten Momente in ihrem ganzen Leben gewesen …

In einer Aufwallung hob sie die Hand und winkte ihm durch das Fenster zu. Er unterbrach kurz sein Spiel und winkte ihr von der Straße zurück, mit demselben scheuen und schüchternen Lächeln wie damals. Dann führte er die Harmonika wieder an die Lippen. Den Blick auf sie gerichtet, trat er aus der Gasse hervor und nickte noch einmal zu ihr herauf, dann kehrte er ihr den Rücken zu, und immer weiterspielend stapfte er mit langsamen Schritten durch den frisch gefallenen Schnee davon, die Freiheitstraße entlang Richtung Totschlag, bis er in der Dunkelheit verschwunden war.

Noch eine lange Weile blieb Ruth am Fenster stehen und schaute auf die menschenleere Straße, wo nur noch seine Fußspuren zu sehen waren.

Mit einem Seufzer wandte sie sich ab.

Wie wäre ihr Leben wohl verlaufen, wenn Bernd und sie an jenem Sommertag ein kleines bisschen mehr Mut gehabt hätten?

41 Nackt und liebessatt lagen Ulla und Tommy unter der Decke, so eng aneinandergeschmiegt wie nur möglich, und lauschten dem Bullern des Kanonenofens, ganz und gar erfüllt von dem Wunder, das ihnen an diesem Heiligen Abend zuteil geworden war.

»Ist dir auch warm genug?«, fragte er und zog ihr die verrutschte Decke über die Schulter.

»Ich platze fast vor Hitze.«

Zärtlich streichelte sie seine Brust. Er hatte für sie seinen halben Waggon verfeuert. Um zu heizen, hatte er die hölzernen Wandregale zerhackt und mit den Scheiten den Ofen gefüttert, und als die Flammen diese verzehrt hatten, hatte er auch noch die Deckenverkleidung geopfert, damit sie es warm bei ihm hatte.

»Wenn ich erzähle, wie fürsorglich Prince Charming sein kann, glaubt mir das kein Mensch. Nur – wie willst du in dieser Bruchbude eigentlich weiterhausen?«

»Gar nicht«, erwiderte er. »Das Kapitel ist beendet. Ich werde mir was Richtiges suchen. Am Breitenhagen werden Hunderte Wohnungen gebaut, für Ausgebombte und Vertriebene. Die ersten sind bereits fertig. Da werde ich schon was finden.«

Verwundert schaute sie zu ihm auf. »Wann bist du denn auf die Idee gekommen?«

»Dreimal darfst du raten.«

Als sie sein Lächeln sah, wusste sie, was er meinte. Gerührt von seinem Liebesbeweis, nahm sie ihn in den Arm. Doch statt sie zu küssen, schlug er die Decke beiseite und schwang sich aus dem Bett.

»Was hast du vor?«

»Das wirst du gleich sehen.«

Er trat an den Tisch, auf dem sie ihre Sachen abgelegt hatten, und mit dem Rücken zu ihr wühlte er in dem Kleiderhaufen.

Irritiert setzte sie sich im Bett auf. Wollte er sich etwa anziehen?

Als sie die Decke über sich zog, sah sie auf dem Laken einen rotverschmierten Fleck. Der Anblick erfüllte sie mit einer Mischung aus ungläubigem Staunen und Stolz.

Erst in diesem Moment wurde ihr bewusst, was heute Abend geschehen war.

»Jetzt bin ich eine Frau …«

Tommy drehte um. »Was sagst du da?«

»Jetzt bin eine Frau«, wiederholte sie. Dann hob sie den Kopf und schaute ihn an. »*Deine* Frau.«

Mit so großen Augen, als wäre sie eine Erscheinung, erwiderte er ihren Blick.

»Kannst du … kannst du das bitte noch einmal sagen?«

»Ja, Thomas Weidner. Ich – bin – deine – Frau.«

Ein Leuchten ging durch sein Gesicht, und nackt, wie er war, trat er ans Bett und kniete vor ihr nieder.

»Du machst mich zum glücklichsten Mann der Welt.«

Er griff nach ihrer Hand, doch plötzlich verharrte er, und abermals veränderte sich seine Miene.

»Was hast du?«, fragte sie irritiert.

Seine Augen glänzten. »Du beschämst mich. Weil – du hast mir ein so wunderbares Geschenk gemacht, und ich … ich habe nur das da für dich.«

Erst jetzt sah sie die dunkelrot lackierte Schatulle in seiner Hand. Er setzte sich zu ihr und öffnete den Deckel.

»Ach, Tommy …« Gebettet auf rotem Samt, schimmerte ihr die Perlenkette entgegen, die sie schon einmal gesehen hatte.

Er nahm die Kette aus der Schatulle. »Ich hoffe, du weißt, dass die immer nur für dich bestimmt war, von Anfang an.«

Noch nie hatte sie ihn so verlegen, so schüchtern gesehen. Ein Seufzer entrang sich ihrer Brust. Dafür liebte sie ihn, noch viel mehr als für sein berühmtes Prince-Charming-Grinsen.

Mit der Hand fuhr sie ihm über das Haar. »Ja, das weiß ich, mein Liebster, natürlich weiß ich das.« Aufmunternd nickte sie ihm zu. »Aber worauf wartest du? Willst du sie mir nicht umlegen? Ich glaube, das wäre jetzt der richtige Augenblick.«

»Nichts lieber als das!« Vorsichtig öffnete er den Verschluss und legte ihr die Kette um den Hals. »Brauchst du den Spiegel? Warte, ich hole ihn dir.«

Sie schüttelte den Kopf. »Nicht nötig. Ich sehe doch dein Gesicht.«

»Ach, Ulla …« Er beugte sich über sie und gab ihr einen Kuss. Dann wurde er feierlich. »Frohe Weihnachten, Ursula Wolf.«

»Frohe Weihnachten, Thomas Weidner.« Nur mit der Kette bekleidet, ließ sie sich zurück auf das Bett sinken und streckte die Arme nach ihm aus. »Komm noch einmal zu mir.«

Mit einem Lächeln, aus dem seine ganze Liebe sprach, überließ er ihr seine Hände. Sie nahm sie, und während sie sie sanft drückte, zog sie ihn zu sich herab.

Nichts schmerzte mehr, nichts tat mehr weh, als er zum zweiten Mal zu ihr kam. Selig schloss sie die Augen.

Dann spürte sie nur noch ihn und sich und in ihr seine Liebe.

42

Der erste Weihnachtstag war da, und ganz Altena strömte zum Lennestein, um Einlass zu der Feier zu finden, zu der Major Jones geladen hatte.

Tommy hatte sich bereits hinter der Bühne des Saalbaus eingefunden, wie alle anderen auch, die an der Veranstaltung mitwirken würden. Es war noch keine vierundzwanzig Stunden her, da war er fest entschlossen gewesen, Altena für immer zu verlassen. Jetzt war er der glücklichste Mensch in der ganzen Stadt, weil er geblieben war. Sogar das Versprechen, das er dem Commander gegeben hatte, konnte er nun halten und würde dafür ein kleines Vermögen bekommen. Und er wusste auch schon, wofür er es investieren würde.

Für ein neues Leben. Mit Ulla.

Er trat ans Fenster und schaute auf den Vorplatz hinaus. Vor dem Eingang stauten sich die Menschenmassen bis zur Steinernen Brücke zurück, und britische Soldaten kontrollierten jeden, der in das Gebäude wollte. *Eintritt auf Vorlage des Unbedenklichkeitsscheins, Eltern mit Kindern bevorzugt – ansonsten gilt die einfache Reihenfolge* … Nur mit Mühe gelang es den Soldaten, Ordnung in das Gedränge zu bringen. Kein Wunder, schließlich hatte auf den Plakaten gestanden, dass für Speisen und Getränke gesorgt sei.

»Wo bleibst du, Prince Charming?«, rief Barbara. »Beeil dich, es geht los!«

Tommy drehte sich um. In dem Bühnenraum wuselte es von kleinen und großen Kindern, allesamt in weihnachtlicher Verkleidung: Engel in weißen Bettlaken, Hirten in Kartoffelsäcken, die Heiligen drei Könige in katholischen Messgewändern, dazu zwei auffallend kräftige, uniformierte Engländer, die gerade ein Seil aufrollten, sowie Barbara als Frau Holle mit einem prall gefüllten Inlett.

Unter der Aufsicht von Fräulein Streffer, der kleinwüchsigen Musiklehrerin der Lennesteinschule, nahm hinter dem Vorhang ein Blockflötenchor Aufstellung.

»Jetzt mach endlich«, drängte Barbara. »Oder sollen wir ohne dich anfangen?«

»Keine Sorge.« Tommy warf sich das Haar aus der Stirn und richtete seine Krawatte. »Ich komme ja schon.«

43

Zwei Stufen auf einmal nehmend, hastete Ulla die Treppe im Lennestein hinauf, auf der Flucht vor ihrem Verfolger. Als sie in den übervollen Saal stolperte, setzte gerade ein Blockflötenchor ein, und Hunderte Augenpaare blickten voller Erwartung zur Bühne, wo jetzt der Vorhang hoch ging und ein Stall von Bethlehem zum Vorschein kam, wie die Welt noch keinen gesehen hatte. Inmitten von Tannenbäumen, die mit Lametta aus Zigarettenpapier sowie Weißblechsternen, Metallstaub und Metallspänen geschmückt waren, erhob sich ein golden gestrichener Bretterverschlag, in dessen Mitte die gleichfalls goldene Krippe mit dem Jesuskind prangte. Diese wurde umringt von zwei ausgestopften Rehen und einem andächtig schauenden Elternpaar, Maria und Joseph, die kaum älter waren als der auf Heu und Stroh gebettete und in einer riesigen Windel gewickelte Heiland, während aus dem Tannenwäldchen ein Dutzend Kindergartenhirten herbeieilten, um vor der Krippe niederzuknien und das Kind darin voller Ehrfurcht anzubeten.

Ulla schaute sich um, ob es irgendwo noch einen freien Platz gab, wo sie vor ihrem Verfolger sicher sein würde. Doch da war Jürgen Rühling auch schon bei ihr. Er hatte sie bei ihrer Ankunft am Eingang abgefangen, um ihr bis hinauf in den Saal zu folgen, obwohl sie als Tommys Gast doch gar nicht seine Begleitung brauchte, um Einlass zu finden. Das hatte sie ihm auch gesagt, zweimal sogar, aber er gab keine Ruhe.

»Sie hatten fest versprochen, mir die Ehre zu erweisen. Jetzt können, nein: *dürfen* Sie mir keinen Korb geben!«

Um seinen Worten Nachdruck zu verleihen, griff er nach ihrem Arm. Mit einem Ruck machte sie sich von ihm los.

»Es tut mir sehr leid, Herr Rühling, und es ist auch nicht persönlich gemeint …«

»Aber wie soll es denn sonst gemeint sein? Bitte, verehrtes gnädiges Fräulein Wolf! Tun Sie mir das nicht an! Wie stehe ich denn da?«

Ulla wusste nicht, was sie erwidern sollte. Wie konnte ein Mann sich nur so erniedrigen? Zum Glück sah Gundel ihre Not und winkte sie zu sich an den Honoratiorentisch, an dem außer Major Jones, Bürgermeister Vielhaber und Walter Böcker auch ihre Eltern saßen.

Ohne ein weiteres Wort ließ sie Jürgen Rühling stehen und floh zu ihrer Familie.

»Danke, Schwesterherz! Das war Rettung in höchster Not.«

Doch Gundel hörte ihr gar nicht zu. Kaum hatte Ulla sich zu ihr gequetscht, kehrte sie ihr den Rücken zu, um verliebte Blicke mit Benno Krasemann zu tauschen, der zusammen mit Bernd Wilke beim Austeilen der Speisen und Getränke half. Offenbar hatte Major Jones das Menü persönlich zusammengestellt. Es gab Eisbein mit Sauerkraut und dazu Dortmunder Bier.

Ulla verrenkte sich den Hals in Richtung Bühne, um zwischen all den Menschen einen Blick auf Tommy zu erhaschen. Dabei knöpfte sie ihren Mantel auf. Er sollte sehen, dass sie sein Geschenk trug! Doch statt Tommy kamen nur als Engel verkleidete Kinder auf die Bühne.

»Was ist denn das für eine Kette?«, fragte die Mutter. »Woher hast du die?«

Unwillkürlich fasste Ulla sich an den Hals. »Das … das ist ein Geschenk!«

»Ein Geschenk? Sieh mal einer an.« Neugierig musterte die Mutter die Perlen, dann ging ein Strahlen durch ihr Gesicht. »Die sind ja echt! Na, da scheint es aber jemand sehr ernst mit dir zu meinen!« Verschwörerisch zwinkerte sie ihr zu. »Wer ist denn derjenige, welcher? Vielleicht der junge Rühling?«

Der Engelschor enthob Ulla der Antwort. Als gebe es nichts Interessanteres auf der Welt, drehte sie sich zur Bühne herum, den Blick fest auf das Spektakel gerichtet, das Tommy sich für Major Jones ausgedacht hatte, und lauschte dem Kindergesang.

Leise rieselt der Schnee …

Eine üppige Frau Holle mit einer bauschigen Haube auf dem blonden Haar, die Barbara Wüllner verdächtig ähnlich sah, beugte sich über die Brüstung der Empore und schüttelte aus einem prall gefüllten Inlett solche Mengen von Bettfedern auf den Stall von Bethlehem herab, dass dieser in dem Gestöber fast versank.

»Meine Fresse«, prustete Walter Böcker, »als hätten wir in diesem Scheißwinter nicht schon Schnee genug!«

Beifallheischend blickte er in die Runde, doch nur Bürgermeister Vielhaber verzog sein Gesicht zu einem pflichtschuldigen Lächeln, während Commander Jones tadelnd eine Braue hob.

Mit gespielter Reue legte Walter Böcker sein Bulldoggengesicht in Falten und gab sich gerührt. »Ach ja, sie sind doch allerliebst, die Kleinen …«

44 In Christel keimte eine wunderbare Hoffnung auf. Wenn der junge Rühling Ulla die Kette verehrt hatte, konnte das ja eigentlich nur eins bedeuten … Doch ihre Hoffnung währte nur einen Augenblick. Als sie sich umdrehte, um nach dem Kavalier ihrer Tochter Ausschau zu halten, platzte auch schon ihr schöner Traum. Mit versteinerter Miene stand Jürgen Rühling am Eingang des Saals und starrte zu Ulla herüber, als wolle er sie mit seinen Blicken hypnotisieren. Doch die ignorierte ihn, als wäre er Luft, ja, schlimmer noch – als er versuchte, ihr zuzulächeln, kehrte sie ihm einfach den Rücken zu. Christel sah, wie es in seinem Gesicht zuckte, wie er unter der Missachtung litt, während er darauf wartete, dass Ulla sich ihm wieder zuwenden würde. Doch das tat sie nicht, sie schaute einfach in der Gegend herum, als wäre er gar nicht da, bis er irgendwann begriff, dass er auf verlorenem Posten stand.

Auf dem Absatz machte er kehrt und verließ fluchtartig den Ort.

Christel schüttelte den Kopf. Wie konnte Ulla nur so unhöflich sein? So unhöflich und vor allem so dumm? Der junge Rühling war doch eine glänzende Partie, jedes andere Mädchen würde sich glücklich schätzen, wenn er ihr den Hof machte.

Sie versuchte gerade, sich einen Reim auf das ebenso ungehörige wie unverständliche Verhalten ihrer Tochter zu machen, da ging plötzlich ein Raunen durch das Publikum. Der Grund dafür war ein blondgelockter Engel, der an einem Seil von der Decke in den Saal herabschwebte und dabei dasselbe Lied sang, das auch sie einmal vor langer, langer Zeit, als sie selbst noch ein Kind gewesen war, bei einem Krippenspiel gesungen hatte.

Vom Himmel hoch, da komm ich her,
Ich bring euch gute neue Mär.
Der guten Mär bring ich so viel,
Davon ich sing und sagen will.

Christel war entzückt. Der Engel hatte genau wie sie selbst damals einen Heiligenschein und dazu zwei goldene Flügel! Das hätte sie den Engländern gar nicht zugetraut, angeblich hatten die es doch gar nicht so mit Weihnachten …

Euch ist ein Kindlein heut' geborn
Von einer Jungfrau auserkorn,
Ein Kindelein, so zart und fein,
Das soll eu'r Freud und Wonne sein.

Während der Engel singend in der Schwebe verharrte, traten aus dem Tannenwäldchen die Heiligen Drei Könige in prachtvoll bestickten Gewändern hervor. Der mit Schuhwichse geschminkte Mohr zog einen Karren voller Geschenktüten hinter sich her. Der Reihe nach knieten die Könige vor dem Jesuskind nieder und brachten ihm ihre Gaben dar, Weihrauch, Myrrhe und Gold. Zum Dank spendete der Heiland ihnen seinen Segen, dann erhob er sich, nur mit der Windel bekleidet, aus der Krippe und wies die Hirten an, die Tüten, die die Weisen aus dem Morgenland auf ihrem Karren mitgebracht hatten, an die Kinder im Saal zu verteilen.

»Was wohl darin sein mag?«, fragte Christel.

»In den Tüten?«, erwiderte Bürgermeister Vielhaber. »Cadbury-Schokolade und Scones-Plätzchen«, erklärte er dann mit wichtiger Miene, wohl um zu demonstrieren, dass er mal wieder mehr wusste als andere.

»In solchen Mengen?« Christel staunte. »Wie überaus großzügig von den Engländern! Wenn man bedenkt, wie viel Leid die Hitlerei über die Welt gebracht hat. – Ach ja«, fügte sie mit einem Seufzer hinzu, »ich habe es ja immer gesagt, die Menschen werden sich wieder vertragen, etwas anderes bleibt ihnen ja gar nicht übrig.«

Vor lauter Freude stimmte sie in den Gesang des Engels mit ein.

Es ist der Herr Christ, unser Gott,
Der will euch führn aus aller Not,
Er will eu'r Heiland selber sein,
Von allen Sünden machen rein.

Das Lied war noch nicht verklungen, da schwärmten die Hirten aus, um mit der Bescherung zu beginnen. Was war das für ein Jauchzen und Frohlocken! Die beschenkten Kinder wussten sich gar nicht zu lassen angesichts der Herrlichkeiten, die sie in den Tüten entdeckten.

Major Jones nahm seine erkaltete Pfeife aus dem Mund. »O je, o je, wie rührt mich dies …«

Während Christel überlegte, woher das Zitat stammte, wischte er sich mit dem Handrücken über die Augen. Dann klemmte er sich die Pfeife wieder zwischen die Lippen und blickte kopfschüttelnd in die Runde.

»You bloody Germans! Zwei Weltkriege habt ihr angezettelt, aber kein anderes Volk auf der Welt kann Weihnachten feiern wie ihr! So heimelig und voller *Gemüt*!«

45

Eduard sah, wie es in den Augen von Commander Jones schimmerte. Aber war das ein Wunder? Ihm selbst kamen ja auch die Tränen.

Er hob sein Glas und prostete dem Kommandanten zu. »Danke, Major – Tausend und Abertausend Mal Dank! Das wird Altena Ihnen nicht vergessen. Niemals!«

Während auch Jones sein Glas hob, raunte Walter Böcker leise von der Seite: »Jetzt aber mal halblang. Die Arschlöcher brauchen uns doch genauso wie wir sie.«

Verwundert drehte Eduard sich zu ihm um. »Wen meinen Sie – doch nicht etwa die Engländer?«

»Nein, die Heiligen Drei Könige.« Böcker schüttelte den Kopf. »Natürlich meine ich die Engländer! Dass wir wieder auf die Füße kommen, ist doch in deren ureigenem Interesse. Wenn Deutschland den Bach runtergeht, gehen bei denen auch die Lichter aus. Oder was glauben Sie, warum die Firma Wolf plötzlich weiter produzieren darf? Aus lauter Menschenfreundlichkeit?«

Eduard rümpfte die Nase. Der Atem seines Tischnachbarn roch unangenehm nach Fisch. Er konnte sich den Grund denken. Es war ein offenes Geheimnis, dass es am Heiligen Abend im Lennekeller ein Treffen der alten Kameraden gegeben hatte. Offenbar hatte Böcker sein Katerfrühstück noch nicht verdaut.

»Darf ich fragen, worüber die Herren sich unterhalten?«, wollte Major Jones wissen.

»Nur eine kleine weltpolitische Betrachtung, Commander«, erklärte Böcker.

»Ach ja? Wie interessant!«

»In der Tat. Dieses wunderbare Fest zeigt auf beeindruckende Weise, was für ein kapitaler Fehler es war, England anzugreifen.

Deutschland und England sind vom Schicksal füreinander bestimmt. Das hätte Hitler wissen müssen, der Mann kannte sich doch aus mit der Geschichte! Statt gegeneinander zu kämpfen, hätten wir von Anfang an unsere Kräfte vereinen müssen, um zusammen die Kommunisten zur Strecke zu bringen. Genau wie Ihr großartiger Premierminister gesagt hat.«

Major Jones hob verwundert die Brauen. »So, was hat Mister Churchill denn gesagt?«

Böcker brauchte für die Antwort keine Sekunde. »We butchered the wrong pig!«

»Was heißt das?«, fragte Christel.

»Wir haben das falsche Schwein geschlachtet«, übersetzte Eduard.

»Mein Reden seit 33!«, rief Böcker. »Darauf hoch die Tassen!«

Er prostete dem Commander zu, doch der stellte sein Glas zurück auf den Tisch.

»Ich fürchte, den Satz hat Churchill nie gesagt. So sehr man sich das hierzulande vielleicht auch wünscht.«

Am Tisch entstand ein kurzes, verlegenes Schweigen. Während der Commander mit abweisender Miene seine Pfeife anzündete, ruckte Böcker mit dem Kopf, als wäre ihm plötzlich der Kragen zu eng. Eduard suchte nach Worten, um die peinliche Situation aufzulösen, doch es fiel ihm nichts Passendes ein. Auch er kannte das Churchill-Bonmot, natürlich, jeder Deutsche kannte es, es hatte sogar schon im Kreisblatt gestanden, irgendein Politiker hatte sich darauf berufen, um die veränderte Weltlage zu erklären – dass nicht mehr Deutschland, sondern die kommunistische Sowjetunion der Feind der freien Welt sei. Aber wenn Commander Jones jetzt behauptete, der Satz stamme gar nicht von dem britischen Premier …

Zum Glück hob der Chor der Engel zu einem weiteren Lied an, und alle Blicke richteten sich wieder auf die Bühne.

Stille Nacht, heilige Nacht,
Alles schläft, einsam wacht
Nur das traute hochheilige Paar.
Holder Knabe im lockigen Haar,
Schlaf in himmlischer Ruh,
Schlaf in himmlischer Ruh.

Welch wunderbarer Zauber ging doch von diesem Lied aus! Voller Rührung nahm Eduard Christels Hand, während sich um sie herum der ganze Saal erhob. Nur Major Jones zögerte, scheinbar unschlüssig, was er tun sollte, doch dann legte er seine Pfeife ab, um gleichfalls aufzustehen. Eduard atmete auf. Konnte man Weihnachten, das Fest der Liebe und Versöhnung, schöner feiern? Jetzt folgten auch die englischen Offiziere und Soldaten dem Beispiel ihres Kommandanten, und während der Chor der Engel sich in höchste Höhen aufschwang, fielen sie mit ihren Männerstimmen in den Kindergesang ein, um gemeinsam mit allen Menschen im Saal, die guten Willens waren, das schönste und ergreifendste aller Weihnachtslieder zu singen, ein jeder in seiner Sprache.

Silent night, holy night
All is calm, all is bright
'Round yon virgin Mother and Child
Holy infant so tender and mild
Sleep in heavenly peace
Sleep in heavenly peace

Auch Eduard hatte sich erhoben, zusammen mit seiner Frau. Mit einem Lächeln nickte Christel ihm zu und drückte seine Hand.

Ja, sie hatte es immer gewusst. Die Menschen würden sich wieder vertragen. Anders konnte es ja gar nicht sein.

46

Während die letzten Töne verhallten, fiel auf der Bühne der Vorhang. Für eine Weile war es in dem Saal so still wie in einer Kirche, kaum ein Hüsteln war zu hören. Dann aber regte sich irgendwo ein Händepaar, jemand begann zu klatschen, zögernd und unsicher, weil man das auf einer Weihnachtsfeier ja eigentlich nicht tat, es folgte ein zweiter, ein dritter, ein vierter, dann war der Bann gebrochen, immer mehr fielen in den Beifall ein, Dutzende, Hunderte von Menschen, und es dauerte nicht lange, da wuchs der Applaus zu solcher Lautstärke an, dass die Wände bebten und der Stuck von der Decke rieselte.

»Was für ein Erfolg«, sagte Barbara hinter dem Vorhang. »Gut gemacht, Prince Charming!«

»Unsinn«, erwiderte Tommy. »Ohne dich wäre ich verloren gewesen.«

Überall wuselten in dem Bühnenraum verkleidete Kinder umher, Engel und Hirten spielten zwischen den Tannen mit den Heiligen Drei Königen Fangen, und während Maria und Joseph auf die ausgestopften Rehe kletterten, hockte das Jesuskind in seiner Krippe und stopfte sich mit Cadbury-Schokolade und Scones-Plätzchen den Mund voll.

Auf der anderen Seite des Vorhangs ging der Beifall in rhythmisches Klatschen über. Gleichzeitig wurden Rufe laut.

»Tho-mas Weid-ner! Tho-mas Weid-ner!«

Unwillkürlich wich Tommy zurück, als die Menge seinen Namen skandierte.

Barbara lachte. »So schüchtern kenne ich dich ja gar nicht, Prince Charming!«

»Ich mich auch nicht«, grinste er.

Im Saal wurden die Rufe immer lauter.

»Tho-mas Weid-ner! Tho-mas Weid-ner!«

Barbara schubste ihn in Richtung Vorhang. »Los, worauf wartest du? Die Leute wollen dich sehen!«

Tommy nahm ihre Hand. »Nur wenn du mitkommst!«

47

Auch Ulla war aufgestanden, wie alle anderen im Saal, und während sie mit dem ganzen Publikum applaudierte, entfernte sie sich, ohne es zu merken, Schritt für Schritt vom Honoratiorentisch in Richtung Bühne.

Wo war Tommy? Wann trat er endlich hervor, um sich zu zeigen?

Lauter als jeder sonst skandierte sie seinen Namen.

»Tho-mas Weid-ner! Tho-mas Weid-ner!«

Da endlich ging der Vorhang auf, und er kam auf die Bühne, mit seinem strahlendsten Prince-Charming-Lächeln im Gesicht. Umringt von der Heiligen Familie, den drei Weisen aus dem Morgenland sowie der ganzen Kinderschar an Engeln und Hirten, die an dem Krippenspiel mitgewirkt hatte, verbeugte er sich vor den Zuschauern, Hand in Hand mit Barbara Wüllner, die immer noch als Frau Holle verkleidet war.

Der Anblick der üppigen Blondine versetzte Ulla einen Stich, wie ein böses Gift schoss die Eifersucht in sie ein. Unwillkürlich fasste sie an ihre Kette. Doch die kurze Berührung genügte, damit das schlimme Gefühl verging.

Nein, es gab keinen Grund zur Eifersucht. Die Perlen waren echt.

»Tho-mas Weid-ner! Tho-mas Weid-ner!«

Da trafen sich ihre Blicke. Während die anderen weiter seinen Namen riefen, verstummte sie. Mein Gott, wie liebte sie diesen Kerl – und wenn er noch so sehr grinste und strahlte. Denn sie kannte ja den anderen, den wirklichen Thomas Weidner, der sich hinter dem Prince-Charming-Gesicht verbarg.

»Tho-mas Weid-ner! Tho-mas Weid-ner!«

Ulla sah an seinen blitzenden Augen, wie sehr er den Beifall genoss, auch wenn er ihn jetzt mit gespielter Bescheidenheit zurückwies, um ihn mit ausladender Geste für seine Partnerin zu reklamieren.

Als er beiseitetrat und Barbara Wüllner sich allein vor dem Publikum verbeugte, schwoll der Applaus noch einmal an. Vor allem Commander Jones war wie aus dem Häuschen. Laut rief er ihren Namen.

»Bar-bara Wüll-ner! Bar-bara Wüll-ner!«

Als sie sich zum dritten Mal verbeugte, hielt es ihn nicht länger an seinem Platz. Alle Zurückhaltung aufgebend, drängte er sich durch die Menge vor bis zum Bühnenrand, um ihr von dort aus Kusshände zuzuwerfen.

Ulla hob die Brauen. Hatte der Stadtkommandant sich verliebt?

Tommy schien denselben Gedanken zu haben. Lachend reichte er Major Jones die Hand, um ihm auf das Podium zu helfen. Jetzt tobte der ganze Saal. Von irgendwoher kam ein Strauß Rosen geflogen, und während der Commander Barbara Wüllner die Blumen überreichte, sprang Tommy von der Bühne und eilte auf Ulla zu.

48

Sie empfing ihn mit einem Lächeln, für das er sich auf der Stelle in sie verliebt hätte. Wenn er nicht längst verliebt in sie wäre.

»Du bist und bleibst ein Hallodri, Tommy Weidner.«

»Aber der treueste Hallodri der Welt! Frag meinen Beichtvater.«

Noch während er sprach, verschwand das Lächeln von ihren Lippen, und ihre Miene wurde ernst.

»Wirst du in Altena bleiben?«

So gleichgültig wie möglich zuckte er die Achseln. »Vielleicht.«

Irritiert runzelte sie die Brauen. »Was soll das heißen – vielleicht?«

»Das fragst ausgerechnet du?«, erwiderte er mit einem Grinsen. »Du weißt doch – wenn ein Mann vielleicht sagt …«

Statt den Satz zu Ende zu sprechen, wartete er, dass sie ihn ergänzte.

Zögernd hellte sich ihre Miene auf. »Dann meint er – *ja*?«

»Na also! Ist der Groschen gefallen?«

Jetzt grinste auch sie. »Und wenn er ja sagt?«

»Dann ist er kein Mann!«, antwortete er wie aus der Pistole geschossen.

Ihr Grinsen wurde noch breiter. »Ich denke, dann bleibe ich lieber beim Vielleicht.«

Am liebsten hätte er sie geküsst, doch das traute er sich nicht. Ihre Eltern schauten schon vom Honoratiorentisch zu ihnen herüber.

»Ach, Ulla«, sagte er darum nur, »wenn ich Altena verlassen soll, musst du mich persönlich aus der Stadt jagen. Sonst kriegen mich keine zehn Pferde mehr von hier fort!«

»Und wenn es elf Pferde sind?«

»So viele Pferde gibt es gar nicht, die dafür nötig wären. Stell dir vor, ich habe sogar schon eine Zusage für den Breitenhagen! Eine richtige Wohnung! Ich habe heute Morgen mit Amtmann Bangel geredet, dem Leiter des städtischen Bauamts. Sobald ich den Whisky und die Zigaretten abliefere, die Major Jones mir versprochen hat, kann ich einziehen.«

Er hatte erwartet, dass Ulla sich freuen würde. Doch zu seiner Verwunderung verzog sie das Gesicht.

»Dann willst du also keine Damen mehr in deiner Lasterhöhle empfangen?«

»Den Waggon mach ich zu Brennholz. Sobald ich den Wohnungsschlüssel habe. Versprochen!«

»Hm, ich weiß nicht. Vielleicht sollte ich es mir ja doch noch mal überlegen …«

Tommy biss sich auf die Lippe. Das war kein Vielleicht nach seinem Geschmack. Aber selbst schuld, er hatte ihr ja allen Grund gegeben, an seinen Absichten zu zweifeln.

Was konnte er nur tun, damit sie ihm glaubte?

Während er seine Vergangenheit verfluchte, sah er plötzlich, wie es um ihre Mundwinkel zuckte.

»Du musst nämlich wissen«, flüsterte sie so leise, dass er sie kaum verstand, »es hat mir sehr gefallen in deiner Lasterhöhle.«

Täuschte er sich oder wurde sie tatsächlich rot?

»Ursula Wolf!«, sagte er mit gespielter Empörung. »Würdest du bitte für einen Moment ernst sein? Ich hab ja fast einen Schlaganfall gekriegt.«

Spottisch erwiderte sie seinen Blick. »Warum sollte ich ernst sein? Bei einem so liederlichen Menschen wie dir?«

»Weil der liederliche Mensch dir etwas Wichtiges zu sagen hat. Etwas sehr, sehr Wichtiges sogar.«

»Ach so? Was denn?«

Er hielt einen Moment inne, dann sagte er, so ernst und feierlich, wie er es sich selbst nie zugetraut hätte: »Ich liebe dich, Ulla.«

Sie schloss für einen Moment die Augen, dann schaute sie ihn an, und genauso ernst und feierlich wie er erwiderte sie: »Ich liebe dich auch, Thomas Weidner.«

Es war, als würden plötzlich sämtliche Glocken Altenas läuten. Und ihre Botschaft war so schön, dass er sie kaum glauben konnte.

»Wirklich?«

Sie nickte. »Soll ich es dir beweisen?«

Die Augen fest auf ihn gerichtet, trat sie auf ihn zu, und ohne auf ihre Eltern zu achten, nahm sie sein Gesicht zwischen die Hände und küsste ihn.

Auf einmal stand die Erde still, und es gab nur noch diesen Kuss.

Irgendwo in weiter, weiter Ferne rief Major Jones' Stimme: »Punsch für alle!«

»Na, dann prost!«, antwortete in noch weiterer Ferne Walter Böcker. »Ich glaube, vor uns liegen ganz wunderbare Jahre …«

LIEBE LESERINNEN UND LESER,

wenn Sie diese Seite aufschlagen, haben Sie vermutlich sehr viele Stunden, vielleicht sogar ein paar Tage mit meinem Buch verbracht. Damit habe ich Ihre Zeit weit mehr in Anspruch genommen als ursprünglich geplant, und das verlangt nach einer Erklärung, wenn nicht gar nach einer Entschuldigung.

Um es offen heraus zu sagen: Dieser Roman sollte eigentlich gar keiner werden, er ist gleichsam unter der Hand entstanden – ein erzählerisches Versehen. Am Anfang hatte ich nämlich nur eine kleine Weihnachtsgeschichte im Sinn, aus dem Kosmos von »Unsere wunderbaren Jahre«, nicht länger als achtzig bis hundert Seiten, spielend im Hungerwinter 46. Darin ließe sich, so die Idee, ganz nebenbei berichten, wie die Figuren meines Romans zueinandergefunden haben in jener seltsamen Auszeit der deutschen Geschichte zwischen dem Zusammenbruch des sogenannten Großdeutschen Reichs 1945 und der Geburt der Bundesrepublik aus dessen Trümmern mit der Währungsreform 1948.

Doch was ist der Mensch, dass er Pläne macht? Kaum fing ich an zu schreiben, übernahmen Ulla und Tommy, Ruth und Bernd, Gundel und Benno zusammen mit all den anderen Figuren die Federführung, und jede von ihnen forderte ihr eigenes Recht, so dass aus der ursprünglich geplanten Weihnachtserzählung sehr schnell eine Art Vorgeschichte zu »Unsere wunderbaren Jahre« wurde und aus dieser wiederum ein eigenständiger Roman im vorliegenden Umfang, mit dem ich Ihre Zeit so über Gebühr strapaziert habe.

Wie konnte das passieren?

Ich glaube, die Hauptursache für diese Verselbständigung des Stoffes ist der Ort des Geschehens, meine Heimatstadt Altena, und die dortige Verwurzelung meiner Figuren. Diese sind mir so vertraut und nah, wie fiktive Figuren einem Autor nur vertraut und nah sein können. Das wiederum hat einen ganz besonderen Grund, nämlich das Bettengeschäft, das meine Eltern in Altena betrieben. Als Sohn von Betten-Prange habe ich zur Aufbesserung meines Taschengelds von frühester Kindheit an meinen Vater bei der täglichen Warenauslieferung begleitet. Auf diese Weise gelangte ich in die private Lebenswelt zahlloser Menschen meiner Heimatstadt, bekam ich, obwohl ein Fremder, ganz selbstverständlich Einlass in ihre Wohnungen – ja, sogar in ihre Schlafzimmer. Der dort herrschende Genius loci löste zuverlässig die Zungen, nirgendwo sonst, nicht mal bei Bahnfahrten oder Mitfahrgelegenheiten, entfalten Menschen eine solche Redseligkeit, geben sie so viel von sich preis und erzählen so freimütig von ihren intimsten Belangen wie an diesem Ort: »Sie müssen wissen, mein Mann, der schläft ja gerne nackt. Aber wie die meisten Frauen bin ich eher fröstelig. Und wenn ich mich dann an ihn kuschle und meine Füße zwischen seine Beine stecke, sagt er immer, geh mir weg mit deine Eisklötze! Und unser Oppa, das haben Sie ja an der Matratze gesehen, der püscht manchmal ins Bett. Aber so ist das nun mal bei alten Männern, wenn die Prostata nicht mehr mitmacht.«

Solchen Geschichten hörte ich mit glühenden Wangen zu, über zehn Jahre lang, Tag für Tag, Woche für Woche, Monat für Monat, und wenn man mich heute fragt, wo ich meine schriftstellerische Grundausbildung genoss, dann lautet meine Antwort: hier, in den Schlafzimmern meiner Heimatstadt. Denn was mich am allermeisten an Literatur interessiert, ist, wie durch Buchstaben, Worte und Sätze das Denken und Fühlen und Handeln von Menschen zur Sprache gelangt, ihr Hoffen und Sehnen, ihr Fürchten und Bangen. Und wenn ich irgendwo auf der Welt Menschen ausreichend zu kennen glaube, um mit einer gewissen Berechtigung davon erzählen zu können, dann in Altena, diesem kleinen Industriestädtchen zwischen Sauerland und Ruhrgebiet, in dem ich in den fünfziger und sechziger Jahren aufgewachsen bin.

Darum hatte ich seit meinem ersten Roman, »Das Bernstein-Amulett«, davon geträumt, einmal im Leben einen Roman zu schreiben, der in Altena spielt, mit Menschen, die dort beheimatet sind. Das Problem war nur: Was konnte es in Altena geben, was sich überhaupt zu erzählen lohnt? Nach dem »Bernstein-Amulett« hatte ich Romane geschrieben, die in den großen europäischen Metropolen spielten, an ebenso glanzvollen wie geschichtsträchtigen Orten, die immer wieder, im wahrsten Sinn des Wortes, im Lauf der Geschichte »Geschichte« machten – von Rom (»Die Principessa«) und Paris (»Die Philosophin«) über London (»Die Rebellin«) und Istanbul (»Die Gärten der Frauen«) bis Lissabon (»Die Gottessucherin«) und Wien (»Ich, Maximilian, Kaiser der Welt«).

Aber Altena? Was hat dieses Kaff mit seinen siebzehntausend Einwohnern schon zu bieten? Die Liste der dortigen Sehenswürdigkeiten ist schnell aufgezählt: das deutsche Drahtmuseum, ein Erlebnisaufzug aus der Innenstadt hinauf zu einer mittelalterlichen Burg und – last, not least – darin die erste Jugendherberge der Welt ... Nicht gerade der Stoff, aus dem Romane sind.

Es waren wiederum meine Eltern, die mir den Weg zurück

in die Heimat gewiesen haben. Sie haben mir die entscheidende Inspiration zu »Unsere wunderbaren Jahre« geschickt – buchstäblich aus dem Jenseits.

Und das kam so …

Die Ursprungsidee zu dem Roman kann ich auf den Tag genau datieren: Es war am 2. Januar 2002, an der Ladenkasse eines Supermarkts in meinem jetzigen Wohnort Tübingen. An dem Tag wurde in Deutschland erstmals in Euro bezahlt, und beim Warten in der Schlange vor der Kasse entstand ein lebhafter Austausch über die Münzen und Scheine der neuen Währung – manche erinnern sich vielleicht noch an das sogenannte Starterkit. Dadurch ausgelöst musste ich an einen anderen Moment in der jüngeren deutschen Geschichte denken, als es schon einmal neues Geld gegeben hatte, bei der Währungsreform 1948. Und ich fragte mich: Was haben die Menschen im Verlauf ihres Lebens aus diesem Geld gemacht? Und was machte das Geld aus ihnen – und aus diesem Land?

Zwei Aspekte reizten mich spontan an der Idee. Eine solche Geschichte wäre zum einen eine moderne Interpretation des biblischen Gleichnisses von den Talenten. Laut der Evangelien nach Matthäus und Lukas spricht Jesus zu seinen Jüngern von einem Herrn, der, bevor er sich auf Reisen begibt, seine Knechte mit »Talenten« ausstattet, also Geldern in der damaligen Währung, um nach seiner Rückkehr von ihnen Rechenschaft zu fordern, was ein jeder aus den ihm anvertrauten Talenten gemacht hat – ein Gleichnis darüber, wie wir Menschen im Verlauf unseres Lebens die Gaben, die »Talente« nutzen, die die Natur, die Gene oder die Erziehung, das Schicksal oder die himmlische Fügung uns mit auf den Lebensweg geben. Ein geradezu archetypisches literarisches Thema. Zugleich ließ sich mit einer solchen Geschichte, die von der Einführung der D-Mark 1948 bis zur Einführung des Euro 2002 spielen würde, die Geschichte der Bundesrepublik Deutschland erzählen, da die Entwicklung des Geldes in unserem Land der politischen und gesellschaftlichen Entwicklung immer ein Stückweit vorausgegangen ist: Nur wenige Monate nachdem die westalliierten Siegermächte Amerika, England und Frankreich in ihren Besatzungszonen einseitig, ohne Absprache mit Russland, die Währungsreform unter Ausschluss der Sowjetischen Besatzungszone vollzogen hatten, erfolgte, nicht zuletzt aufgrund dieser Maßnahme, die Zweiteilung Deutschlands mit der fast zeitgleichen Gründung der Bundesrepublik und der DDR im Jahre 1949. Und als 1989 die Mauer fiel, skandierten wenig später die DDR-Bürger auf den Straßen »Kommt die D-Mark, bleiben wir, / Kommt sie nicht, geh'n wir zu ihr!«, so dass die Währungsunion unter dem Druck der Öffentlichkeit noch vor der politischen Wiedervereinigung vollzogen werden musste.

Das alles ging mir durch den Kopf, als ich am 2. Januar 2002 vor der Ladenkasse des Tübinger Supermarkts wartete – ja, die Schlange war wirklich sehr lang. Doch bei aller Begeisterung für meine Idee hatte die Sache einen sehr großen Haken: Ich hatte keinerlei Ahnung, wo ich diese Geschichte verorten, mit welchen Figuren ich sie verkörpern konnte. Und da ich Angst hatte, dass aus einer guten abstrakten Idee ein schlechter abstrakter, weil konstruierter, didaktisch absichtsvoller Roman werden könnte, machte ich mir nur ein paar Notizen für meinen Zettelkasten, in dem ich bereits Dutzende anderer Ideen hortete, um sie alsbald zu vergessen.

So blieb die Idee über zehn Jahre lang in der Versenkung verschwunden. Bis im Februar 2013 meine Mutter starb. Bei der Sichtung des Nachlasses machte ich einen vollkommen unverhofften Fund: ein Packen Liebesbriefe meiner Eltern, die sie in den frühen fünfziger Jahren miteinander getauscht hatten. Ebenso fasziniert wie irritiert zögerte ich lange, die Briefe zu lesen. Durfte ich einen so intimen Einblick in das Seelenleben meiner Eltern nehmen? Auch hatte ich ein bisschen Angst, darin vielleicht Dinge zu erfahren, die ich gar nicht wissen wollte. Schließlich aber siegte meine Neugier über meine Pietät, und mit der inneren Entschuldigung, dass meine Eltern und ich uns, abgesehen von meinen schlimmsten Pubertätsjahren, eigentlich immer sehr gut verstanden haben, sie also sicher nichts dagegen hätten, wenn ich sie noch fragen könnte, schnürte ich das Päckchen auf und begann eines Abends mit der Lektüre.

Es war ein Abend, den ich nie vergessen werde. Meine Eltern, die ich doch in- und auswendig zu kennen glaubte, erschienen mir durch diese Briefe in einem völlig neuen, unbekannten Licht. Auf einmal waren sie nicht mehr die in allen Fragen Bescheid wissenden Erwachsenen, als die ich sie als Kind erlebt hatte, Vater und Mutter, die lobend und tadelnd mir den Weg ins Leben wiesen, sondern zwei junge, unerfahrene Menschen, die wie mit der Stange im Nebel ihrer Zukunft stocherten, hoffend und bangend und ohne jede Ahnung, was das Leben in der von Not und Entbehrung gekennzeichneten Nachkriegszeit für sie bereithielt. Und da ich das Glück hatte, in einer Familie aufzuwachsen, in der der Krieg und die ersten Jahre danach kein Tabu, sondern Gegenstand zahlloser Erzählungen und Berichte gewesen waren, löste die Lektüre der Briefe eine ganze Kaskade von Erinnerungen in mir aus: die Geschichte von meinem Vater, der, mit siebzehn Jahren zum Kriegsdienst zwangsverpflichtet, nach seiner Rückkehr von der Front mit einundzwanzig Jahren als ältester der überlebenden Söhne seine Eltern und Geschwister versorgen musste und dies tat, indem er über die umliegenden Dörfer zog und dort, obwohl er gar nicht richtig tanzen konnte, Sauerländer Bauernjungen gegen »Fressalien« das, was er sich so unter Tanzen vorstellte, beibrachte; die Geschichte von meinem Onkel Gerd, der eine wahre Wirtschaftswunderkarriere hingelegt hat, den Aufstieg vom kleinen Schuhverkäufer mit Volksschulabschluss zum geschäftsführenden Gesellschafter einer der größten Schuhfilialketten der Republik; oder die Geschichte von meiner Tante Hilde, die als schwangere junge Frau eines Morgens neben ihrem gerade aus russischer Kriegsgefangenschaft heimgekehrten toten Mann aufwacht und auch in den folgenden Jahren immer wieder von Schicksalsschlägen heimgesucht wird, die wahrlich eines Hiob würdig sind …

Ich weiß nicht mehr, wann genau es war, aber irgendwann beim Lesen kam mir wieder die Idee in den Sinn, die mich mehr als zehn Jahre zuvor an der Tübinger Ladenkasse heimgesucht hatte. Plötzlich fiel es mir wie Schuppen von den Augen und ich wusste, wo ich diese Geschichte verorten, mit welchen Figuren ich sie verkörpern konnte. Die Geschichte musste in Altena spielen, in meiner Heimatstadt, belebt von den Menschen, die ich aus meiner eigenen Familie, dem eigenen Bekannten- und Nachbarschaftskreis kannte! Und seltsam, erst nachdem ich diese Entscheidung getroffen hatte, fiel mir wieder ein, dass in Altena, seit jeher ein wichtiger Standort der metallverarbeitenden Industrie, die Rohlinge der D-Mark produziert worden waren.

Es war wie ein Wink des Himmels: Hierher und nirgendwohin sonst gehörte die Geschichte! Mit dieser Gewissheit ließ ich alle anderen Projekte liegen und stehen und machte mich an die Arbeit – oder vielmehr ans Vergnügen, als das ich das Schreiben zum ersten Mal in meinem Schriftstellerleben empfand. Bei früheren Büchern war ich regelmäßig Opfer von Schreibblockaden geworden, manchmal über Wochen und Monate hinweg. Nicht so bei »Unsere wunderbaren Jahre«. Bei diesem Buch wurde mir alles geschenkt, angefangen von der Grundidee über die Titelfindung bis zur Ausgestaltung des Textes. Ich brauchte ja gar nichts wirklich zu erfinden, das Allermeiste war ja schon da: die Figuren, die Schauplätze, die Handlungsstränge. Das alles musste ich nur adaptieren und umgestalten und miteinander verweben und zu einem sinnhaften Ganzen komponieren.

Anderthalb Jahre schrieb ich wie in Trance, sieben Tage die Woche, jeden Tag acht, zehn, zwölf Stunden, bis zur geistigen und seelischen Erschöpfung – um mich trotzdem schon abends beim Zubettgehen wieder auf die Weiterarbeit am nächsten Morgen zu freuen. Weil ich jeden Tag ja aufs Neue mit den Menschen die Zeit verbringen würde, die mir Seite für Seite, Kapitel für Kapitel, immer mehr ans Herz gewachsen waren und mir meine Geschichte mit solcher Entschiedenheit diktierten, dass ich mit dem Aufschreiben kaum noch hinterherkam.

Das Wunder solcher Leichtigkeit des Seins wird einem Autor, wenn überhaupt, nur einmal im Leben zuteil. Das dachte ich voller Dankbarkeit und Wehmut zugleich, als ich das fertige Manuskript von »Unsere wunderbaren Jahre« meiner Lektorin Cordelia Borchardt in den Verlag schickte. Doch manchmal haben auch Wunder eine Fortsetzung. Kaum begann ich, »Winter der Hoffnung« zu schreiben, entfalteten Ulla, Tommy und Co wieder ein so kraftvolles Eigenleben, dass ich auch bei dieser Geschichte weniger der Autor als eigentlich nur der Protokollant der Geschehnisse war. Auch bei dieser Geschichte war im Grunde ja alles schon da, in Gestalt zahlloser kleiner Rückblenden oder Nebensätzen in »Unsere wunderbaren Jahre«, die auf das Vorleben meiner Figuren schließen ließen. Wie waren Tommy und Ulla zusammengekommen? Wie Gundel und Benno? Wie hatte sich das Verhältnis von Eduard Wolf und Walter Böcker nach dem Krieg entwickelt? Wie stellte Christel es an, die Familie zusammenzuhalten? Und was trieb Fritz bei den alten Kameraden, während Ruth mit dem kleinen Winfried in ihrer ärmlichen Behausung auf ihn wartete? Die Antworten waren in Keimen schon angelegt, ich brauchte sie nur aufzugreifen und erzählerisch zur Entfaltung zu bringen. Und so wurde aus der geplanten Weihnachtserzählung sehr schnell und unter der Hand eine Vorgeschichte zu »Unsere wunderbaren Jahre« und aus dieser wiederum der vorliegende Roman.

»Qui s'excuse, s'accuse«, sagt eine französische Redensart: »Wer sich entschuldigt, klagt sich an.« Zu beidem habe ich allen Grund, sowohl zur Entschuldigung wie zur Selbstanklage. Denn jetzt habe ich Ihre Zeit nicht nur mit meiner ins Kraut geschossenen Geschichte über Gebühr strapaziert, sondern auch noch mit diesem Nachwort.

Doch wie immer Sie dieses Buch gelesen haben, ob als Weihnachtserzählung, als Vorgeschichte zu »Unsere wunderbaren Jahre« oder als eigenständigen Roman, möchte ich mit eben jener Bitte schließen, mit der mein Vater sich früher so oft nach der Auslieferung der Bettwaren aus den Schlafzimmern seiner Kunden verabschiedete:

Sind Sie zufrieden, so sagen Sie's weiter – sind Sie's nicht, so sagen Sie's mir!

Herzlichst,
Ihr

peter.prange@fischerverlage.de

Tübingen, im Corona-Frühling 2020

Wollen Sie wissen,
was mit Ulla und Tommy passieren wird?

Der Geschichte der Familie Wolf
und der Menschen um sie herum geht weiter.
Peter Prange erzählt sie in seinem Roman
»Unsere wunderbaren Jahre«.

Erschienen bei FISCHER Taschenbuch

ISBN 978-3-596-03606-6

1

Noch nie seit Kriegsende waren die Altenaer Kirchen an einem Sonntagmorgen so leer gewesen wie an diesem 20. Juni des Jahres 1948. Ob in der katholischen Pfarrkirche St. Matthäus, in der evangelischen Lutherkirche oder in den Tempeln der Calvinisten, freikirchlichen Gemeinden und Zeugen Jehovas: Nur ein paar wenige Gläubige verloren sich in den Bänken der Gotteshäuser zur Messe oder Andacht, die die Priester in ungewohnter Eile hinter sich zu bringen suchten, weil auch sie an diesem Tag noch etwas Besseres vorhatten. Denn wie überall in den drei Westzonen Deutschlands warteten an diesem Morgen auch die Bürger Altenas voller Ungeduld auf die Öffnung der Umtauschstellen, um ihre vierzig frisch gedruckten D-Mark in Empfang zu nehmen.

Vor der Sparkasse in der Freiheit stauten sich die Menschen in zwei Schlangen bis zur Kleinen Brücke hinunter und in der anderen Richtung bis zum Totschlag hinauf. Obwohl Ulla und Gundel schon seit sieben Uhr anstanden, würden sie auch nach Öffnung der Bank noch reichlich Geduld brauchen, bis sie an die Reihe kamen, denn zwischen ihnen und dem Eingang drängten sich mehrere Dutzend Wartende, die noch früher gekommen waren als sie. Eine aufgeregte Erwartung lag in der Luft, man bestaunte die Angebote in den übervollen Schaufenstern und rechnete aus, was man sich von all den Herrlichkeiten wohl leisten könnte. Endlich durfte man wieder träumen und sich auf etwas freuen! Wenn am Montag die Geschäfte aufmachten, würde die Hölle los sein.

»Ich würde zu gerne wissen, wie du das schaffst, dass sie bei dir immer nachgeben«, sagte Gundel.

»Ich habe keine Ahnung, wovon du redest«, erwiderte Ulla, obwohl sie ganz genau wusste, was ihre Schwester meinte.

»Du darfst studieren, ich nicht«, erklärte Gundel. »Statt mit Kindern werde ich mein Leben mit Steno und Schreibmaschine verbringen.«

»Tröste dich«, sagte Ulla. »Dafür erbst du später mal die Firma.«

»Ich wäre aber hundertmal lieber Lehrerin geworden«, sagte Gundel. »Außerdem wird Papa mir die Firma sowieso nicht anvertrauen, wenn es irgendwann wirklich so weit ist. Er braucht jetzt nur eine Sekretärin, auf die er sich blind verlassen kann.«

Während sie sprach, ging plötzlich ein Leuchten durch ihr Gesicht, und sie wurde rot wie eine Tomate.

Dafür konnte es nur einen Grund geben.

Ulla hatte sich nicht getäuscht. Als sie sich umdrehte, sah sie auf der anderen Straßenseite Benno Krasemann, seines Zeichens kaufmännischer Lehrling der Firma Wolf und aller Wahrscheinlichkeit nach der zukünftige Ehemann ihrer Schwester. Mit dem Rücken zu ihnen und halb verdeckt von seinem Freund Bernd Wilke stand er vor dem Schaufenster von Mode Vielhaber, ehemals Rosen, und begutachtete die Auslagen.

So plötzlich, wie Gundels Stimmung sich gehoben hatte, so schlagartig senkte sich Ullas. Denn Benno und Bernd waren nicht allein, bei ihnen stand noch jemand – der Mensch, dem Ulla in ganz Altena am wenigsten begegnen wollte.

Thomas Weidner, von jedermann Tommy genannt.

2 Ruth wusste, dass sie verschlafen hatte. Obwohl sie die Augen noch nicht geöffnet hatte, schimmerte milchig weiß das Tageslicht durch die Lider, und von der Straße drangen Stimmen und Motorengeräusche in die Kammer herauf. Eigentlich hatte sie an diesem Morgen so früh wie möglich aus dem Haus gehen wollen, um sich zusammen mit Fritz gleich um neun Uhr das neue Geld auszahlen zu lassen. Jetzt gab es sicher schon lange Schlangen vor den Banken. Trotzdem stand sie nicht auf, sie wollte noch zwei Minuten einfach so daliegen, mit geschlossenen Augen, und weiter ihren Träumen nachhängen, von Argentinien und der klaren, reinen Luft und ihrem neuen Leben dort. Das Geld konnten sie auch noch später holen, am Radio hatten sie gesagt, dass die Umtauschstellen den ganzen Tag geöffnet hätten, bis achtzehn Uhr, und die frisch gedruckten Scheine für jeden Anspruchsberechtigten in ausreichenden Mengen bereithielten.

Zu ihren Füßen raschelte es leise, und gleich darauf hörte sie kleine, tippelnde Schritte. Winfried war aufgewacht. Ruth unterdrückte das Lächeln, das ihr schon auf den Lippen lag, und stellte sich weiter schlafend. Winfried machte es einen Riesenspaß, sie morgens zu wecken, mit einem Kuss auf die Wange, so wie Ruth ihn abends immer mit einem Gutenachtkuss auf die Wange in den Schlaf verabschiedete, bevor sie das Licht in der Kammer löschte. Er glaubte, es sei derselbe Kuss, den er seiner Mutter auf diese Weise am Morgen zurückgab, ein tägliches Spiel zwischen ihnen beiden, und die kleine Freude wollte sie ihm nicht nehmen.

Doch statt sie zu küssen, zerrte Winfried am Ärmel ihres Nachthemds.

»Guck mal, Mama!«, rief er. »Papas Hand hat aufgehört!«

Ruth öffnete die Augen. Aufgeregt zeigte Winfried auf die Hand seines Vaters.

Aufgestützt auf ihre Ellbogen, konnte sie das Wunder kaum glauben. Vollkommen reglos lag Fritz' Hand auf der Bettdecke, ohne das geringste Schütteln oder Zittern.

»Ist Papa jetzt wieder gesund?«, fragte Winfried.

»Pssst«, machte Ruth. »Wir wollen ihn noch ein bisschen schlafen lassen.«

»Pssst«, machte auch ihr Sohn, und während er sich den Zeigefinger vor das gespitzte Mündchen hielt, zwinkerte er ihr verschwörerisch zu.

Vorsichtig, um Fritz nicht aufzuwecken, schlug Ruth die Decke zurück und schwang die Beine aus dem Bett.

Konnte es sein, dass die Wirklichkeit noch schöner war als ihre Träume?

3 *Neue Währung – neue Preise!*

Nicht in altmodisch steifem Sütterlin, sondern in hochmoderner, wie von Hand dahingeworfener Schreibschrift prangte der Schriftzug auf dem Schaufensterplakat, mit dem Mode Vielhaber seine ausgestellten Waren anpries. Nur der Querstrich über den drei Us erinnerte noch an die alte Art zu schreiben, aber seltsam, ausgerechnet dadurch wirkte der Schriftzug umso flotter.

»Ist der nicht schick?«, fragte Benno und zeigte auf einen dunkelgrauen, doppelreihigen Kreidestreifenanzug, dessen Preis ein kleines Schildchen am Revers in derselben flotten Dekorateursschrift mit *DM 38,90* bezifferte.

»*Tod*schick«, sagte Tommy. Ihm war der Anzug auch ins Auge

gesprungen – wer so einen Anzug trug, gehörte dazu. Trotzdem wollte er so schnell wie möglich fort von hier. Erstens konnte er sich den Anzug nicht leisten, weil er seine vierzig Mark für andere Dinge brauchte, und zweitens hatte er Ulla in der Warteschlange vor der Sparkasse gesehen. »Was meint ihr, sollen wir es nicht lieber bei der Commerzbank versuchen? Vielleicht stehen da ja weniger Leute an als hier.«

Er wandte sich zum Gehen, doch seine Freunde rührten sich nicht vom Fleck. Benno drückte sich immer noch die Nase an der Schaufensterscheibe platt.

»Den hole ich mir morgen«, sagte er voller Andacht.

»Einen Anzug?«, fragte Bernd. »Dafür willst du dein Geld ausgeben?«

»Eine lohnende Investition«, erwiderte Benno. »Und zwar nicht nur vom kaufmännischen Standpunkt aus.« Über die Schulter warf er seinen Freunden einen vielsagenden Blick zu.

»Dann ist es also so weit?«, fragte Tommy. »Ihr wollt euch verloben?« Die Vorstellung versetzte ihm einen Stich.

Obwohl Benno versuchte, ein möglichst gleichgültiges Gesicht zu ziehen, quoll ihm das Glück aus allen Poren. »Nicht weitersagen – noch ist nichts offiziell! Und ihr?«, fragte er, während er sich wieder in den Anblick seines Traumanzugs versenkte. »Was macht ihr mit eurem Geld?«

Bernd brauchte für die Antwort keine Sekunde nachzudenken. »Ich hoffe, dass ich irgendwo eine gebrauchte Betonmischmaschine auftreiben kann.«

»Für vierzig Mark?«, fragte Benno.

»Mein Vater legt seine vierzig Mark obendrauf.«

Tommy pfiff durch die Zähne. »Bernd Wilke geht unter die Baulöwen …«

Verlegen zuckte sein Freund die breiten Schultern. »Beim

Wiederaufbau werden auch Aufträge für kleine Flickmaurer abfallen. Wenn nicht in Altena, dann in Hagen oder Dortmund. Im Ruhrgebiet liegt ja alles in Schutt und Asche. – Aber seht nur«, unterbrach er sich plötzlich, »die Wolf-Schwestern!«

»Wo?«, fragte Benno und fuhr herum.

Tommy biss sich auf die Lippen.

»Hast du Tomaten auf den Augen? Da drüben!« Mit dem Finger zeigte Bernd auf die andere Straßenseite, wo die zwei Schwestern vor dem Eingang der Sparkasse anstanden. Gundel hatte sie bereits gesehen und winkte zu ihnen herüber. Nervös kramte Tommy sein Zigarettenpäckchen hervor und steckte sich eine John Player an. Zur Commerzbank konnte er sich jetzt nicht mehr verdrücken, dann würden die anderen den Braten riechen.

»Wir stellen uns zu ihnen in die Reihe«, schlug Benno vor. »Dann kommen wir früher dran.«

Tommy schüttelte den Kopf. »Wir stellen uns hinten an, wie alle anderen auch. Vordrängeln ist unfair.«

»Das sagst ausgerechnet du?«, staunte Bernd.

»Was soll das heißen – ausgerechnet ich?«

»Hör schon auf, du Feigling!«, sagte Benno. »Du kneifst ja nur wegen Ulla.«

Statt einer Antwort blies Tommy ihm den Rauch ins Gesicht. Doch Benno ließ sich nicht beirren.

»Ich weiß zwar nicht, weshalb Ulla dich abserviert hat«, sagte er, »aber Kneifen ist keine Lösung. Ihr könnt euch schließlich nicht bis ans Ende eurer Tage aus dem Weg gehen. Dafür ist Altena zu klein. Also sei verdammt nochmal kein Frosch!«

4

Das hatte Ulla gerade noch gefehlt! Nicht genug, dass sie sich wegen Tommy und seiner Freunde zusammen mit ihrer Schwester noch mal am Ende der Schlange hatte anstellen müssen, weil die anderen sich die Vordrängelei nicht gefallen lassen wollten, turtelten Gundel und Benno jetzt händchenhaltend direkt vor ihrer Nase herum und bekräftigten jeden zweiten Satz mit einem Küsschen, wie um zu beweisen, dass sie das verliebteste Pärchen von ganz Altena waren.

»Einen Sekretärinnenkurs?«, fragte Benno und küsste Gundel auf die Nasenspitze. »Aber warum denn kein Lehrerinnenseminar, Schatz?«

Ulla sah, wie ihre Schwester ihr Erwachsenengesicht aufsetzte. »Ich kann die Firma nicht im Stich lassen«, erklärte sie, »und meinen Vater auch nicht. Er braucht eine Sekretärin, der er blindlings vertrauen kann.«

Benno schien die Antwort nicht zu überzeugen. »Aber Ulla hat wie immer ihren Kopf durchgesetzt und darf studieren.«

»Was dagegen?«, fragte Ulla.

»Nein, natürlich nicht. Ich meine nur, vom Standpunkt der Gerechtigkeit aus …«

»Gundel ist alt genug, um zu wissen, was sie will«, fiel Ulla ihm ins Wort. »Und erst recht ist sie alt genug, um ihre Entscheidungen auch ohne dich zu treffen.«

»Ist ja schon gut.« Wie immer, wenn es kritisch wurde, wechselte Benno das Thema. »Weißt du schon, wo du studieren wirst?«, fragte er.

Auch Ulla war froh, dass die Klippe umschifft war. »Ja, in Tübingen.«

»Ach du grüne Neune!«, rief er ein bisschen übertrieben. »Das ist ja am anderen Ende der Welt! Ist Altena denn so schlimm?«

»Kommt darauf an«, rutschte es ihr heraus. Mist – wieder einmal war ihre Zunge schneller gewesen als ihr Verstand. Jetzt hatte sie selber ein Thema angeschnitten, das noch viel heikler war als das erste.

Darauf reagierte sogar Bernd, der die ganze Zeit den Eingang der Sparkasse im Auge behielt, ohne sich bislang an dem Gespräch zu beteiligen. »Dann pass auf, dass Altena dich nicht einholt«, sagte er. »Tommy will nämlich auch Medizin studieren.«

»Wirklich?« Gegen ihren Willen drehte Ulla sich zu Tommy herum. »Das ist ja das Allerneueste!«

»Was dagegen?«, äffte er sie nach.

Sie maß ihn mit einem Blick, von dem sie hoffte, dass er möglichst spöttisch aussah. »Darf man nach den Gründen fragen? Hippokratischer Idealismus?«

Tommy würdigte sie keiner Antwort. Stattdessen machte er sein altes Kunststück, klopfte eine Zigarette aus der Packung und ließ sie von seinem Handrücken direkt zwischen die Lippen springen, indem er sich mit der Rechten auf den linken Unterarm schlug. Beim Anblick der vertrauten Geste tat ihr ihre Bemerkung schon wieder leid. Warum wurde sie immer zu einer solchen Kratzbürste, wenn Tommy und sie einander über den Weg liefen?

»Keine Angst«, sagte er und inhalierte den Rauch, »in Tübingen werde ich ganz sicher nicht studieren.«

»Dann hab ich ja noch mal Glück gehabt!«

»Tübingen geht ja auch gar nicht«, erklärte Benno. »Tommy hat sich für das Altena-Stipendium beworben. Wenn er es kriegt, muss er an einer nordrhein-westfälischen Uni studieren …« Er stockte, offenbar hatte er eine Idee. Mit einem weiteren Kuss wandte er sich an Gundel. »Wie wär's, wenn du bei eurem Vater ein gutes Wort für ihn einlegen würdest?«

»Ich? Für Tommy?« Gundel schien von der Idee wenig begeistert.

»Warum nicht? Ein bisschen Vitamin B kann nicht schaden.«

»Ich weiß nicht«, sagte sie mit unsicherem Blick auf Ulla.

Die war froh, dass ein lautes Ahhhh in der Schlange ihr die Antwort ersparte.

»Es geht los!«, rief Bernd. »Sie haben aufgemacht!«

Ein Ruck ging durch die Reihe, und die Wartenden stürmten in die Bank, als wollten sie die Schalter plündern, so dass die zwei Schutzmänner, die sich vor dem Eingang postiert hatten, vorsichtshalber ihre Knüppel zückten.

5

»Kohlsuppe am Sonntag?«, fragte das rotwangige Hausmädchen Betty und rückte sich das frisch gestärkte Häubchen auf ihrem blonden Lockenkopf zurecht. »Da werden die Mädchen aber lange Gesichter ziehen.«

Die Vorstellung bereitete Christel klammheimliches Vergnügen. »Wie in der Bibel«, sagte sie. »Erst die mageren, dann die fetten Jahre. Oder war das umgekehrt? Egal. Hauptsache, dass wir morgen, wenn die Geschäfte aufmachen, so richtig spüren, wie gut es uns wieder geht.«

Seit nun fast zwanzig Jahren schon arbeitete Betty als Hausmädchen in der Villa Wolf, und wie jeden Morgen besprach Christel mit ihr in der großen Küche mit dem blitzblank gescheuerten Herd, über dem die kupfernen Pfannen und Töpfe an der weißblau gekachelten Wand hingen, den Speisezettel des Tages. An diesem Ritual hatten weder der Zusammenbruch des Großdeutschen Reiches noch die darauffolgende Inflation etwas ändern können, so wenig wie an Bettys gestärktem Häubchen und ihrer weißen Schürze über dem schwarzen Kleid, auch wenn es angesichts der leeren Vorratskammer oft kaum etwas zu besprechen gab. Das war Christel sich und ihrer Vorstellung von der Führung eines gutbürgerlichen Haushalts schuldig.

»Aber was wird Ihr Mann dazu sagen?«, erwiderte Betty, die eigentlich Bertha hieß, doch von Christel bei ihrer Einstellung kurzerhand auf einen passenderen Namen umgetauft worden war. »Er hat erst vorgestern gesagt, dass er Kohlsuppe nicht mehr sehen kann.«

»Ich weiß. Aber für eine kleine Erziehungsmaßnahme an seinen Töchtern wird er sie gern noch einmal in Kauf nehmen.«

Während Christel sprach, läutete es an der Tür.

»Soll ich aufmachen?«, fragte Betty.

Christel hielt sie am Arm zurück und wandte sich zur Diele. »Danke, meine Gute, aber ich gehe selbst. Das werden die Mädchen sein. Ich bin ja so gespannt, wie das neue Geld aussieht.«

Am liebsten wäre auch sie schon in aller Herrgottsfrühe zur Umtauschstelle gegangen, aber da Eduard sogar an diesem Tag darauf bestanden hatte, erst den Sonntagsgottesdienst in der Lutherkirche zu besuchen, bevor sie sich ihr »Kopfgeld« holten, wie die Leute sagten, hatte sie sich den Wunsch verkniffen. Was hätten die Leute schließlich denken sollen, wenn sie sich ohne ihren Mann die vierzig D-Mark auszahlen ließ – die würden ja am Ende noch glauben, sie wolle mit dem Geld durchbrennen!

In der Halle stolperte sie über ein Paar Schuhe, die Ulla hatte stehenlassen. Dieses kleine gerissene Biest – unglaublich, wie sie ihren Vater wieder rumgekriegt hatte! Für die Erlaubnis, Medizin zu studieren, hatte Eduard von ihr eine schriftliche Erklärung verlangt, mit der sie auf alle Ansprüche an der Firma Wolf zugunsten ihrer Schwester verzichtete. Doch Ulla kannte ihren Vater, schon als Kleinkind hatte sie ihn um den Finger gewickelt, und ohne mit der Wimper zu zucken, hatte sie ihn gebeten, ihr gleich an Ort und Stelle eine solche Erklärung zu diktieren, damit sie sie unterschreiben könne, und ihn dabei so unschuldig mit ihren grünen Augen angeschaut, dass er mit einem Seufzer kapituliert und ihr auch so seinen Segen gegeben hatte … Arme Gundel, sie würde die Firma trotzdem nicht erben. Um ein Unternehmen zu führen, hatte Eduard gesagt, fehle es ihr an Durchsetzungsvermögen.

Ob Ulla mit ihrem Dickkopf später im Leben wohl ebenso anecken würde wie ihre Schwester Ruth?

Als Christel die Tür aufmachte, stutzte sie. Draußen warteten nicht ihre Töchter mit dem neuen Geld, vor ihr stand vielmehr Frau Goecke, die Frau des langjährigen Hausarztes der Familie.

»Wie gut, dass ich Sie antreffe, Frau Wolf«, sagte sie. »Ihr Enkel Wilfried hat bei uns Sturm geschellt. Ruth hat ihn geschickt.«

»Um Himmels willen«, sagte Christel, »ist es schon so weit?« Sie wandte sich zur Garderobe und griff nach ihrem Mantel. »Ruth ist doch erst im siebten Monat!«